流淌的红色基因

福建省离休干部休养所 编

海峡出版发行集团 THE STRAITS PUBLISHING & DISTRIBUTING GROUP | 海峡文艺出版社 Haixia Literature & Art Publishing House

红色家园——“古田村”

序

何国辉

习近平总书记强调，要把红色资源利用好，把红色传统发扬好，把红色基因传承好。位于福建省福州市五四路263号的“古田村”，因纪念古田会议而设名。“古田村”最鲜明的精神底色是红色，这里的福建省离休干部休养所曾聚集70位正厅级以上离休干部和副厅级以上老红军。在中国共产党成立100周年之际，福建省离休干部休养所编辑出版了《流淌的红色基因》一书，通过老干部亲身回忆、同事亲人往事追忆等方式，生动讲述了住所老干部的红色故事。

“一部古田村人物志，半部福建革命史。”翻开这本书，我们看到，福建乃至中国的革命、建设和改革的伟大进程中留下了住所老干部许多鲜活的印记：刘永生，这位身经百战的“开国少将”，中华人民共和国成立后在福建农垦战线上继续驰骋、战胜困难，改变了福建粮食和副食品短缺的局面；陈贵芳在闽北率领一支不到百人的游击

队，在数万敌人的反复“清剿”中昂然挺立，巩固扩大了革命根据地；卢叨历尽艰难建立闽南乌山革命根据地，成立闽南支队，与当地群众建立起了水乳交融的感情；许集美离休后情系老区，长期担任省老促会常务副会长、会长，为福建老区扶贫开发建设尽心尽力、发光发热；李敏唐为筹建安置老干部的重点项目“古田村”奉献了全部精力，由于操劳过度病倒在建设现场；汪大铭晚年从事党史研究工作，直笔著史，先后出版了《汪大铭日记》《茅山情》等专著及多篇学术论文……这些故事都是我们学习党史、解读中国共产党人精神密码的宝贵红色资源。老干部们身上生动体现了坚持真理、坚守理想，践行初心、担当使命，不怕牺牲、英勇斗争，对党忠诚、不负人民的伟大建党精神，值得我们永远学习。

广大老干部是党和国家的宝贵财富。回顾党的百年光辉历程，建党开天辟地、新中国成立改天换地、改革开放翻天覆地的伟大成就凝结着老干部的心血和汗水。他们身上蕴藏着许多感人肺腑的红色故事，承载着党的光荣传统和优良作风，是一笔十分珍贵的红色资源宝库。作为老干部工作部门，要充分用好老干部的独特优势，深入挖掘老干部身上的红色资源，通过老干部口述历史、拍摄视频、编辑红色书籍、建立红色教育基地等多种方式，讲好中国共产党故事，讲好福建故事，讲好老干部故事，让红色基因代代相传，让红色精神激发力量。

习近平总书记今年3月份在福建考察时指出，福建是革命老区，党史事件多、红色资源多、革命先辈多，开展党史学习教育具有独特优势。我们通过《流淌的红色基因》这本书，可以更多地了解福建革命历史，了解老干部的红色故事，从党的奋斗历史中汲取前进力量，从老干部身上传承红色基因，让初心薪火相传，让使命永担在肩，为奋力谱写全面建设社会主义现代化国家福建篇章做出应有贡献。

2021年9月

（作者系中共福建省委组织部副部长、老干部局局长、离退休干部工委书记兼省政协文化文史和学习委主任）

目　录

引　言

从嘉兴南湖扬帆起航的红船，在历史的激流险滩中奋勇拼搏、砥砺前行，已经整整100年了！

习近平总书记说："一百年前，中国共产党的先驱们创建了中国共产党，形成了坚持真理、坚守理想，践行初心、担当使命，不怕牺牲、英勇斗争，对党忠诚、不负人民的伟大建党精神，这是中国共产党的精神之源。一百年来，中国共产党弘扬伟大建党精神，在长期奋斗中构建起中国共产党人的精神谱系，锤炼出鲜明的政治品格。"诚然，百年征程，波澜壮阔。恢弘的历史融入了无数共产党人的忠诚、勇敢、智慧和奉献。

福州市五四路263号福建省离休干部休养所，曾经会聚了70位这样的共产党人。他们中大革命时期入伍的2人，土地革命战争时期入伍的26人，抗日战争时期入伍的36人，解放战争时期入伍的6人。这些老同志在新民主主义革命、社会主义革命和建设、改革开放的各个历史时期，在不同的战线、不同的领域、不同的岗位上对党、对国家、对民族、对人民做出了重大贡献。

一个老干部就是一部历史、一本教科书。翻开史册，我们看到，他们的一生，是革命的一生、奋斗的一生、为人民服务的一生，集中体现了中国共产党人的鲜明特质。

大革命时期入党的伍治之，曾经是广州农民运动讲习所的学员。周恩来率部东征时，他是周恩来的向导和潮汕话翻译。大革命失败后，他奉中共南洋临委的指派，到泰国侨党中开展工作。他像暴风雨中的一只海燕，盘旋于中国革命的惊涛骇浪中，用一颗赤诚之心，为中国革命的胜利，为海外侨胞至圣至洁的爱国事业，默默地奉献自己的一切！

第二次国内革命战争时期，毛泽东、朱德、陈毅率领红四军创建了闽西革命根据地。从闽西山坳里走出来的马宁、兰映林、刘永生、王培臣、蓝荣玉、陆维特、吴清传等人，怀着翻身求解放的质朴愿望走进了“朱毛红军”队伍。他们中：兰映林、黄欣等跟随主力红军参加了二万五千里长征；刘永生、蓝荣玉、吴清传等留在闽西苏区与张鼎丞、邓子恢、谭震林一起坚持艰苦卓绝的南方三年游击战争，英勇善战的刘永生成长为“开国少将”。

抗日战争爆发后，福建红军游击队组建了新四军二、三支队，奔赴苏皖抗日前线。虎将王培臣身经百战、屡立战功，成为军中的“战神”。刚正不阿、一身正气的蓝荣玉，以其敏锐的洞察力执行新四军敌后锄奸任务，破获了一起又一起重大案件，铸就了闽西人的荣光。才华横溢的马宁、林望中走进现代中国文坛，参加“左联”，以笔为武器，去唤醒劳苦大众，唤醒民族意识，投入世界反法西斯战争。身上流着阿拉伯血统的陆维特则致力于抗战文化教育事业，培养出一批优秀的将才，成为蜚声大江南北的“抗战教育家”……

毛泽东点燃的星星之火，迅速在八闽大地呈燎原之势。闽东北的左丰美、陈贵芳、陈云飞、饶云山、祝增华、张翼，闽中的许集美、苏华、林志群、黄扆禹，闽南的卢叨、高明轩、石益等都在革命战争中百炼成钢，用忠诚和毅力写就了一曲曲生命浩歌。

左丰美领导的古田澄阳暴动，在闽东树立了一杆全区性的开展爱国武装斗争的旗帜；陈贵芳率领一支仅有50多人的游击队，在建松政崇山峻岭间“关隘千里度若飞”，打出闽东北一片新天地；陈云飞只身闯荡匪巢，收编了一支流窜的土匪队伍，在福清罗汉里建立革命根据地，成为福建党史上的佳话；永泰县委书记饶云山受伤后躲过敌人的追杀，历尽艰险，辗转找党，终于回归了革命的怀抱；在“皖南事变”中被俘的祝增华，身陷敌牢，备受折磨，敌人用尽高压手段逼他“自首”，但他毫不动摇，坚持斗争，团结26名难友成功组织了茅家岭暴动；皖南事变后，奉命筹建邵武地下交通站的张翼，出入在敌人的眼皮底下，成功地掩护了一批抗日干部……

从闽中的戴云山到闽西北的武夷山，我们看到一个被誉为“福建巾帼英杰第一人”的身影，她就是名扬闽中的苏华！当她的丈夫牺牲后，她深埋家仇国恨于胸中，担当起福建省委总交通员的重任，在游击区和国统区之间往返穿梭，传递情报、护送干部、建立地下航线、输送军需物资……国难当头，黄宸禹从孤岛上海回到家乡，投身于福建人民的抗战伟业，经受了严峻的血与火的考验。大勇大智的青年林志群带领闽赣边纵队的战士设伏于九都山，成功截获敌人的运钞车，演绎了如同梁山好汉“智取生辰纲”那样的新传奇……

在闽南，潮汕的一介书生卢叨带着执着的信念，跟随红军游击队从粤东凤凰山，历尽艰难踏上闽南乌山，从此，便与乌山的乡亲们结下了生死与共的不解情缘；晋江侨生高明轩从菲律宾回国抗战，经延安马列学院学习后，以其通晓俄文的真本事，从文从政，培养人才，被誉为“知人善任的一支笔”；在近一个世纪的生命历程中，蔡载经始终坚定而执着地执行一项使命：养民气，唤国魂，参政议政，履职尽责，为民服务！让自己的人生焕发出异样的光彩；作为一名“城工部”的大学生，石益坚守初心，接受考验，在艰苦的安溪、永春、德化、大田游击区，与敌周旋，与民同甘，迎接解放，用忠诚和热血，谱写自己的青春之歌；在抗日烽火中投身革命的许集美，备加珍惜“老区”这一片染过鲜血的红土地和这片土地上为革命毁家纾难的人们，他以后半生的全部精力，关心着依然生活在贫困之中的老区人民，挑起福建老区建设促进会的重任，出谋献策，谱写出人生中华彩的篇章。

在文化教育战线上，早已蜚声文坛的万里云和杨滢，以笔为旗，讴歌人民，抒写正气，开创福建文化界的新风尚。原华侨大学党委书记、后任福建省委党史研究室副主任的汪大铭，始终坚持中国文化的自信，继承了古今贤哲的优秀品格，给自己也给后人树立了人生典范！

还有更多来自华北红土地的“老八路”和华野纵队的“老战士”，带着一身硝烟南下福建，把一生的聪明才智献给了武夷山下的这一片土地。他们中有“王屋骄子”晋静波；“武乡人民的好儿子”申步超；胸怀“解放全中国”革命情怀的赵登英；为新政权披荆斩棘、奠基立业的郭述尧；从译电员华丽转身为矿山党委副书记的王景阁；参与三明工业城建设、改写福建“手无寸铁”历史的孟健；深怀一腔公仆情怀、倾力筹建“古田村”的李敏唐；把太行山精神播撒在八闽大地也播撒到南美洲圭亚那去的吕居永；把毕生精力献给福建高教事业和“海上丝绸之路”文化发掘工作的张立；把延安抗大精神融化在经济工作中的行吟诗人吴健；把全心全意为人民服务的精神融化在实际行动中的魏荫南；一切听党指挥、“党指向哪里，就奔向哪里”的多才多能干部秦光；能文能武、亦工亦农、室内室外、可上可下都干得风生水起、有声有色的好干部高怀谨；一身清廉、为泉州人民默默工作了十三年不搞半点特殊化的市委书记姜瑞峰；倾听百姓呼声“不图虚政绩、唯实不唯上”的好干部程少康；扎根闽东山区几十年、最终倒在福鼎考察路上的原宁德地委书记李天瑞；清正廉洁、有口皆碑的好书记沈茂槐；精于外资管理、为厦门经济特区建设插上一双翅膀、被誉为“福建改革开放先行者”的张遗；在时代的大潮中改变了自己的人生走向，怀着不变的初心，在中医药战线唱出人生新乐章的王亚都；把平凡的工作岗位视为硝烟弥漫的战场、创造了不平凡业绩的吉人、刘德元；从小投身抗日救亡运动、为革命事业奋斗了一辈子，临终前躺在病床上依然哼着“风在吼，马在叫，黄河在咆哮”英雄战歌的常建业……

这是一群怎样的共产党人啊！他们坚定的信仰、顽强的毅力、博大的胸怀、无比的忠诚、无私的奉献，莫不展示出老一代共产党人光彩夺目的精神风貌！

党的十八大以来，习近平总书记在地方考察调研时多次到访革命纪念地，瞻仰革命历史纪念场所，反复强调要用好红色资源，传承好红色基因，把红色江山世世代代传下去。古田村流淌着的红色基因，是滋养千秋万代红色江山的一洌甘泉！遵循习近平总书记的教诲，挖掘红色资源，传承红色基因，讲好红色故事，弘扬伟大建党精神，激励着一代又一代的新人，沿着前辈走过的路，继续前行，创造伟业！这便是本书编撰出版的宗旨。

编　者

2021 年 10 月

盘旋于惊涛骇浪中的海燕

史　丹

伍治之

（1905. 10—2000）

出生于广东省普宁县大坝镇白坑村。1924年在潮州韩山师范进修，9月进广州市第二届农运讲习所学习。1925年2月加入共青团，任团汕头特别支部学运干事。11月当选为团汕头地委书记，12月转为中共党员，任少共支部书记。1926年6月进中共广东区委党校学习，任校党支部书记，9月任团海陆丰地委书记。1928年转移暹罗参加反帝大同盟宣传工作。1929年12月任中共暹罗特委秘书。1930年10月被捕，被判15年徒刑，在狱中曾任特别监党支部书记。1939年3月经三次“大赦”减刑期满，被驱逐出境回国。1940年8月奉调到重庆中共南方局华侨组工作，1941年5月后历任中共香港局华南分局侨委委员、暹越组组长、书记，中共驻泰总支部局代理书记。中华人民共和国成立后，历任中共华南分局侨委书记，广东省人民政府侨委主任，中侨委委员、副司长，中华人民共和国驻越南大使馆参赞兼领事部主任，中印（尼）华侨双重国籍问题联合委员会中方代表，中共华侨大学党委第二书记，中共泉州市委委员，福建省革委会外事组副组长。曾任第二、三届全国政协委员。1977年离休。

编辑絮语

他是入住“古田村”资格最老、党龄最长、生平最坎坷的一位元老级的人物。

尽管没有显赫一时的职务，没有人人皆知的“殊荣”，没有可以炫耀的战功，但他是“暴风雨中的一只海燕”，盘旋于中国革命的惊涛骇浪中，用一颗赤诚之心，用超常的智慧和毅力，为中国革命的胜利，为海外侨胞至圣至洁的爱国事业，默默地奉献自己的一切！

他，就是大革命时期入党的老党员伍治之。

如今，知道伍治之这个名字的人可能不多了。曾经与他相处过还健在的人，更是寥寥无几。

这不奇怪，因为在暴风骤雨的战争年代，他和夫人蔡楚吟频繁地变换生活和工作地点：汕头—广州—香港—汕头—泰国—上海—香港—曼谷—北京—越南—印度尼西亚—福州……可以说在中华人民共和国成立前，这对夫妻是“藏姓埋名，隐居幕后”的。

一

1919 年，北京爆发五四运动，还在普宁县城读小学的伍治之就参加了本县学生会组织，发动同学上街游行，响应北京学生的爱国斗争。5 月，他和方思琼（方方）代表普宁县学生会出席在汕头召开的岭东学生第一次代表大会。会后，他们上街游行示威，焚烧日货。

1922 年 2 月，高小毕业后，伍治之受聘为普宁县平民小学教师。这一年放暑假，他到泰国寻访大哥和二哥，被聘到尖竹汶南华学校任教 2 年。为追求进步，他又回国到潮州韩山师范学习。

9 月，由彭湃、杨石魂介绍，伍治之进入广州农民运动讲习所学习，并加入广东新学生社，开始了革命工作。

广州农民运动讲习所旧址

1925 年 2 月，他受聘任汕头市立第三小学教员，向在广州的彭湃申请加入共青团，很快被批准成为当时潮汕地区的第一个共青团员。

3 月，周恩来率东征军进军潮汕时，在共青团汕头地方代表大会上，伍治之当选为团地委书记。潮汕各界人民举行盛大集会欢迎东征军，周恩来发表讲话，他担任潮汕话翻译。当时，东征军领导人许多重要会议都是在蔡楚吟家召开的。每次会议，蔡楚吟全家都在周围放哨，确保周恩来和与会同志的安全。

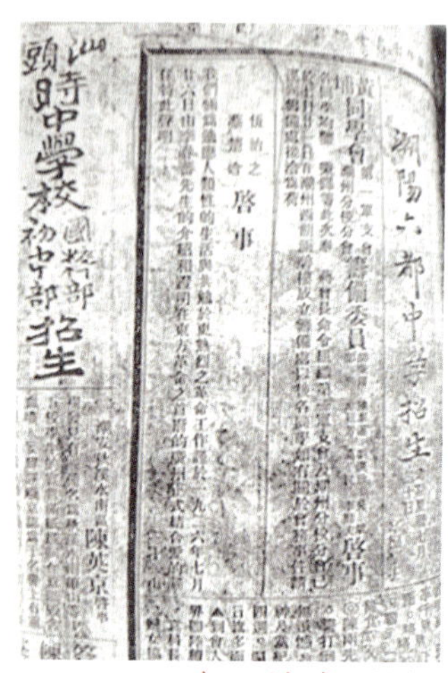
汕頭時中學校 國粹部 初中部 招生

潮陽六都中學招生

伍治之 蔡楚吟 啓事

陳英京

1926 年，汕头《民声日报》刊登伍治之、蔡楚吟结婚启事

伍治之和蔡楚吟

这一年，伍治之由共青团员转为中共党员，并在潮汕地区成立中共潮梅特委。邓颖超与他同在一个支部过组织生活。

1926 年 6 月，伍治之奉调进入秘密设立的广州党校学习。瞿秋白、恽代英、周恩来、蔡和森、邓中夏等人的讲课，使他对马克思主义的信仰更加坚定。

1927 年 3 月，伍治之被选为共青团“四大”代表。他随同以沈宝同为团长的“四大”广东区代表团，于 4 月 18 日到达武汉。4 月 27 日，党的“五大”在武汉开幕，伍治之作为团的代表列席了会议。5 月中旬，团的“四大”在武昌召开，大会经过讨论，通过了拥护党的“五大”革命纲领和团中央工作报告的决议，选举任弼时为团中央书记。

团的“四大”闭幕后，伍治之受命经上海去香港筹建团广东临时省委机关。8 月，团中央派莫沧白任团广东临时省委书记，决定伍治之回海丰工作。由于反革命政变的影响，海丰正处在革命低潮中，白色恐怖严重，团组织已经停止活动，团地委的干部都已分散隐蔽，蔡楚吟也已离开海丰回到澄海娘家。伍治之回到海丰 1 个月后，经过团的组织同意，也暂时转移到澄海蔡楚吟家隐蔽起来。

二

1927 年底，南昌起义军兵败流沙，革命进入低潮期。

1928 年初，由于广州起义失败，环境更加恶化，伍治之的组织关系中断，并受到国民党的通缉，被迫和蔡楚吟携幼儿伍毅鸿（后在延安改名蔡诚）转移到泰国，在万佛岁和柯叻的华侨学校任教，同时参加当地的“暹罗反帝大同盟”。

1929 年 12 月，由中共南洋临委派任伍治之为中共暹罗特委秘书，从事恢复被破坏的党的组织工作。翌年 4 月，共产国际东方部代表胡志明持中共南洋临委介绍信到曼谷和伍治之联系，指示撤销中共暹罗特委，成立中越侨党统一的暹共临委。伍治之任临委的宣传委员，和蔡楚吟一起负责中共侨党的组织工作。

不久，曼谷发生“大逮捕”。因从事革命活动，蔡楚吟预感到在曼谷随时有危险，就托人把孩子送回老家交给孩子的外婆抚养。果然，由于国际间谍李存的告密，伍治之、蔡楚吟一起在曼谷被捕。数月后，伍治之被暹罗法庭以“布尔什维克阴

谋暴动罪”判处 15 年徒刑，投入曼谷第二特别监狱。蔡楚吟则被驱逐出境，之后返回国内。

从 1928 年到 1939 年，伍治之被关押在曼谷第二特别监狱长达 11 年。第二特别监狱是一个关押死刑犯的监狱，其中关押的共产党政治犯共 30 多人，已经建立了秘密的党支部。伍治之进监不久，党支部进行改选，伍治之被选为党支部书记。当选后，伍治之就组织相关人员进行绝食斗争，迫使监狱当局改善了政治犯的生活条件。1932 年，泰国发生“6. 24 政变”，推翻了暹罗君主专制政府，建立君主立宪政府。1935 年，共产党政治犯全部被迁进一座新建的监狱，和暹罗的保皇党政治犯 200 多人关押在一起。

1939 年 3 月，经过 3 次“大赦”减刑，伍治之期满出狱，被驱逐出境，回到汕头。他先在揭阳石牛埔南侨中学任教，后又转去上海与蔡楚吟会合。

三

中原報創刊五十週年
新中原報復刊十四週年紀念

筆上詳述天下事
筆下評論國際情

仝敬賀

20 世纪 80 年代复刊后的《新中原报》

蔡楚吟被驱出境回到上海，杜国庠为她恢复了组织关系，并安排她到鲁迅夫人许广平为校长的妇女职业夜校当“教员”，协助“左联”开展活动。

伍治之到上海，与蔡楚吟、伍毅鸿团聚，并担任南屏女子中学教师，兼任曼谷《中原报》驻上海特约记者。

1940 年 7 月，接党中央组织部通知，伍治之全家由上海经香港北上前往延安。他们一路经香港、桂林、贵阳，于 9 月中旬到达重庆八路军办事处，住在招待所等待北上。

抗日战争时期在香港从事地下工作的伍治之和蔡楚吟

周恩来约伍治之、蔡楚吟到办事处见面，要求两人都留在南方局华侨组，在组长叶剑英领导下工作。至于小毅鸿，原计划随爸妈到香港。周恩来根据各方情况判断，决定把孩子送往延安。临去香港前，蔡楚吟把孩子叫到跟前叮嘱："爸爸和妈妈决定不上延安了，我们要出远门。你是想跟爸爸妈妈一起走，还是让周伯伯送你上延安学习，将来我们再见面？"伍毅鸿虽然只有 13 岁，但他一听"出远门"就知道爸爸妈妈又有新任务了。他毫不迟疑地说："爸爸妈妈放心走吧，我上延安！"蔡楚吟强忍着眼泪，对孩子说："爸爸妈妈虽不在你身边，但相信你对革命事业一定会永远忠诚，对同志、工作、学习，定会求实。"伍毅鸿连连点头。伍治之又说："记住，忠诚求实，这是爸妈给你的赠言。”第二天临别时，蔡楚吟向周恩来、邓颖超深深鞠躬，说：“我们把孩子留下，给你们添麻烦了!”邓颖超紧紧地握住蔡楚吟的手，并用广州话祝福伍治之夫妇：“心想事成!”

伍治之夫妇离开重庆后，周恩来安排小毅鸿搭军车前往延安。到延安后，伍毅鸿进入自然科学院学习，是个优等生。1944 年底，他加入陕甘宁边区政府保安处，从事公安工作。

陕甘宁边区政府保安处旧址

1941 年 4 月，时在香港的廖承志给南方局来电，指名要伍治之、蔡楚吟去香港局侨委工作。经周恩来批准后，他们返回香港，同廖承志和连贯接上关系，担任香港局侨委委员，伍治之兼任暹越组组长，由蔡楚吟协助工作。

1941 年 12 月 8 日，太平洋战争爆发，日军于 25 日占领香港。党组织决定伍治之、蔡楚吟继续留在香港，坚守阵地，负责侨委的联络工作。他们便在永乐西街与人合股开了一家“生记”日杂商店作为香港侨委的联络点，同时负责照料病危住院来不及撤离的暹罗侨党负责干部。皖南事变后，他们还掩护由上饶集中营逃难来港的新四军同志，直到这些同志安全归队。

抗日战争胜利后，伍治之在香港继续从事侨务工作。1947年底，因华南分局书记方方派任中共驻泰总支部局书记，伍治之和蔡楚吟一起重返曼谷。

1948 年 6 月，銮披汶政权在美国政府的支持下，发动了“6. 25”排华事件。伍治之发动被捕者家属、爱国侨报、侨团和泰国友好人士，对被捕侨胞进行声援、慰问，向警方要求放人，形成了反排华逆流的华侨群众运动。伍治之将事件真相迅速报告华南分局和党中央，及时得到了有关领导的指示和帮助，使运动健康发展。当年 11 月，泰国警方被迫将被捕华侨押送出境了事。

1949 年 1 月初，伍治之被调到香港，出任华南分局侨委书记；7 月调中央统战部东南亚室，任泰越组组长；1950 年 1 月，调任广东省华侨事务委员会主任委员，仍兼任华南分局侨委书记。

中华人民共和国诞生前夕，伍治之又在组织的安排下，参与把一批批各界要人经香港秘密转送到北京商议成立中华人民共和国新政府。

中华人民共和国成立后，伍治之夫妇仍然做侨务方面的工作。伍治之先后任华南分局侨委书记、广东省侨委主任、中侨委国外司副司长、中国驻越南大使馆参赞兼领事部主任、中国驻印度尼西亚大使馆华侨双重国籍谈判代表、中侨委一司司长。

伍治之夫妇在越南大使馆工作期间

从 1963 年春天起，伍治之在福建省泉州市任华侨大学党委第二书记，蔡楚吟任副书记，校长是廖承志。

“文化大革命”中，这两位老共产党员作为老牌的“侨”号人物受到冲击。“四人帮”垮台后，正本清源，拨乱反正，党和人民为伍治之、蔡楚吟夫妇洗雪了冤情，恢复了名誉。

1963 年，华侨大学学生们在学校建设工地参加劳动

巾帼英杰　传奇女性

福建省妇联

苏　华

（1908—2008）

原名黄德馥，福建省莆田县人。1926年参加大革命运动。1931年加入中国共产党，后历任中共莆田县委秘书、县委委员，负责妇运工作。1933年冬，调福州中心市委工作。1934年4月市委被破坏后，返莆田工作，任县委妇委书记。三年游击战争期间，先在莆田沿海地区领导群众进行革命斗争，后到长泰及莆（田）永（泰）边游击区做群众工作及后勤工作。1937年2月，闽中特委主要领导人被捕牺牲后，被选为新建的中共闽中工委委员，着力协助工委兼部队主要领导人刘突军做思想政治工作。1938年6月，福建省委决定把闽中工委会分莆田、福清、泉州三个中心县委，被任命为莆田中心县委书记。任职期间，大力发动城乡群众开展抗日救亡运动。1939年7月，被福建省委党代会选为省委委员。1941年冬，调省委负责政治交通工作，常年奔走于闽北、闽江和闽中之间。解放战争时期，代表省委领导人在福州市区设立地下交通站，负责省委与各地委间的联系，并积极开展对国民党上层分子的统战工作。中华人民共和国成立后，历任福建省委委员、省妇联主任兼党组书记，第一届全国人大代表，第四届全国政协委员，第二、三届全国妇联委员等职。1985年离休。

编辑絮语

她从封建包办婚姻的牢笼中挣脱出来，经党指引，走上了革命道路。

她聪颖漂亮，果断能干，把妇女的解放事业作为自己神圣的使命，不懈奋斗，追求终身！

她时而布衣草鞋，装扮成村姑渔妇，活跃在山区村寨；时而旗袍革履金钗银镯，一如贵妇周旋于华堂街市。她在游击区和国统区之间往返穿梭，传递情报、护送干部、建立地下航线、输送军需物资……

作为中共闽浙赣省委的总政治交通员，这位外貌纤秀的女性到底经历了多少艰难险阻，完成了多少秘密任务，谁也说不清。

“出生入死建奇功，八闽巾帼第一人！”——这便是战友们对她的赞誉。

苏华，原名黄德馥，1908 年出生于莆田萩芦一户农民家庭。她家境贫寒，从小就被送出门当童养媳。男方家庭是小店主，“公婆”担心童养媳没有文化，将来遭儿子嫌弃，便送苏华上学读了 10 年书。知识的熏陶，使苏华成长为有文化、有理想的少女，并当上了小学教员。然而，正当苏华沉浸在青春梦幻之中时，社会和生活的魔鞭却无情地向她抽来：那个小店主的儿子，无意于学业，走上邪路，上山当了土匪。而“公婆”见苏华已长大成人，就逼她成亲。旧社会的莆田，是个受封建主义男尊女卑、三从四德观念影响极深的地区，裹小脚、溺女婴风气盛行，妇女嫁鸡随鸡嫁狗随狗，往往连个大名都没有，更谈不上男女平等。苏华投身革命的直接原因，是为了反抗封建包办婚姻。在一位女同事的引领下，她明白了：只有跟着共产党，推翻“三座大山”，妇女才有翻身之日。

1931 年春，中共莆田中心县委决定以涵江为据点，秘密恢复和开展革命斗争。这时，党决定将苏华由城东小学调出来，让她与中心县委书记王于洁以假扮夫妻为掩护，到涵江开展工作。她到涵江后，在王于洁指导下，日夜奔波于工人、学生、妇女中，发动群众，组织“革命妇女会”“革命童子团”等。苏华聪颖漂亮，果断能干，得到了王于洁的信任和好感。经县委批准，他们俩结为革命伴侣。1931 年，苏华在涵江光荣加入了中国共产党，担任了莆田中心县委秘书、县委委员，负责妇女运动工作。

不久，福州中心市委遭到敌人的严重破坏，党组织调王于洁去福州恢复党的工作，苏华同行。由于地下工作艰险，王于洁建议把唯一的刚生下不久的男孩寄送给人家。为了便于和丈夫一起在敌情错综复杂的福州开展革命斗争，苏华忍痛割爱，把心爱的孩子送给人家，于 1933 年 12 月到已敌人严密控制的省会福州。王于洁担任福州中心市委常委、兵运书记、职工部长，苏华协助福州中心市委恢复和健全党的组织。

王于洁烈士

1934年9月，中共莆田中心县委在灵川重建，王于洁任书记，苏华任县委妇委书记。不久，闽中艰难困苦的三年游击战争打响了。苏华在县委领导下，有时化装为山民，有时打扮成平原妇女，有时装扮成渔妇，奔走于莆田山区、平原、沿海，向贫苦农民，向受压迫最深重的妇女讲述闹革命的道理。在苏华的领导下，当地的群众工作、游击队后勤工作做得有声有色。

1934年，福州中心市委出了叛徒，敌人包围了地下工作者的会场。由于机警，时任福州市委执委兼兵运书记的王于洁未进会场，幸免于难，不久，他使随同任秘书的苏华返回莆田。而此时，他们年仅8个月的儿子已不幸夭折。更大的不幸接踵而来。1936年，因叛徒告密，闽中特委书记王于洁被捕。王于洁和他的4位战友在被押赴刑场时，视死如归，沿途高呼口号。1937年6月23日，王于洁英勇就义。

苏华忍受着失去亲人的巨大悲痛，继承了丈夫王于洁的遗志，倾注全力投入党的工作，完成烈士未竟的事业。在闽中特委遭敌人破坏的危难时刻，苏华和刘突军、黄国璋一道，挺身而出，重建闽中特委。她被选为闽中工委委员，和书记刘突军、委员黄国璋一起，继续领导闽中游击战争。

1938 年 6 月，苏华被任命为莆田中心县委书记。苏华肩负重任，领导莆仙地区党员和留下的游击武装，一方面继续同国民党军队周旋，另一方面深入城乡群众中去，恢复和发展党的组织，并恢复了与惠安党组织的联系。永泰青云山“红军洞”

20 世纪 30 年代常驻东坑联络站的革命者苏华（黄德馥）、陈建新（江鹏）、陈胜（翁鸿镗）等人的合影

因她而声名远播。洞外杂草丛生，洞里大洞套小洞，这便是苏华等人开创的游击根据地。她和她的游击队员在这个洞里住了整整 2 年：穿的是草鞋，披的是蓑衣，睡的是木片，盖的是草皮，与数倍于游击队的敌人周旋……苏华善于做群众工作，在长期的革命斗争中，培养了大批革命战士，仅在福州的太平山村，就先后带出 20 多位青年上山参加游击队。

1939 年 7 月，福建省第一次党代会在崇安县坑口村召开。

苏华冲破重重阻力，前往崇安，出席党代会。由于出色的表现，在会上苏华被选为省委委员。1941 年冬，省委调苏华到省委机关负责政治交通工作。她常年奔走于闽北、闽东、闽中，组建了一个个地下联络站，开辟了著名的“地下航线”。凭着对党的忠诚、对人民的热爱，苏华在党的地下斗争战线上出生入死，屡建奇功——她时而布衣荆钗扮成村妇，活跃在广大的山区农村，时而旗袍革履扮成贵妇，周旋在熙熙攘攘的城市街头，时而护送省委领导往返于游击区和国统区、输送军需物资到游击区、输送枪支电台到根据地……谁也说不清，这位外貌纤秀的女性到底经历了多少关系到地下党和游击队生死存亡的秘密行动！1944 年 2 月的一天，她竟只身携带闽中游击队攻打莆田涵江交通银行缴获的 700 万元巨款，在敌人眼皮底下，穿过赫然张贴着悬赏告示的大街小巷，一次次巧妙地化解了险情，出色完成将巨款兑换成黄金的艰巨任务。

1942 年 5 月至 1947 年 3 月，她多次护送曾镜冰等省委领导和干部在福建各地往返，开展工作。她还多次乔装打扮到上海向华东局汇报情况，从未丢失过一份文件。随后，苏华随同省委机关，秘密转移到闽北，并参与领导闽浙赣爱国游击战争，配合解放区军民进行自卫反击战争。

1949 年 1 月起，省委北上江西，苏华和王一平一起，留在闽北，负责与福建各地区联系，并直接领导南（平）、古（田）、(建）瓯地区的斗争。

1949 年 6 月，解放军先头部队到达闽北。负责联络总站工作的苏华奉命带领两位同志和一部电台潜入福建省会福州，配合解放福州。并迅速与福州及闽中地下党组织取得联系，恢复并建立了10多个地下交通站，建立了内线。她胆大心细，通过上层统战和各种渠道，深入敌人心脏里，搞到了许多机密、重要、准确的情报。

苏华和同志们一道，以大智大勇很好地配合了解放军的作战，为福州解放做出重要贡献。

福建省人民委员会第一次会议全体合影，苏华（第二排右五）

中华人民共和国成立后，苏华先后被委任为省总工会女工部部长、省妇女运动委员会书记、第一届省妇联主任，还当选为全国人大代表、政协委员，并代表福建省妇女出席了在北京召开的亚洲妇女代表大会，光荣地见到了毛泽东主席和周恩来

总理。苏华虽然获得如此殊荣和赞誉，但从不居功骄傲，一如既往地以极大的热情投入到全新的工作中去。她一直把党的中心工作当作妇联的中心工作，特别能与群众打成一片，特别会关心妇女干部，工作也特别讲究实效。她要求每个妇联干部每月下一次乡，甚至要求大家学会简单的方言，以便更好地与群众沟通。她性喜洁净，每次下乡时，却总是带头与农民姐妹同吃同住同劳动。

离休后的苏华仍十分关心社会公益事业

离休后的苏华仍十分关心社会公益事业，关心下一代尤其是老区孩子的健康成长，并且对海峡西岸经济区的发展与中华民族伟大复兴的光辉前景满怀希望。大爱无垠，苏华的百年人生，洋溢着对祖国对人民的热爱，对战友对亲人的热爱，对理想对信仰的热爱。

“傲寒霜斗冰雪，国难家难矢志不渝，八闽巾帼第一人；攀悬崖穿闹市，苏区白区屡建奇功，海西同庆老寿星。”这是苏华的老战友、省政协原副主席许集美对她百年传奇人生的高度概括和由衷赞颂。

（转载自福建省妇联“闽姐姐”公众号）

为了周总理的嘱托

钟兆云　王盛泽

刘永生

（1904—1984.1）

出生于福建省上杭县稔田乡严坑村的一户贫苦农民家庭。1927 年参加革命。1928 年 5 月加入中国共产党；6 月，参加永定金砂暴动。1929 年 5 月，任永定县委军事部长，1930 年 8 月任永定县委委员。1931 年 4 月，担任稔田区（今属上杭）代理书记兼区苏维埃主席。1932 年 11 月，任福建省军区太拔军分区永定独立团团长。1933 年 2 月整编后，任福建省军区警备营营长。主力红军长征后，留在杭永边开展游击战争。1934 年 1 月，任永定游击司令部司令员，1938 年 2 月整编为新四军二支队后方留守处警卫部队，驻守闽西一带。1943 年 10 月成立闽西南武装经济工作队任总队长。1944 年 10 月，成立闽西人民武装部队“王涛支队”，任支队长。1947 年 5 月，任粤东支队支队长。1949 年 1 月，任解放军闽粤赣边纵队司令员；11 月，任解放军第十兵团副司令员，改编后任福州部队副司令员兼福建军区司令员。1951 年，到中国人民解放军军事学院学习。1952 年，任福建省人民监察委员会主任。1955 年，被授予少将军衔。1959 年，担任福建省副省长兼农垦厅厅长。以后历任省人大常委会副主任、省纪律检查委员会第二书记、省政法委员会主任、中共中央监察委员会候补委员和第一、二、三、四、五届全国人民代表大会代表。

编辑絮语

在闽西南地区，“老货”刘永生名闻遐迩。他的传奇故事，几乎家喻户晓。《“老货”刘永生》一书记录了这位老将军一生传奇的故事。本文仅节选其中的一小节。

“边区虎将”威名扬，闽山粤水百战身。

中华人民共和国成立后，这位老将军并没有挂戟卸鞍、马放南山，当国家遇到粮食困难时，他在另一个战场——农垦战线上披挂上阵，继续驰骋，创造奇迹。这是何等可贵的老将军精神！

诚然，将军决战岂止在战场！疆场拼杀，无所畏惧，壮怀激烈，胆气豪迈，此为将军本色。而荷锄拓荒，艰苦创业，匡扶国难，为国分忧，这也是英雄品格！

刘永生将军正是这样一位“战场与农场”双馨并誉的老英雄！

刘永生的家里，案头上端端正正地摆放着一幅他与周恩来总理的合影照片。凡是见过这张照片的人无不深深地为之吸引。照片上周恩来面容慈祥，目光睿智，风度从容而洒脱，有如冬日的阳光给人以无限温暖的感觉。而刘永生对周恩来那种无限热爱和崇敬的心情，以及全神贯注的神态，也给人以极大的感染力。整个画面充满着热忱、亲切、安谧、祥和的气氛。人们在被它的魅力所吸引的同时，都会自然产生一种非常想知道照片来历的迫切心情。

这张照片，是1960年4月刘永生赴北京参加第二届全国人民代表大会期间拍摄的。周恩来在这次代表大会上所做的政府工作报告，凝聚着党和人民的意志和智慧，是一个非常重要和激动人心的报告。刘永生和所有代表一样，受到了很大的教育和鼓舞。

会议期间，周恩来专门抽出时间接见了刘永生，并一起合影。刘永生克己奉公、遵纪守法的优秀品质给周恩来留下了深刻印象。早在1932年4月中央红军攻打闽南重镇漳州时，刘永生奉命带领永定游击队配合作战后，旋即克服种种困难，把缴获的一大堆胜利物资挑运到了汀州，受到了周恩来的表扬。戎马倥偬，20多年过去了，可周恩来仍记得这件事，对刘永生大加赞赏的同时，投去信任的目光，转而诚恳地征求他对国务院和福建省委工作的意见。快人快语的刘永生就像一落锄头一个坑，毫不隐瞒自己的观点，对“一平二调”和“共产风”的做法所造成的危害，表达了自己深深的忧虑和不安。

周恩来听了沉默半晌，尔后语重心长地对刘永生说：“永生同志，我相信你一定能够像当年带兵打仗那样领导群众，战胜困难！你回去要做的是，努力把农垦工作抓上去，尽快改变福建粮食和副食品短缺的局面。你有信心吗？”

刘永生胸脯一挺，信心满怀地表示："请总理放心！我一定尽最大的努力！只要有地方可以下锄头，群众就保证有饭吃！"

接着，刘永生提了个小小的建议："总理离开福建已整整30年了，福建人民都盼望毛主席和您来福建看一看啊！"

周恩来听了很高兴，愉快地回忆起1931年冬从上海经汕头、大埔进入闽西苏区的情景。他的记性特别好，对沿途经过的地方和发生的事情，仍然记忆犹新。他深情地说："我也很想念福建尤其是闽西老区的人民，他们为革命做出了很大贡献。我也想到福建走一走，可是工作太忙，眼下实在走不开。"

大会结束后，周恩来又召集各省政府负责人再开一天的会议，中午请大家吃饭。这餐午饭，菜只有一道，那就是大白菜煮豆腐。周恩来对大家说："今天请大家吃便饭，我给大家带个头。你们回去后请客人吃便饭，就照今天这个样子办。我们要和群众同甘共苦，一刻都不要脱离群众。"多好的总理啊，他心里想的只有人民群众！

刘永生回到福建后，不忘周恩来的嘱托，对福建的农垦工作倾注了大量的心血和精力。

福建的农垦工作原属农业厅管，但几经反复，又下放给地方，省农业厅农垦处还被撤销，直到1959年9月才重又恢复。1960年3月，省人委批准省农业厅管理农垦局，由刘永生兼管农垦工作。刘永生向省里传达了这次大会的精神，特别是周恩来的嘱托，更引起省里的高度重视。于是，省委研究决定单独成立福建省农垦厅，下设办公室、人事处、计财处、劳工处、基建处、物资处、生产处、热带作物局和勘测队。不久，刘永生参加了省委书记叶飞在泉州召开的农场问题座谈会，听取莆田县委和晋江地委关于办农场试点规划汇报，研究大办农场的问题，决定从晋江地区分批动员2万至3万名劳力到南平地区办农场。

为了加强对农垦工作的领导，省委决定由刘永生副省长兼任农垦厅厅长、党组书记。

福建历来人多耕地少，山地资源丰富，大量的荒山、荒地、海滩可以开发。福建必须充分利用这种资源优势，扩大耕地面积，迅速发展农牧业，以增加粮食和副食品生产。

开荒围垦，扩大耕地，扩大农场是解决粮食问题的一条重要出路。刘永生认为既要扩大原有的农场，又要新建农场，应当积极发展，可扩就扩，有条件办新农场的就要办新农场。他上任伊始，就带领一班人深入沿海和山区搞调查研究，亲自踏勘场址，参与筹建永泰农场、漳州大南坂农场、澄海双弟农场、永定西溪农场等一个个国有农场。

为建立国有农场而初勘选择场地时，在不与当地农民争地、不与当地农民争水的原则下，场地还必须具备几个条件：一是丘陵山地，坡度比较小，比较集中连片，群众插花地少，海滩围垦工程量小；二是土壤比较肥沃，植被覆盖度在80%左右；三是水源充足，引蓄水工程量比较小；四是对外交通比较方便，靠近公路、铁路、水路。

为了更好地做好勘测工作，以避免因失误而造成国家资财

的浪费，刘永生到农垦厅后，不断地加强农垦勘测队的力量。经过努力，争取到中央农垦部的支持，从海南岛调入25名测绘人员，同时又接收有关专业的高等院校应届毕业生充实农垦厅勘测队。全队达到150人，比成立农垦厅时增加了一倍多。

因为要具备上述的这些条件，所以，农场的选址都是在很偏僻的山乡。这些地方交通比较困难，生活条件很差，一切都要白手起家，但刘永生不怕困难，总是一个一个地踏勘选址。一年下来他走遍了闽北、闽东、闽西，帮助建场。

西溪是个偏僻的山乡，但有不少可供开垦的土地。早在1955年，刘永生就曾经设想在这里建一个农场，以促进当地的开发。以后几年他不断地派出勘测队到西溪进行实地勘测，勘测结果是这里有8万多亩土地适宜种植油桐、茶叶、果树等。刘永生听了很高兴，马上向中央农垦部做了汇报，同时还送去了正式的书面报告。经中央批准后，于1962年先在西溪办起了县直机关牧场。

时逢党中央号召知识青年上山下乡，开发山区。刘永生得悉厦门有很多知青响应号召，要求到山区去。刘永生以农垦厅长的身份与厦门市委联系，两年中先后有3批200多位知青到西溪来，办起了国营的福建省西溪农场。

当时，西溪农场条件艰苦，省政府听取刘永生关于农场开办经过和今后设想的汇报后，批准省农垦厅拨款37万元给西溪农场兴建场部和职工宿舍，从此西溪面貌焕然一新。在农场的带动下，当地不少生产队也开垦茶园，种上了茶叶，交由农场统一加工、销售。群众手里有钱有粮了，温饱问题得到解决，沉睡的山村一下子沸腾起来。

刘永生善于鼓动士气。一次，他召开省属农场会议，不少干部喊困难，要经费，甚至要求调动。他对大家说："目前的困难确实存在，但是可以克服。我希望在座的领导同志安心工作，树雄心，立壮志，不要被暂时的困难吓倒，齐心协力把农场办好。办农场是一场革命，我们的任务就是办好农场，发展农业，多生产粮食贡献给国家。我们建设的时间不长，经验不多，政策还不完善，全省 140 多个农场，规模大，条件差，有困难是可以理解的。但国家的困难比我们更大！我们一定要坚持勤俭办场，勤俭办企业，一面搞生产，一面搞节约，依靠广大干部职工，发挥各方面的积极性，团结一心，在困难中挺起胸膛，向国家做出我们的贡献！"他的话说得实在，与会的领导干部听了都敬佩："不愧是一个老将军！"

刘永生对农场工作抓得紧，也抓得对路。一次，他听取厦门市委关于围垦海堤计划的汇报后，提出自己的意见："第一，面积要测量。第二，需要多少器材，要算出来。第三，需要多少劳力，多少技工？第四，需要多少投资？第五，能生产多少粮食？第六，要多少时间完成？这些都要细化，拿出具体数字。"

为了尽快把福建的农垦事业搞上去，刘永生不顾年老体弱，长时间泡在农场，与农场干部职工同吃同住同劳动，一起商讨增产措施、推广技术。在他的提议下，闽南橡胶生产基地创办了，闽北毛竹生产基地建起来了，许多颇具规模的果树场、剑麻场等如雨后春笋般诞生了。随着农场的发展，与当地群众的矛盾也时有发生。刘永生闻讯后立即调查处理，直接找当地县委、公社党委商量解决，在不损害群众利益的前提下，要求他们增强全局观念，支持国有农场工作。

经过几年努力，福建的农垦事业取得长足发展，不仅农垦数量增加，农场土地面积扩大了，产值、收入也增加了，特别是热带作物的发展，如种植香蕉、菠萝、杧果等，都为国家做出了大贡献。

刘永生的工作，受到国家农垦部部长王震的表彰。他向周恩来总理交了一份令人满意的成绩单！

（本文原载《“老货”刘永生》）

一生与群众心连心的刘永生，晚年仍经常深入老区调查研究，关心群众生产生活

魏荫南在莆田

丁树元

魏荫南

(1910.8—1996.4)

出生于河北省元氏县。1927年春，加入中国共产主义青年团，1928年加入中国共产党，并参加革命工作。1938年1月后，任元氏县抗日政府军事科科员、石南游击队政治指导员。同年7月后，进延安抗大和晋察冀二分校学习。1939年9月到晋察冀军区政治部工作，历任冀中六分区、元氏区委书记，高元县工作委员会主任、副政委、政委，元氏县委副书记兼组织部部长，太行一分区元氏县县长，一专署民政科科长，赞皇县县长。1949年随军南下，任华东随军南下服务团中队长。到福建后，历任莆田县委书记、晋江地委秘书长。1952年11月后，历任省委工交部处长，省工业厅副厅长，省工会联合会副主席。1958年后，历任泉州市委第一书记，晋江地委副书记，莆田县委第一书记。1960年2月后，历任省监察委员会副书记，省委学习班领导小组成员，省委组织部副部长，省司法厅副厅长、党组副书记，省人大常委会法制委员会副主任。1983年2月离休。

编辑絮语

解放初期，福建有5支南下干部队伍。其中，来自华北的长江支队与来自上海的华东军区随军服务团，是人数较多的重要力量。

同为南下干部，在南下服务团“学生兵”的眼里，长江支队的干部被视为“老革命”“老领导”，称赞他们是“革命的引路人”。

为什么呢？丁树元的回忆录《魏荫南在莆田》给我们做了回答。

在共产党领导的干部队伍里，像谷文昌、赵登英、李天瑞、魏荫南这样的南下干部不在少数。

南下！是1948年吹响的新中国干部集结号，他们为新中国的政权建设奠定了基础。

南下，无疑是一座历史丰碑！

1996年4月16日上午，我突然收到福建省人大常委会办公室讣告，魏荫南同志不幸于4月6日19时逝世。这一突来的噩耗，使我顿觉愕然，悲痛不已。

4月18日，我乘莆田县委的专车，赶到福州九三医院，参加了魏荫南同志的遗体告别仪式。

回忆往事，思绪万千，感受良多。1949年5月底上海解放，当时我刚毕业于上海暨南大学，响应党和上海学联的号召，报名参加了中国人民解放军华东随军服务团，到设在沪江大学的服务团团部报到，集中学习。魏荫南同志是从驻苏州的中国人民解放军长江支队调来的，担任我们第一大队第五中队的中队长，是一位老红军，资深干部。

南下到达晋江地区的部分干部合影

长江支队第一大队在南下行军途中

魏荫南同志1910年出生于河北省元氏县一个农民家庭，1928年4月在河北元氏师范学习时就参加了共产党，同时参加革命工作，积极参加学运、兵运和地下交通工作。七七事变后，投身抗日武装斗争，1938年1月，任元氏县抗日政府军事科员、石南游击队指导员。同年7月，赴延安抗大学习。1939年9月在晋察冀军区政治部组织部工作。之后，历任冀中第六分区区委书记，高元县工作委员会主任、政委，元氏县县长。1949年南下之前，任河北省赞皇县县长。南下入闽后，魏荫南同志曾任莆田县委书记，晋江地委秘书长、地委副书记，福建省工业厅副厅长，省监察委员会副书记，省委组织部副部长，省司法厅副厅长，省人大常委会法制工作委员会副主任，直至1983年2月离休。

魏荫南同志到南下服务团时，已经是一位21年党龄的解放区的县长，但是他没有半点骄傲自大的表现。我们服务团在上海学习期间，本来都用“官衔”称他。有一天，他对我们说，以后就叫“老魏”好了。

南下服务团行军，从上饶到福建南平，全是徒步前进。魏荫南同志和我们一样，身穿粗布军装，头戴“八一”军帽，下打绑腿，身揹背包、水壶，冒着酷暑，跋山涉水，风餐露宿，夜间与我们同睡在群众屋檐下、牛栏边或破庙里，没有半点特殊。他的作风民主，大家的事和大家商量。8月中旬，队伍在江西铅山宿营休整，有一天，团部发给每人猪肉一斤、面粉一斤，让大家“打牙祭”，改善生活。老魏是河北人，喜欢吃饺子。可是中队里有不少是南方人，想吃面条。老魏就让大家民主协商，结果，这天午餐部分同志合作捏水饺，部分同志煮汤面，皆大欢喜。这虽然是生活中的小事一桩，却是行程两千里中的花絮，使我至今难忘。

1949年9月19日，南下服务团到达福州后，魏荫南同志来莆田当第一任县委书记。同年12月底，我被晋江地委分配来莆田县委机关工作。机关内全是工农干部，只有我一个是“资产阶级知识分子”，在县委机关里一干就是15个春秋，这与老魏对我的了解与信任不无关系，体现了老魏贯彻执行了党的“重在表现，不唯成份论”的干部政策。

魏荫南（右二）视察工作

魏荫南同志十分注意领导班子的团结，特别是团结莆田地下党的同志，1950年间，当老魏了解到有些区的区委书记（南下干部）和区长（地下党同志）在许多方面意见不一致，影响了团结，便在一次区委书记（都是南下干部）会议上，强调了领导班子的团结。他说：“我们的干部队伍要坚持五湖四海。南下干部要主动团结，如果和地方干部搞不好团结，首先南下干部要负主要责任。”老魏对地下党干部的生活非常关心。陈蒲川同志是1927年入党的莆田地下党干部，1950年已近60岁，任莆田县委委员、县农会主席。他的办公室和宿舍都在县委机关内，也在县委机关食堂用餐。魏荫南同志亲自交代炊事员和陈老的通讯员小邱，要照顾陈老的生活习惯另外给陈老做可口的饭菜，端到陈老宿舍去。

魏荫南同志全心全意为人民服务的革命精神，艰苦奋斗的工作作风，密切联系群众的优良作风，正确执行党的方针政策的行为，实事求是的思想和工作作风，团结全县干部群众对莆田社会主义革命和建设所做的贡献，在莆田干部群众中有口皆碑。魏荫南同志不愧为一位好县委书记，他为党在广大人民群众中树立了光辉形象，为人民群众所爱戴。

“文化大革命”期间，魏荫南同志对林彪、江青集团的倒行逆施进行了坚决的抵制和斗争，身处逆境，遭受迫害，但始终相信党相信群众，维护党和人民的利益，从不计较个人得失。在“文化大革命”期间，莆田有些领导同志去福州，到老魏家里，向他反映被江青集团迫害的情况，老魏对他们说：“我这个1928年入党的干部都被诬为假党员，遭受迫害。但是我们要相信党，相信群众，形势总有一天会好的。”

魏荫南（右一）在工厂视察

魏荫南同志离休之后对莆田的改革开放和经济建设仍然十分关心。每当我去看望他的时候，他都要了解莆田的情况，当听到莆田改革开放、经济建设突飞猛进、日新月异的情况时，他都感到非常高兴。他说：“莆田人民艰苦朴素，勤劳苦干，莆田文化教育事业发达，人杰地灵，莆田华侨多，在国外高科技人才多，他们十分关心、支持家乡经济建设，为家乡经济建设出谋献策。在改革开放的方针指引下，把莆田建设成为现代化的港口城市大有希望！”

魏荫南同志啊！您在60多年的革命生涯中，为革命和新中国的建设事业做出了重要贡献。您的一生是革命的一生，是为党为人民的事业奋斗的一生。

（本文原载于《筑梦人生》）

抗战教育家

刘云刚

陆维特

（1909.11—1991.11）

原名赖成，出生于福建省长汀县。有阿拉伯血统。16岁从厦门只身到马来西亚求学。1926年回国。1928年参加革命。1929年9月加入中国共产党。1930年到上海，任上海市委法南区委组织干事、发行部长。1931年被捕。1937年国共合作大赦出狱。抗战初在上海生活教育社从事教材编辑。1939年到重庆，在陶行知办的育才学校任文学部主任。1941年，到新四军苏北解放区任苏皖教育学院教育长。后历任盐埠师范校长，华中建设大学代教务长、系主任教授，大连文法学院教授。1950年12月从华东局调福建工作，历任福建人民革命大学党委书记、副校长，高教党委副书记，福州大学党委书记、校长，省人民政府文化教育委员，福建师范学院院长、党委书记，厦门大学党委书记兼副校长，南洋研究所所长，省科协主席，省科委副主任，中国陶行知研究会副会长，省陶研会会长。曾任第六届全国政协委员。

编辑絮语

一个具有阿拉伯血统的青年，投身于中国人民的抗战事业，并成为蜚声大江南北的“抗战教育家”。这首先应归功于“丝绸之路”。

他的先辈从丝绸之路走来，走进“太平军”的队伍，落脚在汀州，扎根在八闽。武夷山下的水土滋养了他们，客家人的乳汁哺育了他们。恩深似海，何以回报？——唯有坚定的信仰。

人的信仰一旦确立，任何力量都无法改变。信仰是心中的绿洲，她没有国土和语言的界限。

正因为有了信仰，两次被捕，十年监禁，都没有让陆维特屈膝后退。

坚贞的信仰，是爱情的纽带，更是人生全部的美！

“我父亲是陶行知的学生。自 1928 年入晓庄师范开始，一直从事教育工作，尽管革命斗争中两度入狱，但始终保持教育工作者的本色。因此，我父亲常常对别人称他为‘教育家和社会活动家’引以为荣。”

已故抗战老同志陆维特之子陆小宁如是说。

陆维特，1909 年出生于福建长汀，阿拉伯人后裔。祖父马哈默德从西亚通过陆上的丝绸之路来华经商，先在江苏镇江落脚，后来参加太平军，成为养马员。随太平军南下长汀时负了伤，幸被一名赖姓绅士收为养子，遂改姓为赖，并继承了他家的产业。

陆维特是他祖父长男的次子，取名赖成瑚，在长汀念完小学后，由其长兄赖成球资助到厦门禾山中学读书，1925年毕业后只身去马来西亚槟城谋生。1927年，在我国大革命浪潮的影响下，返回汀州（长汀）师范读书；1928年，考入陶行知创办的南京晓庄试验乡村师范（含大专和中专），进文学艺术部学习。

20世纪30年代马来西亚槟城

在晓庄师范，陆维特参加了晓庄剧社，曾到上海同周扬、郑君里等参与左联“大道剧社”演出；在同学中宣传共产主义，支持南京合记工厂工人罢工，参加南京大中学校共同反对日本108艘军舰进入南京下关江上的大示威，支持晓庄少先队发动的旅行参观乘火车的斗争。1929年9月他在晓庄师范加入中国共产党组织，从此开始了为共产主义奋斗终身的革命生涯。

晓庄师范

1930 年初，因晓庄师范被当局封闭，陆维特转到上海参加党的地下活动及左翼剧联活动，同赵丹、孙道临、上官云珠等积极开展进步文化运动，产生了广泛的社会影响。5 月，在杨树浦参加飞行集会，散发传单时被捕，在提篮桥监狱关了 7 个月。出狱后，他在中共上海市委法南区任支部书记、区委发行部长等职。在此期间，介绍卢嘉锡等人加入中国共产党组织。1931 年 4 月 16 日，因《红旗报》发行部被敌人破坏，接头地点被查抄，他去联系工作时不幸被捕。国民党当局以他破坏三民主义罪判刑 10 年，关入上海龙华监狱。

在狱中，陆维特同其他共产党人一道，以多种方式同国民党展开激烈的斗争。1933 年春夏之交，因顾顺章的叛变敌人到处抓人，把监狱的政治犯都拍成照片给顾去认。狱中的陆维特和其他共产党员知道照相不是好事，故意在拍的时候，改变脸、目、鼻的形状，以致重照多次。针对反动派对政治犯采取的残酷手段，他们提出反对迫害、要求开镣的斗争口号，迫使当局不得不将双镣改为单镣，重镣改为轻镣，他们取得了狱中斗争的胜利。

监狱的四周是高高的围墙，墙外与高窗下是长满荒草的废墟，这里是屠杀革命人士的刑场。面对白色恐怖，烈士的无畏和坚强，激励着监牢里的每一位同志，更加点燃了陆维特等革命志士心中的火焰。殷夫的“黑暗和风暴终要过去，你呀！洁圣的光芒，永存！”深深地印在战友们的心坎上。杨匏安的“慷慨登车去，临难节独全。余生无足恋，大敌正当前。投止穷张俭，迟行笑褚渊。此番成永别，相视莫潸然”，浓浓地融化在战友们的血液中。

陆维特和战友们一起保持着旺盛的革命意志，站在斗争的前列。他编写《犯人之家》剧本并男扮女装，演这部话剧给战友们看，以激励斗志。他写通讯报道狱中的大斗争，寻求外援，以便保证既得胜利果实，配合全国性的抗日救亡斗争。他还写了反映少年犯受苦难及其出路的长诗《流浪儿合奏曲》，秘密托人送呈《生活教育》杂志主编陶行知，陶先生在刊登这首长诗时，给作者署名“维特”。

陶行知为什么给他署名为“维特”？陆小宁告诉记者，那时他的父亲叫赖成瑚，在汀州师范读书时认识了聪慧而又美貌的女生廖履冰。廖履冰是福建长汀人，1928 年入党，1930 年回闽西苏区时，不幸在上杭白砂牺牲，时年 20 岁。当时，他们在晓庄学校成了同窗好友。他们在话剧《一致》中分别扮演男女主角，感情迅速升温。廖履冰把自己的肖像照送给了陆维特。然而，廖履冰原先的男友对廖一往情深，紧追不舍……于是，同学们在可敬可亲的陶行知先生面前，戏称赖成瑚为歌德笔下《少年维特之烦恼》中的维特。在狱中，陆维特惊悉廖履冰已为革命流尽最后一滴血，不胜悲恸，写了那首长诗《流浪儿合奏曲》，陶行知便以维特之名发表了。因为在监狱里待了六年，之后便改姓“陆”，以后便一直沿用“陆维特”这个名字，既是出于对恩师的敬重，也是对在大革命中牺牲的廖履冰烈士的怀念。后来，他把狱中的经历写成革命小说《三千六百日》，廖履冰烈士也是这部小说中的重要人物。陆维特曾说过：“廖履冰是我的第一个恋人。”

1937 年 10 月，陆维特先到陶行知创办的《战时教育》杂志当常务编辑，上海沦陷后，辗转武汉进行革命活动，参加抗战教育研究会，并担任汉口小学战时服务团教师。到 1938 年 7 月，陆维特已编写抗战教育课本 10 万多字，特别是编著了《抗战中华人民共和国成立读本》《新教育课讲话》《故事晚会》等抗战教材。1939 年 8 月，陶行知办的育才学校迁到重庆，陆维特在陶行知任校长的育才学校任文学组主任和老师，并组织选拔测验组，分赴各儿童保育院、孤儿院等难童机构，择优选拔具有某种特殊才能的儿童入学。他选出难童 30 多人，还请陶行知先生亲笔写信给大田坎保育院院长罗叙章，把具有音乐才华但因是癞痢而被人瞧不起的难童陈贻鑫破例选送到育才来，编进了音乐组。在育才学校，陆维特与贺绿汀、章泯、艾青、陈烟桥、魏东明等许多名家都有亲密合作。周恩来非常关心育才学校的建设，多次亲临学校，看望在校的教职员工。他还亲自送来许多学生。李鹏等许多革命烈士子女都在这所学校就读。

皖南事变后，陆维特被敌人列入黑名单。经周恩来安排，1941 年 2 月，陆维特辗转来到苏北盐城新四军军部，在陈毅领导下从事教育工作，被陈老总称为“大后方来的文化人”。

陆维特任抗战教材编委会主任，负责新四军教材的编写工作。1942 年初因盐阜联中成立，陆维特调任联中师范主任，后任盐阜师范党支部书记和校长，成为新四军最早的教授，该校也成为新四军创办的第一所师范学校。

在硝烟弥漫的战争年代，陆维特以“抗日建国”为办学宗旨，贯彻陶行知“教学合一”的思想，主张走出课堂，学用结合，为我党和抗日战争培养了一大批干部人才。恰如与他在苏北共同战斗过的老同事项南在 1991 年 6 月 2 日的信中所说：“你从来不知疲倦，总想为人民多做一点事。”

抗日战争胜利后，苏中、苏北、淮南、淮北解放区连成一片。在解放区，我党明确提出继续执行“干部教育第一”的方针，把干部教育放在各级各类教育的首要地位，积极为解放战争和土地改革准备干部。解放区为健全教育行政机构，“进一步推动民主主义教育”，迫切需要大批高中级教育管理干部和中等教育师资力量，1945 年 11 月底，苏皖边区政府决

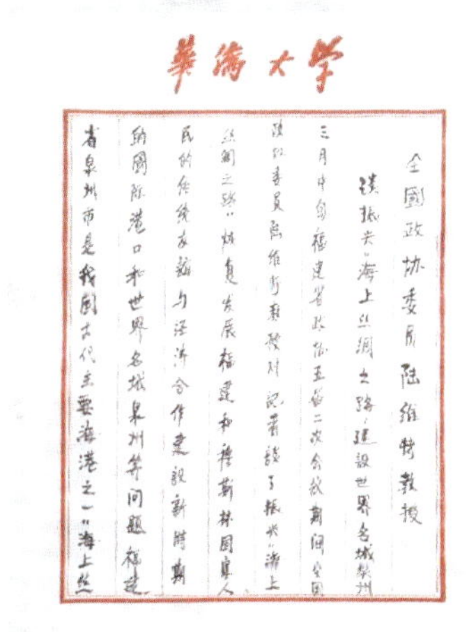
華僑大學

全國政協委員陸維特教授
談振興"海上絲綢之路"建設世界名城泉州
三月中旬福建省政協五屆二次會議期間，全國
政協委員陸維特教授對記者談了振興"海上
絲綢之路"，恢復發展福建和[illegible]人
民的傳統友誼與經濟合作，建設新時期
納國際港口和世界名城泉州等問題。福建
省泉州市是我國古代主要海港之一，"海上絲

华侨大学信笺记，陆维特教授首倡“海上丝绸之路”

定将盐阜师范改为苏皖教育学院，调任陆维特为教育长（未设院长，执行院长职权）。1946 年，改任华中建设大学中等教育系主任、教授。1947 年被派往大连，担任旅大文化专科学校教授。1948 年赴苏联考察学习，1950 年回国，在上海华东局宣传部宣传局任局长。张鼎丞主席得知后向中央点名要陆维特担任福建省人民政府文教委员会主任，先后任福建人民革命大学党委书记兼副校长、福州大学党委书记、校长，福建师范学院院长。1955 年又调任厦门大学党委书记、副校长，1977 年调福建省科委副主任、省科协主席，历任福建省人大代表、福建省政协常委、第六届全国政协委员。

1952 年福州大学（福建师范大学前身）校长陆维特（左二）与党委副书记兼政治辅导处主任张立（右一）等人合影

寂静安详中的炮火硝烟

吴红群

吴清传

（1910.12—1998.12）

出生于福建省永定县城郊乡。1928年参加永定农民暴动后加入共青团。1930年7月参加中国工农红军。1932年10月加入中国共产党。历任红军新十二军一〇四团战士、班长、连长，新四军二支队游击队副队长，新七团二营教导员，苏中三分区独立团政治处副主任，浙东纵队山北自卫队政治部副主任，四纵队后勤留守处政委，华东军区后勤卫生部第三后方医院政委等职。1949年后，任华东军区第五野战医院、第十四野战医院政委，浙江军区宁波军分区政治部副主任。1955年被授予上校军衔。1957年获二级“独立自由勋章”。1959年2月转业任福建省档案局副局长兼省档案馆馆长，曾当选省第五次人民代表大会代表。

编辑絮语

人们在档案馆查阅档案资料的时候，也许不会想到曾经有一位获得“八一勋章”“独立自由勋章”“解放勋章”三枚勋章的老红军，是福建省第一任档案局局长。

从炮声轰鸣、硝烟弥漫的战场，转到静默无声的档案室工作，他没有因身上多处的伤痛而懈怠。他把档案室看作另一个战场，静寂中依然响着万马奔腾、冲锋陷阵的厮杀声！

这就是战士！

战士的本色——服从命令，冲锋在前，每战必胜！

永定暴动遗址

吴清传，福建省永定县城郊乡箭滩村人。自幼追随杰出的无产阶级革命家张鼎丞“打土豪，分田地”。永定暴动前，张鼎丞、郭滴人等经常在他家开会，商讨和布置革命工作，小小的吴清传和他的母亲总是在门外站岗放哨，防止地主狗腿子偷听。

1928 年 6 月 30 日，参加永定暴动后，吴清传加入了中国共产主义青年团。1929 年，毛泽东、朱德、陈毅率领红四军入闽开创闽西革命根据地，成立了以闽西革命武装为主的第四纵队，吴清传便参加了红军队伍。1932 年光荣转为中国共产党党员。

土地革命战争时期，他随军参加了广东南雄战役和第三、四、五次反“围剿”斗争。主力红军长征后，他跟随张鼎丞、邓子恢在闽西苏区坚持南方三年游击战争。

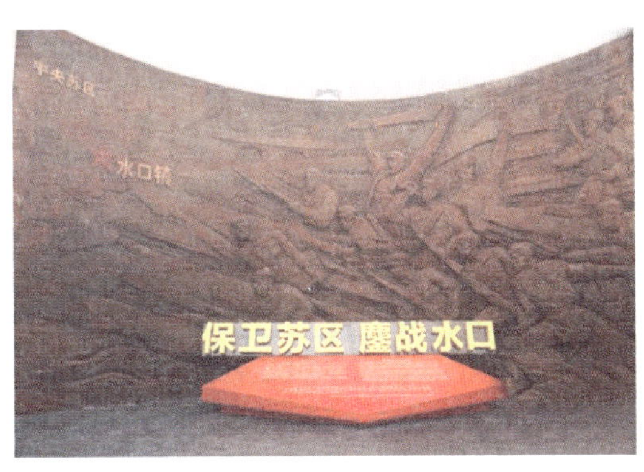

南雄战役陈列馆

抗日战争爆发后，他随张鼎丞红军游击队编入新四军二支队，北上苏皖前线抗日，先后任游击大队政委，新四军第四纵队第二十八团政治处副主任。他亲历黄桥决战、姜偃战役，在敌后抗击日伪的多次

新四军黄桥战役纪念馆

“扫荡”。

解放战争时期，吴清传升任华东军区后勤部副主任，中国人民解放军九四医院第一任政治委员等职。他参加淮海战役、渡江战役，身上多处受伤。

中华人民共和国成立后，吴清传曾任宁波军分区政治部主任。荣膺三级“八一勋章”，二级“独立自由勋章”，三级“解放勋章”。

1959年6月，吴清传转业地方工作，任福建省委档案局第一任局长兼省档案馆馆长。

永定东溪大桥

吴清传离休后不忘初心，时时刻刻关心家乡的经济建设。他看到家乡父老世世代代使用小船摆渡过河出行不便，就用自己多年的积蓄为家乡修建了一座大桥，并为大桥题名“东溪大桥”。

忆优秀共产党员蓝荣玉

王　直

蓝荣玉

（1914—1980.8）

出生于福建省上杭县庐丰乡的一户贫农家庭。1929年7月参加少先队，任区少先队队长，1930年加入共青团，1931年任团委干事，1932年担任省保卫局执行科审判员。1933年加入中国共产党，同年参加工农红军，任福建军区独立二团政治处特派员，接着任福建省国家政治保卫局科员。1934年担任连城庙前检查站站长，不久任武北独立团特派员；红军长征后，坚持游击战争。1935年初任明光支队特派员；同年春，担任杭代县军政委员会副主席，在双髻山一带开展游击活动，结合当时实际提出革命两手策略，争取了保甲长，但被错认为“右倾”而撤职。1936年在白砂领导群众开展保田斗争，保持了革命支点。1938年春参加新四军二支队北上抗日，任二支队第三团保卫科科长。1940年任江南指挥部一师保卫部部长，1942年任师组织部部长。1943年参加华东党校学习，任党支部书记。1945年任十六旅政治部副主任，参加孝丰战斗。1948年8月任苏南二分区政治部主任，接着在华中军区当组织部副部长，新四军改为华东野战军时任野战军组织部副部长。不久任二十四军政治部主任，参加淮海战役。中华人民共和国成立后任福建省民政厅长、省政法委员会主任兼法院院长。1953年后任副省长、省革委会副主任、省委常委、省人大常委会副主任、第九届中央候补委员。

编辑絮语

他出生在闽西小山村，15岁走进革命队伍，为党为人民的解放事业奋斗了50多年。

他身居高位，权重如山，从二战到抗战，长期搞的是锄奸和保卫工作。他知道，在复杂多变的斗争环境中，在党内“左倾思潮”泛滥的日子里，不仅保持高度的政治警觉性，同时深知实事求是、“没有调查研究就没有发言权”的重要性。所以，在破案和判案中都力求做到“不冤枉一个好人，不放走一个坏人”，为巩固和纯洁革命队伍做出了杰出贡献。

在王直将军的眼里，蓝荣玉同志是一个“坚持原则，秉公办事；顾全大局，维护团结；关心同志，爱护群众；坚持党性，作风正派”的党的好干部。将军说，蓝荣玉同志的品格最值得赞颂！

诚然，精神是支柱。人无精神何以立于世界？品格决定精神的走向。

品格是道德所滋养的花朵。一个人的高贵品格不到最困苦的时候，别人是不容易赏识的。一如经冬的红梅，唯有皑皑白雪重压枝头，方能绽放出艳丽与清香！

蓝荣玉同志1914年出生于福建上杭县芦丰区的一个贫农家庭里，他从小务农，曾上小学四年，十五岁参加革命。1931年加入共产主义青年团，1933年加入中国共产党，在上杭芦丰区苏维埃政府做民政工作。同年响应党的号召，参加中国工农红军，在福建军区独立二团政治处任特派员。尔后部队整编调福建省国家政治保卫局当科员。在1935年以后的三年游击战争中，任过杭代县军政委员会副主席，红七支队特派员。1938年任新四军二支队政治部锄奸科科长，随军北上抗日。1939年冬调皖南军部教导队第九队（高干队）学习，结业后调任新四军江南指挥部军法处科长、副处长。1941年1月皖南事变后，任新四军一师政治部锄奸保卫部长。1944年以后任新四军十六旅政治部副主任，苏浙军区第二分区政治部主任。1945年江南部队北撤以后任华中野战军政治部组织部部长、华东野战军政治部组织部部长、七兵团二十四军政治部主任。

1949年渡江战役以后，随军南下。福建解放后任福建省人民政府民政厅厅长、政法委员会副主任、省高级人民法院院长、副省长、省委常委、省委监察委员会书记、省历届人大代

表。他是党的九届中央候补委员，还曾任福建省革委会副主任、省第五届人大常委会副主任等职。他积劳成疾，于1980年8月不幸逝世。

蓝荣玉同志为党为人民事业奋斗了五十多年，他的一生是革命的一生，战斗的一生，鞠躬尽瘁为人民的一生。他是我们党的好干部、优秀共产党员，他忠于党，忠于共产主义事业，他的革命精神和崇高品德，是我们许多同志永远不能忘怀的。

坚持原则　秉公办事

我在第二次国内革命战争时期就认识蓝荣玉同志，曾经几度共事和同窗。他在艰苦困难的岁月里，有着顽强的斗争意志，敢于同坏人坏事做斗争，也善于同坏人坏事做斗争。他爱憎分明，坚持原则，秉公办事。这些，都给我留下深刻的印象。蓝荣玉同志较长时间做保卫工作，业务熟悉。1933年初，他在红二团任特派员时，就感到肃反扩大化不符合实际。那时中央苏区在王明“左倾”路线统治下，教条主义、唯心主义猖獗，盲目性很大，随便捕人，造成许多冤假错案。蓝荣玉同志却十分注意遵循毛泽东同志关于“没有调查就没有发言权”的教导，坚持一切案件通过调查研究，坚持实事求是重证据的原则。这是难能可贵的。如他处理独立团三连二排长郑大根的案件就是一个很有说服力的例子。原来，一个坏分子写了一封匿名信，诬告郑大根同志企图逃跑，而有关部门的一些同志捕风捉影，信以为真，不做调查研究，就把他扣押起来，搞逼供信。这件事被蓝荣玉同志知道了，他不依靠现有材料，不轻信口供，不做轻率的结论，而是亲自深入连队调查研究，取得了确实的证据，使这个案件得到了正确处理。蓝荣玉同志这种认真负责的精神，不仅使郑大根本人非常感动，也教育了全体指战员。

抗日战争时期，荣玉同志又重新负责政法工作，他为了纯洁巩固部队、提高部队的战斗力，十分重视政法干部队伍的建设。部队到皖南休整时，他积极向支队政治部王集成主任建议，认为在新的形势下，出现了许多新问题，必须提高政法干部的业务能力和政策水平。领导很支持他，很快开办了训练班，加强了保卫锄奸工作。由于党的抗日民族统一战线深入发展，大批的爱国人士和爱国青年踊跃参军参战。部队处在苏皖前线，斗争复杂，敌伪顽千方百计地派遣特务混入我军队伍，进行破坏活动。我军锄奸工作任务十分繁重。荣玉同志坚持走群众路线，深入发动群众，依靠群众，开展群众性的锄奸工作。部队刚到苏皖前线不久，就在三团二营破获了一起重大案件，伪军头目朱永祥派来的特务宋朝宗，打入我军内部后当了营部书记，做了不少坏事，经常把我军情况和行动密告朱永祥。这个案件的侦破，荣玉同志是费了一番力气的，打击了敌人，总结了侦破经验，受到支队政治部的表扬。蓝荣玉同志从内战到抗战，在破案和判案中，都力求做到不冤枉一个好人，不放走一个坏人，为巩固和纯洁部队做出了贡献。

顾全大局　维护团结

廖海涛

黄火星

在艰苦卓绝的三年游击战争中蓝荣玉同志顾全大局，维护团结，在这方面的表现是很突出的。1935 年夏秋，他同廖海涛、黄火星同志一块工作。当时，国民党反动派军队配合民团壮丁队，对岩下山、双髻山地区进行残酷的“清剿”，敌人实行烧光、抢光、杀光的三光政策，斗争非常尖锐复杂，群众一时不敢接近我们。不少保甲长靠在敌人一边。担任杭代军政委员会副主席的蓝荣玉同志，根据闽西南军政委员会的指示，结合当前情况，提出实行公开斗争与秘密斗争、武装斗争与非武装斗争相结合，实行革命的两手政策，以便更好地发动群众、依靠群众进行游击战争。本来荣玉同志这个意见是对的，对争取保甲长有利，对保护群众利益有利，对坚持岩下山、双髻山斗争也有利，可是，由于“左”的思想影响，这一正确意见，却曾被看作“右倾”，他们不仅对他进行批评，而且无缘无故把他副主席的职务也撤销了。后来在新四军皖南九队学习时，他向支部提出了此事。我是九队支部书记，廖海涛同志是九队指导员，我把蓝荣玉同志同我谈的这件事与海涛同志谈了。我问：“蓝荣玉同志在坚持杭代游击战中究竟有什么错误啦?!”海涛同志回答说：“蓝荣玉同志什么错误也没有！有错误是我的错，我把他副主席撤了。那时我脑子里发热，对敌人仇恨很深，思想方法主观片面，只知道对敌人硬拼，不知道也有妥协的余地，所以对蓝荣玉同志提出的革命的两手政策的正确意见听不进。我发了脾气，说他‘右倾’，可是蓝荣玉肚量大，很原谅我。”海涛同志还说，张鼎丞主席在双髻山会议时，也肯定了荣玉同志的意见是从实际出发的，依靠群众、争取多数、打击少数是对的。后来杭代执行了这个正确的政策，打开了杭西北的局面，也使岩宁连与杭代游击区取得了联系。1936 年，杭代西北得到发展，许多党的组织得到恢复，上下之间互相联系了。谭震林同志在双髻山会议时，

闽西三年游击战争的秘密据点——蛟洋双髻山

还总结了这条经验，他说：“杭代能采取分化瓦解敌人的斗争政策，事实证明不仅坚持了杭代原有的根据地，而且得到发

展。”蓝荣玉同志为了党的事业的胜利发展，虽然受到不公正的对待，却毫不计较个人得失，始终顾全大局，始终与大家团结共事。他坚信正确与错误，通过实践是完全可以解决的。他的这种正确态度，赢得了同志们的钦佩和信任。

1938年冬，我们新四军二支队机关刚到苏皖前线不久，政治部王主任派蓝荣玉同志带工作组到大官圩、亭头、黄池开展地方工作。当时，对那一带地形、民情都不熟悉，困难很多。蓝荣玉同志不怕困难，积极工作，以身作则，遵守三大纪律八项注意，增进了军民团结。他正确执行党的抗日民族统一战线政策，争取团结各阶层人民，迅速打开了那个地区的局面，使我们部队在那里站住了脚，对昌缘领导的地方部队，团结争取编入新四军，取得了很大成绩。

蓝荣玉同志善于团结不同意见的人一起工作。因为他作风民主，有事总是和大家商量，所以有些闹不团结的干部调到他那里，也能团结起来。蓝荣玉同志在支队军事法院工作时，有个干部多处与别人搞不好关系，后来王集成主任说，调到军事法院去。蓝荣玉同志乐意接受，表示欢迎。他认为，人的思想是可以变的，只要实行教育帮助，是完全可以转变的。果然如此，这个干部在法院工作不久，转变很快，工作积极肯干，表现很好。王集成主任说，蓝荣玉团结教育人很有办法，是个模范。

关心同志　爱护群众

在解放战争中，蓝荣玉同志一直在野战军政治部组织部工作。那时我从六纵队调到十二纵队，同野政一起行动一个多月。我们一到野政就感到很温暖。组织部既管党的工作又管干部工作，当时在那里几个待分配工作的干部都说，野政作风民主，对每个干部调动工作都谈谈话，尽管战斗频繁，困难很多，但对干部很关心，很照顾。特别使人感动的是，蓝荣玉同志几乎每天都来看看我们，做热情诚恳的谈话，很重视我们汇报的部队情况，并能尽快地解决问题。他对犯错误的干部，也是满腔热忱，按照党的“惩前毖后，治病救人”的方针，耐心启发引导，帮助认识错误，指明改正错误的方向。如原四六团政委陈绍海同志，在苏中战役中打了胜仗，骄傲自大起来，目无组织纪律，部队北撤时，拦阻军运汽车，犯了错误。组织上撤销了他团政委的职务，调到野政。蓝荣玉同志针对他的思想，既严肃批评，又耐心说服，引导他认识错误的严重性，要他吸取教训，改错就好。陈绍海同志在蓝荣玉同志帮助下，很快提高了觉悟，甩掉了包袱，轻装前进。后来他被分配到秘书处做行政工作，工作积极，认真负责，受到领导好评。他深有感触地说：“我有点进步，也是蓝部长帮助教育的结果啊。”蓝荣玉同志不仅关心干部，同时也关心战士。我们四七团到浙江扬枫广整训时，战士朱富良生病，卫生员把他送到医院，路上

遇到蓝荣玉同志。蓝荣玉同志看到这个战士发烧到 40 度，脸色苍白，病情很重，当机立断，叫饲养员把自己的马让给这个病号骑着送医院去。饲养员不解地说："首长你呢?"蓝荣玉同志说："我身体健康，可以走路。"朱富良到了医院，知道让马的是旅政治部蓝荣玉副主任时，激动得热泪盈眶。

蓝荣玉同志对群众也很爱护，处处维护群众利益。1939 年春，支队司令部驻在安徽狸桥头。一天晚上，突然听到杨家村"民房失火"的呼喊声，蓝荣玉同志立即带了执法队前去抢救。因为是茅草棚，火势很猛，群众说，还有人在屋里。蓝荣玉同志毫不犹豫，带了两个战士冲入火海，把两个小孩一个老太太抢救了出来。蓝荣玉同志这种舍己救人的精神，感动了杨家村广大群众，扩大了我军的政治影响。

1940 年 5 月，在皖南教导队九队结业后，我们一块回苏南前线，路经安徽铜陵，看到路上几个难民生活非常困难，蓝荣玉同志心里很难过，就把自己背的一袋米和三年游击战争时保存下来的一块银圆送给了一个六十多岁的老大娘。难民们感激地说："新四军真是爱国救民的军队。"

坚持党性　作风正派

蓝荣玉同志是一个党性很强的好干部，他总是把党的利益放在第一位，个人的利益放在第二位。调动工作从不讲价钱，能上能下，服从组织分配，不计较个人得失，在日常工作生活中严格要求自己。我们相处中，经常可以看到他用共产党员的标准来衡量自己。1939 年在皖南九队学习时，首次读到刘少奇同志《论共产党员修养》。那时我们都在一个支部生活，我经常听到他说："我是一个不老不新的党员，用共产党员标准对照一下自己，还差得很远，我要力争做个名副其实的好党员。做个党员首先必须学习，要刻苦钻研马列和毛主席的著作。如果没有点马列主义水平、科学知识，要做好党的工作是不可能的。"在九队学习，他确实是很努力，经常看书，认真听教员讲课，讨论时，总是理论联系实际，认真总结自己过去的工作经验，有针对性地来学。有时星期天也不出去玩，而在埋头看书写笔记。他在这段学习期间内，精读了《大众哲学》《政治经济学》《党的建设》《统一战线》等好几本书。我们支部曾表扬了蓝荣玉同志勤奋学习的精神。

蓝荣玉同志在教导队不仅学习好，工作也很好。当时九队驻在石头尖一个小村庄里，没有课堂，也没有饭堂。为了改善学习条件，支部号召学员自己动手盖草棚，蓝荣玉同志积极响应。12 月下大雪，天寒地冻，蓝荣玉同志和大家一样扛木头挑稻草，十分卖力。有一次把手脚都冻裂了，连走路都困难，却坚持不休息，几天之内，大家就把课堂盖起来了。蓝荣玉同志还担任支部委员，并负责俱乐部墙报的工作。他服从领导，遵守纪律，工作很积极，发现班里有什么问题就及时反映到支部，也经常向支部汇报自己的思想和工作。有一次，借了老百姓的水桶，没有当时归还，群众有意见，他就主动去向群众做

蓝荣玉同志和革命伴侣徐月明同志

自我批评。

蓝荣玉同志的革命事迹是值得赞颂的。这里我回忆的几件事，只是几个片段。

我们缅怀蓝荣玉同志，就是要学习他的高尚品德和革命精神，为加强党的领导，转变党的作风，提高党的战斗力，为建设社会主义的物质文明和精神文明而努力奋斗。

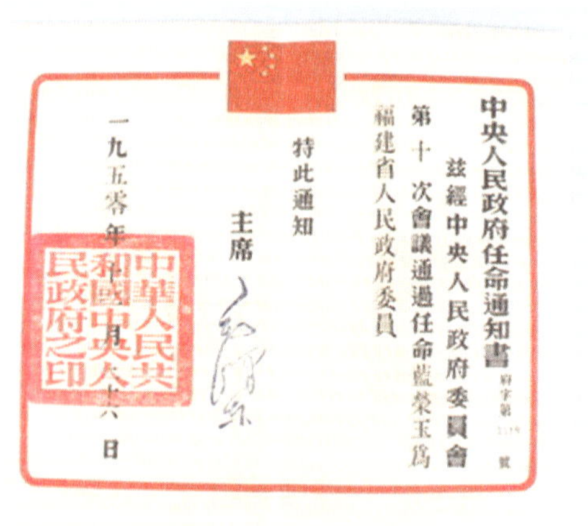

中央人民政府任命通知書 府字第 [illegible] 號

茲經中央人民政府委員會第十次會議通過任命藍榮玉爲福建省人民政府委員

特此通知

主席

一九五零年十月十六日

中華人民共和國中央人民政府之印

1950 年中央人民政府任命蓝荣玉为福建省人民政府委员任命书

新四军“战神”

王培臣 口述　刘云刚 整理

王培臣

（1914—2007）

福建省上杭县人。1929 年参加才溪乡农民暴动，1930 年 11 月参加红军，1933 年 2 月加入中国共产党。历任红军文书，连长，营教导员，团总支书记，新四军二支队司令部测绘参谋、侦察参谋、作战参谋，三团代参谋长，新二支队作战科科长，新四军司令部侦察科副科长、参谋处二科科长，皖江军区兼新四军七师沿江支队、沿江军分区参谋长，沿江支队白湖团参谋长、独立团团长，七师十九旅五十六团团长，山东野战军七师参谋处处长、十九旅参谋长，华东第七纵队十九师参谋长、副师长，中国人民解放军二十五军七十三师师长兼南平城防司令员。1951 年参加中国人民解放军志愿军入朝作战，任志愿军二十六军副参谋长，荣获朝鲜民主主义人民共和国二级自由独立勋章。后历任师长、军副参谋长兼作战训练处处长，七十六师副师长，胶东半岛国防工程区参谋长。1955 年荣获二级八一勋章、二级独立自由勋章、二级解放勋章、二级红星功勋荣誉章。

编辑絮语

电视剧《亮剑》在许多人的记忆中留下了深刻的印象。据说，《亮剑》中的那位八路军师长就是以第三野战军师长王培臣为原型之一的。

王培臣，上杭县才溪乡溪东村（上屋村）神坛岗上人。他身材魁梧，相貌堂堂，胆略过人，足智多谋，身经百战，战功赫赫，当年被人民解放军全军上下称为“战神”。

韦岗之战打的是伏击战。选择伏击地点成为战斗胜利的关键。王培臣作为司令部的测绘参谋，对司令员粟裕的决策起到了重要作用。

新四军深入江南敌后，首战韦岗，大获全胜，打破了日军不可战胜的神话。陈毅喜闻首战告捷，当即口占一首七绝：“弯弓射日到江南，终夜喧呼敌胆寒。镇江城下初遭遇，脱手斩得小楼兰。”

走出闽西大山

王培臣出生在上杭县才溪乡溪东村，这个山村也叫上屋村。

20世纪，毛泽东来到上屋村访贫问苦，动员民众支援红军，当时上屋村每家每户都有人参加红军。同王培臣一起参军的就有 9 名青年。

王培臣是才溪王氏第 20 代裔孙，辈名“松育”。他从小聪明，虽调皮但肯干肯学，不怕困难不怕苦累，勤奋向上，具有冲破旧社会走向光明的毅力，一心想闹革命求解放，为劳苦大众谋福祉，所以参军后表现突出，进步很快。1932 年 4 月加入中国共产主义青年团，1933 年 8 月转为中国共产党党员。

土地革命时期，他当过勤务兵、司号兵、文书、连长、党总支书记、营政治教导员。在中央苏区二至五次反“围剿”中，参加了广昌、石城、矿山、马山等战役。主力红军长征后，留守闽西革命根据地，坚持游击斗争。

王培臣有个特点，每次重大战役他都身先士卒，善打能战。他可以说智勇双全，经常化装成士兵到敌区侦察，从不怕死；他有过目不忘之聪慧，一看即懂；他还有特殊的指挥才能，即能布兵，知道这个山头可以设置几门炮，几挺机枪，几多人，进攻战怎样掩护通过牺牲花费最小。所以他的一个师几千人可以歼国民党兵几千人抓其几千人，国民党部队一听到王培臣所部在此，都闻风丧胆，绝对不敢前进半步。

江南首战斩少佐

1938 年初春的江南，日军长驱而入，国民党军队节节败退。

在新四军二支队第三团任作战参谋的王培臣

也就在这年春天，从闽东、闽西的深山中走出一支支装备简陋却身经百战的队伍。数千红军战士在宁德屏南、龙岩白土集结，组建成新四军第二、三支队，挥戈出闽一路向北，直奔抗战前线。

那时候，日军兵力严重不足，无法控制苏南农村地区，那是我们发展的最好地带。

1938 年的 4 月，新四军三个支队抽调部分团以下干部和各支队的侦察连，共 400 余人组成了先遣支队，由粟裕担任司令员率领，挺进江南敌后。24 岁的王培臣是这支先遣支队的测绘参谋。

5 月 12 日，天刚蒙蒙亮，粟裕司令员派遣 5 名侦察员提前出发，要求他们摸清青弋江以及东门渡等处几十里敌伪地区的情况，并和友军取得联络。小分队通过日伪军的五六道封锁线，赶到苏南江宁县时，发现那里的人民对抗战有一种浓浓的悲观情绪。当地老百姓有半年多的时间没有看到中国军队的影子了。多如牛毛的“游击队”多是一些流氓、地痞、土匪或者国民党逃兵组成的乌合之众，专门欺负老百姓，对日本人则是游而不击。那天，大雨下个不停，5 个侦察兵全都给淋湿了。王培臣想在附近村庄找个躲雨的地方，老百姓却关起门来避而不见。那里几乎成了抗日的真空地带。

从先遣支队挺进江南敌后近一个月的情况来判断，粟裕认为：“我们要发展江南抗战，就必须寻机同日军打一仗，并且一定要打个胜仗。”

这一仗在哪里打呢？司令部侦察得知，日军当时正调兵遣将，向武汉进攻。从南京至镇江的公路上，日军的车队来往频繁。而这一带是丘陵地带，小山多，适合打伏击战。经过反复研究，粟司令决定在韦岗伏击日军的一个车队。

地处江苏镇江西南30里处的韦岗，与句容交界，群山峻岭，地形险要，两座100多米高的山岗横卧南北。从镇江到句容，有一条狭长的公路从两山之间穿过，的确是打伏击的好战场。

韦岗设伏是江南对日作战的第一仗，战前，一些新四军战士难免出现紧张情绪。战斗的头天晚上，有些指战员很兴奋也很紧张，跑到粟裕和政治部主任钟期光那里，这个问“打汽车先打哪里呀”，那个问“我们不会讲日本话，向鬼子喊话怎么喊”。粟裕笑笑说：“打鬼子我同大家一样，都是新娘子坐大花轿——头一回，也没有经验，主意大家定，办法大家拿。”

6月17日，天亮之前，粟司令就带领我们100多人悄悄进入了伏击地点。当时，连续下了好几天大雨，王培臣行走在泥泞不堪的山间小道上摔了好几跤。上午9点多钟，从镇江方向果然开来五辆日军汽车，为首的还是一辆轿车。当轿车离我军只有50米远时，粟裕下令：“打！”侦察连的机枪手一个点射，

击毙了车头的日本驾驶员。听到枪声，后面的四辆汽车一辆挨一辆停下，驾驶汽车的日本兵一个个被打死。

这时，有两个日本军官右手高举军刀，带领剩下的 20 多个日本兵，嗷嗷地叫着冲上来，王培臣和战友们便从四面八方杀向敌人。

日本兵看到自己被包围，准备用刺刀拼杀。战友们则用刺刀长矛向敌兵捅去，还有的同志抓起烂泥巴往日本兵的面部和眼睛上乱丢，有的日本兵眼睛被烂泥巴击中，我们的战士就趁机缴了他们的枪。

经过半个多小时的战斗，这股敌人全部被消灭，共计打死日军土井少佐、梅岗大尉以下 20 多人，缴获步枪 12 支、手枪 2 支、军刀 2 把、望远镜 2 台、军旗 1 面、日钞近万元，烧毁日军汽车 4 辆。难得的是，先遣支队没有一个伤亡。

战后，回到圩桥一带休整，新四军韦岗首战告捷的消息迅速传开，越传越广，有人说消灭了 300 多个日本鬼子，传到城里，变成了消灭 3000 多个，甚至 3 万多个日本鬼子。周围群众敲锣打鼓，抬着很多东西来慰问他们。粟司令热情接待各方群众，向他们宣传抗日道理，还“借花献佛”，用群众送来的猪肉、鸡鸭做菜招待他们。群众赞许说：“新四军不仅能打仗，而且做的菜也蛮好吃的。”

“韦岗战斗如黑夜中的火种，燃起了江南人民抗日的熊熊烈火。”王培臣说。“这一战，使新四军的名声大噪，成为抗日战争中的经典战斗。”

韦岗伏击战规模不算大，但在当时日军长驱直入的形势下，新四军在江南旗开得胜，打破了日军不可战胜的神话，振奋人心，也提高了新四军的声誉。从此揭开了创建以茅山为中心的苏南抗日民主根据地的序幕。

新四军先遣支队暨韦岗战斗历史陈列馆

韦岗战斗胜利纪念碑

在皖南事变中

皖南事变烈士陵园

1941 年 1 月 6 日，新四军军部及所属部队共 9000 余人，奉命由皖南北移抗日，于安徽泾县茂林地区突遭国民党顽固派 8 个师共 8 万余人的围攻堵截，激战 8 昼夜，终因寡不敌众，弹尽粮绝，最后突围出去 2000 余人，其余大部分牺牲和被俘。这就是震惊中外的皖南事变。

王培臣是突围出来的幸存者之一。作为新四军第二支队作战科长，王培臣对当时之处境，早就有一种难言的预感，常向支队领导建议准备方案。当时第二支队在突围中为中路纵队（军部随中路纵队之后跟进），1 月 4 日冒暴雨于午夜渡过章家渡的舒溪到达茂林东北的风村。6日战斗即打响。王培臣按支队首长的指令，带领一个侦察班分别到新、老三团传达作战命令，协助指挥榧岭、星谭和山口（百户坑口）战斗。8日和9日，第二支队在高潭地区组织防御，掩护军部行动，战斗激烈，部队伤亡较大，与敌打成胶着状态，晚上才得知中共中央决定撤销项英、袁国平、周子昆等人职务，部队由叶挺、饶漱石指挥。

石井坑守备前线指挥部旧址

10日至13日，第二支队占领石井坑阵地，抗敌围攻。当时部队英勇顽强，王培臣在新、老三团阵地之间飞奔，同时还担负联系左路第一支队和右路第三支队的任务，协调战斗，收拢被打散的人员继续投入战斗。

整个石井坑周围的战斗极为惨烈，据突围出来的王东平、阙中一、王荣光、张日清等人回忆，战斗中看到王培臣1.8米多高的身影带着侦察员，冒着敌人猛烈的炮火，在各团营之间飞跑，传达命令，协助指挥作战，其英勇与威猛，至今难忘。

13 日下午 4 时左右，军部决定突围。第二支队分两路向西北方向突围，预定在铜陵、繁昌之间渡过长江到达无为县。第二支队突围开始时只余近千人，陆续收拢其他部队后达 2000 人。部队在首次攻击受挫后，退回狮形山与香炉东之间再战。王培臣和三团团长熊梦辉在前头带队，与敌激战，并会合了突围出来的支队副司令员冯达飞等 400 余人，直奔章家渡。

14 日晨 5 时许，天刚破晓，我军冲到了章家渡对面的舒溪南岸，不知敌人新七师早已布防，决定百余人在南岸掩护，由王培臣和新三团团长熊梦辉、参谋长张日清、主任阙中一率百余人先行强渡。冲到舒溪中间沙洲时，遭敌猛射，大批战友倒在水里，王培臣大怒，端着机枪冲在最前面，大喊着激励大伙儿冲锋。

新三团参谋长张日清赶紧拉王培臣卧倒，这时，一颗子弹射来，打断王培臣右手腕（后被评为二等甲级残废），又穿过新三团二营政委黄步忠的头部（当场牺牲），再穿过通讯班长叶石家的左腰部。部队因伤亡过大，退回到南岸，王培臣等 300 多人被敌重兵三面追击围堵，决定分成几股突围。王培臣与王荣光（后任江苏省军区副政委）、阙中一（后任东海舰队参谋长）等与敌背水一战，沿途两侧尽见牺牲的烈士和伤员，枪炮震耳，尸横遍野，血流成河，真是惊天地，泣鬼神，天地为悲。

王培臣回忆说，下半夜冲到一处，只见遍地都是新四军军

新四军在皖南水网地带行进

人，以为大部队宿营，于是倒头便睡。凌晨，唤大家起来，才发现全是新四军遇难的无头烈士（全部被敌人残忍地割下头颅）。于是，他们在绝望中奋起。途中，几次遇敌，均利用过去在赣南打游击时跟陈毅学的四川话搭腔，冒充敌人部队番号巧妙通过。一次被敌兵围住，关在一土屋中，晚上王培臣组织所有人员集中向土墙角撒尿，挖洞得以脱险。就这样，历经艰险，终于突出重围，北渡长江到达无为县集结。

皖南事变中突围到无为县的新四军部队，后来与江北游击队、挺进团等部队组成了新四军第七师。皖南事变后，王培臣调到新四军军部工作过一段时间，后谢绝了二师师长罗炳辉将他调到该师的邀请，再次选择到第七师沿江支队兼沿江军分区担任参谋长。

新四军幸存将士悼念牺牲的烈士

皖南事变不了的情结和死难烈士的英魂召唤着他，重新回到战斗过的地方，坚持皖中抗日直到最后胜利。

抗日战争时期，王培臣曾任侦察参谋、作战参谋、团参谋长、二支队作战科长、新四军总部侦察科副科长、新四军第七师十九旅五十六团团长、皖中军区第一纵队副司令，率领部队参加了卫岗、横山、凤凰山等战斗。

解放战争时期，任第三野战军第七纵队十九师参谋长、副部队长及第二十五军七十三师师长等职，率领所部参加了泗水、淮阴、涟水、鲁南、莱芜、孟良崮、南麻、临朐、胶河、莱阳、昌淮、济博、淮县、曲阜、兖州、济南、上海等重大战役。王培臣身经百战，战功赫赫，被战友们称誉为不败的“战神”！

新四军中的文化名人

张　惟

马　宁

(1909.9—2001.12)

原名黄振村，出生于福建省龙岩县龙门镇。早年受进步思想的影响，参加学生运动。1928年开始从事文学创作并发表作品。1930年3月参加中国左翼作家联盟，同年9月加入中国共产党。1931年赴南洋，先后担任马来亚普罗文学艺术联盟主席、马来亚反帝大同盟宣传部部长、马来亚总工会秘书、马共中央宣传委员。回国后，1937年至1940年在新四军政治部主编《抗敌报》。后在桂林、广州、香港、新加坡从事革命文学创作与反帝反殖斗争。1948年被驱逐出境回国。中华人民共和国成立后，历任《福建农民报》主编、福建省文教厅文化处处长、省文联主任。1951年12月起，历任“福建省首届各界人民代表会议”代表，第一至三届省人大代表，第四、五届省政协委员，中国作家协会会员，中国文联委员。1985年8月离休。主要著作有中长篇小说《处女地》《铁恋》等。

编辑絮语

从闽西山区走向中国文坛，成为“左联”一员，蜚声于海内外。

举“普罗文学”大旗于异国他乡，主编《抗敌报》于国难之时。一生战斗在文化战线，对祖国、对故土深怀“铁恋”。

与美国著名女作家史沫特莱的战斗情谊，是他人生中的一段华彩的篇章。与叶挺将军的患难之交，更成为一段历史佳话。

卢沟桥事变之后，随着以国共合作为主体的抗日民族统一战线的正式形成，在中国共产党领导下的南方八省红军和游击队，组成国民革命军新编第四军，以北伐名将叶挺为军长，并组成中共中央军委新四军分会，项英、陈毅为正副主席，张鼎丞、曾山、黄道等为委员，奔赴江南抗敌战场。

新四军由四个支队和军部特务营组成。闽西的红军和游击队被编为第二支队，司令员张鼎丞、副司令员粟裕（后与第三支队副司令员谭震林对调），参谋长罗忠毅、政治部主任王集成。第三团团长黄火星、副团长邱金声、参谋长熊梦辉、政治处主任钟国楚，第四团团长卢胜、副团长叶道志（未到职，后改周桂生）、参谋长王胜、政治处主任廖海涛。邓子恢调任新四军政治部副主任。

当年有许多青年知识分子和文化名人踊跃参加新四军。“左联”作家马宁回到红色故乡龙岩加入新四军，随二支队出发，到达皖南新四军军部后，被任命为宣教科代理科长，负责主编军报《抗敌报》。他与前后到达的李一氓、聂绀弩、朱镜我、黄源等，被称为新四军的文化名人，对新四军的对外宣传和文化建设做出了卓越的贡献，在国内文艺界和青年中产生了很大影响。

发起组织闽西文化界救亡协会

马宁原名黄振椿，1909 年 9 月 15 日出生于龙岩县（今龙岩市新罗区）龙门镇赤水桥村。他在开明小学与郭滴人是同学，后同赴厦门集美学校，受到进步学生罗明（罗善培）主编的传播革命思想的刊物《星火》的影响。

马宁因闹学潮被开除，到汕头找到当年与章独奇、邓子恢一道创办《岩声报》的张觉觉。时为国民党汕头市党部宣传委员的张觉觉，介绍马宁加入了学运宣传队，在北伐东征誓师会上，马宁又与参加广州农民运动讲习所回来的郭滴人相逢。

郭滴人成为农运特派员后随北伐军返回龙岩，但马宁受到郭沫若演说的影响，决心走革命文学的道路。他到上海考入上海大学，又进入田汉创办的南国艺术学院，与陈白尘、金焰、郑君里等成为同学。1929 年，马宁听说朱毛红军直下龙岩上杭，欣喜若狂。他离开上海想投奔红四军，路上遇到从印尼归来的开明小学同学林映雪（林也是想投奔红军，后曾任闽西特委书记）。他们到达龙岩后获知县城重新被白军占领。马宁就住到了林映雪的老家龙岩城郊白岩区谢家邦乡。

《乐群》杂志封面

当时，这里已建立了苏维埃政权。马宁当即给上海《乐群》杂志寄去一篇通讯《我现在在一个新的太阳照耀下》。这是第一篇称呼共产党为“红太阳”的文艺作品。不久，他又重返上海，创作了长篇小说《铁恋》，产生巨大反响。

1930年，在钱杏邨、冯铿介绍下，马宁加入中国左翼作家联盟，并成为共产党员。后来冯铿等“左联”五作家被国民党枪杀，马宁于1931年2月被迫出走南洋。他在华侨中学教书，主编《南洋文艺》，一连写了7个剧本在新加坡演出，被称为马华文学与戏剧运动的先驱者。马宁因参加马来亚反帝大同盟以及组织马来亚普罗艺术联盟，1934年被英国殖民当局迫害，携新婚妻子王斯回国。

回国后，马宁急于与上海的党组织取得联系。1936年他再到上海，寻找阿英（钱杏邨）不遇，又获知田汉、阳翰笙被蒋介石软禁在南京. 后幸得上海大学校友会王秋心介绍，马宁到景平中学教书，后又转到华华中学，与柯柏年同事。

1937年“八一三”抗战，华华中学改为伤兵医院。马宁陪同沈雁冰、巴金上前线慰劳伤兵。他得以跟上海市文化界救亡协会办事处章汉夫取得联系，由他签证回龙岩寻找张鼎丞、邓子恢的部队。

马宁回到龙岩时，已是著作颇丰的革命作家。他通过新四军二支队办事处主任梁国斌的帮助，乘船到雁石找到邓子恢。邓子恢指示他发挥文化人的作用，到龙岩城开展国共团结抗日的宣传工作。

马宁以“左联”作家身份，给当时到福建省政府任“省公报室”主任的著名作家郁达夫写信，郁达夫即回函把他介绍给国民党政府龙岩专员张策安，分派马宁任“抗敌后援会”指导员。

马宁利用他的作家声望，在邓子恢和中共龙岩县委领导下，发起组织了“闽西文化界救亡协会”，有张栋鸣、郭国翔、张占云、张桢临等 100 多名进步青年参加，并主编《抗敌前锋》，还组织了“东肖抗日服务团”。这引起了国民党政府的恐慌，刊物被查封，服务团被迫解散，马宁遭到迫害。

邓子恢遂通知马宁脱离险境，直接加入新四军二支队，北上江南。路过龙岩各地时，万人空巷争相欢送新四军。邓子恢对马宁说：“你们的抗日宣传、发动群众工作还是有成绩的。”

在新四军中

在行军途中，马宁运用手中的笔，沿途撰写了《新四军散记》，寄往南洋的《现代日报》《现代周刊》发表。这是最早宣传新四军的通讯，在南洋华侨社会中产生了广泛影响。

到达皖南军部后，马宁被任命代理宣教科长，负责主编《抗敌报》。他请叶挺军长题写报头。《抗敌报》受到了江南广大军民的欢迎。《抗敌报》创刊1周年时，毛主席、朱总司令联名从陕北发来贺信，二支队司令员张鼎丞从前方给马宁寄来一幅中堂挂联：“我们首先跃起，予打击者以打击”。

同时，马宁又负责编辑内部参考读物《电讯新闻》和《救亡日报》(3日刊)。另外马宁还主持对外通讯工作，把新四军干部战士所写的文艺作品小说、诗歌等，寄至大后方的《新华日报》和胡风编的《七月》等刊物发表。他自己在军中写作和出版了中篇小说《扬子江进行曲》。

由于马宁的卓越表现，政治部主任袁国平、组织部部长李子芳组织讨论后，于1938年7月批准恢复了马宁的党籍。

新四军的领导非常重视知识分子，文化被看作一种战斗力。二支队到达皖南岩寺与陈毅部会师时，陈毅宴请邓子恢、张鼎丞。当介绍到作家马宁时，陈毅司令员说：“你是马宁吗？我记得那篇小说《船上人》是你写的吧。”

严冬时分，马宁得了重病，叶挺军长派人送来鸡汤、橘子汁，政治部主任袁国平派他的警卫员在医院照看了马宁一个多月，邓子恢也亲自来看望他。病好后，马宁的体质仍极虚弱，叶挺军长特批让马宁的妻子王斯参军，来新四军军部工作，以便照顾马宁。

安徽岩寺新四军军部旧址

1940年冬，鉴于马宁的身体每况愈下，同时也为了发挥他作为一个文化人在国统区的作用，组织上决定，马宁由妻子王斯陪同，秘密疏散到广西桂林八路军办事处工作。

帮助叶挺军长和难友

马宁在桂林八路军办事处见到了李克农主任，李克农批给他们夫妇俩每月生活费60元，安排在桂林休养。

为了不给组织添麻烦，王斯到广西桂林省立医院当了护士，马宁到“军委会桂林行营”换取了南洋《现代周刊》派驻第四战区特约记者的记者证，向桂林市新闻记者协会领了会员证，以便于日常的社会活动。

1940年冬末，新四军政治部主任袁国平去重庆时路过桂林，约马宁到八路军办事处见了面。不久，突发皖南事变，袁国平壮烈牺牲的消息传来，马宁大恸。桂林的形势陡变，民主人士萨空了被绑架，夏衍主编的《救亡日报》被迫停刊。马宁接到李克农的“自行掩护”的短简后，又一次逃亡。他到香港找到了廖承志和连贯，但香港也难以安顿，马宁决定二下南洋。

这时日本正在筹划太平洋战争，南洋各地“山雨欲来风满楼”。马宁辗转再次回到香港后，日军就开进来了。马宁逃到澳门，找到叶挺军长的副官麦毅，由他帮忙办了华侨的证件，进入广东中山县的“难侨救济处”。

1943年1月，马宁回到桂林，住在妻子王斯在省立医院的护士宿舍，以写稿和养猪维生。

马宁去找桂林文化供应社的作家邵荃麟，要求接上组织关系。因邵荃麟是同周恩来单线联系的，对外不公开，无法帮助他解决，但同意帮助他出书。马宁便预支了长篇小说《香岛烟云》的稿费。

《香岛烟云》封面

一天，马宁去《文艺生活》送稿给编辑司马文森。司马文森是中共地下党员，他悄悄告诉马宁，新四军军长叶挺被囚禁，就住在他家对面的巷子里。

马宁带了一个大竹篮，假装外出拔猪草，黄昏时刻，闪身进入小巷，走入叶家。

叶挺正蹲在院子里给两只小白猪喂食，马宁挨到叶挺身旁，低声叫道："军长！"叶挺转过身来，惊喜地握住马宁的手说："是你！想不到在这儿见到你！"

叶挺挽着马宁的手走进客厅。煤油灯的微光里，马宁看见叶挺瘦多了。"千古奇冤，江南一叶。军长，你受苦了。"马宁说。

叶挺说："张向华（发奎）邀我去他的第四战区当副司令，这我能去吗？我宁可被囚于此，把牢底坐穿。"

这次见面时隔不久，麦毅副官来马宁住处告诉他，军长的两个孩子生皮肤病，请王斯配了药到家中诊治。

1944 年夏天，日军进击桂林，国民党当局紧急大撤退，市面一片混乱。叶挺军长被秘密转移。麦毅副官找到马宁，说军长家里有 20 多人，夫人愿意出 5 万元请马宁帮忙找船只。

马宁造了个远征军杜聿明后方留守处上校参谋黄白桐的证件，找到了桂林东坡酒家故意沉到河底的船，以 25000 元的价格购得，又以 25000 元雇佣船工柳寿林一家子修补船只，然后让叶挺一家 20 余口和其他难友上了船。出发前，马宁又赶到研究所背出残疾科学家高士其，之后押护这条船沿漓江南下，

《处女地》封面

经阳朔、平乐、昭平到达梧州。马宁安排叶挺夫人李秀文女士一家人改乘电汽船到都城转赴澳门。他又通过合众社记者白思德，在梧州电报局发了一封电报给软禁在湖北恩施的叶挺军长：“贵眷已安全疏散至梧州转赴澳门”。

作为新四军的文化人，马宁于紧急中为新四军军长叶挺的眷属撤退做了件大好事。但他自己觉得，他只是在尽新四军战士的一份责任。

（本文选自《中国老区建设·红色记忆、难忘岁月》）

从延安到新四军

黄　欣

黄　欣

（1916. 1—2004）

出生于江西省宜春县，原籍湖南省浏阳县。1929 年秋加入列宁少先队。1930 年 4 月参加中国工农红军。1932 年 2 月加入共青团。历任勤务兵，通信员，通信班长，旗语班长、通信副排长、排长，警卫员，青年干事，秘书，学员组长。1934 年 2 月加入中国共产党。1937 年 8 月后，历任军委一局机要科科员，新四军军部机要科科员，一支队机要科科长、通信科科长，一支队二团作战科长，二旅作战科长，苏中军区二分区作战科长，一团副参谋长，新四军六纵队参谋处处长，苏北军区参谋处处长，华东军大一团一队党支部书记。1951 年 2 月后，历任浙江省第六军分区司令员兼一〇四师师长、军分区党委第二书记，华东建筑部队五、六师联合司令部党委第一书记兼副司令员，建筑工程六师师长、党委书记，建工部西北总局三公司党委书记兼经理、总局党委委员、副局长。1958 年 8 月后，历任福建省建设厅党组书记、厅长，省建设委员会副主任，省国防工办副主任、主任、党组书记。1978 年 5 月任省经济委员会副主任、党组成员。曾任第五、六届省政协常委。1989 年 8 月离休。

编辑絮语

从延安抗日军政大学到新四军军部所在地安徽岩寺，途经4省16个县，历时8个月。行程之艰险，是那个年代的革命战士所经历的。

我们敬仰革命前辈，不仅是因为他们经历的事情多，更是因为他们在艰难险阻中用忠诚、勇敢、智慧和毅力，战胜各种意外的困难，化险为夷，转危为安，最终赢得了胜利。

我们乐见于事业的成功。但成功往往是平凡小事的积累、意想不到的付出，甚至需要自我牺牲的勇气。

时代在前进。新的历史征程正启航。前辈们的经验告诉我们：

走好脚下的每一步路，兢兢业业，不辞辛劳，就能到达胜利的彼岸！

1937年我在延安红军大学（1月改为抗日军政大学）第二期第四队学习，8月上旬调中共中央军事委员会作战局。开始在第一科学习有关军事情报，后转到第二科学习任机要参谋，负责毛泽东主席处的收报发报工作。

延安抗日军政大学

1937 年黄欣（右）在延安抗大时和谢胜坤、易耀彩合影

11 月上旬组织决定调我去八路军驻新疆办事处；还没上任又改派我去八路军驻武汉办事处，因我是南方人，口音接近，工作方便些。但我向领导提出，或者回前方部队去，或者留延

安。但组织不同意。有的同志说我是个傻子，生活好的地方不去偏要到艰苦的地方去。

11 月中旬，项英、叶挺同志到延安请示关于南方红军游击队的整编和行动问题，同时要求军委为新四军调配军司、军政、军需的全套干部和各团营干部。毛泽东主席批准了他们的决定，从军委和学校中调一批干部充任。当时二科决定派一位同志到新四军机要科工作，但这位同志坚持要去办事处，可是组织上又不同意这位同志去办事处。于是，我再三请求，同这位同志对换，到新四军工作。直到调去新四军工作的干部集中的前三天，萧劲光副参谋长才找我谈话，同意我到新四军军部机要科工作。

从延安到西安一路三险

从延安调到新四军工作同行的干部有周子昆、宋裕和、李志高、谢忠良、余光茂、张铚秀、罗炳辉、赖传珠、何凤山等 60 多人。

我们原定 12 月初到西安，再转车去武汉。这时正处严冬季节，整个西北地区大雪纷飞，延安地面有的地方积雪达 1 米多厚，汽车和牲口都难行走，我们只好就地待命。一连等了半个月，雪停天晴。1937 年 12 月 19 日清早，我们在周子昆等首长带领下，分乘三辆嘎斯 51 敞篷汽车，迎着明媚的阳光从延安出发。我们去西安沿途要经甘泉、富县、洛川、黄陵、宜群、铜川、耀县、三原八个县，全程 370 多千米。那时官兵平等，周子昆、罗炳辉都没有随员，每人一个背包作为坐垫。我和周子昆、袁国平、李志高、罗炳辉同车，李志高是临时车长。罗炳辉是车上的长者，参加过北伐战争、吉安起义、五次反“围剿”、红军长征，职务比我们高，他平易近人，喜欢同年轻人谈天说笑。每次上车他因体胖，总是坐在车后头，大家开玩笑说：“你老胖，坐在后面压车，汽车不会跳动。”从延安出来的公路路基极坏，到处坑坑洼洼，加上路面有一层冻冰，汽车极难行走。快到甘泉上小山坡时，车打滑上不去，反而向后滑行，不能紧急刹车，如急刹车将导致车翻人亡。司机果断地喝令大家跳车，在车后用力把车顶住。罗炳辉身体胖跳不下来，司机叫他跑到车头抱住驾驶棚顶。经过大家努力，汽车倒滑了 20 多米才停住，险些翻进几十米的深沟，避免了一场翻车事故，这是第一次遇险。过后司机告诉我们这个地方险要，周恩来副主席遭到土匪袭击就是在此地。

到甘泉日已正午，这是一个只有几十户人家的小县城，不逢赶集就没什么东西卖。大家肚子又饥又渴，每人买到一个玉米窝窝头、一碗稀糊和一块咸菜，啃完窝窝头我们又继续上路。雪后的天气，寒风刺骨，推车上山又跑路，内衣汗湿淋淋，大家冻得浑身发抖，直到太阳下山才到达富县。西安和平解放以后，这里曾驻过红军，群众比较热情。我们一车人分住几户人家，房东为我们做了晚饭，每人有一个白馍，还有一碗高粱粉加辣椒的咸糊，这比中午的窝窝头好吃多了。临走时，每人给房东两角五分伙食费和五分热炕费。

20日早，我们从富县出发，道路依旧难行，汽车不是打滑就是陷进泥坑，不时要下来推车，走了一天才走80多千米路，当晚住在宜君。为赶21日到达西安，第二天天刚破晓我们就上车出发。离宜君不远的地方，正在修路改道，车子下坡时，突然发现眼前是断头路，司机立即刹车，可车子因为惯性仍然往下滑，副驾驶员迅速拿出了三角木码脱下身上老羊皮袄用力顶住，才避免翻进断头大山坑。这是第二次遇险。

过了耀县，道路平坦，车速加快了。这时突然有位农民牵着一头黄牛横穿公路，刹车来不及，把黄牛的两条后腿和半边屁股轧碎，农民看到黄牛撞了汽车，跪在地上一再磕头，连说对不起老总。我们把他扶起来，问他买条这样的牛要多少钱，他说七八块大洋。我们一再说明我们是红军，从延安来的，是老百姓自己的队伍，损坏东西一定要赔偿。他说，自古以来只有老百姓向军队赔不是，红军真好。他说牛肉、牛皮都可以卖钱，坚决不让赔。经过彼此一再推让，最后他只收三块银圆。这是第三次发生的事故。

21日下午4点多钟，我们到达西安七贤庄八路军办事处。

此前先到的同志已于19日离开西安。我们一下车，董必武同志就已在门口迎接。进屋后，董老说："今天欢迎你们从延安到新四军工作，本想留你们多住两天看看西安城，因为出发时间被耽搁了，武汉已来过几次电话催问，等待你们去组建军部，而且火车票也已订好了，不能改变，所以请你们马上吃晚饭赶火车，请大家原谅!”这顿晚餐非常丰富，是我们从来未见过的。席间，董老和办事处领导频频向我们敬酒，一再预祝我们一帆风顺，在抗日战场上取得新的胜利!

武汉成立新四军军部

12月21日晚，我们从西安乘火车去武汉。22日早晨出潼关不远，发现多架日寇飞机轰炸，车又退回山洞里防空。停了很长时间才继续运行，在一个小站停靠时，发现车顶有人痛哭，随车宪兵上去查看，原来是火车在洞里防空时，车顶有人被烟熏昏窒息而死。晚上，车出洛阳不远，在一拐弯处，突然发现第三和第四车厢的右边车轮脱轨，东来西往的列车全部不通，我们在旷野等候了一个夜晚又一天。23日拂晓火车才继续运行，下午到郑州，在这里转向平汉路。这时站方通知，要等候国民政府军政部部长何应钦的专列通过后才能开车。我们在这里等候了十几个小时，直到24日拂晓火车才启动。进平汉路后，沿线群众抗日情绪极其高涨，特别是看到我们佩戴八路军臂章更是热烈欢迎。因为八路军于9月25日在平型关对日作战取得的大捷，歼灭板垣师团精锐部队3000人，极大地鼓舞了全国抗日军民的士气。列车进入湖北境内，在鸡公山进车站停靠时，发现后面两节车厢脱钩下滑，又等了很长时间那两节车厢才重新挂上。从西安到武汉全程只有1025千米，由于路上七停八等，竟走了三天三夜，至24日晚才到武汉。八路军武汉办事处设在汉口太和街 26 号日租界一所洋行里，我们所有人员都安排在这里住宿。

25 日下午，在办事处三楼一间大房间里，召开了新四军军部成立大会。到会的有：叶挺军长、项英副军长；赖传珠、李一氓、宋裕和及先期到汉口的军部全体干部。会上，叶挺、项英讲了话，分析上海、南京失守后全国的抗战形势，布置了当前的工作任务，对部队的集中和编组进行了研究。

汉口新四军军部

随后，叶挺军长在汉口举行了新闻发布会，宣布陆军新编第四军已正式成立，并告诉社会各界，新四军部不日将移到江西南昌办公，希望各界继续支持本军。

1938 年 1 月 4 日早饭后，我们在项英、周子昆的率领下，在汉口的英租界登上开往九江的轮船，当时因日军飞机常来轰炸，中国船只都停在英租界江面上。我们在船上等了一天，于黄昏时分才起锚开航，经过一天一夜的航行，于 1 月 5 日清晨到达九江。我们迎着朝阳离船上岸，这时突然发现日军多架飞机来轰炸，我们幸好早些时候下了船才未受损失。在九江等候了一天，至傍晚才登上一列开往南昌的货车。我们近百人挤在两节载货的车厢里，大家都很疲惫，在冰冷的铁板上也就睡着了。

1938年1月6日拂晓，火车到了南昌。我们下车后，一起步行到三眼井高升巷的新四军军部住所。项英、李一氓和作战科、机要科同住一幢楼，项英住三层，我们机要科三个人住二层，各地来开会的领导人也住在二层。我们一到就打扫整理办公室，晚上就打地铺睡在办公室。开头四天没有开伙，每人一天发三角伙食费，自己上街买饭吃。成立伙房后，每人一天一斤大米，八分菜金，一周可吃到一次少量荤菜和一块豆腐。

汉口英租界

1月7日军部在南昌正式挂牌办公，每科只有三四个人，工作繁忙紧张。记得办公前还郑重其事地开了一次全体干部会议。叶挺军长、项英副军长都在会上讲了

南昌新四军军部旧址

话。项英副军长着重讲了保持艰苦奋斗的精神，并提出了对各项工作的要求，同时讲很快还要派人到各地区去做联络部队的调动集中的工作。

1 月 16 日，项英副军长带领胡发坚和我及警卫员曾和生等十余人从南昌经吉安去莲花，与各地游击队研究改编问题。

我既负责机要工作，还兼做秘书和保卫工作。我们走了四五十里路，在梁上找到了谭余保同志领导的坚持湘赣边的红军游击队。该部主要领导有段焕竞、刘培善及刘别生等同志。这时，他们已和国民党和谈成功了，所以能集中在梁上。我们在他们那里住了五六天，了解了部队的情况。经过几天工作，解决了部队行动计划和有关问题后，我们又转到大余县地区，到了坚持粤赣边的部队在大余的池江圩设立的新四军临时办事处。项英指定我负责办事处的工作，具体任务包括：一是宣传我党的抗日主张，二是负责接待各方面来的人员，三是处理军部来往工作。我们在池江圩住了十多天，完成任务后回到南昌。

跟随在叶挺军长身边工作

叶挺军长到南昌之后，日夜为新四军组建问题呕心沥血，他凭着自己的声望和老关系，积极向国民党当局争取编制、经费、装备、给养。他胸怀坦荡，他的情操和人品是新四军全体将士所敬仰的。我有幸在他身边工作过一段时间，有许多事情让我终生难忘。

1938年初，傅秋涛同志趁湘鄂赣红军和平谈判成功，扩充了数百名新兵。3月中旬，全团一千多人，从湖南平江出发，步行到江西樟树，准备乘火车，江西省主席熊式辉为阻止新四军北上抗日，趁机想牵制这支红军队伍，调集了一个保安团和其他地方武装近千人，埋伏在樟树车站周围，准备缴第一团的枪。一团因途中遇大雨，滞留了一天，收到了地方党组织和派出的联络员的报告，发现火车站有国民党军队埋伏，便暂缓登车。叶挺军长获悉后，即派李志高科长持部队登车的命令去樟树。第二天，叶军长带领谢忠良科长和我们几位干部，驱车直奔江西省政府，叶军长不等通报径直去见熊式辉。

叶军长一见到熊式辉就说："今天特来请主席到樟树检阅新四军准备开赴前线的第一部队。"熊"啊"了一声问："今天去？"军长说："现在就走。"熊说要带些人保护军座。叶军长说："不用了，阁下已派了大部队在樟树布防等候。"熊式辉一听十分尴尬，承认不是，不承认又逃不过事实，迟疑片刻，只好乘上了军长的汽车。到了樟树，在街上制高点和火车站周围，都布满了荷枪实弹的士兵。熊式辉在火车站一下车，就命令最高长官来见他。保安团长匆匆跑来，叶军长立即问他原在什么地方驻防。保安团长不认识熊式辉，看见叶挺身着军装，威武逼人，就如实地报告部队三天前从南昌、新建调来。叶挺又问是谁的命令，来干什么。保安团长说，省里李高参讲是熊主席的命令，调来防止红匪闹事，缴他们武器。熊式辉见他说实话，气得满面青筋，喝令他退下去。李志高科长向叶军长请

示是不是要他们放下武器。叶挺转身向熊式辉说："请熊主席决定。"熊式辉这时额头上冒出大串汗珠，不知所措。

为了不把事情闹大、闹僵，叶挺军长请熊下令，把部队撤离樟树到火车站15里以外地方去。熊当即表示按叶军长的指示办。这时太阳已经偏西，我们几个随行人员咬了咬耳朵，就向军长请示："大家肚子都饿了，请熊主席一起去樟树吃饭。"熊满口答应道："今天兄弟做东。"我们要的就是这句话，李志高即吩咐人去饭店里摆两桌上好酒席。掏了熊式辉腰包，饭后熊连声说："怠慢、怠慢，不成敬意。"这时天已经黑了，我一团部队全部上了火车，军长命令立即开车，要求中途少停，避免发生意外。这是叶军长智斗熊式辉的一个故事。

还有一次，我随叶挺军长先行打前站。有一天，李一氓秘书长找我谈话，要我跟随叶挺军长先到岩寺，安排军部移驻岩寺及部队集中的驻地事宜，任务是负责军长的秘书、机要和保卫工作。我近月才从湘粤回南昌，李一氓问我的意见。我说组织分配工作我执行，但责任太大，政治担子重，太紧张。

3月25日左右，叶挺军长带了我们20多人和一台15瓦的无线电台，从南昌乘公共汽车出发，往东乡、乐平，中途在景德镇停了两天。在景德镇叶挺军长找了当地国民党官吏和士绅谈话，宣传我党抗日救国方针，不抗日就要当亡国奴，新四军是抗日武装。到屯溪，叶挺军长又找国民党县长、县党部书记和知名人士谈话，反复宣传我党抗日的主张，并针对一些人的"恐日病、失败论"言论，用八路军平型关大捷的消息，说明日本侵略军是完全可以打败的，坚定抗战必胜信心。

1938 年 4 月初，我们到了岩寺以后，有天收到了李宗仁给军长的一份加密电报，大意是：一、贵军需要的军官短枪，已订了德造驳壳枪；二、希夷兄不宜辞去军长之职。我把电报译好抄正校对后就呈送给军长，并说明没有留底。军长点了点头把文留下，以后也没有退给我。我明白他因工作问题心情不舒畅，部队要集中，国民党当局不安排交通工具，不解决粮秣给养，暗中设置障碍，处处刁难，寻机责难。第三战区长官顾祝同三日一催、四日一问，责问部队“为什么还没有集中”。在内部，项英把他作为统战对象，对他不太信任，项英和李一氓同志都找我谈过，凡党中央的电报，未经项英批准不得送叶挺看。4 月中旬，项英随军部移驻岩寺后，我把李宗仁的电报内容向项英做了报告，项英要我把电报代号、密号、来电人和收电人姓名、发报局、时间及收报的时间详细写给他。项英立即起草一份电报报告毛主席。三四天后，毛主席发来了给叶挺的绝密电报，大意是：新四军所部有困难，可以逐步解决，兄有众望，我党需要兄展现才能，相信一定会组建好部队。叶军长看完电报后微微笑了。我从密电管理规定的制度出发，把向项英报告李宗仁来电的情况汇报给叶挺，叶挺看我很紧张，安慰说：“你工作认真，好。”

4 月中下旬，新四军军、政、后机关陆续到达岩寺。这个时期，我们的工作实在忙得不可开交。除了内部工作外，还要接待部队来的先遣人员；处理国民党和地方上的士绅和群众来访，晚上经常通宵达旦工作，实在累了就靠在办公桌上打个盹。那时生活也比较苦，每人每天一角钱伙食费。叶军长看到我们工作人员少，却能把工作做得井井有条，按时完成任务，表示很满意，几次拿出自己的津贴买鸡、鱼、肉来改善我们的生活。我们的生活虽然苦些，工作又紧张劳累，但在革命大家庭中，充满阶级友爱，反倒觉得其乐融融。

1938 年 5 月下旬，我调到一支队任机要科长。临行前我去向叶挺军长辞行。军长问“你去一支队工作已正式决定了吗？”我回答正式决定了。他接着就说：“祝你成功，请向陈毅司令代问好！”

我要走时，叶挺军长从座椅上站起来和我握手，并送到门口。从那以后我就再也没有见到叶挺军长，但他那高大的身影以及留给我的好品行、好作风我始终没有忘记。

安徽岩寺新四军军部旧址雕塑

从“澄洋暴动”到“左黄会师”

张珠珍

左丰美

（1918. 11—1999. 6）

原名左洪米，江西省铅山县人。1931年加入共青团，任铅山二区团区委儿童团书记。1932年2月调至闽北苏区首府崇安从事并领导团的工作。1933年加入中国共产党，历任闽北团分区委支部巡视员、分区反帝大同盟青年部长、团分区委组织部部长等职。三年游击战争时期，坚持闽赣边区斗争，在反清剿斗争中致力于团的建设，先后担任广丰、崇安团县委书记，崇建西南战区团区委书记、党委书记，共青团闽东北特委书记兼军分区政治部主任，抗战初期任闽浙赣特委青年部长，1938年6月任福建省委常委、军事部部长，后兼任建松政特委书记。皖南事变后，兼任省委基本地区工作委员会书记，在十分艰难困苦的环境中，同省委主要领导一道，创造性地贯彻执行了党在国统区的方针政策，卓有成效地开展了抗日反顽斗争。解放战争时期，在闽东北地区广泛发动爱国游击战争，组织领导澄洋暴动，先后任闽东北地委书记、闽浙赣区党委常委、闽浙赣人民游击纵队副政委。中华人民共和国成立后，任福建省委委员，永安地委副书记兼军分区副政委。后被选送中央马列主义学院学习两年半。1955 年之后，历任省移民办主任，省委农村工作部副部长，南平 613 厂党委书记，省革委会农村小组副组长、机关管理局局长、民政局局长等职。1979 年当选为省政协副主席，1981 年为中共十二大代表。1989 年离休。

编辑絮语

哲人说：人生最有价值的事，不是享受荣誉的时刻，而是尝到受挫后赢得胜利的甘甜。

“澄洋暴动”的胜利和“左黄会师”的受挫，都证明了哲人的话是有道理的。

左丰美在闽浙边地区的革命活动，有曲折、有艰险、有磨难，也有胜利、有欢乐，更有甘甜。

革命者受到人民的拥戴、称誉和敬仰，并不是因为胜利，而是因为艰辛。只有艰辛，才能看出胜利之不易。

诚如人们欣赏山谷中的浪花，是欣赏山间之水在冲击暗礁的奔突中溅起的美丽。

1946 年秋，曾镜冰从延安返回到福州后，于 11 月 25 日在南平县巨口乡村头黄连坡召开中共福建省党代表会议，传达贯彻中共“七大”精神和中央领导同志的有关指示，联系中共福建省委成立以来的工作，进行深入的讨论，形成了《福建党九年斗争总结（草案）》的会议文件。

南平县巨口乡村头黄连坡

会议决定将中共福建省委改为中共闽浙赣区委员会，选举产生了以曾镜冰、左丰美、陈贵芳、王一平、黄国璋为常委（后来增补阮英平、龙跃为常委）的区党领导班子。

会议期间，中共闽浙赣区党委收到由中共中央华中分局转发的《党中央关于福建发动游击战争的指示》。于是，与会同志认真学习讨论了这一指示。随后，会议做出了《发动爱国游击战争的决定》。

党代会结束后，左丰美十分兴奋。一想到区党委关于发动爱国游击战争的决定，一想到经过 9 年艰苦的抗日反顽斗争，现在终于开始准备历史性的反攻，他浑身就有着使不完的劲。按照省党代会的部署，区党委成员和各地委负责同志要分赴各地发动群众，建立与扩大武装队伍，开展敌后游击战争。由于左丰美兼任中共闽东北地委书记，所以他回到闽东北地区领导爱国游击战争。

在握别时，曾镜冰对左丰美说：“我们可以用 3 个月时间做好充分准备，然后，发动武装暴动，拉出队伍，以便在闽东北地区组建全区性的主力武装。”曾镜冰还叮嘱：队伍拉出来后应先打敌区（乡）公所和县保安队，尽量避免与敌省保安团

中共福建省代表会议会址纪念碑

接战。

1947年1月28日，左丰美在古田县上地村主持召开了第一次中共闽东北地委会议，详细讨论发动闽东北地区爱国游击战争的具体方案和措施。会议决定，以古田为准备起义的试点地区，相机举行武装暴动，占领古田、松溪、屏南等县，建立根据地。要求闽东北各级党的组织用3-6个月的时间做好充分准备，设法麻痹敌人，然后派出小股游击队到非暴动地区活动，牵制敌人，掩护暴动敌区的暴动准备工作，待暴动条件成熟后，出其不意地发动武装暴动。

左丰美认为，澄洋地处古田大车与小车地区交界地带，远离县城，交通闭塞，没有公路，统治势力相对薄弱；但却紧邻闽侯、罗源，是连接闽北、闽东、闽中的中心地区，加上山高林密，地形复杂，进可攻，退可守，有回旋余地，便于开展游击战争。长期以来，在国民党黑暗统治之下，这里经济衰落，盗匪如蚁，地主豪绅在加紧剥削的同时，假借防匪为名，不断刮取民脂民膏，组织民团，拼命扩大自卫的势力，群众十分仇恨反动派；出于自卫生存的需要，民间自备枪支武器颇多，民风强悍；为了争夺地盘，地方各种势力之间，互相冲突，矛盾日益尖锐，形成了严重对峙的两派势力，以保长林家枢和乡代表林家长为首的反动势力，拥有40-60支枪，横行乡里，鱼肉百姓；以叶兴榜为首的开明乡绅势力只有10支枪，势单力薄，备受林家欺凌，两派势同水火，互相防范，互相捉人。正由于地势重要，交通闭塞，地方势力矛盾尖锐，人民生活穷困，所以，以澄洋为武装暴动的突破口，具有较为优越的条件。

会议结束以后，为了加强暴动地区党的领导力量，中共闽东北地委组建了中共南（平）、古（田）、（建）瓯工委，由江作宇任书记，叶明根任副书记，詹海水、陈顺有、叶孝德等为委员。随即，左丰美对暴动准备工作做了人员分工，西南一片和平湖一带由南古瓯工委负责人分别到七堡、凤都、际面、洋后一带活动；东北一片由闽东北地委副书记刘捷生等到大小车地区的前洋、澄洋、坵地、隆德洋一带活动。

在左丰美的指导下，暴动准备工作随即迅速开展。刘捷生等深入前洋等地，对澄洋对立两派的阶级基础和政治态度做了分析，确定利用地方势力的矛盾，发动群众，开展斗争，消灭林家枢一派的反动势力，创造武装暴动的典型。首先，进行深入细致的宣传发动工作，启发群众的阶级觉悟，激发群众奋起斗争的决心。刘捷生等以秘密的前洋党总支为核心，以抗战后期隐蔽下来的党员为骨干，通过设立的基点村（峡竹洋、梯坡厂、前洋）和副点村（梯里、苏洋、京峰、坵地、常洋）开展工作。通过宣传和教育，启发和动员青年参军，献交枪弹；为了发展一批青年骨干，参与武装暴动的准备工作，杨兰珍等在大岗村举办了训练班，进行革命教育，提高觉悟，发展党员，建立党的组织，造就了暴动的部分骨干力量。

与此同时，根据“必须加强秘密工作，充分准备内应”的指示，进行了争取基层的内应工作，派人争取了驻守鹤塘西洋的国民党军三十三旅参谋陈光珍，使其为游击队提供消息，暗送枪支弹药；还派党员打入县保安队，争取一排士兵秘密反戈，准备配合暴动；策动卓洋乡离任乡长黄望寿带10多名乡丁拖枪投诚。

中共南古瓯工委则先后在鸟仔垅和豺犬窝召开会议，决定在3个月内发动并组成一支300人的游击队，收缴土匪和地方武装的枪支，派人打入敌人内部，组织内应，策动兵变。会后不久，叶明根、詹海水分别发展了一批暴动骨干人员。江作宇在局下成立了“中共局下支部”，组织了“人民先锋队”；在风都、局下乡公所设了内应，3路共组织了50多人的武装队伍，以待时机，准备暴动。

1947年1月，城工部古田县委成立，随即在古田大车区、小车区、城郊南北区积极开展工作，密切联系农村进步知识分子和贫苦农民，组织秘密农会、学生读书会，培养发展一批党员和农民骨干，成立了大车、小车、城郊3个区委，为配合武装暴动打下了基础。

为了掩护澄洋起义的准备和发动，减轻古田地区发动游击战争的压力，左丰美决定采取“声东击西，牵制敌人；虚张声势，麻痹敌人”的“示形”战术。

3月，左丰美带一个武装班转移到建瓯活动，沿途故意暴露目标，吸引敌人；詹海水率队到闽（清）、古（田）边界活动；黄垂明率部迂回闽东，袭击宁德洋中，在洋中东山破仓分粮，扩大影响，使敌军顾此失彼，防不胜防，从而使澄洋暴动的酝酿和准备工作得以顺利进行。

正当左丰美领导中共闽东北地委积极进行澄洋暴动的各项准备工作之际，他又接到中共闽浙赣区党委的《三一六指示信》。

原来，福建省党代会胜利闭幕后，曾镜冰曾致电党中央汇报会议情况。3 月 8 日，周恩来同志为中共中央起草了致刘晓转曾镜冰并告华东局的电报《关于在蒋管区发动农民武装斗争问题的指示》。在此前后，中央华中分局也对中共闽浙赣区党委的汇报发出了《对开展游击战争的指示》。

3 月中旬，曾镜冰为了贯彻党中央的指示，在福州召开了有苏华、黄国璋、孟起、庄征、李铁等区党委成员参加的区党委紧急会议。这时，区党委鉴于国民党已在华东战场发动了对山东的重点进攻，客观上需要国统区游击战争的有力配合；台湾爆发了“二二八”起义，浙皖游击战争也在迅速发展，感到福建“风平浪静”“落于群众后面”“再不迎头赶上将不堪设想”。于是，会议在“扫清保守思想残余”的气氛中，提出了“放手放手再放手，勇敢勇敢再勇敢”的口号。决定紧急动员，加速发动爱国游击战争。

1947 年 3 月 24 日，中共中央发出《关于在台湾进行武装斗争的方针及办法给刘晓、方方、林平同志的指示》。曾镜冰于 4 月初亲临古田隆德洋，听取了左丰美、刘捷生关于澄洋暴动准备工作汇报。他说："根据你们所讲的情况，我认为澄洋暴动的客观条件已经成熟，必须立即举行暴动，突破一点，推动全面。"接着曾镜冰再次分析了东南各省飞速发展的爱国游击战争的形势，认为福建的斗争已经落后于周围各省，要求大家努力创造条件，迎头赶上！

于是，曾镜冰宣布了区党委的决定：立即举行澄洋暴动，暴动后成立闽浙赣游击纵队，由左丰美任司令员，刘捷生任副司令员。暴动后纵队进军闽中地区，与中共闽中地委领导的闽中游击队会师，组建闽浙赣区党委主力武装。

这时，国民党乡公所企图再次任林家枢当澄洋保保长，群众得知后，极为愤怒。乡公所准备于4月11日委任保长那天派出乡保安队前来弹压，迫使群众就范。党组织以此为导火线，提前行动。

4月9日凌晨4点，参加暴动的队伍分两路出发：一路直驱岭头村，镇压了反动保长林家枢并收缴其武器；一路包围了林家长的住宅，将其弟击毙。二林伏诛后，当地及附近村庄的反动势力立即土崩瓦解，狼奔豕突，暴动的队员按照事先的部署收缴了散落在乡间的60支枪和大批弹药。

澄洋暴动的胜利，振奋了人心，许多青年农民、学生纷纷报名参加游击队，队伍扩大到300余人。

4月9日上午，暴动的队伍集中在澄洋村外晒谷坪上开会，宣布二林的罪状和宣告暴动的革命宗旨，号召村民团结一致，准备抗击国民党军队的反扑。在会上，左丰美代表区党委宣布闽浙赣游击纵队的成立，司令员兼政治委员左丰美，副司令员刘捷生，纵队下辖2个支队300余人枪。

在澄洋暴动的同时，中共闽中地委也发动福清龙高暴动。3月28日，龙高暴动的计划被国民党当局得知，福建省保安第一总队胡季宽部立即进驻福清龙田，并调动高山乡自卫队等地方反动武装配合，从渔溪、高山水陆两路夹击牛头尾。黄国璋率领游击武装退守牛头尾附近的回屿岛，利用海岛的有利条件，与敌战斗了1天，然后乘3条船由海路向莆田方向撤退，在兴化湾海面遇敌，发生了激战。黄国璋、林汝楠等乘坐的2条船拂晓前安全到达鹭鸶岛；另一条船，被迫在野马屿停靠，留在岛上的21名战士，被敌人包围，激战一昼夜，杀伤了大批敌人，终因弹尽粮绝，寡不敌众，全部被捕。

福清龙高暴动计划受挫后，由黄国璋率领从福清安全转移出来的游击队，与罗迎祥率领的莆田游击队在莆田县西亭会师。两支队伍进行了整编，成立闽中游击纵队（或称“戴云纵队”），司令员兼政委黄国璋、副司令员陈亨源、副政委林汝楠、参谋长罗迎祥，下辖3个中队，共100多人。

这时，左丰美领导的闽浙赣游击队和黄国璋领导的闽中游击纵队，分别开始行动，实施中共闽浙赣区党委的“左黄会师”决策。

左丰美领导的闽浙赣游击纵队在澄洋暴动后，立即往南开拔，挺进闽中。经过坵地时，左丰美决定由第一支队队长余三江带领一个武装班留在澄洋，配合当地农民武工队，发动和组

闽浙赣游击纵队成立纪念碑

织群众做好准备，对付国民党当局可能的进攻。其余主力部队于4月9日晚赶到闽江边，在古田县水口金钟潭渡口跨越闽江，向德化县戴云山方向推进。

渡江后，部队一路急行军，于次日拂晓抵达闽清五都龙峰乡，以迅雷不及掩耳之势摧毁了敌龙峰乡公所，随后进逼五都茶口，打开积谷仓，发动群众前来分粮。附近村庄的群众一两千人拿着扁担、箩筐等挑粮用具欢天喜地蜂拥而至。部队一部分担任警戒，一部分帮助群众装粮、运粮。破仓分粮完毕，当地群众和商界人士筹集了许多布料、鞋帽、肥皂、电池等日用品慰问纵队的干部、战士。

闽浙赣游击纵队离开茶口村后，继续向五都黄柏岭进发。

途中，抓到一个敌保安团开小差的士兵，经盘问，他透露说："你们不能再往前走了。前面山上省保安团已埋伏那里。"附近的群众也这么说。左丰美根据这些情况分析，敌情是严重的，如果再继续向前，部队可能会钻进敌人设置的口袋。纵队刚刚组建，大部分是新战士，武器又参差不齐，与敌人硬打硬拼，将会造成重大损失。于是他命令部队停止前进，向后撤离。部队刚调头，埋伏在前面山上的敌人就发现了我军动向，十几挺机枪铺天盖地扫射过来，企图切断闽浙赣游击纵队的退路。鉴此，左丰美命前卫火速占领右侧山头制高点，掩护部队转移。

纵队中新战士虽然很多，但他们都非常勇敢。经过数小时激烈的战斗，左丰美率领部队终于甩掉了敌人。这一仗虽然伤亡的人数不多，但失散了新战士二三十人。由于担任交通向导的丁克同志不幸牺牲，对敌情不明、路线不熟，所以部队无法继续向戴云山方向挺进。左丰美当机立断，决定率队返回南古瓯地区。

当左丰美指挥部队在闽清与敌激战时，敌保六团从南平方向扑来，敌保五团也从福州分乘十几艘运兵船沿江而上，企图截击。好在左丰美率领部队深夜急行军，提前半个小时抵达闽江边的金钟潭渡口，顺利地渡过闽江，回到古田境内，冲出了敌人的包围圈。

“左黄会师”受挫后，闽浙赣游击纵队回到坵地整顿。这时，中共闽东北地委书记左丰美一方面向区党委及曾镜冰报告会师受挫情况，另一方面对闽东北地区的工作做了重新部署：派郑荣堂带领二支队小部分队伍去南古瓯地区活动；叶明根带领一支队伍到建瓯小禄、中田、万地洋活动，以减轻主力部队的压力。江作宇把南古瓯工委的工作移交给叶明根、郑荣堂后，带一班人到大东，便和余三江带领一支队大部分队伍，挺进宁德、周宁、寿宁及闽浙交界地区。江作宇、余三江率部起过古田、宁德交界的天湖山脉进入宁德后，在虎澳东园里与黄垂明、阮伯琪领导的游击队会合，建立闽东游击大队。

4 月中旬，左丰美派郑荣堂带领二支队一部分武装到古田、屏南交界处的嵩村州与周道纯、李忠群领导的原南古瓯工委游击队会合。不久，根据左丰美的指示，两部人员合编为南古瓯游击大队，由郑荣堂任大队长，叶明根任政委，下设 3 了个中队，部队逐渐发展到 200 多人。

《左丰美在闽浙赣边区》

1947 年 5 月，左丰美指示余三江、赖求兴、任国信等人率部转回建瓯县川石一带活动。经过休整之后，部队士气大振，决定攻打建瓯东峰镇。当晚游击队急行军，突入东峰镇，强攻镇公所，取得了战斗的胜利，缴获一批枪支弹药，第二天转移离开东峰。这一仗震动了闽北各地，政治影响十分巨大。

1947 年 6 月，左丰美在罗源县与林森县交界的双口渡与阮英平会面。阮英平刚由新四军返回福建工作，左丰美即按中共闽浙赣区党委的决定，将闽东游击大队及自己所带的警卫班交阮英平指挥，同时还将部分黄金交给阮英平作为闽东游击武装的活动经费。这为阮英平重返闽东工作提供了基本条件。

以左丰美为首的中共闽东北地委及其所属游击武装，在挫折面前，并没有丧失信心，他们很快在中共闽浙赣区党委导下，调整了部署，闽东北爱国游击战争更加深入发展。

（节选自《左丰美在闽浙赣边区》）

闽北建政第一年

孟明明

郭述尧

(1910. 5—1994. 1)

出生于山西省沁源县。1931 年参加革命。1938 年 4 月加入中国共产党。历任沁源县委秘书、县政府民运科科长、县长，太岳专区专员。1949 年随军南下。入闽后，历任建阳地委副书记、专区专员、书记。1953 年 3 月后，历任省林业厅长，省委农村工作部部长，省委常委。1981 年 4 月任省农业委员会副主任。1983 年 5 月离休。

编辑絮语

在南下福建的干部队伍中，中国人民解放军长江支队是一支最重要的力量！

建瓯会师后，尽管长江支队的建制撤销了，6个大队接管了6个地区，但在福建全境尚未完全解放的情况下，他们全面承担起建立新政权、剿匪反霸、支援前线、恢复生产、保障民生等各项重要任务，创造出骄人的业绩。

建瓯专署是福建最早建立的第一行政督察专员公署。首任行署专员是长江支队第二大队大队长郭述尧。

《闽北建政第一年》是根据郭述尧的述职报告改写的，从中可以看到长江支队战士高扬“老八路”的旗帜，以英勇善战的传统作风，步调一致地开创了闽北地区的革命和建设的新局面。

全国人大原副委员长、中共福建省委首任书记张鼎丞这样称赞长江支队：“福建人民永远忘不了你们的业绩！”

全国人大原副委员长、中共福建省委第一书记叶飞将军题词：“长江支队为福建的革命和建设、改革开放做出了重要贡献。”

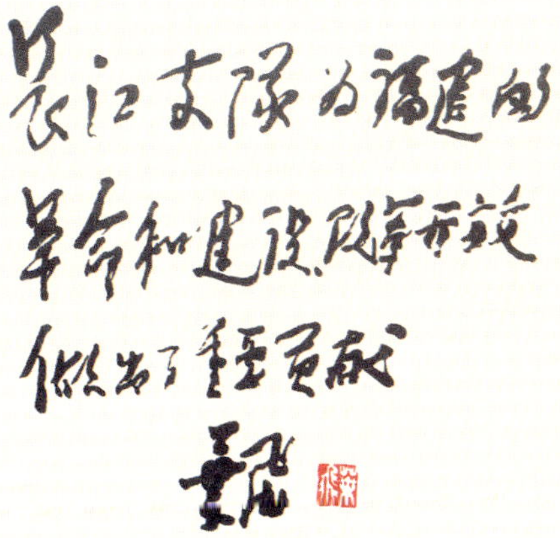

长江支队为福建的
革命和建设改革开放
做出了重要贡献
叶飞

国务院原副总理方毅题词：“功在八闽”。

长江支队，是矗立在福建人民心中的一座丰碑！

长江支队，这支在党旗下行进的英雄儿女，是播洒在东南海疆的一把种子，是矗立在福建人民心中的一座丰碑！

郭述尧是长江支队的一名战士，也是一位中层干部，首任福建省第一行政督察公署专员。由于各种原因，我们没能找到他在任职期间的事迹纪录，这篇《闽北建政第一年》也是从他的履职报告中抄录改写而来的。

青山有情，江河有情！半个多世纪过去了，历史没有忘记长江支队这支南下大军！人民没有忘记这支队伍里的每一位战士！

1949年8月11日，新组建的中共福建省委在建瓯大戏院召开了南下干部与地方干部会师大会。省委书记张鼎丞代表省委决定：长江支队二大队与地方干部组建福建省第一行政督察专员公署（专署所在地设置于建瓯，1950年4月更名为建瓯行政督察专员公署）。接管闽北9个县——建瓯、建阳、邵武、浦城、崇安、政和、松溪、光泽、水吉，郭述尧同志任专员，全面担负该区建立新政权、剿匪、支前、恢复经济、保障民众生活等任务。

刚解放的闽北，百废待兴。原国民党的乡、保、甲基层政权未改造，由于敌人的欺骗宣传，人民群众不太了解共产党的干部。福州、厦门及闽南沿海尚未解放，支援前线任务十分繁重。社会秩序混乱，物价暴涨，财政收入极度困难。1949年冬，闽北的气温零度左右，而我们政府工作人员无棉衣可发，只得从旧政府遗留的仓库中，拣旧棉衣御寒。每天发的标准菜金赶不上物价上涨，能吃到豆腐就算改善生活了。城镇基础设施几乎是零，像建瓯这样4万多人口的较大县城，是闽北的政治、文化、交通中心，但实际上是道路不平、电灯不明、电话不灵，卫生条件极差，瘟疫流行，血丝虫病和疟疾病流行，南下干部几乎人人都发过疟疾，农民更是处在贫病交加、饥寒交迫之中。国民党的军、警、宪、特人员提出“脱下皮鞋穿草鞋，离开城市上深山”口号，占山落草，进行扰乱破坏活动，横行乡里，骚扰破坏，杀人放火，无恶不作。据建瓯档案材料记录：仅在解放后一年时间内，土匪杀害我军人、干部及群众

381 人，劫车劫船 675 次，抢烧房 1600 余次，奸淫妇女 44 人，绑票 208 次，勒索抢劫大米 39 万斤，黄金 652 两、银圆 32400 枚……

福建省第一行政督察专员公署建立后，立即投入征粮支前、剿匪反霸工作。1949 年 11 月，郭述尧专员召开专署首届县长会议，作了具体部署。

在面临各种困难的情况下，各县领导班子到任，与地方同志会合后，坚决响应张鼎丞同志提出的“吃饱饭，打胜仗”的号召，领导闽北人民为了支援闽南沿海、福州、厦门解放，全力以赴，尽最大的努力。成百成千的民工肩挑船运，把一批批军用物资运往闽江下游。其中有军械炮弹，有闽北征集来的大米、柴草。建溪上的大小船只接连不断，源源流向下游。公路上的民工肩挑背扛，供应前线 10 余万大军及福州市民的所需。全区 9 个县征集粮食 1 亿多斤。例如建阳县 1949 年底至 1950 年初，共组织 700 多名民工、300 多条船，将 1200 万斤粮食、200 万斤柴草运往指定地点，供应军需。

军队向前进，粮草随后跟，福州、厦门和闽南的解放，是解放军的功劳，也有闽北各级党政干部英勇奋斗和闽北人民大力支援的一份功劳。诚然，这与身为行署专员郭述尧的报国安邦的耿耿忠心和为民谋福的殷殷深情是分不开的。

试举一例：1949 年 9 月 11 日，6000 余名土匪围攻邵武县城。由于匪徒的封锁和电话线被割断，刚开始的时候建瓯地委和专署的领导并不知情，但是，一天下来，地委居然没有接到

邵武的一个电话，这就不太正常。作为沁源围困战时期的区长和游击队政委、老资格的游击战专家，建瓯行署专员郭述尧同志马上意识到邵武有危险了。他知道电话线被割断，这说明匪徒此次的行动绝不是小打小闹，邵武的大刀会和国民党特务势力有多大，郭述尧早有耳闻。按说，此时地委应该立即派出精悍有力的增援部队去解邵武之围，可是事不凑巧，建瓯军分区仅有的2个营可机动兵力已经于一天前派到200多里外的地方去了，而那里也是紧急任务，非救不可。

怎么办？郭述尧和军分区司令思虑再三，决定派一个快速机动救急分队，先把电话线接上，和邵武方面通话，了解情况后再做决定。救急分队立即乘车出发，夜半时分就在匪徒们大吃大喝、准备再战而警戒稍微放松的时候，救急分队接通了邵武和建瓯的电话。电话一通，郭述尧开口第一句话就激动地问邵武县委书记南继舜："老南啊，怎么样？能挺住？"南继舜简要地汇报了敌我目前的状况，虽然他说得不急不缓，但郭述尧却从中能够感受到老战友身上的压力。他当然知道，以200人对6000多人，这仗不好打。虽说大刀会乃乌合之众，但不要忘记他们背后还有约300人的国民党正规军，还有奸诈狡猾的特务分子。而我方这边200人，就算浑身是铁，又能打几根钉子？人总有个疲劳放松的时候，如果一天甚至两天之内援军还不能赶到，那又意味着什么？郭述尧不敢想下去了，当即对老战友下达了新的命令："老南，这样吧。我以行署的名义命令你，趁着敌人警戒放松之际，立即撤离，保存完整的部队，以图日后的发展。记住，保存就是胜利!”

然而，话筒里传来的不是郭述尧已经习惯了的那一声“是!”也没有那一声“是!”之后让人心慰的“保证完成任务”，而是良久沉吟之后南继舜坚定地回答：“报告首长，我们觉得，不能撤！我们一定能够守住邵武！请首长放心，第三中队全体一定不会给党丢脸。”紧接着，南继舜陈述了他有史以来第一次拒不执行上级命令的理由。

听完南继舜的陈述，郭述尧流泪了。地委组织部部长肖文玉也是自从 1949 年 3 月郭述尧作为长江支队第二大队大队长与他搭班子合作以来的第一次亲眼看见老郭这位钢打铁铸的汉子流泪。

萧文玉赶紧接过话筒，对南继舜说道：“老南，你们是好样的！地委相信你们，你们一定能够坚持到最后胜利。”

郭述尧对南继舜继续说道：“老南啊，肖部长的话是代表地委讲的，你一定要转达给全体同志。你们只要坚持三天，三天啊，援军定会赶到。另外，你还有什么要求没有？武器弹药、粮食供给还有什么要求?”

“放心吧，三天，没有问题!”南继舜充满了乐观主义的回答使郭述尧感到一阵轻松。

郭述尧立即调兵遣将赶赴邵武。三天预定时间将到时，我军通过里应外合歼灭了匪徒，邵武新生政权保卫战胜利宣告结束。

郭述尧领导的建阳专署（1950 年 9 月，专署移置建阳，同时更名为建阳区专员公署）建政一年来，在军事、政治、经济、文化等开展全面斗争，完成了省委布置的各项工作，闽北

形势为之大变，向党和人民交出一份满意的答卷：

一、贯彻肃清匪特，为巩固后方安定民生而斗争。集中意志，集中力量，执行军事、政治双管齐下，结合发动群众的方针，与“首恶必办，胁从不问，立功受奖”的政策。一年来消灭匪首“闽浙赣人民自救军闽北总指挥”刘午波以下支队长、大队长等5400余人。同时配合剿匪进行反特，一年来破案71起，人数292人，番号达20余种。组织大规模支援前线，修建机场、公路，前后动员民工4万人，用工200多万，机场、公路基本工程如期完成。

二、民主建政工作。全区9个县50个区政权普遍建立。专、县、区三级，训练与吸收工农分子、知识分子新干部1400人，留用旧政府人员400余人。普遍召开各界人民代表会与农民代表会。7个县召开过3次，2个县召开过2次人代会。40个区及100个乡、约700个保，召开2次至3次农代会。使政府和各界人民密切联系，而人民代表则多数成为转达政府政策与反映人民要求之桥梁。同时摧毁为国民党反动派与封建恶霸地主服务之保甲制度，解除人民之枷锁，全区已改造村政权660个，使人民政府迅速趋于巩固。

三、放手发动群众，树立人民民主专政之稳固基础。在农村执行政协纲领，“有步骤消灭封建”的原则，执行华东军政委员会减租条例与省政府指示，进行反霸减租运动，削弱封建剥削，改善人民生活。已经减租村庄占全区65%，减租所得约800万斤谷，800个村建立农会，发展农会会员8万多，约占成年农民20%多，民兵7000多人。运动澎湃汹涌，冲破与打垮封建统治，镇压其疯狂卑鄙之抵抗、破坏、欺骗、软化伎俩，树立起人民优势。在此基础上，坚决团结农村一切反封建力量。在城区执行“克服困难、维持生产”方针，调节劳资关系，发展工会会员6000多人，保护与适当改造工商联合会及各行各业公会，初步实现劳资两利政策。同时在城区与农村，组织广大青年与妇女，宣传与执行中央婚姻法。

四、执行中央人民政府统一财经决定及省府指示，扶助人民生产度荒。确切执行了省府生产指示，在城区经过劳资协商，工人阶级主动协助资方克服困难，维持生产。大多数资方均能为生产前途计，共同克服困难。在农村开展生产渡荒，开荒约8000亩。修水利341处，受益田6万多亩。中耕普遍增加，大部三次，小部两次。施肥均增加三分之一，有高至五分之二者。仅建阳、邵武2县约可增产1600万斤，全区平均可增产一成至一成半。组织解决春夏荒口粮，政府扶助但主要执行生产自救，互助借贷方针，结合减租反霸清理积谷、以工代赈等办法。如建阳、邵武、崇安三县，解决口粮户中之1075户，即有谷子299479斤，每户平均约300斤。崇安、建阳部分统计，农民相互借贷谷即有22万斤。建阳春夏荒中减租所得平均可解决佃户半月口粮。而更主要者为普遍组织副业生产，获益更多，因此约15万人民之春夏荒能顺利渡过，这是历史上空前大事，为前所未有之创举。

五、稳步改造旧文化教育，逐渐实施新文化教育。全年贯穿开展人民政府各种政策的宣传，训练工人农民积极分子与知识分子。其次整顿中学：公立中学 9 所，学生 2069 人，私立中学 4 所，学生 298 人。特别普训中学教员，进行思想改造，收获较大。恢复公私小学 441 所，学生 30721 人（截至 1950 年 6 月底）。另开展城乡和平签名运动，9 月底签名人数达 37 万人。建立专区及几个县之中苏友好协会组织，并开展组织基层宣传网。

窥一斑而见全豹，观滴水可知沧海。今天，重温郭述尧同志领导下的闽北建立新政权第一年，可以使我们较全面地了解长江支队挺进福建后，是怎样历经艰难险阻、矢志不移在那样一个破烂摊子上奠基立业，接管旧政权，建立新政权；那一辈中国共产党人，又是怎样怀着对理想信念的执着追求，筚路蓝缕、艰辛奋斗投身于社会主义革命和建设，在八闽这片红土地上谱写出一曲曲壮丽的诗篇。

革命诗人与乌山的生死情缘

杨晓岚

卢　叨

（1915—1993.11）

原名卢在祥，广东潮安人。1931年在潮州金山中学念书时投身抗日宣传活动，1933年参加中共潮澄澳县委领导的游击队。同年6月加入中国共产党。1935年秋随部队转移到福建境内的乌山地区。次年春一度被误指为“社会民主党分子”，遂向上级党委书面申诉，反映真情，促使闽粤边特委书记黄会聪亲自复查、平反该案，并指示云（霄）、（平）和、诏（安）县委制止“肃社党”的错误做法。之后被调到边区印刷部，继续从事特委机关刊物《战斗》《工农报》的编印工作。1937年5月，被委派为闽粤边红军代表，与粤军一五七师代表就“停止内战，合作抗日”进行第一次谈判。后又协助何鸣与一五七师进行多次谈判，促成“6.26政治协定”的签订。1937年7月，“漳浦事件”和“月港事件”后，继续用小报、传单宣传发动群众，支持重建抗日武装。同年秋，被派到云和诏区委任区委书记，为恢复乌山地区党组织，开展抗日统战和支持重建队伍而努力。1938年1月以后，任中共云和诏县委书记，汕头中心县委军事部部长，闽南特委副特派员、特派员。在环境极端复杂困难的情况下，坚持隐蔽精干，蓄力待机。至 1944 年开始组织“政治保卫队”，开展反顽自卫斗争。解放战争初期一度调中共闽粤赣边区党委工作，1947 年任闽南地委书记，兼任闽粤赣边纵队闽南支队政委，后为闽粤赣边纵队第八支队政委，积极领导闽南开展游击战争，直到闽南全境解放。中华人民共和国成立后，历任漳州地委书记，省委宣传部副部长，省委党校党委书记、副校长，省人大法制委员会主任，省委党史资料征集编写委员会副主任和省政协副主席等职，1987 年离休。

编辑絮语

六十余载革命生涯
兵戈抢攘几度浮沉
唯不忘乌山
他的战斗故事
他洒的血、噙的泪、衷的情
这里开了又败、终将再开的山花知道
这里昂首挺阔、岿然不动的青松知道
这里穿罅穴缝、破石而生的野草知道
这里的悠悠山风、渺渺云海、片片垅田
以及这里淳朴善良
勇敢坚毅的老区人民都知道
这里是巍巍乌山
卢叨同志一生心系之所

乌山，位于闽粤边界，一座绵延百里、逶迤于福建省南部云霄、诏安、平和三县之交的天然屏障，是中国南方一块红旗不倒的革命根据地。

1931 年，卢叨考上有着千年历史的著名学校广东省立第四中学，即潮州金山中学（前身是金山书院）。在校期间，卢叨当选为校爱国宣传队成员，上街演讲，宣传抗日；后被印有“欢迎革命的知识分子到苏区来，为劳苦大众服务”的游击队传单吸引，主动投奔革命队伍参加革命。

1933 年 6 月，卢叨正式加入中国共产党，心启梦始，信仰坚定，终其一生。1935 年 9 月，年仅 20 岁的卢叨随红军革命游击队，从粤东凤凰山历尽艰难踏上闽南乌山。从此，他便与红色乌山结下了生死与共的不解情缘。

闽南红色革命根据地乌山

卢叨，原名卢在祥，又名卢成南，出生于广东省潮安县意溪镇西都村一农民家庭，父母生育九胞，日子清贫拮据。为了支持卢叨念书，大哥下南洋谋生，不时寄回供卢叨读书用度的大洋，但这些钱总被卢叨悄悄拿出大部分去支持抗日活动。

在县委领导的印刷所工作时期，卢叨就充分展现出多才多艺的文艺青年特质。他写诗作画、吹拉弹唱，还时常编演节目，鼓舞战士们的士气。不定期编印的《红潮》《红潮画报》等红色报刊，似熊熊火苗升腾，将苏区新闻与党的声音及时传递给广大游击战士。

通过游击区办报的革命实践，卢叨养成了勤学、勤思、勤动笔，时刻与战士们、百姓们在一起，倾听最真实声音的习惯，也练就了敏锐的政治洞察力。这为后来卢叨领导革命斗争打下了基础，也伴随着他的革命生涯。

1936 年 2 月，乌山的严冬寒风趔趄、阴云笼罩，一场残酷的“肃反”运动正在革命队伍中进行……闽粤边独立营中大批干部、战士受到严刑逼供，造成大量冤假错案、死伤众多。卢叨也被打成“社党分子”遭关押 30 多天，几番酷刑折磨，直至晚年，在卢叨的手腕处，仍清晰可见当年捆绑的勒痕。

生死攸关之际，身为一个初抵乌山不久，在县委印刷所负责刻写蜡纸的小人物，卢叨不畏杀头，挺身而出，直言相谏，在被关押的石洞中偷偷写下了一封长长的信——《卢在祥申冤书》，向闽粤边特委报告，说明实情。

这封饱含对党、对革命事业无限深情与耿耿忠诚的信，很快就被转送到闽粤边特委书记黄会聪手中。黄会聪亲自召见卢叨，充分肯定他的真情与勇气，将其恢复党籍，留在特委印刷部工作。

在特委书记的亲自复查下，“肃社党”运动被遏止，卢叨以其直言敢谏和革命胆略，挽救了大批干部、战士，也为乌山日后的革命斗争保留了一批骨干力量。

1937 年，国难当头，举国上下奋起抗击日寇侵略。当此之际，7 月 16 日，国民党却制造了“反共”的漳浦事件和月港事件，使闽南武装力量遭受严重损失，乌山革命斗争也面临严峻考验。为恢复云霄县委和诏安县委工作，闽粤边特委决定成立云（霄）、（平）和、诏（安）特区区委，委派卢叨担任书记。临危受命的卢叨住在乌山的“弓头里”，每天靠帮助水晶坪农民锄地维持生活。信仰不灭，在已经重建起来的红三团的大力支持下，云和诏特区工委的工作很快打开了局面。

1938 年 1 月，中共云和诏县委恢复，卢叨出任书记。他依靠乌山地区的党组织和人民，克服了种种困难，发动群众，大力开展抗日救亡运动。

当时的闽南特委、云和诏县委和几十名脱产工作人员，自己开荒种地、砍柴烧煤，有时还得靠群众接济或由群众轮流带到家里喝粥度日。山里农民很穷，每家每户都养猪是不可能的，只好几家合起来养一头。游击队同志开玩笑地把自己到农村家里吃饭戏称为“轮公猪”。老区群众编排着各式各样的借口，诸如：上山理发、探亲、捡柴火等，甚至不惜背着孩子打幌，冒着生命危险掩护和供应卢叨同他的战友们，偷偷塞一个米粿，藏一块地瓜，抓一把咸菜干……他们还经常把闽粤多地逐日的报纸送到石洞里给卢叨和同志们看……种种革命情谊比历史上任何“患难之情”“生死之交”都更亲密动人。

1947 年春，中央指示要在华南创建闽粤赣边人民解放军和解放区。是年夏天，为普遍开展农村游击战争，卢叨和闽南地委副书记陈文平等人，不约而同想到乌山这个革命老根据地。于是，卢叨同王汉杰等同志在乌山葱仔寮成立闽南支队，并在

原闽南地委乌山秘密通道

次年1月8日，组织了一次漂亮的坪坑伏击战。

闽南支队在一年中作战150次，歼敌400余人，恢复了云和诏、（南）靖和（漳）浦、永（定）和靖、平和山内4个游击根据地，并与闽西、粤东游击区连成一片，直至漳州全境解放。

水晶坪老人曾说：“阿叨两次困难时候（1937年、1947年）到乌山，都胜利了。”

卢叨几十年征战，所待时间最长的地方便是乌山。他一生所写诗文众多，即便战争岁月仍笔耕不辍，不时将个人感受、情怀融入其中。在他的诗文中，有近三分之二是关于乌山。

始终不忘老区人民

中华人民共和国成立后，卢叨担任第一任漳州地委书记。尽管进了城，工作地点变了，生活改善了，但他始终把乌山人民装在心中，时刻关心着老区人民的生活疾苦。1958年，在“大跃进”高潮中，好些地方大放“卫星”，卢叨并没跟着赶浪潮、人云亦云，而是深入乌山乡村，认真调查研究，了解民情民意。

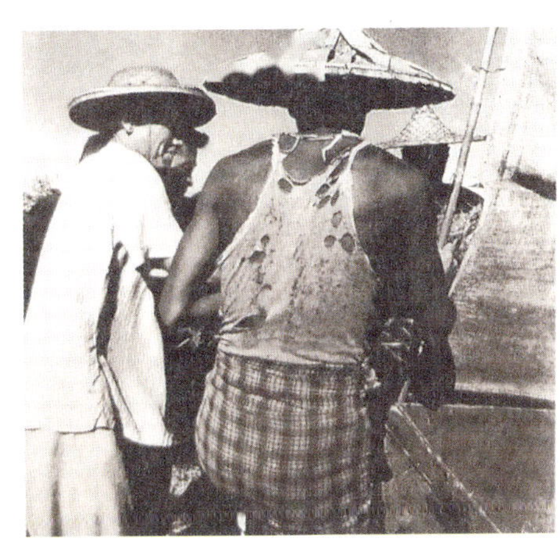

1959 年 7 月，卢叨下乡调研，在云霄县佳洲和农民一起劳动

不久，反“右倾”斗争开始，卢叨被打成“右倾机会主义反党集团”的重要分子，撤销党内外一切职务，下放农场养猪养鸡、搞基建，1962 年 4 月才得以平反。

1966 年夏天，紧接着全国批“三家村”之后，卢叨也上了大字报，一次两大版，连登多次，他又成了“搞倒退、宣传单干、搞包产到户、复辟资本主义”的“三反分子”。但卢叨却始终没有动摇一名共产党员的信仰。

乌山的老区群众时常惦念着他，每当听到他在“运动中倒霉”，总会有人自发地带着自家生产的茶叶和土特产，到他下放之所看望他。

这份情谊，如绵绵起伏的乌山一般，在卢叨及其家人心中、在老区群众心中浩然长存……

终归乌山之怀

1993年11月16日，卢叨不幸与世长辞。

卢叨在晚年就已专门向党组织呈交遗嘱，要求后事简办，提出“把骨灰安放在乌山原闽南地委机关驻地，我长期战斗过的坑仔尾后山石洞里”，并曾作诗一首，表达意愿：“万物生死一律同，清流骨灰两相逢。蒸凝愿随东海水，化作彩虹展长空。”对此，与其平日里无话不谈、恩爱有加的妻子却并不知情。

1981年，卢叨同老区群众座谈

12月2日，卢叨魂归乌山，当地群众以及许多从诏安、云霄、平和老区自发自费提前赶来的群众，用最庄重的礼节迎接“阿叨”回家，送如亲人一般的“阿叨”最后一程。卢叨用自己的人品与风范培植出了宝贵的“卢家精神”，并时常以此来教育自己的子孙后代。他最爱向妻小提“乌山趣事”：没有盐吃，在群众的帮助下，他们找到了带咸味的野果；老区群众给他们塞粮食的器皿，实际是装各种东西的土瓮；睡在山里，一到春天，仅隔一夜笋就冒尖儿，顶得他腰疼……

他还特爱领着孩子们高唱《游击队员之歌》，岁月变迁，不改文青本色。面对革命斗争过程的苦难艰辛，他却只字不提，即便面对最亲密的家人，也丝毫不曾抱怨半句。他用豁朗达观消解困苦，信仰之志始终不渝。

好家风似水清、似酒醇。何谓“卢家精神”？卢叨夫人韦立如是总结“卢家精神”：

卢叨与妻子韦立的结婚照

《卢叨、韦立书简》

《乌山情——卢叨诞辰百年纪念》

就是你在任何艰难困苦的斗争中，在逆境中的那种坚毅、那种乐观、那种自信；

就是你对党、对事业、对人民、对同志的那种忠诚、那种坚贞、那种忠厚；

就是你日复一日地勤奋学习、勤奋工作、勤于思索、勤于笔耕；

就是你的幽默、你的爽朗、你的慈祥、你对妻儿的挚爱和教育造就了一个很好的相爱的家；

就是你的革命一生，你的一身正气、光明磊落、热爱群众、不谋私利、坚持真理、实事求是；

就是你的整洁有序、风度翩翩、超脱自在、无怨无艾、潇洒一生。

闽南乌山

是卢叨同志艰苦卓绝、生活与战斗过的地方
是卢叨同志念念不忘、与老区人民情义相连的所在
是卢叨同志片瓦不让、拼死守护的祖国山川的一隅
乌山是山，又不似山
它是革命的圣地，是精神的源泉
每一寸都镌刻着中共党史的痕痕红色印记
每一阶都累叠着革命先辈的拳拳爱国深情

（转载自微信公众号《漳州纪委监委》）

万里长征只等闲

兰映林　口述　刘云刚　执笔

兰映林

（1918.6—2008）

出生于福建省上杭县官庄乡。1932年参加革命。1934年12月加入中国共产党。在第二次国内革命战争期间，历任福建补充团分队长，三军团四师十二团宣传员，二十五军七十五师二〇三团政治部宣传队长。抗日战争时期，历任十八兵站政治处干事，抗大四大队区队长，总后勤部供给学校指导员，抗大五大队区队长。解放战争期间，历任松江军区政治部组织部干事，哈东军分区政治部组织科长、供给部政委，松江军区第三医院政委兼政治处主任，松江军区独立九团政委、党委书记。中华人民共和国成立后，在部队历任邵阳军分区政治部组织科科长、干部处副处长、干部部副部长。1958年7月转业地方后，历任福建省人民检察院副检察长，省高级法院副院长、党组书记，省商业厅领导小组组长，省外贸革委会党组组长，省财办领导小组成员，省委组织组第一副组长。1979年3月检察院恢复重建后，任省人民检察院副检察长、党组副书记。1985年5月离休。

编辑絮语

他是出生在闽西山区的一个小伢子，因为穷，两次被转卖。

毛泽东、朱德率领红四军入闽，创建了闽西革命根据地，也给了山坳里的小伢子以新的生命。

他是举世瞩目的中国工农红军两万五千长征的亲历者。历尽炼狱般的生死考验，生命在他身上绽放出绚丽的奇葩！

他有幸跟随在领袖的身边，感受伟人的意志和襟怀。革命队伍里的温暖和情谊，成了他走向生命终点的一面大旗！

古田会议纪念馆

我于 1918 年 6 月 14 日出生在福建上杭官庄乡古田村，本姓曹，但因家贫养不起孩子，小时候就被转卖过两次，最后被卖给姓兰的人家。兰家是富裕中农，我因此有机会读了 4 个月的私塾。

1929 年红四军入闽，“红旗跃过汀江，直下龙岩上杭。收拾金瓯一片，分田分地真忙”。在革命风云的召唤下，1930 年，12 岁的我加入了村少共青年团，同时参加了村赤卫队，参加了真刀真枪的战斗。赤卫队的对手是反动民团。当时我年纪虽小，胆子却不小，作战很勇敢。有一次，隔着一条河，我用步枪将对岸的民团团长击毙。那次战斗中，民团有一个排，我们只有一个班，却消灭了 6 个敌人，缴获了 4 条枪。

当年在革命根据地，党和苏维埃政府重视群众运动，提高他们的革命觉悟，保护他们的切身利益，苏区的群众因此积极地参加生产劳动，参加政权建设，特别是广大青年自愿支援前线和积极参军参战。第四次反“围剿”前夕，为了配合红军主力部队打破国民党对苏区的“围剿”，闽西苏维埃政府进行紧急扩大红军，壮大武装力量。青年团闽西特委密切配合，在“拥护红军、帮助红军”和“动员青年群众自动投身红军”的号召下，闽西大地掀起了一场“扩红”热潮。1932 年 2 月，已是村少共青年团委书记的我参加了中国工农红军，在福建补充团先后任战士、分队长，并继续做青年团的工作，担任少共团委书记。第四、五次反“围剿”战争中，我所在的部队积极开展游击战争，数次配合红军主力部队的大小战斗，我也因此在纷飞战火中锻炼成长。

1934 年 4 月广昌保卫战之后，中央红军在根据地内粉碎国民党军队的第五次“围剿”已极少可能。5 月，中央书记处做出决定，准备将中央红军主力撤离根据地，并将这一决定报告

广昌红军纪念群雕

共产国际。不久，共产国际复电同意。10月初，国民党军队推进到中央根据地的腹地。10月10日晚，中央红军开始实施战略转移。红一方面军的第一、三、五、八、九军团连同后方机关人员8.6万余人，从福建的长汀、宁化和江西的瑞金、于都出发，踏上战略转移的征途，开始了著名的长征。我当时就是这支滚滚的红色铁流中的一员。

长征前夕，有些文化的我被编入红三军团四师十二团，任宣传员，同时担任团青年干事。

长征开始时，我所在的三军团在大部队的右翼，跟在我们后面的是八军团，左翼是一军团，九军团紧随其后，中间是中央纵队，五军团担当后卫。由于带了许多的坛坛罐罐，如笨重的印刷机，辎重过多的队伍就像大搬家，行动异常迟缓，一天最多只能走二十几公里。行军中，宣传工作虽然重要，但我更想上前线去经受枪林弹雨的考验。不久，我就如愿以偿了。当红军连续突破敌军三道封锁线，挺进到广西湘江地域时，我经历了红军长征中历时最长、规模最大、战斗最激烈、损失最惨重，同时也是让我一生中记忆最深刻的一仗——湘江血战。

湘江战役纪念碑

当时，国民党蒋介石调集了 25 个师数十万大军，在潇水以西、湘江以东的兴安、全州、灌阳之间，布下了号称“铁三角”的第四道封锁线，企图消灭红军于湘江之侧。由于李德等人的错误指挥，红军贻误了有利战机，于是，一场惨烈的血战不可避免地到来了。从 11 月 28 日到 12 月 1 日，在湘江之畔，战斗就没停止过。装备精良、弹药充足的敌军在飞机、大炮的掩护下，围攻处于困境中的红军。宽阔的江面上，浓烈的硝烟中，红军踩着早已磨破的草鞋，行走在浮桥上，头顶上几十架飞机轰炸着、扫射着，队伍中不断有人倒下落入江中，和着死亡的骡马、散落的文件……湘江成了一条血色之河。

抢渡湘江让我过了把打仗的瘾，但也让我在长征路上第一次遇险。我的左大腿中弹，负伤了。拄着棍子行军的我始终没有掉队。

但长时间艰苦的行军，还是让我的伤口发炎化脓了。伤口必须开刀，没有麻药，我就对医生说："不要紧，你们摁住我的手脚开吧。"就这样，打开伤口之后，医生将纱布塞进去把脓和子弹头吸卷出来，然后将用盐水煮过的纱布清水漂洗后敷上。十几、二十天后，伤竟然奇迹般地好了。这时，部队已走到贵州了。

遵义会议会址

遵义会议后，中央红军重整旗鼓，振奋精神，在新的中共中央领导指挥下，展开了机动灵活的运动战。1935 年 1 月底至 3 月下旬间，红军四渡赤水河。5 月初，抢渡金沙江。至此，红军终于摆脱了优势敌军的围追堵截。5月下旬，红军强渡大渡河，飞夺泸定桥，接着翻越终年积雪、人迹罕至的夹金山。

夹金山

过雪山、草地，是红军长征中艰苦卓绝的一段征途。过大雪山时，雪皑皑，野茫茫，高原寒，炊断粮，且高山缺氧，许多红军走得气喘吁吁，我却是一口气就从山脚冲上了山顶。但过草地时，我却再一次遇险。红军第一、四方面军会师后，党中央在毛儿盖召开政治局会议，决定第一、四方面军分别在毛儿盖和卓克基两地集中，混合编为左右两路军，在中共中央统一指挥下，继续北上过草地。我随右路军行动。1935年8月21日，在毛泽东、周恩来、徐向前、叶剑英等率领下，右路军从毛儿盖出发，开始向草地进军。

部队离开毛儿盖以后，向北行进20公里就进入了草地。草地的情景，令我们触目惊心。放眼望去，是茫茫无边的草原，在草丛上面笼罩着阴森迷蒙的浓雾，很难辨别方向。草丛里河沟交错，积水泛滥，水呈淤黑色，还散发着腐臭的气味。在这广阔无垠的千里沼泽中，根本找不到道路，一不留神就会陷入泥潭中，越动弹陷得越深。一天，我不小心就陷了进去，幸亏我很机灵，没有激烈地挣扎，而是顺势平躺，然后轻轻地翻滚，直到比较干

松潘草地

燥的地方才爬了起来。

摆脱险境的我随着战友们踩着草墩一步一步继续探索前进。越是往草地中心走，困境就越严重。时风时雨，忽而漫天大雪，忽而冰雹骤下。衣服被雨雪打湿了，只能靠体温暖干。夜晚露营时，更是寒冷难忍，大家只得挤在一起，背靠背取暖。草地里没有清水，只能喝带草味的苦水。经过几天的行军后，粮食吃光了，我们只好沿路找野菜充饥，有时甚至嚼草根、吃牛皮。但是，红军个个都是英雄汉，我们忍受着寒冷、饥饿的折磨，以坚强的革命意志，坚持每天按计划的路程前进。经过 7 天的艰苦努力，右路军在毛泽东等人的领导下，历尽千辛万苦，终于走出了茫茫草地。

1935 年 10 月 19 日，我跟随部队到达陕甘根据地的吴起镇，至此，历时 1 年的长途行军终于胜利结束。

11 月初，中央红军与陕甘根据地的红十五军团会师，之后红十五军团并入中央红军。不久，我调任红十五军团二十五军七十五师二〇三团政治部宣传队队长。

尽管当年我只有十六七岁，尽管万里征途困难重重，但应了毛泽东的诗词："红军不怕远征难，万水千山只等闲。"

致敬，抗战的老红军！

何海铭

孟进城

（1917.8—2016）

出生于四川省苍溪县。1933年7月参加革命工作。1938年6月加入中国共产党。历任卫生员、通讯员、副班长、班长、公安干事、区委常委、县公安局局长等职。1947年12月起任邢台县委社会部长兼公安局局长，县委常委、组织部部长。1949年南下，任一大队中队组织部部长。同年8月任仙游县委副书记兼组织部部长，10月任安溪县委书记。1952年6月后历任晋江地委组织部副部长、部长兼纪检会副书记、书记、地委常委。1954年11月任晋江地委副书记。1956年1月后历任惠安县委书记，晋江地委副书记，专署专员、副书记，地区革委会副主任，省革委会委员。1971年8月后历任宁德地区革委会副主任，省革委会委员，宁德地委常委、副书记。1978年4月后历任省委组织部副部长、部务会成员，省人大代表，省委纪检委筹备组副组长。1979年12月任省委纪委副书记、省人大代表。1983年5月退居二线工作。1985年5月离休。

编辑絮语

要争取民族的独立，必先树立起不屈的民族精神！

“把我们的血肉，筑成我们新的长城！”在民族危亡的年代，多少中华民族的优秀儿女，献出自己的血肉之躯，保卫黄河，保卫长江，保卫我们神圣的国土！

读这篇文章，我们仿佛看到倒在草地沼泽中的尸体、夹金山上冻僵的“雪人”、邢台小山村被残杀的无辜乡亲……我们的先辈用年轻的生命，用鲜红的热血，铸就了中华人民共和国的伟大根基！

今天，我们怀着深深的敬意，向在民族复兴路上献出宝贵生命的英烈们，说一声：“前程如歌，接续有人！”

他 16 岁参加红军，跟随红四方面军两次爬雪山、过草地，历经千辛万苦，九死一生；日军悬赏 100 块大洋要其项上人头，他却总能虎口脱险；他曾目睹一个百人村庄因来不及转移，有 70 多人倒在日军的刺刀之下，从此立誓与日寇势不两立……

他叫孟进城，在中国人民抗日战争暨世界反法西斯战争胜利 70 周年纪念日即将到来之际，孟进城和他的子女向记者讲述了那段烽火岁月。

踩着战友尸体过草地

1917 年 8 月，孟进城出生于四川苍溪县一个穷苦家庭，从小给地主家放牛。1933 年前后，红军来到苍溪县，翻身农民纷纷参加红军，年仅 16 岁的儿童团长孟进城也报名参军，成了一名“红小鬼”。

1935 年 8 月，面对敌人的疯狂围剿，红四方面军不得不实行战略大转移，开始艰苦卓绝的长征。孟进城所在的红三十军直属大队在横渡嘉陵江后向北挺进。只有穿过一片大草地，部队才有望突出重围。

“草地天气变化快。一会儿是烈日，一会儿下雨，一会儿又下起雪来。”据孟进城回忆，最让人揪心的，是草地里有很多沼泽。“很多战友不慎陷进沼泽，只能眼睁睁看着他越陷越深，想拉都拉不起来。有时候，不得不小心地踩着战友的尸体，才过了沼泽地。”

在海拔 4000 多米的草地上，人会缺氧，健康人尚且行动艰难，更别说红军长途跋涉，缺乏给养，体质已极度虚弱。再加上晚上还有风雪，身着单衣的红军夜里睡觉，常常三个人背靠背取暖。一个雪夜，孟进城与两名战友背靠背休息过夜，第二天醒来，他发现那两名战友已经冻僵，一探鼻息，两人已没了呼吸。对此，孟进城至今仍难以释怀。

过草地时，红军还面临另一个困难：缺粮。干粮吃完了，孟进城与战友们挖野菜、拾蘑菇煮着吃。野菜被挖光，只得啃草根、吃皮带，甚至连草鞋也成了充饥之物。

孟进城说，有的同志实在坚持不下去，就主动把身上仅存的干粮交出来。“他们知道活不下去了，想把粮食留给那些活着的人。”面对这样的场景，尽管哀痛，孟进城也只能对着他们敬个礼，转身融入部队中。

抓着马尾巴爬雪山

雪山，是红军长征中遭遇的又一个劲敌。比起草地，雪山的气候更恶劣。在长征中，红四方面军是最早踏入雪山的部队。红桥山、夹金山、党岭山等 20 多座雪山上都留下他们的足迹。在孟进城的记忆中，刚开始爬雪山时，大家状态还不错，行军速度较快，掉队的也少。可是越往上爬，积雪越厚，天气越冷，空气也越稀薄，人的体力消耗越大。到了夜里，风越刮越紧，雪也越下越大，战士们个个都变成了雪人。因为年纪小，加上饥寒交迫，爬到夜里，孟进城累得上气不接下气，摇摇欲坠。好在这个时候，离他不远的连长发现了已经十分虚弱的孟进城，及时将马尾巴递到他手里，让他抓着马尾巴，踩着马蹄印缓缓劲。

孟进城踉踉跄跄地跟着马走了一段，人借马力，才缓过劲来。下雪山也不容易，有些地方，滑溜的冰面上根本站不住脚，孟进城亲眼看着有些战士顺着山坡滑，笔直地冲下万丈深谷，还有的硬挺挺地冻死在路旁。“死亡随时会降临，只是不知道下一个是谁。”孟进城说。当时精神已经有点麻木，甚至意识都有点不清了，对死亡反而没有了恐惧。最终，凭着对革命的执着信念，孟进城将草地和雪山踩在脚下，抛在身后，他的部队于 1936 年 10 月与红一方面军在会宁顺利会师，走完闻名中外的万里长征。

临危不乱擒日特

长征胜利后，孟进城到了延安，成为抗大第六期学员。经过一年半的抗大学习，孟进城留在抗大的保卫部工作。

1939 年 7 月，抗大总校在副校长罗瑞卿带领下迁往冀西南太行山抗日根据地，孟进城也跟着来到太行山深处的邢台县浆水镇。

河北邢台浆水镇前南峪抗大纪念馆

那时，在距浆水不远的地方，有敌人的两个大据点，一个在司窑，一个在邢台城，均驻有日伪的重兵。这里的敌人随时都可能奔袭抗大。

另外，在邢台县境内太行山区有个八路军的兵工厂，专门生产武器弹药等军需物资，敌人视其为“眼中钉”。为了刺探兵工厂的情报，日本特务和汉奸走狗耍尽手段，斗争形势非常严峻。斗争期间，孟进城从抗大转到地方，负责邢台县的公安保卫工作。他与战友们成立了一支武工队，经常主动出击，到前方日寇据点周围活动，掌握日寇的动向，缉拿敌人派到根据地的密探。

一次在去兵工厂检查布防的路上，孟进城被三个日本特务和汉奸跟踪。他没有慌乱，而是机智地将敌特引进太行山，利用敌人对地形的陌生，在摆脱跟踪后又找来战友将敌人全部擒获。

由于工作出色，孟进城成了敌人的“肉中刺”，敌方一度张贴公告，悬赏 100 块大洋要其项上人头。不过机智的孟进城虽几次遇险，最终都化险为夷，甚至还凭借着丰富的对敌斗争经验，先后抓获 30 多个日本特务和汉奸走狗。

目睹无辜乡亲被屠杀

在邢台抗日对敌工作期间，有一件事是孟进城的心中之痛。

当时，日寇实行惨无人道的“三光”政策。1942 年 8 月，大批敌人进入邢台和太行山区，扬言要消灭抗大和八路军兵工厂。面对来势汹汹的敌人，孟进城多次将兵工厂以及当地乡亲转移到安全地带。但是，有一个村的乡亲来不及转移，落入敌人的魔爪，躲在暗处的孟进城亲眼看着这个100多人的村庄被鬼子屠杀仅剩下30多人。

“当时我的心在滴血，恨不能冲出去与鬼子拼命。但是为了顾全大局，只能咬碎钢牙往肚里咽。”孟进城说到这里，一度哽咽。从此，孟进城心中增添了对日本侵略者的仇恨，发誓与日寇势不两立。

孟进城个人照

子女说，解放后孟进城还不止一次说起日寇“坏透了”，打不过八路军就专门残害无辜乡亲。

1945年8月，日本投降。得到消息，孟进城高兴得一晚上没睡。“得知小日本投降了，大家都很激动，很多人抱在一起，又蹦又跳。”此后的几年，孟进城在邢台县历任县公安局局长、社会部部长、组织部部长等职。

1949年，孟进城随长江支队三中队南下支援福建建设，先后担任仙游县委组织部部长、安溪县委书记、晋江地委副书记兼专署专员、宁德地委副书记兼地革委会副主任、省委组织部副部长、省委纪委副书记等职务。

孟进城（前排右二）与战友合影

从烽火连天的革命战争年代，到激情燃烧的建设岁月，再到波澜壮阔的改革开放新时期，都深深印记着这位革命老人对党对人民的无限忠诚和忘我牺牲的崇高精神。他的事迹可歌可泣，他的精神令人钦佩，他的功勋应该被铭记。

（本文原载于《福建日报》）

开辟罗汉里游击根据地

王国健　张振英

陈云飞

(1915.10—1985.8)

原名陈明斌，出生于福建省连江县马鼻乡半田村一个农民家庭。1933年9月加入共青团，同时参加闽东工农游击第十三支队。1934年3月转为中共党员。1934年4月以后，历任闽东工农红军第十三独立团宣传队长、连政治指导员、连罗共青团委书记，连罗红军海上游击总队政治指导员、中共永泰县工委书记。1935年3月与杨采衡等率闽东工农红军西南团转移到福清海口，与福清县委接上关系，编入福清工农游击队，在福莆永边区坚持三年游击战争。1936年春不幸被捕，经组织出面交涉释放后，于1938年春任新四军驻闽东留守处主任。1938年6月随军北上抗日。1939年7月重新入党。此后历任新四军军部教导队区队长，皖南事变新四军突围部队副官主任、营政委、团政委、师政治部主任、师政委，华东第六纵队组织部副部长等职务，参加了枣庄、涟水、孟良崮、淮海、渡江等重要战役。1943年至1954年夏间还担任安徽省繁昌县委书记等职。中华人民共和国成立后，于1951年参加抗美援朝，先后担任中国人民志愿军二十四军七十二师师政治部主任、师政委、军政治部副主任等职，解放军总部曾授予三级八一勋章、二级独立勋章、二级解放勋章。转业到地方后，担任过省葫芦山建设委员会副主任、连江县委书记、省水产局局长、省民政厅厅长、省老干部工作委员会副主任等职。

编辑絮语

罗汉里游击根据地的创建，颇为传奇。

年仅20岁的陈云飞受命于危难之际，单身闯入深山匪巢，与“匪首”结拜兄弟，进而化敌为友，帮助其走上革命道路。这个传奇故事让人想起长征中刘伯承与彝族头领结盟的历史佳话。

中国革命道路的探索每一步都是艰辛的。革命目标确定后，团结一切可以团结的人，聚四海力量共同对敌，就能无往而不胜。

罗汉里，记住了陈云飞，记住了那个卖笋的畲族庄稼汉，记住了为中国革命作出贡献的罗汉山人！

陈云飞，曾名陈明斌，出生于连江县马鼻镇半田下村一个贫苦家庭。他自幼聪颖好学，活泼敏捷，豪爽健谈，平易近人，他8岁上小学读书，仅读2年多就因家境困难而辍学。1928年，他到马鼻镇当学徒，初尝人间苦楚。1931年，16岁的陈云飞加入中国共产主义青年团，走上了革命道路。

翌年6月，陈云飞参加闽中工农游击队第一支队（后亦称闽东工农游击队第十三支队)，历经三次反“围剿”斗争，经受严峻考验。1933 年，经组织批准，陈云飞转为中共党员，并成为游击队一名活跃的宣传员。1934 年 1 月，游击队扩编为闽东红军第十三独立团，他担任团政治处宣传员、宣传队长；9 月担任沿海游击总队政治指导员；同年 10 月当选为共青团连江县委书记。

这时，红军十三独立团已调往宁德，成立闽东独立师。连江苏区面临国民党二五九旅及省保安团等 1 万多反动军队的疯狂“围剿”，陈云飞积极配合中共连江县委，宣传鼓动连罗苏区群众参加红军，扩大武装队伍，建立红军西南团，开展反“围剿”斗争。

连罗红军西南团成立地旧址

1935 年初，中共连江党政机关和红军主力被围困在坑园下屿岛，陈云飞与西南团团长杨采衡等红军战士从海上突围转移到西洋岛，并与驻岛闽东红军独立营柯成贵部会合。

同年 3 月，部队遭国民党“围剿”，又相继转移到福清、永泰，并与当地中共地下党联合成立中共福（清）、长（乐）特支。福建省福清中心县委书记黄孝敏对地下党员陈云飞说：“县委决定成立福（清）、长（乐）、永（泰）边区特别支部，由你担任支部书记，去开辟边界地区工作。”

福清中心县委领导刘突军也说：“福州中心市委被敌人破坏后，我们与上级失去联系，处境很困难。你去以后，先了解情况，发展党组织，然后设法找一个山区的立脚点，开展工作，筹集经费。”

陈云飞接受任务后的第二天早上，就冒着细雨来到福清、长乐、永泰边界的琯口镇。他在镇上细心观察，不经意间探听到一个消息：罗汉里的土匪被国民党收编，匪首刘春水被杀了。罗汉里？这不是我红军建立武装，开展游击斗争的好地方吗？然而，此地他人生地不熟，如何打进罗汉里？他沉思片刻，心里有了主意。

从第二天起，他就在琯口街上守候，直盯着通往罗汉里的山路上。一直等到第六天，才看见从罗汉里方向走来一位农民，肩上挑着两个箩筐。他立刻迎了上去，见这位农民挑的是两筐竹笋，便问：“是罗汉里的笋吗？”“是啊，刚露头的笋，又鲜又嫩。”卖笋的是一位40多岁的穷苦庄稼汉。陈云飞便同他拉起家常。他问道：“老伯，听说刘春水被杀了，是真的吗？”“我是种田人，不管其他事。”老汉答非所问。“听说罗汉里还有土匪，是吗？”陈云飞又问。老伯还是不肯正面作答。

忽然，他两眼直盯着陈云飞良久，然后悲戚地说：“唉，要是我那个儿子还在，跟你一样高了，长得也同你一模一样。”

这老汉叫钟来顺，畲族人，儿子被国民党兵打死，家里只剩夫妇俩相依为命，是一位苦大仇深的农民。

陈云飞见状，便恳切地说："老伯，要是我真的像你儿子，你就收了我做儿子，好吗？""不敢，不敢！"钟来顺慌忙摇了摇头，但又显得很愿意的样子。

"那我今天就跟你去罗汉里。"

"罗汉里人不认识你，你进去会被当探子抓去的，那就没命了。"陈云飞见他老实厚道，干脆向他摊了底。"老伯，对你说实话，我是连江人，连江有红军游击队，专门打地主老财，为穷人办事，给穷人分田分地。我也是红军，是来福清、永泰工作的，你就带我进山去吧！"钟来顺仍有顾虑地说："我带你进去，人家会问，你是我的什么人，我怎么回答人家？总要有个亲属关系才好啊！"他沉思片刻后用征询的口吻问道："这样吧，你做我的义子，好吗？""这样好，我就做你的义子。"陈云飞很爽快地认了他做干爹。

下午，陈云飞随着干爹进山去了。翻过天竹岭，沿着溪谷青石小路，再穿过连绵起伏的山林，来到了半岭村。

钟来顺告诉陈云飞："这一带就是罗汉里了。"陈云飞抬头望去：眼前大片山野，方圆100多里，尽是深山密林。这里虽是深山沟，却有崎岖

罗汉里纪念馆

羊肠小道，四通八达，东出福清，西达永泰，南通莆田、仙游，北往闽侯、闽清，是联结闽中各县的枢纽。过了半岭村，朝东再走几里路，就到了钟来顺的家乡山坑村。一进家门，钟来顺悄悄地对老伴说：“刚认的义子，是红军。”老伴听了很高兴，一边沏茶倒水，一边烧水做饭。

住下来后，陈云飞就对钟来顺夫妇讲了许多穷人“闹革命，求解放”的道理。

一天，陈云飞问钟来顺：“山里还有土匪吗？”钟来顺边说边屈指数着：“刘春水的叔叔刘阿和、堂叔刘水仔、弟弟刘金木、老婆何兰英都还在，手下还有10多人枪。刘春水被杀后，他们躲在山里不下来。”

“你认得刘阿和吗？”“怎么不认得，他的老婆棋山妹和你的干妈还是表姐妹呢。”“是吗？！”陈云飞心中暗喜，决定深入匪穴，策反刘阿和。他便转而央求干妈说：“干妈，你去找刘阿和一趟，对他说，你的义子想见见他，有话对他说，好吗？”

第二天傍晚，干妈回来告诉陈云飞：“阿和说，可以同你见面。”

第三天清早，陈云飞随着干爹穿过大片茂密的森林，翻过重重山峦，来到了一片树林里，只见树荫下有几间小茅屋，这就是刘阿和隐蔽的地方。面容憔悴的刘阿和盯着陈云飞看了半晌，才起身泡了茶，拿着鸦片枪对陈云飞道：“来，玩一筒吧！”“这个我不会。”陈云飞连忙回绝。

刘阿和见陈云飞不吸大烟，便端过茶水说：“你要说什么?”陈云飞抖擞精神说:“连江有红军,你听说过没有?”

“听说过。”他点了点头。陈云飞紧接着说:“当年,连江透堡乡农民,在党的领导下,开展抗租抗息斗争,国民党对农民进行镇压。结果,把农民压到山上去了,搞起武装斗争,把地主、恶霸打倒了,建立了苏维埃政府。后来,整个连江县农民都起来同地主恶霸斗,同民团斗,同国民党斗,各地都成立了苏维埃政府,农民们把田契、佃契统统给烧了,穷人都分到田地。红军、共产党为什么得到群众拥护?因为我们‘劫富济贫’,为穷人做事,穷人只有团结起来,打倒地主恶霸,打倒国民党,建立自己的政府,才能彻底翻身。”

刘阿和凝神听着,没吭声。陈云飞见他似有所思,便单刀直入地说:“当土匪是没有前途的。一来侵犯老百姓利益,老百姓痛恨你,反对你;二来眼前生活虽然好过点,但你们的后代子孙还要挨人唾骂,说他们的祖宗是土匪;三来国民党也不允许,你的侄儿刘春水不是也被国民党杀了吗?”

刘阿和边听边大口大口地吸着干烟斗,时时喷出一团团灰白色的浓烟,仍不吭气。

陈云飞又接着说:“要说土匪,霞浦土匪头廖木金力量比你强得多了。他手下有千把人的武装,占据三都澳一带。国民党拿他没办法,就骗他招安,答应给他一个旅,让他当旅长,结果他的队伍刚开到连江丹阳,就被打了埋伏。他败退到马鼻往海里逃,被国民党兵舰包围捉拿了,头颅被砍了,还挂在福州示众。”

刘阿和听到这里,低头叹了一声,似乎有话要说,但没说出口。“我们红军不一样，历来讲政策，不搞欺骗。只要你肯改邪归正，我们就欢迎。愿意和我们一起干，必定有前途。”刘阿和沉思了一会，突然提出要同陈云飞结拜兄弟。为了赢得他的信任，陈云飞满口答应。

双福寺

这天晚上，陈云飞就住在刘阿和的茅草房里。第二天晚上，刘阿和在罗汉寺摆了香案，同陈云飞结拜为异姓兄弟。几天来，陈云飞和刘阿和同吃同住，促膝谈心，称兄道弟，十分亲热。陈云飞见时机成熟，便对他说：“阿和哥，我连江一起来的部队同志，都分散住在老百姓家里，我想让他们集中到罗汉里来，你看怎样？”

“行，行！”刘阿和终于同意了。陈云飞见他说得爽快，便进一步试探地问：“你现在还有多少人，我们可以合起来干吗？”“还有10多人，欢迎你们来，合起来干！”“我们的同志一来，吃和用都得要你帮忙啰！”“没问题，既是兄弟，有事能不帮吗？”

陈云飞很高兴，当即写了封信，向县委简单地汇报了情况，并建议将部队集中到罗汉里来。刘阿和派人连夜把信送过去。

第二天上午，县委书记黄孝敏亲自来了。陈云飞向他做了详细汇报，并陪同他察看了罗汉里四周地势，不几天，从连江突围出来的10多位游击队员全部集中到罗汉里来，刘阿和及其手下的10多人也携枪加入了红军游击队。

就这样，经过陈云飞勇敢机智的工作，不花一枪一弹，顺利地收编了刘阿和的队伍，开辟了罗汉里游击根据地，使之成为闽中三年游击战争的重要支点。

闽中罗汉里游击根据地旧址

1937年7月全面抗战爆发后，陈云飞任新四军驻闽东留守处主任。1938年2月，他随新四军北上抗日。1941年1月皖南事变后，陈云飞随部队突围到皖北，任突击部队副主任，继任五五团三营特派员、政委。1942年10月，他任新四军第七师五七团政治处主任。1949年3月，他任中国人民解放军第二十四军七〇师政治部主任。

从1941年到1949年，陈云飞参加过的战斗先后有皖南事变突围战、枣庄战斗、涟水保卫战、豫东战役、孟良崮战役、淮海战役，渡江战役等。

1950年6月，时任师政治部主任的陈云飞，又随二十四军入朝，参加抗美援朝战争，先后担任中国人民志愿军二十四军师政治部主任、师政委、军政治部副主任、主任等职。

1953年7月，中国人民解放军总干部部曾授予他三级八一勋章、二级独立勋章、二级解放勋章。1955年，他被授予大校军衔。1960年，陈云飞转业到地方工作，先后担任葫芦山建设委员会副主任、中共连江县委书记处书记、福建省水产局局长、福建省省民政厅厅长、福建省老干部工作委员会副主任等职。陈云飞到地方后，虽然没有被授少将军衔，但因他显赫的战功，福建省地方政府一直给予他少将待遇，军政首长都尊称他“陈老”。

战争年代的陈云飞

陈云飞晚年照

关隘千里度若飞

陈贵芳　口述　郑复龙　整理

陈贵芳

（1918—1986.1）

又名陈牯老，化名练俊、叶新明，福建省政和县东平镇人。少年时就参加革命活动。1934年10月，担任东平区青年队长，1936年1月转为中共正式党员，后历任共青团区委书记、中共东平区委书记。抗日战争时期，担任中共建松政特委委员、政和县委书记。1941年5月，因建松政党组织遭到严重破坏，被派回建松政代理特委书记，在极其恶劣的环境中，从镇压反动分子入手，发动群众恢复党组织，扭转了建松政局势。1942年初，转战崇安、铅山、广丰等县，积极设法接应从茅家岭和赤石暴动出来的新四军同志。同年10月调任建松政特委书记。翌年4月，国民党顽固派向省委驻地和建松政地区发动大规模“清剿”，其父亲、祖母、妹妹和四个叔叔均先后惨遭杀害，母亲亦两度身陷囹圄。在极端困难的环境中，独自坚持反顽斗争，有效保存革命力量。解放战争时期，历任中共闽浙赣区党委常委兼闽浙边地委书记，中国人民解放军闽浙赣人民游击纵队副司令。1949年6月，建瓯军管会成立，任中共建阳地委书记兼军分区司令员。1951年9月赴中央马列学院学习，后因“曾镜冰案”牵连被隔离审查。1957年后，历任建阳县委书记，潘洛铁矿党委书记，福州市副市长，宁德地委常委，宁德革委会副主任，省老区办副主任、顾问，省政协常委。

编辑絮语

“闽北有个陈牯佬，敌赏三千买他脑。坎坷一生仍自若，革命精神永不倒。”这是时任福建省委书记项南于1986年1月给陈贵芳题写的悼念诗。

陈贵芳是个传奇。他生于闽北，长于闽北，在南（平）、古（田）、（建）瓯、建（阳）、松（溪）、政（和）方圆千里的深山密林中，处处都有他和战友们的足迹。

从这足迹中发现、寻觅、探索走向明天的路，这便是后继者“不忘初心、牢记使命”的本意。

1943年春，国民党七十五师钱东亮部参谋长柴毅坐镇东平，向我建松政地区发动了第三次大规模的军事围攻。柴毅率一个团的正规军，纠合地方保安团、队，以及民团、地痞组成了上万人的搜山队，采取“分进合围”，三县联合“搜剿”的办法，撒开大网，妄图将我建松政游击队一网打尽。此时，我们建松政特委与省委失去联系，独立地战斗在顽军的网眼中，经历了一场艰苦卓绝的游击战。

金竹坑突围

1943年6月，我带领50多名游击队（包括干部）去水吉中村、建瓯大岭一带活动。转到建瓯上杉溪后，由于活动公开，我们暴露了目标，建松政境内1000多顽军、上万的搜山队压了过来，日夜围追堵截。为了“保存自己，消灭敌人”，避免与顽军正面冲突，我们采取“曲线迂回”的战术，一路上且战且退，从上杉溪开始，经水吉转犁坪到政和大洋，再返抵水吉，然后突进松溪，穿插至浦城，再折回。部队突进松溪塘卜溪时，才暂时甩掉追兵。正当我们准备休整一下时，群众报告说，粮食被顽军抢光了，离此地几里外的大浦、翁村已有顽军重兵驻扎。为防不测，队伍连夜转移千仙岗再到金竹坑。

到金竹坑时天刚亮，我们选择了一个交椅形的山坳休息。部队已断粮6天，仅靠野菜充饥。许多战士疲惫不堪，一躺下就不想起来。我派人到夔寨村找群众买粮食，可是这个山村被顽军烧光了，只有一个单身汉躲在山上。听说来了游击队，他毫不犹豫地把全村9户人家仅有的一点蔬菜全部收割下来，送给我们。煮后，我们每人吃了一牙杯菜，坐着睡了个把小时。

8时许，哨兵报告：“国民党兵又跟踪追来了！”战士们听说有情况，个个霍地跳将起来，持枪上刀，准备战斗。我向山口望去，顽军黑乎乎一片，两路分进，马上形成一个扇形的包围圈，一步步向我们逼近。我环顾四周地形，心想前有敌兵，后是高山，撤退已来不及，正面硬拼硬冲势必招致全军覆没。这时，支队长罗天喜献上计策，决定诱敌深入，然后集中火力佯作向南突围，再设法北撤。

顽军见我们毫无动静，以为我们坚守阵地，以待拼命，估计这次我们跑不了，于是大着胆子叫嚷着往上冲。在他们得意忘形的叫嚷中，我们分兵两路迅速占据有利地形。两侧顽军继续逼近，已经能看清他们的眉眼了。我大吼一声："冲啊!"罗天喜、郑生佬带领20多个战士跃出阵地，机枪、手榴弹，立时爆鸣起来。顽军猝不及防，立即慌乱了阵脚。北翼之敌见状，赶快向南压下，妄图合围聚歼。当我们冲出20多米时，见北翼之敌已被牵引，我当机立断："撤!"我们凭借熟悉地形，很快隐没在茂密的丛林中，安然北撤。两翼围歼之敌杀性正起，自相残杀，伤亡百余。待他们完全清醒时，我们正处龙盘虎踞之势，给顽军一顿当头痛击后，扬长而去。

北孟坑休整

金竹坑突围后，顽军估计我们会经桥亭渡河到朱塘窑，然后往崇安，因此，重兵把守在这一线上。由于没日没夜地被追击袭扰，战士的体力消耗极大，如不及时休整，补足营养，势必影响战斗力。根据顽军兵力部署的情况，我们避实就虚，将队伍拉到浦城的碗窑，甩掉顽军后又悄悄折回千仙岗，驻扎在北孟坑。

北孟坑是处于水吉、松溪交界的一个基点村。全村有56户人家，四周都是高山密林，村子掩映在绿荫下，不管从哪方向到村子，都要爬十几里的大岭。这个村子，我们有坚实的群众基础，适宜隐蔽。

当我们到北孟坑时，村子已遭顽军“三光”政策的空前浩劫，10 多人被杀，十几人被抓去坐牢。村中残垣断壁，狼烟未尽，满目疮痍。为了不惊动群众，我们在村后山坳歇下。这时，整个部队只剩下警卫员和司务长随身带的一把菜干、几颗辣椒和留给伤员的 2 斤多大米。我让炊事员煮了一锅汤，叫大家喝。战士们望着清水上漂浮着黄叶的米汤，你推我让，都说留给首长、干部吃。最后我下了命令：“只有大家能打仗，才能保护领导干部，为了打反动派，每人都要喝上一碗。”喝过米汤后，大家就地休息。

尽管我们行动很谨慎，游击队回来的喜讯还是很快秘密地传到群众中去。北孟坑群众在党支部书记游洪觅带领下，坚持在山里隐蔽斗争。这时，游洪觅带着群众送来了从口中省下的一点大米、蔬菜。见了我们，他们就像见到亲人一样激动，流着泪倾诉反动当局的暴行，再三叮嘱我们要注意安全，留得青山在，不怕没柴烧，期望我们要狠狠镇压“反革命”，为乡亲们报仇。为了支援部队，北孟坑的 4 个党员干部发动群众节粮缩食，挤出豆种、谷种，又千方百计从亲友家里借来粮食接济我们。我们也想方设法减轻人民负担，规定部队一天吃两顿野菜和的稀粥；山岭上树林里，凡能下肚的野菜都找来充饥。

游洪觅的哥哥游家江想起自己家里还有一些谷种。一天晚上，他摸回村里，在废墟里寻找谷种，不幸被便衣队抓住，将他吊在村中破庙的横梁上严刑拷打，逼他说出游击队藏在什么地方。空旷的夜空里时断时续地传来游家江痛苦的叫骂声，战士们急得双眼快淌出了血。我心中犹如万箭穿心，却不能冲进村去营救。群众怕游家江万一招架不住，供出我们，那就坏事了，再三催促我们赶快转移。这些困苦的日子里，我们和北孟坑的群众风雨同舟，患难共济，彼此亲同骨肉。我们深信，在任何情况下，游家江都挺得住；更不忍在群众危难时弃之不管，远走高飞。游家江的老婆见我们这样信任她丈夫，感动得一边流着泪，一边替我们烧水做饭。

顽军从游家江嘴里掏不出一句需要的话，就让他当挑夫，押着他走。半路上，游家江趁势滚下陡岩，绕道逃回驻地。当他看见部队一个人也没撤走，还和群众商量如何营救他，感动得泪如雨下，表示一定要革命到底，报答同志们的关怀。

根据我的判断，顽军必定会卷土重来。兵贵神速，第二天傍晚，我们开始转移。

计走白马寺

部队转移到松溪大林坑时，我派人去筹买粮食、侦察敌情。当时形势十分紧张，周围交通线已被搜山队封锁，单靠我们的力量难以突破。我们决定采取“虚则实之，实则虚之”的灵活兵法，穿插在顽军以为我们过桥亭、朱塘窑去祟安的必经之路——大浦翁村之间的山上。

我们在山上休息两天，诱敌疲劳；同时，准备了大量的标语。第三天夜里，部队悄悄穿插到通往松溪白马寺的大道边隐蔽起来，观察顽军对我们行动的反应。休息了整整一天，不见顽军有动静，为了扰乱顽军的视听，我们公开打出建松政游击队的旗号向白马寺进发。每过一个哨口，先动手抓顽军的“守望哨”，不但不杀他们，还让他们去“通风报信”，就说陈牯佬的队伍今天在白马寺等候柴毅率部来决战。战士们趁势在哨口、村庄张贴标语，壮大我方声威，再向当地群众买下粮食以及鸡、鹅等禽畜，造成大队人马过境的声势。一路上，我部讯如疾风，不费多少周折，天亮时顺利来到白马寺后山，哨兵严密警戒敌人动向，其余战士就地杀鸡宰鹅，生火烧饭。饱餐之后，战士们个个精神焕发、精力充沛。我们向寺内和尚做了工作，得到他们的配合。战士们在寺内外张贴了标语，叫寺内和尚回避后，制造部队返回驻地的假象，再从白马寺东麓转移出去。

再说国民党当局听了特务和沿途保甲长的“匪情”报告，先是惊诧，后是认定这其中必定有诈，因而举棋不定，迟迟不敢贸然出兵。后来沿线的报告越来越“多”，情报越听越“可靠”，待到第二天早上 9 点多，他们才调集正规部队、搜山队赶到白马寺。他们先重兵包围了白马寺，再向山上袭击，没想到我们早已远走高飞了。

为首的顽军军官一腔怒气，拿寺中方丈发泄：“老秃驴，究竟有多少游击队到此，陈牯佬几时走的?”方丈战战兢兢地回道：“回话长官大人，小人善缘在身，不问政事。清晨确有部队开进鄙地，吵吵喳喳，人马不计其数，张贴标语后，即往后山开拔，似乎留有一纸见教。”果然，白马寺的大墙上赫然醒目地贴着我们留下的标语："告示柴匪：陈牯佬在此立等一天，考虑在此地交战，地形对你等不利，望速来龙头山决战，不可迟疑。"敌军气急败坏地奔到后山，一个个大眼瞪小眼，呆若木鸡，只见鹅羽鸡毛、残骨下水、剩饭残汤泼得满地都是，十几口大炉灶还冒着青烟。这是我们临走时施用古人兵法的"减兵增灶"之计，弄得他们难以捉摸，只能喟然长叹："共产党游击队真是天兵天将，一夜之间平添出这么多人马，又神出鬼没、渺无踪影。"

坐山观虎斗

我们确是早晨从白马寺东南麓转移的。经松溪古一路雄风，直插到闽浙边境龙头山下。

龙头山下有个地名叫七条路的隘口，是闽浙边陲要道，七条大路汇集于此。我们在这一带有很好的群众基础，加上这里是两省交界的"两不管"地带，很适合长期隐蔽。当我们弄清情况后，夜里动手摸了哨口，镇压了两个"反革命"，把一个守哨的队兵捆绑于龙头山山腰大树上，然后把周围的树木故意弄得哗华响，我们几个人还吆三喝六，佯装成大队人马纵深进入龙头山隐蔽的架势。一切安排停当后，我们悄悄下山转到离七条路 10 华里的天堂村，每天派几名群众到七条路打听消息。部队就安心留在天堂和铁栏之间的山上"隔岸观火"。

顽军在白马寺中疑兵之计后，变得异常神速起来。我们到龙头山第二天，闽浙边界的搜山队就纷纷开进七条路。他们根据那个绑缚在山腰的队兵的“情报”在山上“搜剿”了几天，却一无所获。柴毅闻讯后，在会议上大发雷霆：“你们这些窝囊废，游击队在白马寺偏不去抓，现在已被我围困在山上还不赶快搜。消灭了这伙‘共匪’，我担保给你们请赏晋升。抓不到‘共匪’，都有你们的好看。”搜山队的长官为争头功，又急急忙忙地进山。

龙头山山深林茂，是野兽出没的地方，平日人迹罕至，仅有的几户人家早被移民并村了，不但煮饭无水，连止渴都难。搜山队进山后惊动了山中的野兽，夜幕里兽走树响，加上风吹草动，更显草木皆兵。野猪拱草根滚下一块大石头，搜山队分不清情况，胡乱射击，随后向柴毅报告：“陈牯佬已被围困龙头山。”柴毅得意忘形地命令：“不消灭这股‘共匪’，不准下山。”顽军往上冲，搜山队往下滚，结果一响百响。他们砰砰啪啪与草木打了半个月的“围剿”战，待到短兵相接时才叫苦连天，自相残杀，死伤百余。那时正是 7 月天气，中暑发病的更多。后来，敌军以为我们已绕过龙头山到浙江去了，于是狼狈下山。

回师建松政

我们在群众的掩护下，先后在天堂、铁栏、崔上一带活动了几个月。1943 年 9 月，我们回师建松政地区，在北孟坑与宣金堂、陈正初、陈正贵率领的另一部分游击队会合。其时，建松政游击队共有 70 多人。我们建松政特委在北孟坑召开了特委会议，确定了当时的方针和任务：筹款解决经济问题；争取主动打几个胜仗，壮大自己的力量；发动群众，镇压“反革命”，恢复和发展工作，击退国民党顽固派的第三次大围攻。

北孟坑会议后不到 1 个月的时间里，我们在政和水尾，松溪的洋墩坪、古幼、溪东和水吉的樟墩等地镇压了一大批穷凶极恶的“反革命”。每镇压一处“反革命”，就张贴一张标语，上面写道：“我游击队忍耐半年有余未开杀戒，若再与敌串通一气坑害我黎民百姓者，同此下场。”

1944 年 1 至 5 月，我们还在松溪的后洲，浦城的水尾丘，水吉的侯坑、外屯及政和的西表等地再次镇压了一批“反革命”。

特委还派出宣金堂、董生有、罗天喜率领部队四处出击，扰乱敌军视听，打击他们的嚣张气焰。

1951 年 7 月 19 日，陈贵芳（前排左三）在松溪与县领导干部合影

这年 2 月，我们包围了松溪县城，火力袭扰后，在城外大量张贴标语，还向柴毅和国民党县长发出了通牒文告。内容大意是：柴参谋及县长，若有狗胆，亲督顽匪前来较量，我们在某地恭候。若思改悔，从今放下屠刀，立地成佛。负隅顽抗者，死路一条。

几经出击，我建松政游击队名震四方，威震敌胆，迫使反动当局不得不有所收敛。

到了 1944 年 5 月，柴匪已黔驴技穷，日没西山。我们决定扩大战果，选择有利战机消灭其有生力量。柴毅有个心腹营长张某，极为残忍凶狠，后兼任乡长，搜刮民脂民膏，大发国难财，当地群众送给他一个外号，叫“张发财”。一天，我们得到情报，他准备率部击我千仙岗游击队活动基地。其实，游击队早已转移到建瓯大小岭一带。当我们得到消息时，决定将计就计来一个伏击战。我率部连夜兼程，在通花桥的大路两侧设下伏兵。结果他们偷袭不成，反被我部打得一败涂地，张发财也被击毙，一命呜呼。

事有凑巧。这天刚好国民党“三省清剿巡视专员”到松政两县检查防务。柴毅在上司面前大夸海口，说什么建松政游击队已大部分消灭，余部“遁逃浙江”，柴某属地“赤匪已平”。汇报完毕，柴毅陪同专员驱车往松溪，路过花桥，见到满路上横七竖八地躺着国民党兵尸首。专员气急败坏地训斥柴毅：“简直是一群废物，只知道营私肥己，置匪患于不顾，该当何罪！”直骂得柴毅狗血淋头，无地自容。

过了1个月，也就是1944年6月，柴毅落下“剿匪不力，诓报军情”的罪名，率2个营的残兵败将，夹着尾巴，灰溜溜地撤出了建松政地区。国民党顽固派对我建松政地区的第三次军事围攻宣告彻底失败。

陈贵芳纪念馆

陈贵芳纪念文集《闽北有个陈牯佬》

革命路上无坦途

朱理明

饶云山

（1905. 6—1997. 8）

出生于福建省永泰县凤落村。1935 年投身革命运动，在莆（田）、仙（游）、永（泰）边区做群众工作。1936 年 6 月加入中国共产党，同年任永泰县凤落村党支部书记。1940 年后，历任莆仙永边区工作委员会委员、书记，永泰县委书记，长乐抗日游击队指导员，闽南特委委员，闽中地委委员、民运部长。中华人民共和国成立后，历任闽侯地委委员、永泰县委书记兼县长、闽侯专区副专员。期间，曾赴中央马列主义学院学习。1963 年 8 月任省民政厅副厅长、党组成员。1982 年 12 月离休。

编辑絮语

革命路上随时都会有“意外”。意外，便是一种考验。

忠于信仰的人，无论处在什么环境中，都能为信仰，而坚守，而战斗，而牺牲。

坚定的信仰，会产生智慧，产生勇气，产生应变能力，也会给自己创造光明的未来！

“饶云山找党记”便是一个鲜活的证明。

饶云山是永泰县岭路乡凤落村人，1936 年参加革命，后担任中共莆（田）、仙（游）、永（泰）边区工委委员，1941 年 6 月担任永泰县委书记。

1942 年秋，国民党顽固派掀起反共高潮，永泰党组织和革命基点村受到严重破坏。闽中特委书记李铁调离时，指示饶云山到莆田常太找蔡文焕联系组织。但饶云山没有找到蔡文焕隐蔽的地点，只得返回永泰和同志们一起在山上隐蔽。

和上级党组织失去联系，就像是没娘的孩子，不知如何是好。一段时间后，群众接济的粮食吃光了，饶云山决定先潜回凤落村。在老家，他遇到从福清回来的三弟饶刚生和游击队员张晃，当晚 3 人同睡一床，商议如何找到党组织。

第二天清晨，饶云山忽听到隔壁有陌生人说话的声音，立

饶云山故居

即警觉地推醒饶刚生和张晃。他们急忙从后门出往山上跑，10多个保安队员随后追上来。饶云山被一个敌兵赶上扑倒在地。搏斗中，敌兵朝饶云山开了一枪，子弹擦破他的肚皮穿入大腿。跑在前头的饶刚生听到枪声，立即回头朝敌兵开枪。敌兵见状急忙放了饶云山，逃走了。

饶云山鲜血直流，饶刚生和张晃搀扶他往岭头村躲避。

不一会，大批的敌人搜索过来，饶云山忍着伤痛钻进芦苇丛中躲藏起来。天黑敌人撤走后，地下人员程守元等人在芦苇丛中找到饶云山，急忙把他转移到院坪山上一个石洞中，后又将他转移到坑仔膺山里隐蔽养伤。在养伤过程中，饶云山他们又转移了几个地方，同时积极寻找党组织。

一天，他们从接头户那得知，特委机关仍在莆田常太地区，便商量着结伴再去莆田找组织。

饶、张二人途经永泰台口溪尾的路卡，伪保长从饶云山身

上搜出1个口哨及4发手枪子弹。饶云山他们即被送台口乡公所关押。当晚，伪乡长先审讯饶云山："哨子和子弹哪来的？"饶云山答道："哨子是买给小孩子玩的。子弹是在一都凉亭休息时，看到地上有一纸包，拾起来打开见是子弹，觉得扔掉可惜，带回去卖给保长或送给他都好。"伪乡长又问："你是凤落人，认识饶刚生吗？"饶云山回答："他是我邻居，怎不认识？"

"他现在哪儿？"

"几年不见了，不知去哪里了。"

伪乡长狂喝一声："你在撒谎，你是饶刚生的兄长，招不招？不招就动刑。"饶云山自若地回答："真是笑话，我姓程，他姓饶，怎么是兄弟？"

伪乡长见饶云山不招供，就喝令动刑。饶云山咬紧牙关始终不暴露身份，直至被吊打昏死过去后，才被抬回棚子里。接着，张晃被简单地提审几句后也被押回棚子里。

因伪乡长不认识饶云山，加上又没有审讯出破绽，最后只好以"逃亡壮丁"名义，将他俩解送县城"壮丁接收站"关押了9天。张晃因大腿长疮而被释放，饶云山则被押往德化"新兵训练处"。

在德化"新兵补训处"，每个壮丁每天吃不上半斤粮食，天蒙蒙亮就由看守班长押着跑步，动作稍微慢点就要挨打。由于关押处地方小，人多气闷，加上长期不让换洗衣服，个个壮丁身上长满虱子、疥疮，许多人还染上了回归热病，出现发烧、头晕、头痛、口鼻出血、咯血等，饶云山除此之外还增加了夜盲、耳聋症。

反动政府待这些壮丁不如猪狗，动不动就棒打脚踢，病人发烧口渴，不但没有供应开水，连冷水也不让喝。“新兵补训处”简直就是人间地狱！

不久，这批壮丁被送往浙江。走到大田时，饶云山因病情严重，被安排在“病兵队”行军。一天，他鼻子大出血兼咯血，晕倒在地，醒来后只喝了一碗冷水，还得继续行军。一路上有许多人死去，到达浙江省龙泉县由国民党正规军七十九师接收时，130 多名壮丁只剩下 60 多人。

饶云山被编入师卫生队当担架兵。此时，他认识了一个惠安籍的壮丁，两个人商量要想办法逃走。几天后，饶云山同他一起上山砍竹子，观察了逃跑路线。当了 28 天卫生兵的饶云山终于在一个夜晚，同这个惠安籍壮丁一齐逃脱了。

逃出后，在离丽水城不远处，饶云山又被当地伪保长抓获，再次送往壮丁接收站。在接收站关押 20 多天，因满身长满虱子、疥疮，接收部队以病兵不予接收为由，将他关押在青田县监狱。后因他是外地人，无人担保，只得释放了。

此后，饶云山历经千辛万苦，经过温州、瑞安，平阳、秦屿、丹阳、福州，最后抵达一都后溪郭永星家。几天后，饶云山二弟恒生同地下人员饶国拾、程守元等人来到后溪，引护他一起回到家乡隐蔽。以后他又在地下人员钟念七、徐明春等人引护下来到特委机关。特委书记黄国璋和同志们见到饶云山安全归来，都非常高兴。正在闽中为省委南迁做实地考察的福建省委书记曾镜冰见到饶云山，对他进行一番安慰和鼓励。饶云山向曾镜冰表示："参加革命没有坦途，难免有牺牲，我早就做好这个思想准备。这次大难不死，一定要为革命奋斗到底。"

饶云山请求领导上分配工作。曾镜冰、黄国璋等领导决定让他再回永泰开展工作。饶云山接受了任务，重新踏上了艰难而充满光明的革命征途，直至取得革命的最后胜利。

（本文原载于《福建党史月刊》2001 年 7 期）

中共福建省委旧址

“左联”战士林望中

陈建新

林望中

(1914. 11—2004. 8)

原名陈平山，笔名林帝。出生于缅甸，祖籍福建省同安县。1935 年 1 月，在上海复旦大学外文系学习时参加“左联”组织，同年 5 月去日本留学，在东京“左联”支部任诗歌组组长。1936 年 6 月回国，随后参加香港中华民族抗日大同盟，华南救国总会等组织，任“港九灾区服务团”团长。1938 年 4 月加入中国共产党，先后担任中共广东省文抗支部组织干事、广州市委组织部干事、澳门区委书记。1939 年 2 月到缅甸从事华侨党的工作，曾任中共缅甸侨党组织部部长、主要负责人之一。1952 年任缅甸侨党善后负责人。1962 年 7 月回国，历任中国新闻社总社副社长，中侨委国外二司副司长。1969 年 10 月被下放劳动。1973 年 2 月后，历任福建省中国旅行社经理，省外事组副组长，省外事办公室副主任、党组成员、顾问，省对外友好协会副会长曾任第四、五届省政协常委。1985 年 8 月离休。

编辑絮语

“左联”，中国左翼作家联盟的简称。它是第一个中国共产党领导下建立的革命文化团体。在早期57名“左联”成员中，有彪炳史册的文化名人鲁迅、瞿秋白、陈望道、茅盾、郭沫若、周扬、叶圣陶、丁玲等。他们的功绩是：在五四运动的基础上，进一步发展了中国新文化，为中国革命带来了大规模的理论建设和新文化的传播。

“左联”的蓬勃发展，受到国民党反动当局的残酷迫害。以1931年的“左联五烈士”事件为标志，左翼文化运动进入了艰难时期。但“左联”先驱们从血泊中抬起头来，顽强抗争，调整策略，在黑暗的岁月里，用生命写下了光明的篇章。

“左联五烈士”之一胡也频是福州人。日本东京“左联”支部诗歌组组长林望中是厦门人。“左联”在中国现代文学史上创造的光辉的业绩，有我们福建人的贡献！

“左联”，中国现代文学史上的一座丰碑！

2004年8月12日，我们的父亲林望中彻底摆脱了病痛，带着一丝眷念，安详地走了，去找相知的伴侣团聚，去找多年的挚友寻觅更加广袤的大千世界，去找敬仰的导师探求芸芸众生的真谛，留给我们无尽的追怀和缕缕的哀思。

父亲1999年被诊断出患有癌症，2002年突发大面积心梗，2004年初又出现了脑梗阻，身体每况愈下。他因心脑血管病长期住院治疗，因颈椎病和肌肉萎缩渐渐地失去了行动的能力，听力不行了，视力也不行了，日子过得非常艰辛。他患有严重的心衰，不能使用安眠药和镇痛药品，更是饱受了难以忍耐的痛楚的煎熬，但他一直在顽强地抗争，最终得到了安宁，平静地走向永恒。

父亲晚年头脑很清醒，常冥想神游，思量着家事国事天下事。他以不同的方式倾注了对子女的关爱，惦念着孙辈的学习和生活，用心地品味和铭记子孙及其亲属一点一滴的回报。临终前不久，还在听人读书念报，关注台海局势，探究马克思理论和对世界的认知，念叨我们的母亲。他在深邃的领域中感受着生活，自在洒脱，直至永远。

父亲临终前交代将他的作品汇编成册，这是留给我们的一笔无价的财富。他在早年发表的作品不少，但由于是在革命战争年代，时间也过于久远，能找到的已经不多，他常以此为憾。1985年离休以后撰写回忆文章，其时已过70高龄，记忆力减退，感伤好友一个个仙逝，更是常因身体不适而辍笔，但仍支撑直到完稿。父亲的5篇缅甸回忆录在成稿后已分送中联部、国务院侨办和中国侨联的有关部门，供其研究之用。其中一篇《缅甸侨党建立前后》，1993年4月在中国革命博物馆党史研究所的《党史研究资料》上刊载。父亲的文稿和作品，凝聚着他的心血，寄托着他的情怀，是他对历史的庄重交代。

林望中个人照

遵照父亲的嘱托，我们几个子女商量着把《林望中同志生平》与父亲60多万字的文稿、20世纪80—90年代发表的2篇回忆文章、20世纪30年代的部分作品，以及不同年代的部分照片一并刊印，以此告慰和纪念父亲。

1935年，林望中（右）与友人吴天、黄新波在日本

自有胸襟存天地

汪征鲁

汪大铭

（1919. 7—1993. 3）

出生于上海市宝山县。1935 年 12 月在上海参加革命。1938 年 12 月加入中国共产党。抗日战争时期，历任新四军政治部民运部干事，新四军三支队政治部民运科负责人兼中共繁昌县委组织部部长，句北县委书记，江句中心县委组织部部长、书记，苏南特委代书记，茅山地委副书记、书记兼新四军茅山保安司令部政委，浙东区党委组织部部长，新四军第一纵队政治部组织部部长、一纵二旅政治部副主任。解放战争时期，先后任华东野战军一纵二旅四团政委、一纵三师政治部主任，九兵团政治部组织部部长。中华人民共和国成立后，参加抗美援朝战争，曾任中国人民志愿军司令部派赴朝鲜人民军第三军团联络组组长，志愿军二十军六十师政委。1953 年夏回国，先后任华东军区政治部干部部副部长，二十八军政治部主任兼党委副书记。1961 年初转地方工作后，历任中共福建省委财贸部副部长、组织部副部长，厦门市委第二书记。“文革”之后先后任省“五七”干校党的核心小组副组长，华侨大学党委书记、副校长，省委党史工作委员会副主任、省委顾问委员会委员等职。

编辑絮语

汪大铭同志留给大家的印象是：沉稳、大器、至诚、和善。经历了多年的战争烽火和政治斗争，他形成了“沉稳戒急”的个性。他“视天地万物为一体，忧患与共，而无小己之执迷”。

内不欺己，外不欺人。真诚是通向真理的必由之路。无论处在什么样的境遇中，都对党、对国家、对民族、对人民奉献一颗赤诚之心，这正是一个共产党人应有的品格！

和善，是一种智慧，一种自信，一种乐趣，一种文化，一种精神力量。和善者对别人表现出理解和温情，也会赢得别人的尊重！

汪大铭的品格承继了古往今来一切贤哲的共同特性。

还清楚地记得，1993 年 3 月 14 日这一天，是星期日。中午，我去省立医院看望住院的父亲。他依旧虚弱，但精神尚好，挣扎着坐起，饶有兴致地与我谈话。他说：“发生了一件事，简直是一个奇迹。”

事情是这样的。昨夜，他服了两粒“安定”后熄灯入睡。但怎么也睡不着，朦胧中，忽感遍室生辉，屋内器物

1938年5月汪大铭（后排右一）等人组织上海战时服务团经浙江温州前往皖南参加新四军

清晰可辨，自己则觉得孔武有力，仿佛又回到了青少年状态。我肯定地说：“你是在做梦。”他回答：“做梦？反正是一种预兆。”

第二日，也就是3月15日晚，父亲突发脑血栓，加之原来的心脏衰竭加剧，数小时后遽归道山。他真的去追寻那早已逝去的青少年时代，并永远和它合而为一了。

像父亲这样的干部，生前在某一地区还稍有影响，一死就很快湮灭无闻了。陶渊明《挽歌》曰：“亲戚或余悲，他人亦已歌。死去何所道，托体同山阿。”况且父亲的骨灰撒入了闽江入海口。于是，我很想写几段文字纪念他，虽不敢比朱自清的《背影》，但总力求实事求是。

近三四年来，父亲身罹痼疾，形销骨立，几乎到了弱不禁

1943 年 12 月茅山保安司令部在江苏句容县殷桥头合影（左四为汪大铭）

风的地步。缠绵床第的磨人岁月，他仅有的消遣，也是晚年最大的爱好，就是下围棋、写回忆录了。

他怀念他的故乡——濒临长江入海口的宝山县，在这里他度过了自己清贫但又奋发的童年。

他回忆在上海当学徒的少年时代，在这里他参加了抗日救亡运动。

他更怀念参加新四军后在江苏茅山地区坚持抗战的戎马岁月，回忆孟良崮战役，回忆抗美援朝战争……那是父亲的黄金岁月。

那时，他雄姿英发，文韬武略；冒险犯难，屡建功绩；深受信赖，升迁迅速……

但这些都不是最重要的，最重要的是在那民族危亡的紧要关头，他和他的那些为共产主义理想而奋斗的老战友们站在时

1947 年 5 月孟良崮战役中汪大铭（左）率领四团指战员冲上敌整编 74 师主阵地 540 高地

代的最前列，为民族复兴，为真理而奋斗。对于这一段历史，不管今后风云如何变幻，它永远会作为壮歌而彪炳青史的。

在家庭生活中，父亲是一个孝子。奶奶出身寒微，早年丧夫，生有七个子女，唯一幸存的只有父亲一人。她老人家视父亲为命根子，故取小名曰“家宝”。父亲到上海当学徒后，奶奶也到上海投亲靠友，寄人篱下，打杂帮工，艰难度日。她翘首企盼着父亲学成出师，组建一个自己的家庭。在父亲满徒前夕，正值抗日军兴，父亲毅然决定去安徽云岭新四军军部请缨杀敌。奶奶得知后只说：“你现在比我更懂事了，你认为对的路你就去走吧。”后来，奶奶也投奔茅山抗日根据地，成为革命队伍中的一员。

中华人民共和国成立后，生活安定了，父亲对奶奶更是恭敬有加，从不拂她老人家之意。奶奶主内，父亲每个月的工资大部分给奶奶。无奈奶奶食不厌精，有时就会入不敷出。每到此时，奶奶便会俟父亲在家时，往他卧室小沙发上一坐，一言不发，闷闷地吸着香烟。父亲见状，什么都明白了，便把平时节省的零用钱装入一信封，不动声色地偷偷地塞给奶奶。奶奶即刻熄灭香烟"打道回府"。回回如此，绝无例外。

童年的我们，异常顽皮，动辄闯祸。有时不慎闯到父亲的枪口上就会遭到体罚。但只要奶奶在，躲到她身后，天大的事也可化为乌有。后来读《红楼梦》，看到贾母这个人物，对比之下，在家中，奶奶虽无其荣华富贵，却有其尊严与权威。奶奶晚年突患重疾，其时父亲正在九三医院养病，他马上把奶奶接到医院治疗。在很长的一段治疗期间，父亲虽请了一个特护加以护理，但自己始终侍奉左右。喂饭、喂药、擦身、解大小便，以致后来因便秘而用手指抠粪便，一一躬亲。病区的医生、护士、病员无不为之动容。奶奶病危弥留之际，作为唯物主义者的父亲一反常态，在日记中写道："倘若冥冥之中有造物主存在，我愿意折寿延长母亲的寿命。"直到几十年后的今天，我偶然邂逅当年病房的一位护士，她还不胜感慨地说："汪大铭，孝子啊！孝子啊！"

父亲因家境贫寒，只读过小学，但他一生好学不辍。他在上海药房当学徒时，自修了医学、英文、世界语，业余还参加了一个无线电技术学习班。参加新四军后，更是努力攻读马克

1946年10月我军在山东战场与敌决战前夕汪大铭与母亲分别时合影

思主义理论书籍。从青少年时代起，父亲就有记日记的习惯，即使在戎马倥偬的岁月里亦不废此道。所记的日记计有数百万言，为后来所在地区的党史研究留下了珍贵的资料。中年之后，工作、生活日趋安定，闲暇时，父亲更是手不释卷，嗜书成癖。在养病的几年内，还学了俄语。中华人民共和国成立后的那些年月，他每月总有一次带我去逛新华书店、古旧书店的内部门市部，而后，抱几大捆书回家。这个日子，也是我少年生活中最快乐的日子之一。父亲买的书很杂，书目的选择也很有眼光，这些书在“文化大革命”动乱中零落殆尽。至今犹记的书目有内部发行的《州委书记》《艾特玛托夫短篇小说选》《小铃铛》《第三帝国的兴亡》《文史资料选辑》等，有世界名著《莎士比亚全集》《契诃夫短篇小说集》《安娜·卡列尼娜》

《静静的顿河》等，有中国古典名著《红楼梦》《儒林外史》《聊斋志异》及唐诗、宋词、元曲等，有史籍廿四史、《资治通鉴》《太平御览》《太平广记》、明清笔记丛书等。集腋成裘，后来家中有三四个书橱的书，形成了文化学术氛围。这对我们兄弟姐妹的熏陶至巨。今天，我能跻身学者之林，弟妹诸人亦学有所成，溯本求源，与家父的嗜好与购书是分不开的。

父亲虽从戎有年，后又长期从事政治工作，内心深处却隐藏着某种清高与儒雅，且终其一生追慕文人、学者之心未曾稍减。他也一直试图在文学、学术上有所作为。20 世纪 60 年代，在张翼翔、谭启龙等领导的支持、指导下，以父亲为首组织了一个“胜利”创作组，计划写一部以新四军战争生活为背景的巨著。小组成员有黄源、陈山、毛英、骆基等诗人、作家，先后在杭州、厦门、福州等地脱产写作近一年。他们当时自视甚高，信心百倍，以写一部中国的《战争与和平》相诩。然而艺术的发展自有其自身的规律，并不是当时流行的“大跃进”“大协作”等程序可以完成的，结果是出了几集《试笔集》后就难以为继而不了了之。随着极“左”思潮的肃清，他晚年从事党史研究工作，才真正地有所著述。他先后出版了《汪大铭日记》《茅山情》等专著及多篇学术论文，与人合作创作了电视连续剧剧本《江南风云》并拍摄播出，还任《革命人物》《福建党史月刊》总编。为此，他被评上编审这一高级学术职称。

父亲是一个极富个性的人。他性格内向、恬淡，胸有城府。

《汪大铭纪念文集》

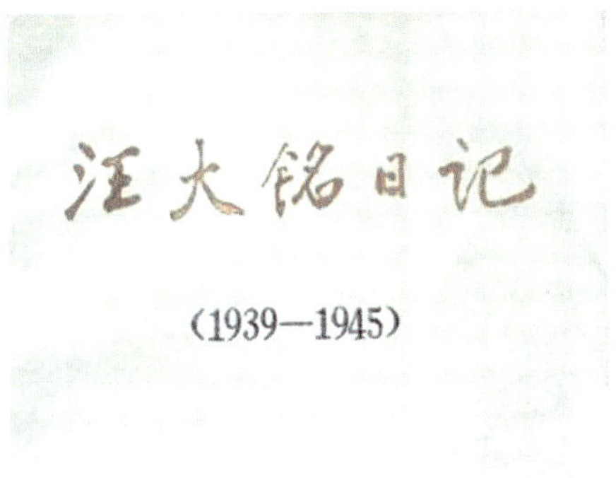

《汪大铭日记》

如他虽是从政之人，但对权、利看得很轻。抗日战争胜利后他从浙东区党委组织部长转到野战军任新四军第一纵队政治部组织部部长，就要求下基层锻炼，后任团政委。20 世纪 50 年代，他在军政治部任主任，后再三要求由军队转到地方工作。上级任命他为军副政委的命令已经下达，他还是没有恋栈。20 世纪 60 年代，任福建省委组织部副部长时，他又要求到基层工作，后任厦门市委第二书记。母亲一直揶揄他清高。

父亲与战友、同事的交往似乎信守“君子之交淡如水”的信条，加之性格内向，一生几乎没有多少过从甚密的朋友。他从不在私下场合议论时政，即使在家里面对妻子儿女也鲜有推心置腹的交谈。但他能在工作中团结同志，甚至委曲求全。记得“文化大革命”后期，父亲“解放”后被分配担任省“五七”干校党的核心小组副组长。其时，正值所谓的“反击右倾翻案风”，一位干校军代表苦于抓不到典型，竟打算将刚刚开始工作的父亲揪出来充数，后因形势变化，此事不果。我们都极为气愤，父亲却始终与之合作共事，似乎并无芥蒂。粉碎“四人帮”后，父亲在干校有了权，也未提此事。古人云“君子不党”，父亲堪当之矣。

父亲从不利用权力为亲属谋福利。他一生没有介绍一名亲属任公职。这些年来，“走后门”“请托”之风颇盛，子女们有时遇到困难，也提出这样那样类似的要求，他无一例外地加以拒绝。

父亲办事耐心、周密、扎实、细致，可以说是临事以敬，“如履薄冰，如临深渊”。在工作中，凡他经管的文件、报告、计划几乎都是自己撰写、拟定，从不假手秘书。“文化大革命”后期刚“解放”出来，一度卜居省委党校，等待分配工作。当时发还回一大堆“文化大革命”初期被没收的日记、照片、信件。这堆东西由于历时长久，加之保管不善，已严重破损、霉烂。如何处理，我们都感到棘手。父亲却枯坐累月，将之分门别类，整理、清洗、剪贴、誊写，后装订成几大册。真可谓心细如发。

也许正是这个原因，“文化大革命”后，深知父亲的中央侨办副主任林一心推荐父亲负责复办华侨大学的工作。后来的省委书记项南同志也积极地支持父亲的复办工作。一所停办多年，校舍又被其他单位占用的大学要恢复，千头万绪有多少难

1978 年 4 月华侨大学经国务院批准复办，图为汪大铭主持华侨大学复办挂牌仪式

题啊！父亲对办校方略、系科设置以至经费、基建、师资、生源等工作，事无巨细，无不惨淡经营。父亲深谙办学以师资为本的道理，他挖空心思地罗致人才，亲自解决他们的职称、职务、住房、家属安排、子女入学等问题。据我所知，他从大连工学院请来了博士生导师刘培德教授，从上海请来了硕士生导师方志诚教授，等等。经过父亲与华大同仁不懈的努力，一座废顿多年的大学，在短短几年内就形成了相当的规模，达到了一定的水平，海内外人士交口称誉。

人都是吃五谷杂粮，不可避免地有这样那样的弱点，以至缺点。父亲也不例外。如对我们而言，他太严肃，太正统，有时甚至太不近人情，以致彼此间缺乏父子温情。我小时候，他从未与我们一同游戏玩闹过；长大后，彼此间很少交流，有限

1975年4月汪大铭、王曼夫妇解除监禁后在厦门暂住处合影

的谈话也多是他单方面的训话、说教。他从不允许我们沾他待遇的光，甚至到了十分苛刻的地步。这也是当时许多高级干部共有的现象。他晚年退下来，正当我们能较为推心置腹地交谈时，他又永远地离去了。父亲的死，使我们全家深深地悲痛。

纵观父亲的一生，我曾为他撰一挽联："虽非伟人自有胸襟存天地，终是志士更无恩怨遗后昆。"他的确是一个杰出的人，一个有个性的人。

新四军有个“吉老板”

史　丹

吉　人

（1917.2—1990.9）

出生于江苏省丹阳县。1936年参加革命。1938年3月参加中国共产党。后历任上海职业界救国会沪西分会五支会宣传工作负责人，中国红十字会上海分会救护队队员，安徽省民众总动员委员会直属三十九工作团代团长，三十八工作团副团长，江苏省仪征县政府督导员兼仪征县四区区长、区委书记，新四军江北指挥部政治部、新四军二师政治部印刷所所长，皖江行署财经处经济建设科副科长，皖江区党委印刷所所长，华东军区政治部印刷厂厂长兼华东军政宣传部出版发行科科长，上海军管会新闻出版处接收联络员等职。中华人民共和国成立后，历任新华书店福建省分店经理兼福建省委宣传部出版科科长，省政府新闻出版处副处长，省委宣传部干部处处长兼省直机关党委副书记，省劳动局副局长、局长兼党组书记。1964年6月后历任福建医学院党委书记，南平造纸厂党委常委、革委会副主任，福建省卫生局局长、党组书记。1980年2月任省委纪委常委、顾问。

编辑絮语

吉人，一个闯荡上海滩的童工，加入革命队伍之后，大部分时间都在干一件事，就是印刷党报党刊。

印刷，极平凡的一件事，他几乎干了一辈子。在新闻出版战线上，他奉献了毕生的精力。

平凡，孕育着伟大，孕育着奉献，孕育着快乐，也孕育着自己的生命价值。

80多年前，毛泽东主席称赞白求恩同志“毫无自私自利之心的精神”。说“一个人能力有大小，但只要有这种精神，就是一个高尚的人，一个纯粹的人，一个有道德的人，一个脱离了低级趣味的人，一个有益于人民的人。”吉人，为我们树立了榜样。

中华民族的复兴，是中国共产党人追求的目标。为了实现这个目标，万千共产党人在不同的战线、不同的领域、不同的岗位、不同的层面，奉献自己的时间、精力、青春和生命。

这种不懈的追求，正是人民群众伟力所在。

伟力之果，便是让中华民族屹立于世界民族之林！

吉人，曾用名吉荣钧。1917 年 2 月出生于江苏省丹阳县的一个贫苦市民家里。自幼家境贫寒，父亲靠卖香烟、火柴、明器及补雨伞维持家计。

为了谋生，13 岁的吉人独自一个人闯荡上海当童工。但即便是出卖苦力也很难找到工作，常遭失业，流浪街头。直到 1936 年才进了工足电机袜厂当个工人。

1936 年 6 月，吉人参加中国共产党领导的抗日救亡团体——上海职业界救国会，负责沪西分会五支会工作。年轻时，他喜欢唱唱跳跳，富有表演才能，于是他便积极参加抗日救国的戏剧、歌咏活动，宣传“九一八”“一二·八”日军侵华的暴行及亡国灭种的危险，呼吁国民党政府“停止内战，一致抗日”。

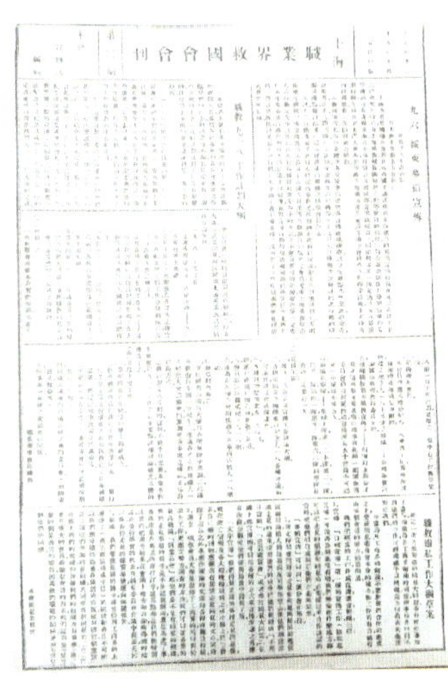

《上海职业界救国会会刊》

鲁迅先生逝世时，上海万人举行送殡游行，吉人担任纠察队员维持游行队伍的秩序。

1936 年 11 月 23 日，国民党反动政府在上海逮捕抗日救国会领袖沈钧儒等七人，此事件引起全国震动，吉人也义愤填膺，加入营救活动，要求上海反动当局立即释放“抗日七君子”。

1937 年 8 月 13 日，日军对上海守军发动进攻。“八一三”战火给上海人民带来灾难。吉人积极加入上海红十字会组织的救护伤员、求助难民的活动。当上海沦陷后，吉人同救护人员

“八一三”淞沪抗战

一道撤离，沿途保护逃难市民。国民党官员趁机冒领救济粮，吉人与伙伴们坚决展开斗争。

1938 年 3 月，吉人加入中国共产党。受党的委派，先后到江苏文化界抗日救国会晨鸣战地服务团、安徽省群众动员委员会任宣传干事。不久，被调任下辖的第三十八、三十九工作团代团长，在金寨、六安、合肥等地开展工作，动员爱国青年参加抗日斗争。

吉人被当地人称为新四军的“吉老板”。

国民党掀起反共浪潮，局势紧张，党组织决定让吉人撤到新四军江北游击纵队工作。

1939 年 9 月，他参加江北指挥部党训班学习，随后分配到

新四军江北指挥部旧址

新四军江北指挥部政治部任印刷所所长。从此，他走进印刷战线，成为一个红色的“吉老板”。

1941 年 1 月，皖南事变后，吉人先后任新四军二师、七师、皖江区党委印刷所所长，皖江行署建设科科长，等等。这期间，为了把石印厂扩建为铅印厂，他曾冒险潜入上海购买铅印机器设备，闯过敌人的重重封锁线，将设备安全运回抗日根据地。

吉人领导的二师印刷厂在抗日宣传工作中发挥了重要作用，先后印制了《抗敌报》《战斗报》《新民主报》；七师印刷厂印刷的《大江报》《武装报》《军政报》和皖江区党委印刷的《斗争》《真理》《群众》等党刊及毛泽东的《论持久战》

《中国共产党在民族战争中的地位》等著作，教育、鼓舞、激励了新四军战士和根据地群众，宣传了我党的政策主张，形成了强大的精神武器。同时，他们还承担了印钞任务，为抗日民主根据地的经济建设做出了贡献。

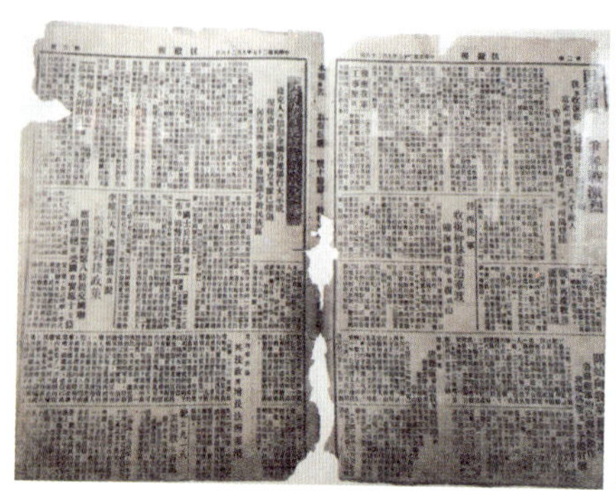

《抗敌报》

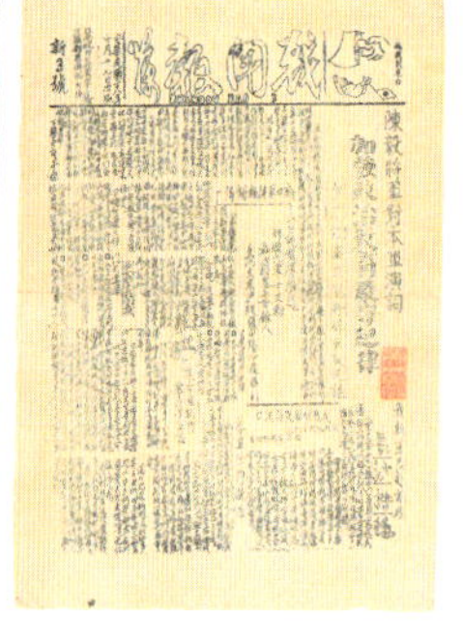

《战斗报》

《论持久战》

新民主報

全國戰爭形勢的巨大變化

《新民主报》

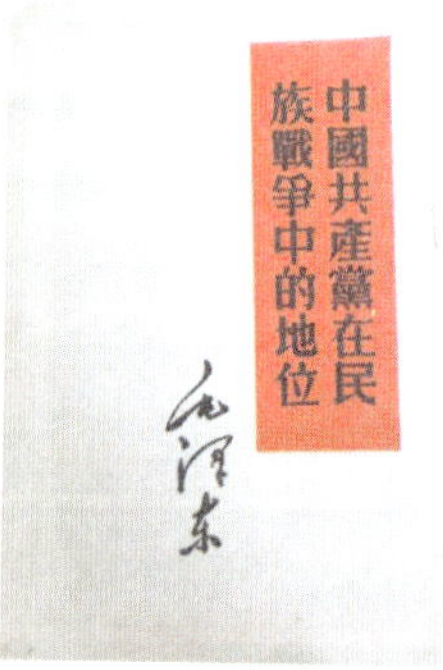

《中国共产党在民族战争中的地位》

一首深情的公仆之歌

张崇庆　郑荣金　孟明明　李晋榕

李敏唐

（1916—1992）

山西省寿阳县人。1936 年秋参加革命工作。1938 年 6 月加入中国共产党。历任山西省抗日牺牲救国同盟会小组长，太岳区决死三纵队战士，游击十团三中队班长、分队长，中共山西阳城县委组织部副部长兼区委书记，延安中央党校学员、党支部书记、党总支委员，山西阳城县武工队指导员，中共阳城县委副书记、书记、县大队教导员、独立团政委，长江支队四大队组织部部长等职。中华人民共和国成立后，先后任闽侯地委组织部部长、农委书记、工委书记，龙岩地委副书记、书记，龙岩军分区政委，省委候补委员，省委组织部副部长兼省委党校副校长，龙岩地委第一书记，龙岩军分区第一政委，省委农村工作部副部长，省委副秘书长，省革命委员会办公室副主任，省委委员，省商业局局长，省革命委员会副主任，省委、省人民政府副秘书长兼任省打击走私领导小组副组长，省级机关计划生育和爱国卫生委员会主任。1983 年退居二线，任省顾问委员会筹备小组副组长、省顾问委员会常委，省老干部工作委员会副主任等职。

编辑絮语

一个战功赫赫的老八路，从晋东南大山走来，走到武夷山下这一片四季常绿的沃土，并深深地扎根、开花、结果。

从32岁离开故土，到75岁回葬故土，他在东南海滨奉献了自己全部的青春和毕生的精力。在他去世后，仍荣获一枚国家颁发的功勋奖章。这种殊荣，不是一般人所能拥有的！

人们怀念他，不仅因为他获得了这种荣誉，更重要的是他的无私奉献。

因奉献，才有荣誉。因荣誉，他的生命更有价值。

所以，他的生命才是一首深情的公仆之歌！

1982年，项南同志接任中共福建省委书记时，李敏唐经中组部同意，准备调回老家山西省委工作。

项南书记认为，李敏唐同志清正廉洁、人缘好、威望高、协调能力强、能干实事，舍不得让他走。项南书记亲自找李敏唐谈话，希望他顾全大局留下来，继续为福建的改革开放和老干部工作贡献力量。

李敏唐听了项南书记发自内心真诚挽留的话，考虑到自己在福建工作了几十年，在省里和闽侯地区、龙岩地区、福州市区都工作过，与福建的干部群众结下了深厚的情谊，对福建省和福州市的情况也比较熟悉，留下来能发挥比较好的作用，他毫不犹豫地放弃调回山西省委工作的机会，愉快地服从福建省委的安排，继续留在福建，任省顾委常委兼秘书长和福建省老干部工作领导小组副组长，承担起了省委书记项南交代的安置老干部的重点项目——“古田村”的建设工作。

李敏唐留下来后，就全心全意扑在了老干部工作上。中共福建省委原常委、秘书长王禹说：“李敏唐同志那时满脑子天天想的、说的、做的都是有关老干部的工作。就连出差到外地开会，他都一定要特意去调查研究当地老干部的工作情况。”

20 世纪 80 年代，“古田村”建设是一个含新建省委老干部局、省老干部招待所、省老干活动中心、省老年大学、省干部疗养院、省离休干部休养所等的重大系统工程，也是福建省集中安置和管理离退休干部工作的龙头工程。

当时，随着“文化大革命”的结束，百废待兴，各行各业都需要人、需要钱、需要地、需要各种指标和编制。而福建省因为几十年都作为海防前线，国家一直没有投资重大项目建设，成为经济发展滞后、物资比较短缺的省份。省里人才不多，钱更紧缺，户口及各种建材指标和人员编制也很有限。建“古田村”需要征用不少土地，还要补偿农民损失、安置农民就业等等。在这种情况下，要搞好老干部工作和“古田村”建设难度非常大。

当时老干部工作的主要困难：一是因为平反冤假错案，落实政策，从各地回到省里工作和安置的老干部特别多。他们当年被下放到边远地区，身心饱受摧残，如今依照政策重新回到省里，无论是工作安排、住房安置、医疗保健、补发工资和赔偿损失，还是家属和子女的随迁和就业、就学等等，都是不容易解决的大难题。二是随着历史的推移，尤其是改革开放后实行干部革命化、年轻化、知识化、专业化的政策，许多老同志为人民打下江山，现在从一线领导岗位上主动退居二线，在省顾委、省人大、省政协等单位安排工作，更多的则是完全退出领导岗位，离退休回家养老。据统计，当时全省即将退下工作岗位的离退休老同志有 3 万多名。这些干部如何安置、如何管理，都是大问题。特别是那些从外地回福州安置的老干部，其住房、医疗保健及其家属和子女的随迁和就业、就学都是个老大难问题。因此老干部安置和管理工作不仅是涉及面广、影响性大、政策性强的系统工程，更是个难度大、对安置和管理的“软硬件”要求很高的挑战。没有“金刚钻”，谁也不敢揽这个“瓷器活”。

此时，李敏唐年近七旬，已经退居二线了，是一个没有多少实权的省顾委常委。

早在 20 世纪 50 年代末 60 年代初的“三年困难时期”，时任龙岩地委书记的李敏唐因与人民群众同甘共苦、共度饥荒、日夜操劳、忘我工作，健康受到严重损害，导致脑垂体病变，曾经在省委会议上当场休克昏倒，被送到上海华东医院救治。病情稍好，他又回到岗位上坚持工作。“文化大革命”中，他受到不公正待遇，健康进一步受到损害，脑垂体病变、糖尿病等都一直在折磨着他。但他依然像过去那样，把“当公仆、做奉献、服务人民”视为自己生命的第一要务。

如果说李敏唐这位老将有什么长处的话，那就是他人老心不老，有一颗甘当人民公仆、奉献一生的拳拳之心，有想干事、能干事的能力，有情况熟、作风廉、人缘好、威望高的优势。面对“古田村”建设任务，他制定实施以下三大方案。

第一是千方百计把好选址征地、规划设计和选择施工单位的各个关口。他为“古田村”建设制定了就近、省钱、双赢和多征地的选址征地原则。选址时，李敏唐带人跑了福州市的许多地方，从原军区总院后山、温泉公园、六一路后面，到现在的“古田村”所在地，他一路考察，一路反复进行比较，并请专家进行深入的讨论。最后他发现五四路旁的一片地具有整体面积大、有发展的空间，使用荒地的比重大、占用农田少、赔偿少，离省委、省政府机关和省立医院比较近等有利因素，故而选定在此建设“古田村”。

在征地过程中，不仅要与省、市许多单位协调办手续，还要赔偿每户农民损失，安置上千名农民转为城镇户口，并安排口粮供应和就业，难度很大。李敏唐不厌其烦地多方协调、反复做有关部门和失地农民细致的思想工作，尽可能搞好赔偿、农转非和安置就业工作。在他的领导和反复协调下，征地工作最终取得了农民和征地单位都满意的双赢结果。

他还为“古田村”建设制定了系统配套、集中建设、投标选优的方针。他把省委老干部局、省老干部招待所、省老干部活动中心、省老年大学、省干部疗养院、省离休干部休养所这些单位作为一个整体来统一考虑和合理布局，用公开招投标的方式选择最佳的设计方案。他请了3家水平高、资质好的规划设计院参加公开竞标，并嘱咐投标单位做了建筑设计模型送到省委、省政府广泛征求意见。经多方比较、审核，最后省建筑设计院中标。

为了使纸上蓝图尽快变为美丽的现实，他在考查省里几家实力与建筑质量都不错的施工单位后，最终确定由省里施工水平上乘的省六建公司承担项目建设任务，从根本上保证了“古田村”的建设质量。

第二是千寻万求争取各方的配合与支持。时任“古田村”建设筹建处科长的郑荣金，回忆在李敏唐领导下建设“古田村”项目时，动情地说：“那时省财政是很困难的，但省委对建设‘古田村’项目决心大，对质量和时间要求都很高。省委先拨款1200万元投入此项目，要求总投资控制在2000万内。计划定于1982年上半年进行征地及工程设计，下半年开始搞‘三通一平’，部分附属工程开工，1983年、1984年两年全面施工，力争1984年部分建筑交付使用，1985年工程全部完成。”工程浩大、经费不多、时间很紧、质量要求高，都是“古田村”建设面临的具体困难。

李敏唐充分发挥自己在省里、市里情况熟、人缘好、协调能力强、威望高的长处，说尽千言万语，积极争取省、市有关方面的支持，逐一解决了征地120亩的手续、建设经费等各种难题。光是项目建设的手续就要盖100多个公章。如果等都盖好章、办好手续再建设，要花费1年多时间。时间不允许，李敏唐动用自己兼任省城管委名誉主任的工作便利，与省、市城管、城建部门多次协调后采取了边办手续边施工的办法来抢时间、争速度。由于手续不全，刚开始动工时，福州市郊区城管执法人员曾到工地上喝令停工，甚至收缴工具。李敏唐及时和市里协调，保证了施工的顺利进行。

他还双管齐下，一方面抓“古田村”建设，从资金到设计、施工，多次召开会议，集思广益、多方听取意见，深入研究，以少花钱多办事、办好事为原则，努力节省开支和建设费用，及时解决筹建过程中各式各样的难题；另一方面抓“古田村”相关人员的配备，想方设法和各部门协商，积极落实政策，协助省委调配急需的、涉及老干部工作的十几家单位的数百名工作人员。

为了搞好“古田村”的电力建设，李敏唐还努力争取省电力局的支持。他通过帮助省电力局在“古田村”旁边征地建设省电力中心，使“古田村”项目的电力建设不仅享受到了“近水楼台先得月”的便利，还花很少钱就建成了双回路的高端电路设备，保障供电不受影响。

为了解决“古田村”省老干局系统干部职工的子女入托难的问题，李敏唐力排异议，耐心说服持不同意见者，拍板定下增加托儿所建设的项目，并争取到财政资金支持，为省直机关干部职工解决了后顾之忧。

李敏唐（中）检查基建工地

第三是千辛万苦跑现场解难题。虽然省六建公司实力与施工质量在福建省名列前茅，但李敏唐没有因此放松对“古田村”施工的监管。他经常到施工现场检查施工质量与进度，帮助解决施工中出现的问题。

李敏唐对省六建公司的施工要求严格认真，同时对省六建公司员工的生活关怀备至。在当时买什么都受限制、都要票的条件下，他想方设法保障省六建公司食堂的粮、油、菜、肉，还调配了不易买到的黄瓜鱼，保证施工人员吃得饱、吃得好。工人们感动地说：“李老这么关心我们工人，我们一定要努力把‘古田村’项目建设好。”

在建设老干部活动中心的项目中，原来的小池塘曾计划填埋。李敏唐坚持因地制宜，尽量保留小池塘，并扩建成了美丽的

“月亮湖”。如今，月亮湖湖水荡漾，湖边老人钓鱼、健身，孩子们在湖边草地上奔跑欢笑，那仙境般的美丽画面让人陶醉。

李敏唐在他人生的最后几年里，经常拖着年迈的病体，无论寒冬酷暑、白天黑夜，还是刮台风、下暴雨，都工作在“古田村”建设第一线。他那“千方百计”“千寻百求”“千辛万苦”的公仆精神，深深地铭刻在“古田村”住户的心碑中！

在省委、省政府的领导下、在有关单位干部群众和建设单位全体员工的努力下，李敏唐总揽全局，协调各方，一个集省委老干部局、省老干部招待所、省老干部活动中心、省老年大学、省干部疗养院、省离休干部休养所为一体，建筑面积达 5 万多平方米，规模宏大的“古田村”建设工程，不到 4 年时间，仅花了 2000 多万元就高质量地建成并陆续投入使用。数百名干部职工的配备调任、离退休老干部活动经费的争取、住房和家属子女的随迁和工作安排、各项政策的落实，都得到了解决。大家都说，没有李敏唐的果断和魄力，没有李敏唐的心血和汗水，没有李敏唐的奉献和牺牲，“古田村”的项目建设不可能进展这么快、这么好。

规模宏大、风景秀丽的“古田村”快速建成是个创举，它为搞好新时期老干部工作开辟出了一条新路。

“古田村”建好了，李敏唐却倒下了。他是倒在“古田村”的建设现场，而后被送进医院住院治疗的。不幸的是由于操劳过度，他突发脑出血，成了植物人，瘫痪卧床 3 年后最终离世。

李敏唐，唱响了一首甘当公仆、一生为民、忠诚服务的奉献之歌！

李敏唐去世后次年，在全国老龄委双奖大会上，他荣获“全国重视老年工作领导者功勋奖”。大家都说：“李敏唐获此殊荣是当之无愧的！”

（本文原载《谷文昌和长江支队战友》）

“古田村”旧貌

平凡中大有作为

贾柏松　徐向明　沈德潜

张　立

（1916. 5—1995. 4）

出生于陕西省富平县。1936年10月参加中华民族先锋队。1938年秋到延安，在抗日军政大学第三大队高级研究班学习。1940年起历任八路军文化干事兼政治教员、文化组长、团干部教员。1942年2月加入中国共产党。1944年7月参加中共太岳区党委整风学校学习。1945年3月任太岳区武委总会秘书长、《太岳民兵》报主编。1948年5月任太岳军区政治部宣教科科长。1949年随军南下，入闽后历任福建人民革命大学第一部主任兼党委书记、省委党校副主任兼党委副书记、福建人民革命大学党委副书记兼教育长、福州大学党委副书记兼政治辅导处主任。1954年秋正式从部队转业，任福建师范学院党委副书记兼副院长。1963年5月任福建第二师范学院党委书记兼院长。1970年10月下放诏安县官陂公社。1972年初任晋江地区革命委员会副主任。1975年秋任福建医科大学党委书记。1979年8月任福建师范大学党委书记。1981年12月任省人大八大基地委员会副主任。1983年初任省地方志编委会主任，兼中国地方志协会副会长、省地方志协会会长。曾任第二、五届省政协常委。1986年12月离休。

编辑絮语

“生活属于你，走什么道路，由你自己选择。”先哲的话道出了“平凡中大有作为”的真理。

任何人都是用两条腿走路，但步态各不相同。

张立的步态是沉稳的。他从北方先秦的文化街区走来，走到东南海疆的“邹鲁之地”，在教育文化战线上一步一个脚印。

他从自己的足迹中不断地探寻、发现、挖掘、弘扬，把这片土地上所珍藏的宝贝，一件件展示在人们的面前。

原来，闽越的文化、人才和历史风貌是如此之瑰丽！

张立给我们的启示是：有智力的恒心比短暂的轰轰烈烈更崇高。

1949 年上海刚解放，我们参加了中国人民解放军南下服务团，张立同志是我们的中队长，也是我们参加革命的启蒙老师。在他逝世 4 周年之际，我们怀着崇敬的心情，著文悼念。

公道正派　识才爱才

张立同志 1916 年 5 月出生于陕西省富平县。1936 年，他在西安念高中时就接受进步思想，参加中华民族解放先锋队，投身革命活动。1938 年，他去延安到抗日军政大学学习，是位老红军、老八路。

1949 年南下福建后，他转业到地方工作。在福建，他大部分时间从事教育工作，先后在福建人民革命大学、福建师范学院、福建第二师范学院、福建医科大学、福建师范大学等高等院校担任领导工作。为福建的建设，培养出大批人才，不少厅、局长是他的学生。他“桃李满天下”，受到人们的尊敬和爱戴。

1950 年，福建师范学院领导张立（左二）和师生欢迎冰心到访

20 世纪 50 年代中晚期，党内“左倾”路线开始露头，许多知识分子在政治运动中受到冲击和批判，当时在高校担任领导工作的有些同志，把旧社会过来的读书人看作“资产阶级知识分子”而张立同志对待教授、专家学者，在工作中既严格要求，又以诚相待、和风细雨，从不粗暴苛求。他经常到老知识分子中间，走家串户，促膝谈心，倾听意见，用其所长，调动他们的积极性。如福建师院的老教授、老专家黄寿祺、谢投八、郭虚中、金云铭、檀仁梅、唐仲璋、

管长镛、余宝笙、王世静、丁汉波、刘蕙孙等，张立同志都经常与他们谈心、交朋友，使他们全身心投入教学工作。历史系教授刘蕙孙，系《老残游记》作者刘鹗的孙子，是位金石专家，张立同志并不因为刘先生是旧知识分子而歧视他，坚持量才录用。后来刘教授在教学中颇有建树，写出了《中国文化史稿》《老残游记续集》等书稿。在“反右”斗争中，张立同志顶着巨大政治压力，实事求是地看待大鸣大放，坦诚接受正确的批评意见，尽可能保护了一些受到批判冲击的高级知识分子。“文革”前夕，在二师院，他曾力排众议，把有学术功底，但有一些历史问题的人，如司徒雷登的秘书吴其玉（解放后曾任西南政治学院院长，被错划“右派”）等聘来教书。在招生工作中，张立同志坚持“不唯成分论，重在表现”的政策，把高考成绩突出，但家庭出身有这样那样问题的考生，录取进校，给他们在学业上深造的机会，其中许多学生毕业后成为优秀人才。

1975 年夏至 1979 年秋，张立同志担任福建医科大学党委书记期间，正值政治大变动时期，他坚决贯彻邓小平同志“全面整顿”的指示，顶住“反击右倾翻案风”的逆流。同时，他为医大从泉州迁回福州费了不少心血。1979 年，张立同志又调到福建师范大学任党委书记。他亲自抓了冤假错案的平反工作，排除重重阻力和干扰，坚持实事求是、有错必纠的方针，为在历次政治运动中受到错误处分和不公正待遇的人平反昭雪，落实政策，不留尾巴；使一些受到错误处理的老知识分子，恢复原来的职称和生活待遇，重新走上工作岗位；还根据教学和科研的需要，为他们中的一些人调配了助手。地理系地理学海平面学专家林观得教授因其在专业领域研究中有突出贡献，被选为中国海平面研究工作组组长，张老支持他在 1981 年赴美参加国际海平面研讨会。根据化学系余宝笙教授的学术专长，张立同志建议成立生化研究室，任命她为室主任，并给她配备了助手。许多年以后，老教授们讲起张立同志，都异口同声地称他是位既掌握原则又体贴人、公道正派的忠厚长者。

珍藏文物 无私捐献

张立同志出生于华夏文化的发祥地陕西省，具有广博的历史知识和文化素养，对祖国的历史文物情有独钟。数十年来，他一面肩负工作重任，一面寓情中国历史文化。在繁忙的工作之余，他积极致力古旧文物的收藏与保护工作。他收藏文物，既有益智健体、怡情养性的目的，更有弘扬中华历史文化、保护文化传统的追求。他采用各种方式，抓住各种机遇，注意收集散逸在社会上的古旧书籍、字画、瓷器、碑拓、文房四宝等文物。其中有林则徐、康有为、严复、林纾、章太炎、陈宝琛等人的中堂、条幅和对联；宋、明、清历朝古籍善本；瓷器有兔毫盏、青釉、青花瓷瓶等珍品，以及名家的扇面、碑拓等 1458 件。

在 20 世纪五六十年代，文物古董被视为“禁区”，收藏文物有“玩物丧志”之嫌，还会被扣上“封资修”“封建士大夫的

嗜好”等帽子，许多人避之犹恐不及。而作为领导干部、党务工作者的张立同志，在当时敢于冒天下之大不韪，积极收藏是件冒风险的事。特别是他和夫人郭秀珍同志都经历了“文化大革命”的浩劫，他们从“打砸抢抄”的厄运中，将珍藏的多数文物抢救出来，确实是一件很不容易的事。50年代初期，福州南后街、仓前山、八一七路一带有不少旧货店，出售字画、瓷器和古籍等，节假日那里少不了张立同志的身影。逛旧货店、旧书摊是他的业余消遣和爱好。他平时省吃俭用、粗茶淡饭，却常常为了购置一件文物，就几乎花去了他整月的工资，甚至有时还要向人借钱。他收藏文物不仅需要克服经济拮据的困难，而且需对收集来的藏品要进行擦洗，请人鉴定、考证等，花费了他大量业余时间。他的收藏既是一笔巨大的文化遗产，又是一笔可观的物质财富。如他有一方陈老莲题刻的端砚，在50年代花200元购得，到80年代文物商店曾出价4万多元向他求购，他毫不动心，说自己收藏并不是为赚钱。

80年代后期，张立同志觉得体力日衰，决心把全部收藏捐献国家。他与老伴郭秀珍及子女商量，得到家人的理解和支持。考虑到各种因素，他们决定把这批文物

张立、郭秀珍夫妇50年代合影

（共 1458 件）全部捐献新建的陕西历史博物馆，作为该馆的正式藏品。1998 年 11 月这批文物在该馆向观众展出，举行了开展仪式并颁发了该馆的第一号收藏证。张立同志的夫人郭秀珍和子女以及老同志高胡同志应邀前去参加开幕仪式。郭秀珍同志动情地说："张立同志毕生珍藏的文物，今天在中华文化发祥地古城西安展出，使这批来自人民的文物，回归人民，了却了他生前的心愿，我想他的在天之灵，也是会十分欣慰的！"

1998 年张立、郭秀珍夫妇向陕西历史博物馆捐赠 1458 件文物

千年沉船　重见天日

1972 年至 1975 年初，张立同志任晋江地区革委会副主任，分管文教卫生工作。他十分重视对文物古迹的调查研究和保护工作，曾多方筹款维修年久失修的泉州开元寺等重要文物古迹。1973 年，他在晋江调研，根据当地干部群众反映，在安海后渚港滩涂上发现有人在淤泥中挖掘木片，当柴火烧，这件事引起了他的注意，他立即前往现场视察。他以独特的历史责任感和敏锐的眼光，根据泉州在宋元时期曾是繁忙的外贸口岸史实，推测群众挖出来的这些木片，很可能属于一艘沉船，当即

劝阻群众不要挖。同时他找来一批专家、考古工作者商讨研究并深入现场考察，最终确认是一艘古代沉船。此后他亲自向中央和省有关部门写了报告，并且提出发掘方案。得到批准后，他还带领一批人到南京、扬州、苏州等地考察发掘古船的经验，回来即组织进行发掘，终于使沉没于海底近千年的北宋古船和一批瓷器、钱币、香料等文物重见天日。

古船出土后，张立同志又组织专家学者对古船进行考证和修缮，使之恢复原貌。此后，他还着手筹款兴建古船展馆，同时组织宋代泉州古船研究学术讨论会，深入探讨了宋元时期泉州刺桐港与日本、朝鲜、东南亚、印度、中东以至意大利等地发展海上交通、对外贸易，被誉为“海上丝绸之路”的盛况。

泉州湾古船陈列馆

展馆大门上方“泉州湾古船陈列馆”横匾，也是张立同志亲自致信约请郭沫若先生亲笔题写的。他为保护祖国的文化遗产做出了贡献。

1959年底庐山会议以后，张立同志对彭德怀同志的遭遇深感不平。为了借鉴历史经验，他用历史上唐太宗李世民善于纳谏和魏征勇于进谏的故事，写出四幕历史剧《励精图治》。为此，在“文革”中造反派把该剧当作张立同志“反党、反毛主席”的“大毒草”进行批判，使他受到残酷的迫害。为了保存和发展祖国的历史文化遗产，适应两个文明建设和帮助众多离休老人学习创作诗词书法的需要，张立同志在晚年又投入精力选编《楹联墨迹集萃》，由福建美术出版社出版。此书以吴石潜《古今楹联汇刊》为基础，兼选明清至近代书法名家的作品共300幅，在书法界以及书法爱好者中博得好评。

呕心沥血　编纂方志

张立在方志会议上讲话

张立同志在晚年不辞辛苦又干了一件大事。他主动承担并主持了福建地方志的编纂工作。1980年3月，在北京召开的中国史学会上，张立同志提出成立中国地方史研究会和编修新地方志的倡议，得到与会代表的热烈响应，并在此后召开的全国地方史志协会上被推选为中国地方史志协会副会长。1983年，66岁的张立同志受命担任首任福建省地方志编纂委员会主任，当选为省地方志协会会长。他是福建新方志编纂的开创者。

万事开头难。张立同志在接受任务后，困难重重，但他倡导延安艰苦奋斗的精神，呕心沥血，勤奋工作，为新方志编纂做出了重大贡献。他通过抽调骨干，举办培训班，召开各种研讨会、业务会等，培养出一支专业队伍。他悉心研究地方志编纂的理论，认为编纂社会主义新方志必须继承优良传统，又要创新与发展。为了研究总结前人修志的经验，他把家中珍藏的《武夷山志》线装本献出，又让人重印福建省地方志编纂名家蓝鼎元为重写宋史而试写的唐代人物传记《修史试笔》，供修志人员参考。

张立同志十分重视新方志的编纂质量，认为新方志是为社会主义服务、为人民服务的，是以人民为中心的。他要求新志书应体现出版技术的最新水平，力主新方志要“图文并茂”，倡议在省志中增设4部专门地图集（即普通地图集、历史地图集、自然地图集和经济地图集），成为全国修志之首创，得到同行的赞赏和肯定。他还认为地方志应当体现地方特色，并提出福建省志应当设置《华侨志》。对于志书文风，他主张尽量写得通顺、朴实、简练、不讲空话。在张立同志的领导下，福建省较早起步对旧志进行整理和重印出版，这项工作走在全国前列，至今共整理重印近50部福建省各种旧志，其中不乏孤本、珍本。

张立同志是位革命前辈、忠厚长者，是我们的革命引路人。他在早年经历了革命战争血与火的考验；中华人民共和国成立以后，社会主义革命和建设的历史时期，勤勤恳恳、忘我工作。他为人正派厚道，胸怀坦荡，在平凡中大有作为。岁月流逝，他并没有在我们的记忆中消逝，反而愈加令人思念。斯人已逝，风范长存！

（本文节选自《筑梦人生》）

知人善任者

史　丹

高明轩

（1919. 8—1993. 2）

福建省石狮县人。1936年10月在菲律宾怡朗参加华侨救亡会等抗日爱国团体工作。1938年率领一批菲律宾华侨青年奔赴延安，同年7月加入中国共产党。历任陕北公学四十队宣传干部、支部书记，中央海外工作委员会资料组长，东北日报社资料研究室主任，通化日报社社长，长春广播电台台长，闽粤赣区党委大众报社社长，闽南地委委员兼宣传部副部长，前哨报社社长。中华人民共和国成立后，历任漳州地委委员兼宣传部副部长、漳州日报社社长，永安地委委员兼宣传部副部长、永安日报社社长，省委宣传部宣传处处长，省侨委主任、党组书记，全国侨联第一届委员会副主席，中华人民共和国华侨事务委员会委员，中国新闻社福建分社社长，福建侨乡报社社长，省委"红与专"编辑部副主任，省委政策研究室主任，省委副秘书长等职。1976年11月后历任连江县委副书记，省华福公司副总经理，省进出口办公室副主任，省政协常委兼省"三胞"工作委员会副主任，省人民政府外事办公室党组成员，省对外友好协会副会长。

编辑絮语

人生之路需要知人善任者，才能走得平稳。

“贵人”难以刻意寻找，只在偶然间出现，转瞬即逝。所以必须及时抓住。

法国作家莫洛亚说得好，人生中不时有些难得的时刻，凡事一经决定，就能影响久远。在这种关键时刻，应该有勇气表示赞成或反对。

罗曼·罗兰也说，如果有人错过机会，多半不是机会没有到来，而是因为等待机会者没有看到机会的到来，而且机会过来时，没有一伸手就抓住它。

诚然，得贵人相助者，必须用自己的努力践行自己的目标，用努力的成果，报答帮助你的人！

一

人生难得知人善任者。得知人善任者相助者，人生必定精彩。

我这一辈子一路走来，不算精彩，但也得助于两个知人善任者，其中一人便是高明轩！

那是 1975 年 5 月，我在连江县革命委员会文化组工作。其时，全国开展党的基本路线教育，连江是个试点县，省委派出一个工作组进驻连江县委机关，帮助县革委会进行全面整顿，清除派性干扰，“抓革命，促生产”，团结全县人民把经济搞上去。

省委工作组由省委原党校副校长卢叨和省委副秘书长高明轩两位厅级领导带队。

其时，我正随宁德地区文化组的一个临时“创作班子”到闽东沿海体验生活。一天，我接到县革委会文化组的电话，说要让我回来参加党的基本路线教育学习班。

我立即从霞浦台山岛赶回来，即被叫去“基本路线学习班”办公室报到。找我谈话的便是高明轩同志。

他的身份我并不知道，后来才听说，他就是省委副秘书长高明轩。

当时，我感觉这位一头花白头发的长者很慈祥，说话总是笑眯眯的。他说的是一口闽南腔调的普通话，有时很难听得懂。经过几天适应后，我们很自然地交流起来了。

在办公室，我的主要工作是整理给省委的汇报材料。按照邓小平“全面整顿”的指示精神，工作组在整顿领导班子、整顿经济秩序、整顿不正之风方面取得了显著成效，各条战线特别是交通部门出现了新的生机。在工作组的指导下，县革委会集体研究上马了一个“惠民工程”——引水过江粗芦岛。这个项目投资较大，县里财力不够，高明轩同志向省里财政、交通部门争取支持，使闽江口一个大海岛——粗芦岛长期受到困扰的缺淡水问题得到了解决。

在整理材料过程中，高明轩同志给了我许多指点和教诲。他要求我：“要认真核实上报的资料，绝不允许底下弄虚作假，一经发现要立即打电话追查。写材料，反映问题，要坚持实事求是，先要弄清事实，分析问题的本质，然后用准确的文字表述出来，不拖泥带水。”我整理的上报材料，他都要亲自审阅、修改，反复斟酌后才打印上报。

所以，那段时间，关于全县开展基本路线教育的情况，我搜集掌握的资料比较多。

到了年底，风向突变，从上到下掀起一股“反击右倾翻案风”的恶浪。有人向我施加压力，要我交出省委工作组的所有“黑资料”，甚至贴出大字报诬我为“黑秀才”“御用文人”，勒令我“彻底揭发，深刻检查”。

经历过“文化大革命”的人都知道，所谓“反击右倾翻案风”看似来势汹汹，也不过是一场闹剧。我绝不能“跟风走”！此时交不交出“黑材料”，是对我立场和人格的考验！

我“冷眼向洋看世界”，顶住了压力，坚守自己的信念，不为所动。

在这场风暴中，我听说高明轩同志在省“四联会”期间也受到了冲击，被诬为“翻案复辟的急先锋”。但因为找不到攻击他的“炮弹”，“四人帮”在福建的党羽，对他无可奈何。

一年后，高明轩同志了解到我在这场大是大非面前的表现，觉得我这个“小青年”值得信任！

于是，我们便成为推心置腹的“忘年交”，时不时地在电话上相互问候一下。

二

1978年六七月间，我在官岭参加一个县委学习班，有人悄悄告诉我："省委宣传部要调你上去，知道了吗?"

"不知道呀！真的吗?"

说实话，我感到惊讶。这几年，我大部分时间是在县委报道组工作，跑基层，写报道，在《福建日报》上发了几篇新闻稿。之后，便提任县委办公室副主任。突然得知要调我到省城，去省宣这样的大机关工作，心里不免有点忐忑。

去还是不去呢？有人说："你已提任县委办公室副主任了，何必'鸡头不当要当凤尾'?"有人说："省委宣传部毕竟是大机关，领导水平高，接触面广，可学的东西多，进步会更快。"

"人往高处走，水往低处流。"能上调省委宣传部工作，无疑对我的工作能力是一大锻炼和提升。况且能得到高明轩同志的提携，谁不感到荣幸？但是，新来的县委书记对我也是"爱不释手"，他把省委宣传部的调令"扣押"了3个月，不让人向我透露半点风声。后来，还是老首长高明轩打来电话，问我："什么时候到福州来？这里的工作急需人手啊！"我才知道省宣的正式调令已经下达3个月了。

我回到县城，第二天一早便找到正在县委大院扫地的新来的县委书记，顺便也拿了一把扫帚一边扫一边靠近他，轻声问道："书记，是不是省委宣传部来函要调我?"

他没有立即回答，等了好久，才说："你在办公室工作不错吧，是不是一定要去福州？能不能不去？"

我知道，他是想挽留我在县委办工作，而我却想走出连江，去拓宽视野，接受磨炼。

他看见我态度坚决，便说："本想让你留下来，才没把上调的事告诉你。既然上面需要，那你去组织部办一下手续吧。"

我立即给高明轩同志去电话，说县委已经同意了。高明轩同志很高兴，要我尽快办完移交手续，到省宣报到。

1978 年 9 月 13 日，我到省委宣传部人事处报到后，即到福州西湖宾馆 8 号楼住下。

第二天下午，高明轩同志来宾馆接见我。我们将近 4 年未曾见面了，他还是那样慈祥地微笑着，对我的信任感充盈在一声声亲切的呼唤中。

三

高明轩同志是福建晋江人。早年在安海养正中学读书，毕业后随父母亲到菲律宾谋生。

1937 年，中国抗日战争爆发。他的同乡菲律宾侨领郑士美先生基于爱国之情，在怡朗成立华侨抗日救亡协会，组织出版《民族斗争》刊物，积极开展抗日救国宣传活动。郑士美颇具人格魅力，对高明轩影响很大。1938 年，高明轩同志和李林、李子芳等一批华侨青年被选送回国参加抗战。同年，他加入中国共产党，并到延安马列学院学习。他勤奋学习，精通一门俄语，毕业后分配在中共中央机关当翻译。1945 年日军投降后，他调往东北，出任通化日报社社长、东北日报社研究室主任，1948 年回到福建，主持闽粤赣边大众报社工作，出任社长……高明轩同志通晓俄语，与通晓日语的谢镇军成为福建省委第一书记叶飞身边的“两支笔杆子”。

粉碎“四人帮”后，省委成立一个“写作组”，编制暂寄在省委宣传部，我就是被调来写作组工作的。

当时，为了纪念红四军入闽 50 周年和古田会议 50 周年（统称“两个 50 周年”），省委成立一个筹备小组，设在西湖宾馆 8 号楼，由省委副秘书长高明轩同志负责。我报到后，就直接参与了“两个 50 周年”筹备组工作。

记得，高明轩同志分配给我的任务是为省委第一书记廖志高起草一份纪念大会讲话稿。我说，我刚来，情况不熟悉，得先看一些资料。他说：“不急，还有一年时间，你先看书，看资料，了解一下红四军入闽和古田会议的历史情况，然后再动笔。”

他这么一说，我才定下心来。从此，我便开始研究福建地方党史，特别是对闽西革命根据地创建史进行“恶补”。

当时，参加筹备小组工作的还有几位大学历史系教授：厦门大学的孔永松、林天乙，福建师大的林戬、戴泉源、温普麟，福建农大的曾梅生，省委党校的连尹，等等。他们都是长期研究福建地方党史的专家，无论是史学理论素养，还是史料

的搜集和把握，都是我望尘莫及的。高明轩同志对我说：“好好向他们学习。不懂的就问他们。”

有这几位教授的直接指教，我就更有信心，自卑感渐渐消失了。

不久，谭震林副委员长来福州，住在西湖宾馆，高明轩同志请他跟我们讲闽西三年游击战争。谭震林副委员长的回忆，让我们对这一段历史增加了许多新的认知。后来，高明轩同志叫我替谭老起草一份讲话稿，我根据谭震林副委员长的谈话录音，整理了一份讲稿，由高明轩同志修改后交给谭老。“两个50 周年”纪念大会上，谭震林副委员长的讲话成了弥足珍贵的历史资料。

高明轩与“纪念两个 50 周年”写作组合影

两份讲话稿的写作，高明轩同志对我的指导既耐心又严格。每改完一次稿，都要送去福建日报社打出大样，他在大样上反反复复地修改，直到召开纪念大会前一个月，才算定稿。他对文字工作之认真、谨慎，给我留下深刻印象，让我受益终生！

我对高明轩同志的信任、关爱和提携，永远心怀感激。

故乡感怀

雷　霆

雷　霆

(1922.9—1995.2)

出生于上海市松江县。1936年12月参加革命。1938年10月加入中国共产党。先后担任过上海光华附中党支部书记，大同大学党支委，上海学生界救亡协会非教会大学区党团书记，非教会中学区党的区委委员，东吴大学、沪江书院党支部书记。1941年底到苏北解放区，在中共中央华中局调查研究室工作。1943年至1944年在华中局党校学习。结业后历任浙东区党委秘书处、组织部干事，浙东行署人事科副科长兼机关党的分总支书记。1945年任松江县党的特派员、中共松江工委秘书长。1947年秋转入浦东游击区。1948年1月被国民党反动军队逮捕，坐牢近一年，后经组织营救出狱，1949年初重返浦东游击队工作至中华人民共和国成立。中华人民共和国成立后任中共松江地委青委宣传部部长。1950年任中共南汇县委青委书记，并任政协苏南区第一届委员会委员。1951年历任福州市文教局副局长，福州市教育局局长，中共福建省委宣传部、文教部理论教育处副处长、学校教育处副处长、高教科学处处长，中共福建省委理论刊物《红与专》专职编委。1959年任省科委副主任。1963年任福州大学党委副书记。1972年后历任省革委会科技组副组长，省科委副主任、主任。1980年4月后历任华侨大学副校长、党委副书记、党组书记兼副校长。1986年7月离休。是省政协第二、三、四、五届委员，省第三、五届常委。

编辑絮语

对于故乡，每个人都有一段美好的记忆。

或景色，或童趣，或苦难，或恋情……无论走到海角天涯，这一段情愫总是难忘的。

有人说："尽管地球烂透了，故乡还是美好的。"这话说出了一个道理：在故乡的一切经历，都将在人生的路上留下美丽的记忆！

雷霆对故乡松江的一段记忆，不是秋夜明月，不是小溪流水，而是抗日救亡的战火烽烟，是生死相搏的隐秘厮杀。如此记忆，更显出人生的豪迈和悲壮！

松江，是哺育我成长的故乡。

我对故乡时时怀有一种既亲切又遥远的感觉。这是因为，70年来，我待在松江的时间前后不满13年。自1951年南下福建，至今已整整41年，我没有再回过故乡了。在故乡时间虽短，但回忆这段往事，确是感慨万千、终生难忘。

救亡运动的“启蒙”

我的青少年时代，正是在“中华民族到了最危险的时候”中度过的。

我出生不久，为了照顾独自一人在上海工作的父亲，母亲就带着我离开松江来到上海。在上海住了五六年，我就是在这里上幼稚园和小学的。

1930 年夏，我刚念完小学三年级，那时正是“九一八”前夕，上海形势也日益吃紧，日本帝国主义对上海虎视眈眈。为了预防万一发生战事，父亲就将母亲和我送回松江老家。我就转学到我家对河的县立第九小学（后更名为西渡小学）。1933 年夏，我小学毕业后，考入省立松江中学初中，一直读到初中毕业。

大约在 1935 年上半年，我正在省松中念初二，一天，我在校内听人说，上海有一家叫《新生》的杂志，由于登载一篇文章，“得罪”了日本人而被查封，作者未抓到，结果就把杂志主编杜重远先生抓走了。

《新生》创刊号封面

那究竟是一篇什么文章，为何竟引发如此一场轩然大波？我就到处寻找。校内没有，最后却在“新松江社”（当时由松江一些知名人士组建的民间文化社团）找到了。

我急急地浏览了一遍。文章的题目叫《闲话皇帝》，作者

“易水”（应是笔名）。我觉得这只是一篇简介当代世界上尚保留君主制各国的帝王情况的普通文章，里面当然也提到了日本天皇，但我怎么也看不出有什么“得罪”日本人之处。

我始而迷惘，继而愤慨。我既愤慨日本帝国主义的欺人太甚，又愤慨国民党的一味媚外和“租界”当局同日本帝国主义的沆瀣一气。

此后，我就直接向上海订阅进步刊物，如《永生》《大众生活》《生活周刊》等，也日益关心起时事来了。

给我印象最深、影响最大的，是邹韬奋先生办的《大众生活》。因为杂志翔实而及时地报道了当时在北平爆发的“一二·九”学生运动。

《大众生活》杂志

《大众生活》的命运同《新生》等一些进步刊物一样，不久也被查封了。记得终刊号，大约是第十六期，封面是一幅“一二·九”运动中北平学生游行时惨遭国民党军警毒打、逮捕的照片，并印着两行醒目的大字：“听吧，满耳是大众的嗟伤！看吧，国土在一年年地沦丧！”

这就使我进一步地认清了日本帝国主义和蒋介石国民党的反动面目，并推动我从此走上为民族的彻底解放和在中国实现共产主义而奋斗的道路。因此，我怎能忘怀从这里开始接受进步思想“启蒙”教育的故乡和母校！

1936 年夏，我初中毕业了。当时省松中的高中部已改办为化学科的职业高中，而我的父母却希望我将来能上大学，我自己也当然愿意。于是，我就在 1936 年下半年，去上海进了光华大学附属中学高中。

由于我初中毕业时已具有一定的进步思想基础，当时上海的救亡运动又正在蓬勃展开，而且以著名教育家廖世承（茂如）为校长的光华附中，不仅学校办得不错，而且校园生活相当活跃，我很快就结识了一批高年级的进步同学。在他们的影响、帮助下，我就于 1936 年底加入了党的外围组织“上海学生救国联合会”（简称“学联”）。1938 年上半年，我加入了党领导的“上海学生界救亡协会”（简称“学协”），同年秋加入了中国共产党。那时我才 16 周岁。

青年雷霆

1942 年夏，上海的形势自太平洋战争爆发，日军侵占租界之后迅速恶化。由于我搞救亡运动初期常公开出面，为了免遭敌伪的毒手，组织上就送我去了苏北解放区，当时那是华中局和新四军军部所在地。之后，我一直在苏、皖、浙三地工作和学习，直到抗战胜利。

重返故乡

1945 年 8 月日寇投降，抗战胜利了。我当时正在浙东工作。浙东纵队及党政机关人员，奉中央之命即将北撤，但由于革命事业的需要，大部队北撤之后还得在国民党统治区留下极少数“火种”开展秘密斗争。因为我老家在松江，在当地有较好的社会关系，特别是上层关系（我的族伯父雷谱曾当过清末外务部右丞），我又有以往在上海时的一段秘密工作经历以及在根据地的数年锻炼。所以，在大部队北撤前，浙东区党委决定我重返故乡松江从事秘密工作。

1945年10月，我挈妇将雏，从观海卫搭乘海船，到南汇县外三灶上岸，经浦东到上海，先暂住我父母亲家。不久我同当地地下党接上了关系。来接关系的，一是我在浙东区党委工作时因开会而认识的淞沪地委书记老姜（即姜杰，亦名陆志强），一是当时淞沪工委委员小陈（即陈伯亮，亦名陈文虎）。他们都是浦东人，长期坚持在浦东、浦西秘密工作的领导岗位上，可惜，解放后都已先后因病去世。他们通知我，经组织决定，任命我为中共淞沪工委松江特派员（化名李特英），负责联系自松江县城至上海郊区一线几个点的秘密党员的工作。与上级联系，有时在我松江家中，有时在上海我父母亲住处，视情况而定，临时通知。因此，必须在年底前，搬回松江老家，并尽快找到社会职业掩护。

于是，我将一家三口如期搬回松江老宅。至此，我已离乡整8年了。我原住的小楼已由当时国民党警察局一个巡官家属所占住，我们只好住到西侧两室一厅后带厨房的“孙氏宗祠”（我祖母娘家的祠堂）中去，这里抗战前曾是我大伯雷君曜的住所。前有花园，后临小河，与东边正房有腰门可以关断，因此这里还是比较安全与隐蔽的。

不久，姜、陈二同志来松，陪我一一去接上了各个点的关系，有城区马路桥畔的李某某（女，小学教员，很快就调走），城东华阳桥的奚天然（一爿中等规模杂货店的“小老板”，后曾任国民党的华阳镇副镇长，是组织同意的），淞沪铁路线上新桥的韩鸣皋（小店主，后曾去川沙高桥小学任教，“文革”中被迫害致死），莘庄的陆昌裕（开业中医师），淞沪公路线上颛桥的小学教师谭勋，上海、青浦、松江三市、县交界处的七宝镇的郭文福和徐某某（前者是家中等规模南货店的“老板”，后者是一家席店的学徒）等 7 个点的秘密党员。人数虽少，但他们大多是抗战初、中期入党已有好几年党龄的同志。他们隐蔽情况尚好，但总因长期独处穷乡僻壤，与上级碰头又不经常，更看不到文件等等，信息相当闭塞，政治理论上比较幼稚，也缺乏群众斗争的锻炼。可是，从地理位置上说，几个点都处于松江以及自松江至上海的铁路、公路线上，相当重要；而且松江又是国民党江苏省第三行政督察专员公署及保安司令部的所在地。正因为如此，它也就成了国民党的“重点”地区之一，统治十分严密，形势相当严峻。

于是，我一面积极寻找“职业”，一面抓紧了解各个点和点上各个同志的情况，着重当前，但也兼及过去。

1946 年，通过我曾就读的省松中时的老师、当时松江县立中学校长朱亚松，我进县中当了一名课时不多的教师。之后我又通过住在我家的江苏省伪水警总队的督察张振清，由他的沭阳老乡（当时伪专署主任秘书吴曾谟）介绍进了专署当了一名不支薪的“技佐”。

经过初步了解，这一带党的工作基础相当薄弱；但是，在抗战胜利前夕，人们的心都“热”了起来，这不能不影响到我们这些党员，不免以为“胜利在即”而跃跃欲试了。

又因毛主席去重庆谈判，更由于蒋介石大放“和平建国”的烟幕弹，因而这些党员对国民党反动派蓄意发动内战的阴谋缺乏思想准备。所以，我就根据上级的指示精神，从分析形势入手，揭露蒋介石国民党的反动本质和决意反共反人民的狼子野心，反复重申了中央关于“隐蔽精干，长期埋伏，积蓄力量，以待时机”的白区工作方针，并且具体研究了如何转变工作方式方法和工作作风，指出：隐蔽在白区工作是头等重要的。但它不是目的，而是为了更好地积蓄力量、保存力量。但这力量绝不会“从天而降”，或自发生成，只有靠我们广泛、密切联系群众，深入、细致、艰苦地工作，才能一点一滴地把力量积蓄起来和保存下去，才能配合全国形势，去迎接革命的最后胜利！

于是，过去那阵较“热”时的一些做法，如办读书会、图书室、油印小报之类，都立即停止了，而是要求大家首先做到“敬业”，就是要“干一行精一行”，广交朋友，个别谈心，从大家共同关心的切身利益出发，激起他们对国民党黑暗统治的不满，以激起对追求美好未来的向往。近两年中，正是由于实行了这一转变，我联系的各个点工作正常，未出过任何乱子。

与此同时，我也在伪江苏水警总队（总队部设在松江）和伪专署暨保安司令部、伪松江县政府的中上层人员中，交了不少“朋友”，所以淞沪工委的同志常来我家碰头、开会、留宿。

去浦东游击区

1947年夏的一天，工委的老金（即张云曾，解放后病逝）和小陈先后急匆匆地赶来我家，并告诉我：由于苏中十地委（苏南）书记金柯叛变（叛变后又奉敌特派遣潜返我解放区当内奸时被捕，解放初被处决），十地委驻上海的交通站被破坏，而淞沪工委在上海的交通站因与之有横的关系而受到牵连。我们交通站的负责人刘某可能也已出了问题，他又是知道我松江住处的。为此，我们必须急商对策，抓紧行动，以防不测。隔天，工委负责人王克刚带着刘某来到我家。他们叫我首先立即通知以我名义开设在青（浦）西淀山湖边金泽镇上一家小盐店的李华火速来松，要他迅速将刘某带去青西（据说，不久之后，王克刚即派人将刘某处决了）。然后，工委开会决定：我家立即撤离松江，先去上海我父母亲处。我所联系的各个点，由小陈去接替联系。好在我原来就是从他手中接过来的。决定一经做出，工委同志就都纷纷撤走了。我则以“害了肺病要去上海诊治”为名，向县中和伪专署写了长假条。我全家也随即去了上海。

9月中旬，我由交通员陪同到了浦东游击区（妻儿留在上海），就任淞沪工委秘书，名义上是“浦东人民解放总队”（简称“浦总”，是党领导的游击队，共有四五个中队）秘书，同当时“浦总”工委负责人张凡同志（即顾德熙，参加过党的“七大”）一起行动。

1949年5月初，我解放大军已横渡长江，大军大部沿沪宁

线直扑上海，一部取道苏嘉线（苏州至嘉兴的铁路）迂回南下，解放了浦南、浦东，再北上川沙，以完成夹击合围上海之势。南汇解放后，就成立了军管会，由驻军第三十军政治部主任兼任军管会主任，“浦总”总队长吴建功同志任副主任，我任秘书主任。松江地委和专署成立后，吴建功同志即奉调到松江任副专员去了。我则暂时留下处理“浦总”的“结束”工作。好在原“浦总”副政委王克刚同志已就任南汇县委书记，“浦总”参谋长肖方（即沈小方）同志就任县大队长（沈、王二同志现已先后去世），他们都比我更熟悉“浦总”的情况，所以“结束”工作很快就办妥了。我也于六七月间调去，先在地委政策研究室任副主任。9 月，地委青委，即团地委成立，我又被调去任委员兼宣传部部长。

1951 年 5 月，华东局决定要调一批干部支持福建，苏南区委就指定从镇江、松江两地区的县、区级干部中选调。这样，我就南下福建了，至今已整整 41 年，从此告别了故乡松江。

雷霆在外考察

雷霆工作照

同志 战友 伴侣

周苏民

申步超

（1920. 3—2004）

出生于山西省武乡县。早年参加抗日救亡活动。1938 年 7 月加入中国共产党，后历任山西省左权县牺盟区分会秘书、县政府民政科长、县第三抗日区区长。1947 年 2 月任山西太行地委干部科科长。1949 年随军南下，任长江支队三大队干部科长。入闽后，历任南平地区干部科科长，泰宁县委书记，南平地区组织部副部长、部长，南平地委副书记、书记。“文化大革命”期间，任永安县革委会主任，县委副书记。1975 年 12 月后任省农业委员会副主任。1984 年 12 月离休。

编辑絮语

爱情是什么？世界上所有的聪明人，都无法向感受不到爱情的人说明它是什么。

同花前月下、狂放不羁的秘密幽会相比，从一场公开的球赛直观认识，进而全面了解对方的行事作风和生活态度，这样产生的爱情也许更深刻、更长久、更动人、更美丽！

周苏民对申步超的爱，从烽火岁月离多聚少走到垂暮之年病榻相守，一步步都证明了“真诚的爱情是最高的法律”！

《同志·战友·伴侣》一文虽然没有华丽的辞藻，但处处都流露出爱的真谛：爱不仅是本能，更是一种崇高的思想，一本永恒的书！

申步超同志于2004年去世，他离开我们已17年了，但是我总感觉他仍和我们在一起。他对党的无限忠诚、严谨认真的工作态度，对干部和群众关心热爱、艰苦朴素的生活作风，对家庭、对子女的关心、培养与慈爱，这些都是我和过去的战友、同事以及子女们经常交流和谈论的话题。

左权相识　结下战斗情谊

1946年，我在左权县（原称辽县）五区当妇联主任。当时解放区正在开展大生产运动，为了推广群众性的纺纱织布工作，边区政府组织区干部学习纺织技术。8 月，组织上派我到左权县城参加纺织技术培训班，通过时任左权县民政科长的郝馥菁同志（后任左权县委书记）的介绍，认识了时任太行二地委保卫科长的申步超同志。

当时虽然抗日战争刚结束，但爆发内战的可能性很大，生活也非常艰苦，谈对象不像现在花前月下的有各种条件，但我还是通过一些渠道对他进行了解。他每到

山西牺牲救国同盟会入会誓言

周末经常会到县城机关球场打篮球，球打得不错。初次接触后，我感到他很活跃，生活朴素，工作严谨，待人诚恳，说话和气。他 1937 年 3 月就参加了牺盟会，是一名老党员。抗战时期，左权县是八路军抗日的主战场，他在桐峪、麻田、隘峪口任六区区长。他曾两次化装成老妇，带领群众冲出日本鬼子扫荡包围圈。在一次突围中跟随他的两名同志，一名被鬼子的子弹打伤，一名被敌人抓住（后假装哑巴和傻瓜逃脱），当时的情况非常危险。但他不顾个人安危亲自带领民兵配合八路军攻打日本鬼子的据点煤窑沟。该战斗胜利后，他们获得了集体立功的表彰。

得知他的这些基本情况后，我对他非常钦佩。1947 年我俩结婚时，一无所有，他的衣裤都是补丁，鞋子是我做的，被面也是我纺的布拼接起来的，被里和棉絮也都是破的。结婚的日子正好是二地委机关召开三级干部会，也恰逢中秋节，机关食堂做了白面馒头，这在当时是非常难得的。地委机关的同志还买了一些糖果和花生。就这样，我们办了一个非常简朴的婚礼。有同志还在门口写了副对联开我们的玩笑（内容不记得了）。有人还编了“灰衣服，蓝领子，白肩膀，黑袖口”的顺口溜取笑他，他也无所谓。当时地委机关离我工作的五区路途比较远，有 120 里的石子路，其间还要蹚过好几条河，翻过几座大山。他偶有机会去探望我时，地区机关分配马匹给他骑，他都拒绝了，硬是自己走路来看我。

婚后不久，他就参加了著名的解放榆（次）、太（谷）、祁（县）大会战，负责组织民兵、担架队，筹粮等后勤保障工作。那时条件非常艰苦，会战进行的 4 个月时间里他几乎都没睡个好觉，两套衣服脏得不得了，穿的“打掌鞋”（布鞋底钉上轮胎皮）脚趾头都露出来。会战结束后，他人瘦的，见面时我几乎都认不出了。

千里南征忆往事

1948 年冬到 1949 年春，我人民解放军在解放战争中取得决定性的胜利，中共华北局执行党中央、毛主席做出“打过长江去，解放全中国”的伟大战略部署，从太行和太岳 2 个老解放区选调 4000 多名干部组成“中国人民解放军长江支队”南下进军福建。当时我仍在五区工作，刚生完孩子还没有满月，就接到参加长江支队南下的通知。那时他的父亲和妹妹、妹夫（八路军黄岩洞兵工厂负责人）都已病重。家里希望我们俩留下一人照顾病人。面对这种特殊的家庭困难，我们最终还是选择了服从组织调动随部队南下。大家心里都明白，这一去就是永别了。南下后不久，他的这几位亲人都相继离世了。

南下途中，按照当时的纪律，他都没让我见他。1949 年 5 月 14 日，在南京下关我们的驻地遭到国民党飞机轰炸，有 3 位解放军战士当场牺牲，许多人都忙着去找自己的家属，看看是否安全，他也没有来。仅在 50 多天后的南下福建动员会上，我才见了他一面。队伍走到浙江嘉兴时，他的下颚骨脱臼，疼得一个晚上不能睡觉，第二天好不容易找了一个土医生给接上了。我听说后赶去探视，谁想他见面的第一句话是：“你又不是医生，你来干什么?”他对自己要求严格，也要求我遵守纪律，以免造成不好的影响。途经浙江省江山县，又遭到敌机轰炸，他组织队伍上火车时，发现还有王焕然和游荷香夫妻不在，马上让大家四处寻找，直到在一个水沟里找到两人后，他才最后上了火车。当队伍走到江山县一个叫马山空的地方时，他生病了，打摆子和拉肚子，但他仍咬紧牙关，经峡口镇过仙霞岭、二十八都、枫岭关等地，硬是坚持走到福建南平。

到南平时，他是地委干部科长。当时地方干部少，所以培训地方新干部的任务很重，他负责干部培训的工作。1949 年 8 月至 12 月，每月一期，办了四期培训班，共培训了 100 多名新干部。培训班的课都是他上，白天既要上班又要上课，晚上还要备课。由于北方人和南方人的语言不太通，所以讲课的和听课的都很吃力。尽管困难重重，培训班还是办得很成功，为新生的地方政权培训了不少急需的干部，这些干部后来都成为闽北各个部门的工作骨干，为当地的建设和发展做出了突出贡献。

建立泰宁新政权　剿匪反霸闹“土改”

1950 年 2 月，组织上派他到泰宁组建县委县政府并开展剿匪“土改”等工作。他率领几名干部从南平冒着大雨徒步出发，翻过陡峭的三千八百坎，第二天赶到洋口。由于沿途土匪猖獗，他们绕了不少路，走了七天七夜才到泰宁。

解放初期的泰宁，土匪活动非常猖狂，在闽浙赣一带势力最强、人数也最多。土匪头子严正（国民党中将）就是当时闽浙赣土匪的司令，肖甫贤是副司令，泰宁梅口（现金湖旅游区所在地）就是个土匪窝，仅在猫儿岭就驻有百余名土匪，不断对我新生政权进行武装骚扰并杀害我党员干部和基本群众。有一次他和 6 名干部（其中有几个是打过金门战役退伍回来的解放军战士）一同下乡，在途中和一群土匪遭遇了。由于是夜晚，在双方情况都不明了时就激烈开火，我方共击毙 12 名土匪。有一位通讯员表现得非常英勇，手持双枪一人就击毙了 5

名土匪，且我方无一人伤亡。事后他为这些同志请了功。

我是1950年7月到泰宁任第一届县妇女主任的。我们住在县政府大院内，天天晚上都能听到土匪在外边打黑枪。当时县里的武装力量很弱，只有一些长短枪等轻武器，唯一的一挺轻机枪还是从土匪手中缴来的却打不响，只能架在县政府大门外摆样子吓唬土匪。最危险的一次是当地驻扎的解放军部队换防，在接防的部队未到之前，县城里没有部队驻防。我们只好把所有工作人员撤到县政府大院内坚守，整整三天三夜没敢合眼。好在当时共产党在群众中的威信很高，县城的群众没有一个向土匪通风报信；土匪对我们的情况也不摸底，不敢轻举妄动，否则后果不堪设想。这帮土匪如果一天不消灭，泰宁人民群众的生命财产就一天得不到保障，更谈不上巩固新生政权和开展其他各项工作了。

1950年，申步超和周苏民在福建泰宁

在泰宁担任县委书记期间，他带领党员、干部严格执行党的路线、方针、政策，放手发动群众，依靠人民解放军，最终剿清了当地的土匪，活捉了土匪头子严正。当时华东区《解放日报》还专门登载了这则消息。

泰宁的剿匪斗争历时一年零一个月，共歼灭武装土匪 16 股，击毙匪徒 115 人，俘虏 520 人，瓦解投诚 299 人，取得了重大胜利。

申步超做报告

申步超同志是党的优秀干部，是武乡人民的好儿子，也是我的亲密战友、好伴侣和子女们的好父亲，我们永远怀念他。

申步超和周苏民合照

不图虚政绩　唯实不唯上

李来鉴　肖衍锋

程少康

(1920.4—2007)

出生于山西省武乡县。1937年10月到武乡县抗日总动员委员会工作。1938年初调县区牺盟会，5月加入中国共产党，6月进八路军晋南干校学习，年底调三行政区民族革命中学任中队指导员。1939年后，先后任太岳区总工会宣传部部长、岳南地委宣传科科长。1945年后，历任浮山县委副书记兼组织部部长，绛县县委书记。1949年南下福建，历任闽侯县委书记，闽侯地委组织部部长、地委副书记、书记。1956年任福安地委书记，1964年参加“社教”工作。1971年底任省农林大学核心组副组长。1972年任省水产局局长、党组书记。1979年初任龙岩地委书记。1983年任省人大常委会法制委员会主任。1988年离休。

编辑絮语

艺坛追求完美，文坛追求卓越，政坛追求绩效。

追求是一种永恒的诱惑。为高尚的目的去追求、去拼搏、去牺牲，这是理想的人生、生命的最高境界！

但是，不论哪一种追求或超越，都始于足下。脚踏实地，方可腾飞。所以，我们提倡唯实不唯上、不唯书。

程少康的品格之美在于唯实。正因为唯实，才获得勇气、智慧和胆识，才敢于站在时代的潮头，引领群众向着科学的方向前进！

领导唯有唯实，方能得到群众的信任和拥戴！

1979 年 3 月到 1983 年 3 月，程少康担任中共龙岩地委书记。来龙岩时已年近花甲了。

这是“文化大革命”过后不久，“左”的影响还在思想、政治、经济、文化等各个方面普遍存在，计划经济那一套尚未触动，改革开放处在初始阶段，他面临的困难是很多的。

程少康只身来龙岩上任，秘书也是到龙岩后由地委给安排的。他下乡下厂搞调查、考察，只有秘书随行，一般不给下面打招呼，从没要求新闻媒体派人随行。闲暇时刻，他在一进地委大门的树荫下的石凳上，与地委机关工作人员下下象棋，不认识他的人不会相信这老头就是地委书记。他对群众来信、基层报告很重视，特别是那些对地委行署的部署有不同看法的来信、新闻记者写的调查报告，看得更加认真，在这些材料上写下了数百篇批语。

1979年以前那三四年，上级在我国南方的苏、皖、沪、浙、闽、粤、桂、湘、川等省（自治区、直辖市）推广种植甜菜。当时中央一主要领导人做了批示，要求“认真抓几年，抓出成效来”。在漳平县永福公社，国家和公社花了42万元建起了我国南方首座社办甜菜糖厂，隆重举行建成投产庆典，新华社和《人民日报》都做了报道。其中，漳平县永福公社还数次获得甜菜南移科研奖。因此，连续几年都在龙岩地区隆重召开南方12省（直辖市、自治区）人员参加的现场会。

今日的漳平永福

可是据记者李来鉴在漳平县永福公社的调查，在雨量充沛、气候暖和的地区不种甘蔗种甜菜，是弃“长”求“短”，几年实践证明，种甜菜成本高，花工大，产量低，有种无收或基本无收的面积相当大；甜菜糖厂建起后，由于原料不足，每年投产的时间只有 3 到 8 天，加上甜菜糖与甘蔗糖相比味酸、易潮，在当地滞销，糖厂年年亏损；上级年年压下来的种植甜菜的任务，成了社队干部和农民的沉重负担，是无经济效益的“蚀本生意”。

程少康看后，即叫秘书肖衍锋同他一起到漳平县永福公社去了解。他在那里找社队干部、社员群众、糖厂工人座谈，了解到的情况与李来鉴反映的基本相同，种甜菜的经济效益远不如种萝卜、油菜和烤烟。之所以老背着这个“折本生意”的“包袱”，不敢抛去那虚假的“政绩”，主要原因是有些领导同志认为甜菜南移是国家科研成果，中央一主要领导同志又做过批示，因而只能作为“政治任务”来完成。

程少康回到机关后，在李来鉴的调查材料上写上批语，转发给行署和地区农办领导阅，建议行署不再向县社下达种植甜菜的任务，尊重生产队的自主权，让社员因地制宜搞冬种，科研单位如果要继续搞少量的试验，也应由他们给生产队一定的补贴，永福甜菜糖厂要利用起来搞切合实际、有经济实效的多样加工、综合利用。

闹了好几年的强令种甜菜，这个“枷”在农民身上的“包袱”，随着人们的思想解放，农村改革的进行，终于被卸了下来。

1979年前后，永定县湖雷、湖坑两公社的部分生队，为了挣脱“大呼隆”“大拉平”“大家穷”的困境，“暗中”分责任田包产到户。1980年这些“暗中”分田包产到户的生产队逐渐被人“告发”，说这些生产队“一夜回到了解放前”。

永定县“两湖”刮“单干风”的事，受到省委、省革委会领导的批评，责令限期纠正。据此，永定县革委会发出“红头文件”，要求在1980年夏收夏种前，最迟也要在秋收冬种前，把分田包产到户搞单干的纠正过来，对闹单干又坚持不改的党员要开除党籍，团员要开除团籍，干部要开除公职。

1980年期间，程少康带着秘书肖衍锋多次到永定县湖雷、湖坑、古竹等公社做调查，听取干部群众对包产到户的意见。调查后他认为，包产到户适合这里的生产力水平，他要肖衍锋通知永定县委，不要急于纠正包产到户，应让农民安心把生产搞好，就是到了秋收以后，也不要去强扭，再观察观察。他决定于10月中旬召开县委书记会议，好好总结总结农民群众的创造，并批示把李来鉴调查的材料《为什么“上级越纠，农民越学”——永定县湖坑公社东片生产队分责任田包产到户的调查》，作为“县委书记会议参考材料之二”印发给会议讨论。

程少康组织的这次县委书记会议，包括他写批语推荐的几件典型材料，对当时解放思想、澄清认识，反映农民的改革心愿，促进家庭联产承包责任制的推广，起了很好的作用。

1981年3月20日，中共福建省委办公厅编发了“省内情况”《漳平坑源大队对笋干生产实行大包干到户》。文件开头，

中共福建省委第一书记项南同志写了热情洋溢的批语，说“看了这份反映笋农要求的信，使人十分高兴”，赞扬“程少康同志和邹尔均、沈茂槐同志抓得很紧，二十多年解决不了的问题，领导亲自动手，三天就解决了。程的批示也写得很好，观点鲜明，态度坚决”，“漳平县委和公社党委襟怀坦白，知错即改，由‘纠’变‘包’，并且立即行动。”项南同志在批语中指出：“我想，我们的地、市、县、社各级干部，各部、委、办、厅、局的同志都用这种精神办事，福建的各项工作还能办不好吗？还有什么困难不能克服吗？”他建议“将原件迅即转发有关同志”。

省委办公厅迅即将这份文件发至公社以上的各级党委、省各部委办厅局及各级政府。新华社发了通稿。《福建日报》在1981年3月27日第一版以三行标题、大半个版面刊出了这条消息，并打破一般的处理，在消息中刊出了“坑源大队笋农反映的问题”“程少康同志的批语”“省委领导同志的批语”。

省委办公厅的这份文件和轰动的新闻报道，对促进竹木山林管护和社队企业“大包干”的承包责任制的推行，对促进领导同志研究流通交换、价格政策等经济规律，亲自处理问题，提高办事效率，对促进社队兴办商贸企业，如漳平县双洋公社办起农贸货栈等，都起到了很好的推动作用。

这份文件除了项南同志的批语，原件有四件，即《记者李来鉴给项南同志的一封信》，李来鉴、卢义达的调查情况反映稿《漳平县坑源大队笋农反映强烈的两个问题》，《中共龙岩地委书记程少康同志看了“情况反映”后的批语》，《中共漳平县委、双洋公社党委给龙岩地委的汇报电文》。这四件材料是李来鉴寄给项南的。

今日的漳平双洋

漳平县（现改为漳平市）双洋公社坑源大队是福建省白笋干主产地。1981 年 3 月 7 日到 9 日，李来鉴和当时在漳平县报道组工作的卢义达到这里采访，发现坑源大队的笋农正与公社派出的纠正单干包的工作队发生“顶牛”。原来，1980 年秋，坑源大队各生产队都做出决定，竹山、笋厂改大队统管为分户管，实行家庭联产承包、上交“大包干”的生产责任制，短短几个月，笋农除了把 1.9 万亩竹山管护好以外，还把荒芜了十多年的 6000 多亩竹山也垦复了过来，制笋干的笋厂从大队统一经营时的 52 座发展到了 77 座。挖笋、制笋干的准备工作比以往任何一年都做得扎实、充分，大队伐竹副业队也不能随意乱砍。大、小队干部和笋农觉得这办法实在好，而公社却认为这是“闹单干”的“资本主义倾向”，派出工作队来“纠正”这“单干包”。挖笋、制笋干有强烈的季节性，当时“清明”挖笋季节将到，“头天挖起正牌笋，隔夜不挖变竹筒”，“顶牛”下去，将给笋干生产带来重大损失。笋农强烈反映的另一个问题是，漳平县笋干的收购价与毗邻的三明地区永安县相差悬殊，坑源笋农打算挑到永安去交售，而龙岩地区、漳平县的收购部门不同意，说到时将派民兵设卡。李、卢除了在坑源走访笋农查看“大包干”账表和向林业干部核实竹山垦复数字以外，还到永安县走访了笋干收购部门。调查后，李、卢即向中共龙岩地委和上级新闻单位发出了情况反映稿《漳平县坑源大队笋农反映强烈的两个问题》。可李来鉴还没有回到龙岩，告他“阻挠纠正单干包”的状已告到了县委、地委。地委书记程少康看了李来鉴、卢义达的“情况反映”后，旗帜鲜明地支持笋农的要求，提出笋农的两个要求“要立即解决”，写出批语，热情赞扬“包到户”“大包干”的生产责任制，并提出领导要研究“价值规律”，主张笋干收购价与永安衔接，批评那种“到时候派民兵设卡强行收购”的主张。根据程少康的批语，地委领导邹尔均、行署专员沈茂槐即与物价、供销、外贸等部门研究收购问题。秘书肖衍锋立即把程少康的批语传给了中共漳平县委，县委书记张玉存看后，即与县委常委、办公室主任李秉枢赶往双洋公社，与公社党委一起研究落实笋农要求和地委领导的批语，做出了“支持大包干、定十年不变、笋干收购价格与永安衔接”的决定。县、社党委给地委的汇报电文还说，如县供销社不收，由公社成立农贸货栈收购。三级领导亲自动手，笋农反映的问题得到了圆满解决，避免了笋干生产可能受到的损失。肖衍锋及时给李来鉴做了反馈。李来鉴为三级领导重视记者反映、尊重民意、敢于负责、亲自动手高效率办事的作风所感动，觉得在我国“四化”建设中，领导同志都应这样体贴民情，实事求是，办事果断，提高效能。于是，李来鉴给项南写了封信，随信附去了上述几件材料。

1981 年 5 月底 6 月初，新华社福建分社记者林俊卿来闽西采访。在采访龙岩地委办公室时，借了百十件有程少康批语的材料回住处。他把这些材料细细看下来，十分感动。他对一起采访的龙岩地区通联站的李来鉴说：“程少康这位老同志不简单！广集群情，求实果断。”林俊卿拿着程少康写有不得再给各县社下达种甜菜的批语的材料，说：“中央领导做了批示的，他也敢从实际实效出发，为基层农民讲话，给翻掉，这老头真吃了豹子胆啦！”于是，林俊卿与李来鉴根据采访的情况，向新华总社发了件“内参”《龙岩地委书记程少康深入基层解决实际问题》。新华总社很快就在 1981 年 6 月 7 日出版的《内部参考》第 44 期上刊发了这篇文章。新华社“内参”刊出后 10 天左右，李来鉴接到新华社福建分社党组一负责同志的电话，说在中国共产党建立 60 周年纪念日前夕，《人民日报》要刊登一批优秀党员、优秀党务工作者的事迹，觉得新华社“内参”稿《龙岩地委书记程少康深入基层解决实际问题》很不错，打

算公开刊出，因此要征求一下程少康本人意见。他要李来鉴找一下程少康，让他提出意见，并要李来鉴尽快把程的意见告诉福建分社。

李来鉴接到电话后，没找到程少康，即把电话记录交给当时的地委办公室副主任肖衍锋。当晚，肖衍锋交给李来鉴一张有程少康签字并注明了时间的条子，要李回复分社。条子上，程写道："请李来鉴同志即复新华分社，我不同意《人民日报》报道我。谢谢记者们的美意。程少康，1981 年 6 月×日"。李来鉴当晚即打电话告诉福建分社这位领导，并告诉他，程是在条子上郑重地签名并注明了时间的。分社这位领导听后，迟疑了一会儿，说："那好，我们尊重他的意见，向上反映。"

这事对沽名钓誉之辈说来不好理解，难以置信。而这事及从这事中程少康所表现出来的品格，却深深地记印在了我们俩的心里。

程少康晚年照

南下！南下！

赵登英

赵登英

（1923—2020）

山西省昔阳县人。1937 年 12 月参加昔阳县抗日救国流动宣传队。1938 年 4 月加入中国共产党。1939 年 1 月任流动宣传队支部书记。1940 年 7 月后先后在县教育科、县各救会（青年、妇女、工会、农会、武委会统称）、县财粮科工作。1945 年 1 月到太行第一专员公署财粮科工作。1947 年 4 月调河北省元氏县财粮科任副科长、科长。1949 年随军南下，入闽后任晋江专署粮食局局长兼农税科长。1952 年 8 月任南安县县长。1954 年 5 月任晋江地委工业部副部长。1954 年 6 月调省委办公厅任办公室副主任、主任。1961 年 2 月任省委办公厅副主任。1964 年 9 月任南安县委书记。1972 年 1 月任省林业机械厂革委会副主任、副书记。1975 年 7 月任省委办公厅副主任。1980 年 3 月任省委副秘书长兼办公厅主任。1981 年 1 月兼任省委党史资料征集委员会副主任，并主持日常工作。1983 年 2 月任省人大常委会财经委员会副主任，历任 2 届。1993 年 12 月离休。

编辑絮语

解放战争中，中国人民解放军以排山倒海之势打响了三大战役，取得了伟大胜利。毛泽东主席指出："这是一个历史的转折点。这是蒋介石的二十年反革命统治由发展到消灭的转折点。这是一百多年来帝国主义在中国的统治由发展到消灭的转折点。这是一个伟大的事变。"

"宜将剩勇追穷寇，不可沽名学霸王。"1948 年底，党中央便吹响了建立新中国的干部集结号！

当中国共产党率领百万雄师"打过长江去，解放全中国""马上得天下，马上治天下"的时候，一支以"长江"命名的南下大军，同样承载着党和人民的重托，承载着光荣的历史使命，走出太行太岳，走过九曲黄河，走出晋冀鲁豫革命根据地，走向南方新解放区，走进了武夷山下的八闽大地。

《南下！南下！》是这一段历史的真实回忆，质朴而感人！

长江支队，这支在党旗下行进的英雄儿女，是播洒在东南海疆的一把种子，是矗立在福建人民心中的一座丰碑！

青山有情，江河有情！半个多世纪过去了，历史没有忘记长江支队这支南下大军！福建人民没有忘记这支队伍里的每一位战士！

青年赵登英

1948 年 10 月，我出席了太行行署召开的财粮工作会议。这次会议是一次财粮系统整风和部署秋季工作任务的会议。会期长达 40 余天，结束后正是 11 月中旬。当我回到县里，刚踏进办公室，科里全体同志都围上来了，七嘴八舌说个不停，有的打听会议为什么开得这样长？有的问有什么新精神？有的则告诉我说县委刚刚开了全体干部参加的动员大会，自愿报名随军南下，渡过大江去解放江南！并说他们都已报名了，要求我支持他们南下。还说全县干部要调出一半南下，大家心情振奋、高兴非常，在我面前比条件、争先恐后地争取南下。我听了这一消息，喜得也想马上跑到县委报名。针对同志们南下的要求，我说：“同志们要求随军南下，解放江南的大好愿望，我都支持，但必须做到推荐好接班的干部。具体说，当科长的要推荐科长接班人，当股长的推荐股长接班人，当会计、出纳、审计等同志都要推荐自己的接班人。做到去者愉快、留者安心，岗位不能缺。到前方去的好好工作，留在后方的，工作要搞得更好、更出色才行。自愿报名了，还必须做到服从命令听指挥。当务之急是开好全县的财粮税工作会议。在会议期间发现哪个同志没认真开会，思想上开‘小差’，就不批准他随军南下。”同志们也回我一句：“包括科长在内。”

我向县委、县政府汇报了太行行署财粮工作会议的精神之后，县委指示，这次会议非常重要，关系着支援人民解放军大军南下，解放江南的大事，关系着1949年全年工作的大局问题，会议一定要开好。11月下旬，召开了元氏县各区财粮助理员、村财粮委员200余人参加的大会，会期3天，我仅用了半天时间，传达了行署财粮工作会议精神和专署、县委的指示，宣布了各区应完成的粮食、棉花、军布、军鞋、军草的各项任务数。由于工农业生产形势好，解放区扩大，人民群众经过“土改”翻身的教育，政治觉悟提高。当年任务分配，各区、村都是踊跃接受，在实际工作中都超额完成了任务。革命形势发展飞快，经济形势发展良好，人民情绪高涨，只要是为了打倒蒋介石的需要，一呼百应，不论什么任务，再困难也要坚决完成。

财粮工作会议结束之后，财粮科的全体同志开了一次会，主要是讨论如何总结1948年的财粮和财粮部门办的几个企业的工作，如何保证完成解放军南下的供应任务，研究解决军粮、草、鞋、布任务超额完成后的仓库不足等问题，以及随军南下的同志走后的交接工作。以上一切工作安排好了，我到县委去，一方面汇报县财粮工作会议情况，一方面向县委报名随军南下。县委书记智世昌说：“财粮工作会议县委同志们都讲了，就按你们的安排、要求去办，年底前完成各项任务。”又对我说：“登英同志，因为你在行署开会，我已替你报名南下了！”我听了非常高兴，当即跳起来自己鼓掌欢迎！世昌同志又说：“元氏和赞皇组成一个县的实体，从区委、区政府、工、农、青、妇、武各群众团体到县委、县政府全套人马组成一个县的完整班子，这种形式的好处是，到了一个县，就可以立即开展工作。”

元氏县的财粮科调出 3 个干部：科长、会计、科员随军南下，可以形成 1 个科的领导实体。为了欢送南下的同志，财粮科开了欢送会和欢迎会，欢送南下的同志和迎接新接任的同志。会议以过组织生活的形式，在自我总结的基础上进行欢送和欢迎。大家最宝贵的留言是批评和自我批评，既讲优点也讲缺点。特别是南下的同志必须给留下来的同志留言，优点、缺点和希望；而留下来的同志也必须给南下的同志留言。会议开得亲切热情，留下了思念之情，至今难以忘怀。

春节过后，即 2 月 3 日，南下的同志们，在全县干部的热情欢送之中，离开了可爱的故乡，向南挺进。2 月 15 日，我们到达河北省武安县城，经过 40 多天的整编学习，我们的队伍编入长江支队第一大队第五中队。1949 年 4 月 20 日，我百万雄师渡过长江，解放南京，心情激动，急于南下，作顺口溜 2 首：

长江支队下江南

旭日东升硝烟散，春风春光今又见。

两太健儿集武安，长江支队下江南。

军号响亮南京解放了

四月春风桃花开，百万雄师过江来。

介石蒋军丧怕胆，金陵三日人民怀。

23日通报了南京解放的消息，24日长江支队全体同志南下，经过4天的行军和1天的急行军，5月4日到达老田庵车站乘火车而行，23日到江苏省苏州市。

在那昔日随军征战的岁月中，不但会听到战斗的枪炮声，甚至吹了冲锋号时战士们的冲杀声都会听到，而我们这次随军南征可以称得上是“日行千里，夜走八百”的快速行程了，不仅没有听到战斗中的冲杀声，而且大炮声也未听到，可见蒋介石确是一败涂地。

5月23日到达苏州，我们以为已到目的地了，要开始工作了。这时苏州、杭州已经解放，第二野战军已进军福建解放了古田等县，正继续南下。由于形势发展很快，华东局决定长江支队随十兵团进军福建，解放八闽大地。我听了这个决定之后，非常高兴。心想，只要是为着解放全中国的需要，上刀山、下火海，都觉得光荣。又编了顺口溜1首：

五月春风遍地欢，长江支队到苏南。

苏浙沪地全解放，随十兵团继向前。

上海解放之后，华东局认为接管福建的地方干部不够，决定在上海招收一批学生，组成华东随军服务团到福建去，我即随第一大队长郭良到上海去。

到了上海，我们住在沪江大学，报名参加华东随军服务团的大中学生们也都陆续来报到。这些学生真可爱，他们不少人在上海解放前参加过反内战、反饥饿、反迫害的学生运动，在对敌斗争中接受教育和锻炼，其中有地下党员、共青团员和学生骨干，是一群自觉要求参加革命、满腔热情、有为解放全中国愿作出牺牲的崇高理想的知识青年。他们中有的兄妹、姐妹同时报名，有的背着父母偷偷来报名参加南下，还有的社会青年夫妻双双一起随军南下，有的学生做了说服工作，最后父母兄姐全家来欢送南下的。

在上海，我们听了 3 个大报告。第一个是张鼎丞在沪江大学礼堂的报告，从早上 9 时讲到下午 2 时，总的要求是绝对带好这 2000 余名学员顺利地到达福建。他要求我们对服务团需要经常进行革命形势教育，还要进行革命人生观教育、马列主义毛泽东思想教育、辩证唯物主义和历史唯物主义教育，不断提高学员们的政治觉悟和理论认识，使他们树立正确的革命人生观。接着讲了要有组织保证，要建立共产主义青年团，发展共产党员，建立党的组织。最后讲到要关心学员的生活等等。我听了张老的报告之后，更感到责任重大、信心倍增。第二个报告是全体南下服务团团员的大会，还是张鼎丞作报告。他讲的总题目是“为谁服务，服什么务，怎样服务”。这个报告动员之后，我们中队的学员同志对我说，这个报告讲得实在好，使我们明确了，随军南下是为人民服务，而为人民服务，首先要为工农兵服务，要做到为人民服务，就要做到善于到人民群众中去，倾听群众的意见……第三个报告是华东局在复旦大学礼堂召开的会议，先由宣传部部长舒同讲话，然后是粟裕的报告。粟裕主要讲形势和任务。他善于每讲完一个问题后，给大家来一个易记的小结。粟裕说，我们给蒋介石的结论是“蒋介石到哪里，哪里打败仗，哪里打败仗，蒋介石到哪里”。这种激动人心的概括，引起了全场长时间的热烈掌声。许多同志兴奋地站起来鼓掌。我是和同学们同坐一席听报告的，不少同志在听完报告后说：“共产党内真有人才，报告讲得非常生动，有生以来第一次听到。”

我们参加了上海解放后中国人民解放军入城仪式，上海的全体市民和服务团的同学们冒雨参加欢迎入城式。街道两旁，楼顶楼中，人民欢欣鼓舞，高兴非常，人山人海，挤得水泄不通。全市上下到处洋溢着欢庆解放的歌声，人民解放军在风雨中的入城式显得更加壮丽整齐，震撼着上海市人民、全中国和全世界人民。

7 月 19 日，华东随军服务团 2000 余名健儿穿着新发给的解放军军装，在嘹亮的“解放区的天是明朗的天”“没有共产党就没有新中国”的歌声中，走上挺进福建的长途行军。兵马未动，粮草先行。当时，我负责带着刚到服务团来的学生，走在队伍的前面，叫作“打前站”。他们是学生，是大学生，但在行军中如果他们自己不讲，任何人都认为他们是普通士兵。在我身边做助手的一个叫刘明浪，一个叫应周禾，另一个余衍溪，我们初次见面，就建立了同志加兄弟的情谊。在长途的行军中，他们吃苦在前，享乐在后，全中队同志们都休息了，他们还在帮助炊事班同志一起准备第二天行军的事项。大家还在休息时，他们却又前进去准备下一站宿营地的工作。他们工作想得周到，做得也细致认真，与中队同志关系也密切。在行军途中，除了大事和他们商讨研究外，其他一切事项我就很少去具体管了。我倒抓起他们“公差”来，叫这些大学生学员抽空教我学“英语”，可惜的是相处时间太短了，英语也学不全。

随军服务团挺进福建的时节，正逢炎热的风雨不断的夏季，又经常和土匪、国民党散兵游勇开展殊死斗争，但同学们无所畏惧，发扬敢斗、敢拼的大无畏精神，高唱着：“亲爱的同志们，赶快往前走，一百里的路程，走了九十九，我们的目的地就在前头……”五中队有位侨生名叫郭一，自编波长为 31313 的土广播《行军快讯》，用口杯当喇叭筒，及时广播行军中的新闻趣事，鼓舞大家奋勇前进。这些初出校门的大中学生，确实十分可爱，他们处处向人民解放军学习，在行军路上，从不叫苦，甚至用块雨布铺在湿漉漉的土地上也照样睡觉。吃的饭菜都是大杂烩，一盆菜十几个人蹲在地上围着吃。有时买不到新鲜菜，只能盐拌饭，大家心情还是高高兴兴，同样一席饭一扫而光。每到宿营地，都坚决做到借群众东西归还了，损坏的照价赔偿，房子打扫干干净净，才整队出发。不少学员还主动帮助房东老大爷、老大娘挑水、洗刷卫生等。经过酷暑高温或暴风雨袭击，加上土匪、散兵游勇的扰乱等考验，终于爬过了高山丛林的武夷山脉，8 月份到达福建的建瓯县。在那里我还遇到长江支队二大队的同志们，大家见面相告工作目的地快到了。同志们非常高兴。

赵登英在福建工作期间个人照

在建瓯休息数日之后，直奔福州。9月15日，正式到达福州，住鼓山乡后屿村。全体服务团同志们总结这段南下行军收获，等待分配工作。

10月，我们完成党交给的带领华东随军服务团到福建的光荣任务归队了。在郭良的领导下，又带了服务团的180余名学员一起奔赴晋江地区开展工作。

十月国庆礼炮隆，南北兄弟笑盈盈。
携手并肩同心干，耕耘南国献终身。

赵登英（右一）与长江支队南下福建时与战友合影

人尽其才则百事兴！

王炳忠

高怀谨

（1924—2013.5）

出生于山西省沁源县闫寨村。1938 年 4 月加入中国共产党，同年 8 月参加革命工作。历任沁源县第一区青年救国会秘书、武装委员会常委，县政府民政科科员，第三区区长，第五区区委书记。1949 年随军南下，入闽后，历任邵武县四区区委书记，水吉县委组织部部长、县纪委书记。1951 年 11 月进入省委党校学习。后任松溪县县长兼县法院院长。1955 年 7 月进入华东第三中级党校学习。1956 年 9 月后，历任省委党校组织处处长，党史党建教研室主任，党委办公室主任，校党委常委。1969 年 11 月下放宁德地区霞浦县长春公社大京村任党支部书记。1972 年 10 月调至三明重型机器厂任党委书记。1977 年 9 月任省地震局局长、党组书记。1980 年 9 月任省地矿局局长、党组书记。1985 年 7 月后任省委顾委委员。1993 年 2 月离休。

编辑絮语

生命的意义是什么？

高怀谨13岁当上乡村儿童团长；14岁加入革命队伍；不到20岁就当上区委书记，带领武装队伍投入反“扫荡”斗争；解放战争中，他率领三千支前民工与敌人周旋，协同陈赓部队打赢汾西战役及延安保卫战；南下入闽后，在建阳地区任区委书记、县委组织部部长、松溪县长，领导群众剿匪反霸、“土改”建政、统购统销、乡村建设；之后，在省委党校任党史党建教研室主任，组织全省开展地方党史资料征集抢救工作；“文革”中下放霞浦县大京大队，指导农民办猪场、开茶山、修水库、单改双；“文革”后出任三明重型机器厂党委书记、省地震局局长、省地质局党组书记、省委顾问委员会委员……

谁能想到，每一项事业——无论是文的武的，工的农的，室内的还是野外的，在这位“老八路”的手里都干得风生水起，有声有色，成绩斐然，影响深远！

高怀谨的生命意义是：人生的价值在于平凡中创造不平凡。人尽其才则百事兴！

在“古田村”，笔者怀着崇敬之情，叩开了福建省国土资源厅原厅长高怀谨的家。

高老的家布置得极为简陋：客厅里一张小木桌，几把藤椅整齐地放在四周，都是一些过时的家具。除此再没有其他摆设了。

眼前的高老一头花白的短发，脸色红润，精神焕发，显得谈话的兴致特别高。他告诉笔者以下内容。

“七七事变”爆发的时候，年仅 13 岁的他就投入抗日救国的大潮中。他在自己的村里——山西沁源县闫寨村当儿童团团长，第二年就参军入伍，并秘密地加入了中国共产党。

抗日儿童团

抗日战争期间，日本鬼子曾先后 8 次对沁源县进行扫荡。高怀谨参加了 8 次反扫荡斗争，经历血与火的洗礼。特别是两年半的围困战中，他担任沁源县武装委员会委员，带领抗日青年救国会轮战队围困日军的据点，打了一场又一场的漂亮战。日军投降时，他已经担任沁源县一区区委书记了。

太岳军区司令部旧址

1946 年，国民党挑动内战，高怀谨带领沁源一、二区民工，跟随太岳军区陈赓司令员参加汾西战役，立了一次大功。1947 年国民党胡宗南部兵犯延安，在“保卫党中央！保卫毛主席！”的号召下，沁源县民主政府派出 3000 名民工、800 头骡子，由高怀谨率领挑着小米，驮着土布，从五龙川出发，经霍县、灵石、汾阳、孝义、离石，运到坞城镇，圆满完成了为前线部队提供给养的长途运输任务。

可是，返回途中却遭到阎锡山十九军的伏击。敌方是全副武装的军队，而我方却是赤手空拳的民工。危急时刻，高怀谨当机立断，带领三千民工返回汾阳、隰县。在长达两个月的转移中，他们跋山涉水、战胜重重困难，与敌周旋，在太岳军区主力部队的接应下终于安全返回。

由于高怀谨在这次行动中指挥得当，表现得十分冷静和果断，他受到全体民工的拥戴和县委的表扬，为此岳北专署为他记了功，并奖励给他一套灰布夏装。这在当时物资十分匮乏的情况下是十分难得的。

1949 年 1 月，高怀谨响应党中央“打过长江去，解放全中国”的号召，在沁源县干部会上带头报名南下，编入中国人民解放军长江支队，从沁源出发经过 8 个省，行程 5000 里，历时 5 个月零 2 天，于 8 月 5 日抵达福建。从此，高怀谨开始了在福建的工作和生活。

在 1949 至 1955 年的 6 年中，他曾在建阳地区担任区委书记、县委组织部部长、松溪县县长。这期间，他在邵武深入农村发动群众剿匪反霸，在水吉县完成了土改试点，参加建阳地区新区建党试点工作，在松溪县开展粮食统购统销和土地整顿、乡镇建设等。所有这些有效保证了这些地区在解放初期的社会稳定和经济发展。

1955 年 7 月，组织上安排高怀谨到中央党校学习。一年后，高怀谨调到福建省委党校当教员。他觉得自己是农民出身，文化基础差，不适合教书，便主动申请改做行政工作。在党校 10 年，高怀谨当过组织处长、党史党建教研室主任、校党委常委等职。

在党校工作期间，他曾经负责组织实施了一项重要工程：

1960 年至 1962 年，高怀谨根据省委的决定，组织收集福建地下党活动的历史资料。面对分散在各地的党史资料，高怀谨迅速集中有关地市县党史办公室的同志，并从厦门大学、福建师范学院抽调了包括历史系教授在内的数十名师生，集中到省委党校，形成一个专业团队，统一指挥、统一组织、统一行动，全面收集福建省地下党活动的历史资料。在一年多的时间里，共收集、汇编了上千万字的福建地方党史资料，为后人留下弥足珍贵的原始资料。

1966 年“文化大革命”爆发，高怀谨被抽调到省委“文化大革命”办公室。第二年造反派夺权，高怀谨被拉回省委党校接受“审查批判”，之后全家被下放到霞浦县长春公社大京大队。

大京村是长春公社最大的一个村，23 个生产队，共 1600 多户人家，各种关系复杂。由于固守传统的生产模式，经济发展十分落后。高怀谨不因环境差而气馁，他把下放看作自己农民本质的自然回归，是为党为人民做出新贡献的良机。他很快与当地农民打成一片，融为一体。开始大京群众认为这个来自省城的高干有些神秘，对他抱有距离感，许多人敬而远之。但高怀谨的平易近人，很快使群众消除了顾虑，转化为毫无拘束的亲近和热情。“老高”迅速成为大家对他的亲切称呼。

高怀谨带领乡亲们改变观念，从改善传统种植结构开始，把种番薯的山地改造为种水稻的山垅田，把种单季稻改为种双季稻，当年粮食就获得大丰收。

之后，高怀谨说什么，群众都信得过。他深入调查，因地制宜地办起了盐场、养猪场，发动群众集资修建后山水库……大京村的经济飞速发展，群众的生活迅速改善。更为重要的是，在高怀谨的带领下，当地干部群众观念起了很大变化，摆脱了小农经济意识，扩大了视野，能从全县、全省的范围来谋划大京经济发展的新思路，制定新规划。

1990 年高怀谨在大京村做脱贫调查

高怀谨说，在大京的几年生活，让他真真切切地了解了基层干部群众的艰辛，心灵受到了一次不亚于战争年代的烽火洗礼，对农村一系列政策有了更深刻的领悟，使他在离休后以省顾委委员的身份深入农村进行调研时能从实际出发，帮助农民出谋献策。如 1990 年撰写了调研报告《扶贫工作要常抓不懈——霞浦县长春大京村调查》并上报供省领导决策参考。

1975 年，高怀谨被调到省重点企业——三明重型机器厂任党委书记。他整顿领导班子，做群众的团结工作，取得明显成效。然而，在“反击右倾翻案风”中，他成为抓整顿的“黑样板”再次受到批判。

党的十一届三中全会后，他又回到领导岗位，先后出任福建省地震局局长、党组书记。在主持省地震局工作期间，他针对地震测报工作中的问题，加强了地震系统的业务建设，给全省所有地震台配上技术副台长，这是当年全国的首创，受到国家地震局的表扬。

1980 年，高怀谨被调任省地质矿产局局长。地震局与地质矿产局工作性质大不相同。高怀谨这位从革命战争年代走过来的“老八路”再一次面对新的挑战。上任伊始，他就立足福建实际，根据国民经济三年调整纲要，对全省地质工作进行了重新部署，按照福建的地质结构单元和成矿远景规划，把成矿条件不好的石油、磷矿等项目坚决砍掉，把有限的力量集中到比较有成矿远景的有色金属、稀有金属和非金属矿产项目上。

任职期间，高怀谨积极响应党中央提出的干部“四化”的号召，认真落实知识分子政策，扩大技术队伍，改善领导班子知识结构，不断提高地质局干部队伍的知识和业务水平。他自豪地说，这些年来，福建省地质局系统培养了 20 多个正副厅长，在抓干部队伍建设的同时，高怀谨还将地质野外队基地从偏僻山野改建到城市，从根本上解决了长期困扰地质职工家属安置、子女入学入托、青年干部职工找对象难等实际困难，消除了长期从事野外艰苦工作的地质人员的后顾之忧，充分体现了科学化和人性化的管理，在福建省地质史上留下了重重的一笔！

1985 年 7 月，高怀谨当选为省委顾问委员会委员，一直到 1993 年省顾委撤销。7 年里他用大部分时间深入基层调研、做专题调研报告，并参与一些重大方针政策的讨论。他在福建省的改革开放、脱贫致富、党的建设、改进领导工作作风等各方面提出自己的意见和建议。他还连续几年参与省委组织对地市和省直单位领导班子的考核工作，参与编写地方史志，撰写革命回忆录等。

1993 年，离休后的高怀谨仍然关心大事，他认为，作为一名共产党员，人可以退休，思想却不能退休。他坚持把学习放在首位，每天听广播、看电视、读报纸，了解国内外大事和国家颁布的新方针政策，参加专题讲座和考察活动，为下一代的健康成长贡献自己的余热。因此，他被省国土资源厅机关党委评为“优秀共产党员”。

高怀谨长期担任党政一把手，他知道手中的权力是党和人民赋予的，不能利用职便为自己或亲属谋私利。他的子女升学、工作、评职称，都是靠自己勤奋努力、积极上进得来的。他有一个女婿于 1977 年考上医科大学，毕业后分配到刑警支队当法医。与其他同学相比，论岗位最艰苦，论职务又难有发展。有人劝他："你岳父是个老干部，请他出面说一说，调动一下工作是不难的事。"但是，高怀谨不仅没有去说情，反而劝慰女婿安心工作，为法医技术创造业绩。如今几十年过去了，他的女婿仍然在原工作岗位上默默做奉献，成绩斐然。

高怀谨离开家乡数十年，始终惦念着家乡，惦念着晋东南老区人民。改革开放以后，东南沿海地区经济发展迅速，相比而言，中西部地区的晋东南农村变化不是很明显。为此，高怀谨牵头组建了沁源县在闽干部"老区家乡建设促进会"，并担任会长，先后三次回到家乡调查研究，为沁源经济发展出谋献策。

高怀谨，这个三晋男儿情牵故土，献身八闽，受到人民的爱戴！

终结福建“手无寸铁”的历史

孟明明

孟　健

(1918.1—1987.4)

出生于山西省介休县孟王堡村。1938 年 5 月参加革命工作。1939 年 1 月加入中国共产党。历任山西省介休县“牺盟会”协助员，介休县委秘书，沁源县委分委组织干事兼秘书、分委书记，太岳二地委流动教育团团长，太岳地委党校副支书，安泽县委委员兼分委书记、县委组织部部长、县委副书记，太岳区党委机关政策研究室秘书，太岳区党委直属工委副书记。1949 年随军南下，任南下长江支队县委书记。入闽后，历任建瓯县委书记，省劳动局调研室主任，省供销社计划处处长、秘书长，省供销社副主任、主任，邵武县委书记，三明市建委书记兼三明钢铁厂党委书记，省人委财贸办副主任等职。“文化大革命”期间，下放崇安县任宣传队支部书记。1972 年 2 月任省外贸局业务处负责人。1974 年 1 月任省外贸局核心小组成员。1976 年 1 月任省财贸办公室副主任。1982 年 1 月离休。

编辑絮语

在“大跃进”中崛起的三明工业城，是福建人民的骄傲！

飞溅出炉的铁水钢花，终结了福建“手无寸铁”的历史，标志着三明工业城进入了现代化建设时代。

那是凯歌行进的年代！所有的建设者都在创造奇迹、创造历史、创造辉煌！

肩负使命，走在前面的人，必定会写出华彩的人生，写进辉煌的历史，让人传颂，让人敬仰！

随长江支队南下入闽的清华学生孟健，就是这样一个人。

1958年初春，孟健接到省委组织部调令，立即前往福建中部一个名不见经传的山区小县——三元，筹建工业基地。

在中国蜿蜒曲折的几千公里海岸线上，从北向南散布着8个省（自治区）、2个直辖市，当时福建省是中国沿海省份中工业最落后的一个省份。1957年，福建工业总产值连中央下放企业在内仅6.43亿元，占工农业总产值30.8%，国民经济结构是一个以农业经济为主的省份，全省没有一家大型工业企业，唯一的大型国有企业——古田水电站，也属中央企业。工业企业，大都为手工业作坊，规模小、机械化程度低。

鉴于福建工业落后的现状，福建省委、省人民委员会多次给中央和毛主席写信反映福建工业状况，希望中央支持福建建立基础工业，包括化学、机械、钢铁、轻工等工业系统。

“二五”计划开始实施的前夕，中央已先后批复福建钢铁厂、福建化肥厂等建设项目。犹如久旱逢甘露，福建省委、省人委领导精神振奋，积极筹划在三元这个小县建设福建省重工业基地的有关事宜。

1958年的春节，榕城大街小巷响起了爆竹声，古老的城市洋溢着节日的气氛。省委大楼会议室内，省直机关各部门主持工作的领导和负责组织、人事的领导接到开会通知，匆匆与家人告别，早早来到会议室。

经验告诉他们，临时召开紧急会议一定又有重大任务。时间一到，叶飞披着军大衣走进会场，节日的喜庆气氛还映在他的眉宇之间。“今天找你们来，就是要和大家议议福建省工业基地筹建的事。现在中央给了我们机遇，就看我们的了。你们回去后，立即酝酿建设工业基地的人选，要把富有工业建设经验、最优秀的同志推荐给省委。”

叶飞还是当年在三野当纵队司令的习惯，三言两语把事情布置得干脆利落。

一封封印有省委组织部鲜红印章的调令，频频发往省直机关各部门和各地市。

孟健的经历使他成为组织部门关注的重要人物。

孟健，1918年出身于山西省介休县，1937年怀着科技救国雄心，以优异的成绩考进清华大学。入学才半年的清华学子孟健得知日本侵华战争全面爆发，在中学时代就积极参加抗日救亡活动的他，毅然投笔从戎，离别妻儿，奔赴山西最艰苦的抗日根据地沁源县，参加抗日战争。之后，他转战于山西省太岳地区的安泽、阳城等地。1949 年，他奉命担任中国人民解放军长江支队二大队二中队教导员，并南下，后担任闽北重镇建瓯的县委书记，通宵达旦地运筹帷幄、指挥剿匪斗争，坚定不移地贯彻执行党对新解放区的方针政策，在恢复、建设新政权等方面做出了重要贡献。

同批调往三元的还有省粮食厅副厅长张景彬、省人委办公厅副主任吴永培、省工会主席高振洋、中国人民银行福建分行副行长闫素、龙岩地委副书记范元辉、晋江地委副书记马鸣琴等。这一批厅级干部纷纷接到调令，从全省各地奔赴三明。

时任厦门市委第一书记张维兹已率筹备组先期到达，一面筹划建厂事宜，一面等待新同事的到来。

孟健到了三明，家中孩子尚未安顿好，放下行李，就风尘仆仆地赶往筹备组与张维兹共商筹建之事。

1958 年 4 月，为了统一领导、统一指挥规模巨大的工业基地建设，省委决定以各厂筹备处和三明县委为基础，成立党政合一的三明重工业建设委员会（简称“三明建委”），直属省委、省人委领导。三明建委是三明工业区在建设期间党政合一的最高领导机构，它既负责工业区的整个工业建设，还负责市政建设及管理工作。张维兹任建委书记兼主任，孟健任副书记、副主任（兼三明钢铁厂党委书记）。

是先有钢铁厂才有三明这座城市，没有钢铁厂就没有三明。建成钢铁厂，需要一系列配套工程，于是水厂、热电厂、焦化厂、化机厂便纷纷上马，形成工业企业群。随着工业企业群的形成，又需要交通、邮电、金融、卫生、教育、商品市场的配套，于是便形成了三明这座年轻的城市。无疑，作为三明工业基地几十家企业的龙头工程，三钢具有举足轻重的地位。

三明钢铁厂是当时全省规模最大的一家现代化中型企业。首期工程包括：2 座 255 立方米高炉组成的炼铁车间、1 座 1.6 吨和 2 座 6 吨转炉组成的炼钢车间、2 部 500 毫米粗轧机与 5 部时 300 毫米精轧机组成的轧钢车间，以及相应的动力、机修车间和供水、电力、铁路运输系统。首期工程完成后，可形成生产 20 万吨铁、12 万吨钢和 8 万吨钢材、20 万吨焦炭的钢铁联合企业。

1958 年 6 月 10 日开工后至 1959 年底，承担三钢基地建设的力量主要有省建公司第三工程处 300 余名职工，驻守海防前线的 9128 部队的 1000 余名指战员，冶金安装职工近千人以及来自全省各地数千名外地民工，整个三钢工地建设人马达 3 万余人。

三钢工程规模之浩大，土方量之繁重是难以言语的。从 8-12 月，共完成土方量 120 万立方米。若把土方按宽 1 米、高 1 米来堆成土堤，其长度相当于从厦门到福州距离的 2 倍。其中挖掉丘陵小山达 75.7 万多立方米，填方平均深度为 5 米。在几乎没有机械施工的条件下，建设者们靠原始的镐头、土箕、木轮车搬掉座座小山，填平了一条条沟壑，在不到一年的时间里，完成了 2.5 万平方米的主体结构建筑任务。其中，建成主体生产车

间厂房 5 座、255 立方米的高炉 2 座、热风炉 5 座、转炉 5 座、砌筑 30—60 米高的烟囱 6 座、铁路专用线 1500 米。在建设三钢的艰苦战役中涌现了 23 个先进集体和 727 个先进生产者。

三钢工地最艰苦的工程是修建一、二号高炉基础土方，这个任务主要由 9128 部队承担，整个工程要挖土方 1.4 万立方米，从山坡坡顶要下挖 7 米深。8 月初，部队官兵刚到工地时，天天下雨，战士们整天站在没膝的泥水中抡镐头、推车子，每天工作十几个小时。没几天，感冒、痢疾流行，许多人都患了病，但出工的人数始终没有减少，许多人都是带病坚持劳动。接着，工程难度加大，开始挖时土质还松，越往下越硬，再下就是卵石，镐头下去火星直冒，许多人的手都被震出血泡，而老天又不作美，工地成了池塘，施工进度减慢。眼看 8 月份任务不能完成，全体官兵都急红了眼，把当年战争年代的硬骨头、打硬战的精神用在工地上。最后 4 天，每班劳动时间 12 个小时，日夜两班轮流作战。在这场战役中，涌现出许多“长跑健将”“铁脚板”“钢筋腿”。正是这些英勇的战士，奇迹般地克服了一个又一个困难，终于在 8 月 27 日完成了一、二号高炉的基础土方任务。

孟健作为三明钢铁厂工程项目的主要负责人，肩负重任。虽然他的身体在艰苦的战争岁月中，患肝病、胃病等疾病，但他全然不顾，一心扑在工地上，不论刮风还是下雨都与建设者打成一片，虚心听取合理化建议，发现先进人物及时宣传表彰，需要向上级反映或解决的问题，第一时间汇报，沟通各方面部门共同攻克难关。他的孩子们常常看不见父亲的身影，因为孟健白天奋战在工地，晚上开会研究问题，只能顾三明钢铁厂这个大家，顾不上家庭的小家。

1958 年 12 月 1 日，中共三明建委召开三明重工业基地建设社会主义积极分子代表大会。孟健做“目前形势和我们的任务”报告，确定 12 月份要集中力量打一个“淮海战役”：这个战役规划建成电厂、水厂、机修厂以及三钢一期工程。重点在三钢，争取在元旦前建成一、二号高炉、2 座转炉和轧钢车间。不管有多大困难，元旦出钢、春节出铁的决心不能动摇，轧钢、无缝钢管要基本上搞起来。

随着 1959 年元旦的逼近，三钢炼钢车间进入紧张的准备阶段，张维兹、孟健等建委领导和广大职工日夜守在现场，等待第一炉钢的诞生。

捷报传来，“出钢啦！”1959 年 1 月 2 日，三明钢铁厂炼出了第一炉钢！这一天，结束了福建省不能产钢的历史！

1959 年 1 月，三钢炼钢车间成功出炉

4 日，三钢广大职工、援建部队 2000 多人在列东广场举行“庆祝新年出钢胜利大会”。中共三明建委、县委、县人委给大会发了贺信。

中共三明建委副书记孟健在大会上兴奋地发表讲话，指出三明钢铁厂年产 20 万吨规模的一期工程基本建成，并炼出第一炉钢，意义重大，是福建省工业发展史上的一个里程碑。

战斗仍未有穷期。孟健率领上万名战士、工人投入到下一项更大规模的炼铁工程。

1959 年 10 月 6 日，三明钢铁厂年产 12 万吨、炉体 255 立方米的一号高炉准备出铁水。三明党委书记张维兹、副书记孟健、侯林舟，省冶金厅长唐晓光、副厅长郭金海、宋泽和三钢领导都来到炉前。这一天晚上 10 点 50 分，出铁口打开，铁水奔流，像一条火龙沿着铁水沟穿进砂模的每个孔洞……每一炉铁水经过几番波折，终于试产成功！

孟健刚毅而消瘦的脸庞再次露出了笑容，几日连续作战的疲劳顿时消失。张维兹、孟健与在场的干部、工人相互握手庆贺。厂党委连夜向省委发出喜报：一号高炉胜利出铁，标志着出铁、炼钢、轧钢一条龙的钢铁联合企业首期工程基本完成，除二号高炉尚未安装完毕外，其余主体工程均投入生产。

一号高炉是福建省最大的现代化高炉，其容积为 255 立方米，每日可产 400 吨铁。它的胃口也很大，每天要吞食成千吨的矿石和焦炭。一号高炉生产正常后，其铁产量相当于当时全省 3 个重点钢铁厂钢铁产量总和的 2 倍。它的建成，对福建省国民经济的发展起到了重要的作用。《福建日报》在第二天头版整版报道三明钢铁厂全面试生产，并配社论“光辉的里程碑”。

紧接着的二号高炉安装是三钢首期工程中的最后一个重点工程。其容积、日产量与一号高炉相同。

三明钢铁厂自 1958 年 8 月全面动工，至 1959 年 11 月 30

日二号高炉安装完成，完成了年产 20 万吨铁、12 万吨钢和 8 万吨钢材的钢铁联合企业的全部第一期工程，并全面投产。

三钢工程规模浩大，共投入人员 3 万余人，填挖土方量 130 多万立方米，完成了炼铁、炼钢、轧钢、动力、铸造、无缝管车间以及相应的运输铁路专线、公路、大桥和水电、热气系统等基建工程。仅设计图纸就有几万张，平铺在 10 平方米的房间有 1 米高。这种规模的工程，在解放前，要用 20 年时间才能完成。因此，三钢建设的速度不论在中华人民共和国成立前还是在当时，都是首屈一指，是全省以及全国工业建设史上的一项奇迹。

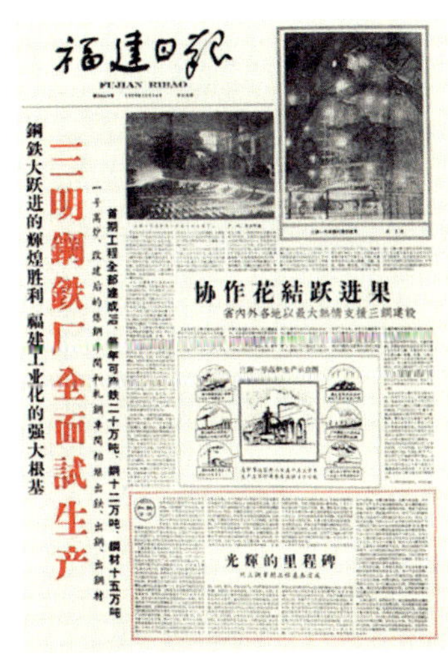

福建日報

FUJIAN RIBAO

鋼鉄大跃进的辉煌胜利　福建工业化的强大根基

三明鋼鉄厂全面試生产

首期工程全部建成后，每年可产铁二十万吨、钢十二万吨、钢材十五万吨

一号高炉、改建后的炼钢车间和轧钢车间相继出铁、出钢、出钢材

协作花結跃进果

省内外各地以最大熱情支援三鋼建設

光辉的里程碑

《福建日报》刊登的三钢报道

1960 年 5 月 16 日，省委报中央批准成立三明市，市委第一书记由省委书记处书记伍洪祥兼任，张维兹、范元辉、孟健、侯林舟任书记处书记。

1961 年 2 月 12 日，中共中央副主席、全国人大常委会委员长朱德同志与省委书记叶飞来三明视察，并在张维滋、郑重、孟健等三明市领导陪同下参观了三明钢铁厂、化工厂和食品厂。朱德同志兴致勃勃地赋《三明新市》诗一首。

1961 年 11 月，孟健接到省委调令，离开了奋战 3 年、艰苦创业的三明。3 年，在历史的长河中只是短暂的一瞬间，但三明工业基地建设在3年内所取的成就着实令人叹为观止。

1958年，三明钢铁厂高炉在吊装

1958年，三明钢铁厂原料工厂工人在卸矿石

1958年，施工中的三钢炼钢车间内景

1958年，施工中的三钢铁钢车间外景

如今，三明钢铁厂已形成年产钢500万吨规模和以钢铁为主，集多元产业并举的跨行业、跨地区、跨所有制的大型企业集团（其中福建闽光股份有限公司为上市公司），拥有职工1.8万人，总资产近200亿元人民币，是福建省最大的钢铁产业基地，自1988年以来连续进入中国500强企业行列。

孟健选择三明钢铁厂作为他离开三明的告别地。临别之际，三明钢铁厂的工人师傅向孟健同志赠送了一件特别的纪念品：一条浇铸着“三明钢铁厂纪念”字样的长约15厘米、宽约3厘米、高约3厘米的黑乎乎的铸铁条。

手捧铸铁条，惜别的泪水盈盈如珠，挂在孟健的脸颊上……

千里归来为抗日

刘云刚

黄宸禹

（1920—2019）

福建福州人。1938 年 8 月参加革命，同年加入中国共产党。曾任福建省气象局局长、福建省顾委常委。

编辑絮语

故乡，是人生必读的第一本书。

对于故乡的情怀，不仅是家族血脉的传承，更是社会文化的滋养。当故乡遭受外敌蹂躏时，便有赤子千里回归，同仇敌忾，共同御侮。

历史上不乏背叛祖国的人。那些背叛祖国、投奔异邦而事敌的人，既不受异邦人尊敬，又为同胞所唾弃。

国难当头，黄扆禹离沪弃学，千里回归，投身抗战事业。他用行动证明自己对于祖国、对于同胞的赤诚之心。正是这种赤诚，才使中华民族的历史延续到今天。

先辈的高尚情怀，赢得后生尊敬！

1938 年夏天的福州，骄阳似火，古树苍苍，一派幽静的双虹小学里，来了个年轻人，要找这里的老师郑挺。

郑挺当时已加入中国共产党，是共产党外围组织——中华民族解放先锋队福州总队队长，正以双虹小学老师身份作掩护从事抗日救亡工作。

这个年轻人找郑挺做什么？难道他也要加入共产党、参加抗日？当时的年轻人即现在已 92 岁的老人黄扆禹告诉了我们其中的故事。

大多数参加革命的人，都有革命引路人，黄宸禹也不例外。他的革命引路人就是他的福州老乡郑挺。

“说起我和郑挺的相识，可以追溯到 1937 年。那时，我兄长在上海，所以我考入上海同济大学附中念书，住在哥哥家。有一天，我回家，发现家里来了个年轻人，目光炯炯，气宇轩昂，他就是郑挺。他是上海大夏大学理化系的学生，因开展学生运动，曾被捕，释放后就住在我哥哥家。就这样我们渐渐熟悉起来。他学识渊博，性格开朗坚毅。我将他视为良师益友。”

从此后，两人畅谈人生理想，剖析国内外形势，慨叹民生疾苦，原本懵懂无知的心就这样被照亮了，潜藏在心底的满腔革命热情就这样被唤起了。

1937 年 8 月，日军攻进了上海，上海成了黑暗的孤岛。上海非久留之地，黄宸禹回到了老家福州。当时郑挺受党组织委派已经回到福州开展地下斗争。国家处于危难之中，被擦拭点燃的心再也不能若无其事地平静下去，汹涌澎湃的爱国情感使黄宸禹觉得必须要有所行动，于是才出现了到双虹小学找郑挺的一幕。

福州双虹小学前身——地下党活动基地双虹书院

“我在双虹小学找到了他，后来他成了我的入党介绍人。”黄宬禹成了一名光荣的共产党员后，生活向他敞开了另外一扇门，生命掀开了崭新的一页。

福建抗敌后援会组织民众在福州万寿桥游行

七七事变后，抗战的烽火燃遍神州。福建省于1937年11月成立了抗敌后援会宣传工作团。该组织十分庞大，下属三十几个队。黄宬禹是在第三十一分队工作。

他回忆说：“三十一分队和十四分队是共产党领导的，我们有着更坚强的抗日决心和饱满的抗日热情，所以这两个分队的抗日宣传格外活跃。我们创办《大家看》墙报和《时事报道》，在繁华热闹的大桥头及饭馆门口张贴，及时报道抗战时事，评论抗战形势，因图文并茂，消息快捷，引得老百姓纷纷驻足观看。”

在国民党的眼皮底下宣传共产党的抗日主张需要格外小心

谨慎，一不小心就会被国民党特务嗅出气味。所以黄宸禹他们平时办报都是将从香港报纸上得来的消息，改头换面后刊登出来。不刊登原文，也不注明出处。

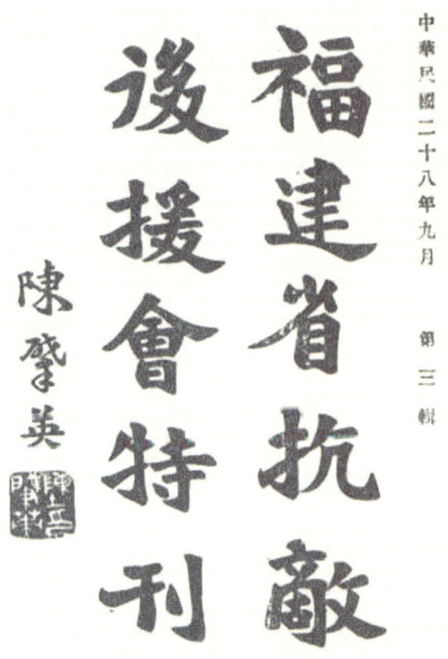

但也有疏忽的时候，记得有一次，他们将有关苏联和芬兰战争的消息原文刊登了出来，第二天就来了一队荷枪实弹的国民党特务，将队长抓去问话。还好队长沉着冷静，巧妙应对，国民党特务问不出所以然，才将他放了，队长因此逃过一劫。

1939 年《福建省抗敌后援会特刊》

秘密从事地下工作，虽然不是整天面对着战火和硝烟，但要面对冷枪暗箭，一不小心就有被查封和抓捕之虞。

在抗敌后援会的宣传工作中，黄宸禹编辑过的文章无数，可他至今还记得他初看到毛泽东《论持久战》一文时的震撼。真乃奇文也！道理讲得既通透深刻又明了易懂。在这篇文章中，毛泽东对亡国论的批判，对为什么要持久战及对抗日三个阶段的分析等，让黄宸禹看后不禁击节叫好，深受启发。

“如此好文章，不管冒多大风险，一定要与群众见面！”他暗下决心，把这篇文章分散开来登在手抄报上。群众看后的反映正如他们所料，大家的抗日信心被提升，抗日士气受到鼓舞。当时恐日病正在一些地方发散开来，不少军队士兵和民众心中弥漫着一股悲观失望的情绪，这篇文章的出现可谓及时。

1938 年，是福州不平静的一年。日军飞机首次轰炸福州，福州人民就在敌机来袭的警报声中生活。

但福州人民并非忍辱偷生之辈，在我地下党的秘密领导组织下，福州的群众举行了两次示威大游行，表达自己的愤怒。这两次游行黄宸禹都参加了。一次是福州各界万人大游行，大家举着毛主席的头像，高呼着抗日口号，从省体育广场（也就是现在的五一广场）出发绕到南门兜，浩浩荡荡朝南街、鼓楼一带行进。游行的队伍排成了一条火龙，整条街成了火的海洋，福州的老百姓被深深震撼了。

另一次游行规模更大，人数更多，达 5 万之众。地点还是省体育广场。试想象，不大的体育场里站了 5 万名群众，黄宸禹还清楚地记得当时的情景，放眼望去，密密麻麻的都是人头，煞是壮观！

新四军在福州成立了办事处，主任是王助。

“忆起了你，有泪难流；随你同志，空自归。从此革命受重创，从此永与故人违……”黄宸禹告诉我们，这首歌叫《忆王助》，是得知王助牺牲后，大家悼念他时唱的歌，词曲都是曾镜冰所作。他第一次听到的时候，是 1941 年底，他到闽北省委机关所在地（当时省委机关辗转到了邵武）汇报情况，刚进门，就发现气氛很低沉，机关同志都在唱一首歌，歌声里充满了悲伤和怀念。这首歌就是《忆王助》。福建省委书记曾镜冰告诉他：王助牺牲了。他一听，呆住了，不由回想起和王助并肩战斗的情形。

新四军福州办事处主任王助

黄宸禹和王助接触主要是在南平。1939 年 5 月，国民党有关部门和福州地区的学校迁往南平后，新四军福州办事处也迁到了南平，作为办事处主任的王助也到了南平。1940 年，黄宸禹被调往南平，任闽江特委青年部长兼南平中心县委书记，跟办事处的人员多有接触。“当时办事处的处境很恶劣，四周都布满了国民党特务。所以我们一般是在敌人疲惫松懈时的下半夜去办事处，天未亮就赶紧离开。一为了解和交流情况，二为看看新四军的报刊和文件。办事处报刊真不少，新四军《抗敌报》往往一来就被我们拿走，另外还有《新华日报》《群众》《解放》等报刊。”

可是没想到，天妒英才，王助在顺昌与建阳交界处开辟抗日游击据点时遭遇土匪，不幸中弹牺牲，年仅 27 岁。

原闽浙赣人民游击纵队领导人合影。前排左起：王文波、曾镜冰、黄宸禹；后排左起：左丰美、陈贵芳（摄于 1949 年 7 月）

在残酷的革命斗争中，经常要面对血与火的考验，生与死的离别！抗战的胜利，正是无数知名不知名志士的牺牲换来的。对战友的怀念，更化作前进的动力。黄老一字一句地给我们念着《忆王助》的歌词，没有停顿，这让我们真真切切地领悟了革命同志间的真挚友情。

投身革命忘生死　八闽建设立新功

孟明明

吴　健

（1919. 1—1996. 7）

曾用名吴天行、吴田行。河南省孟县人。1938年7月加入中国共产党，同时进入延安抗大七大队二分校学习。1939年11月起先后任河南省孟县四区区委宣传委员，村党支部书记，区委书记，县委宣传部部长、县委常委。1942年8月到晋豫区党委党校学习。1943年2月任山西省阳城县委宣传部部长兼区分委书记、县委常委，沁水县委宣传部部长、县委常委。1945年8月任河南省孟县县委委员、四区分委书记、区长。1947年9月参加晋冀鲁豫边区陶镇整党。1948年1月后历任山西省稷河县委常委，宣传部部长兼区分委书记，山西省猗氏县委常委、办公室主任。1949年2月任长江支队南下地委组织部干部科科长，上海南下服务团中队指导员。入闽后，历任福安地委委员，福安县委书记，福安地委常委、宣传部副部长、部长。1956年1月历任福安地委常委、副书记、书记处书记、代理书记。1971年9月任福州第二化工厂党委副书记、革委会副主任。1972年5月任厦门水产学院党的核心小组副组长、革委会副主任。1975年7月任莆田地委常委、副书记。1979年12月任省计量局局长、党组书记。1985年4月离休。

编辑絮语

他是一位从事经济工作的领导干部，更像是一位行吟诗人。

他从山西那个著名的“三贤故里”走来，带着悠久历史孕育的“忠孝、诚信、仁义、奉献”的淳朴民风，一路走一路歌咏。

他喜欢写诗赋词，70载人生行旅，每一步脚印都留下诗风词韵。

他留下的100多首诗词充满了“中华民族要振兴，正逐岁飞腾”“恨无长绳系白日，多同人民共欢愁”的家国情怀。

诗词，给了他生活激情，让他快乐，也给他染上了瑰丽的人生色彩！

投身革命忘生死

吴健同志早年受其父吴树棠开明思想的影响，抗日战争爆发后，正在寻求光明的他，为全国人民的爱国热情所激荡，满怀救国壮志，于1938年7月参加革命工作，同年加入中国共产党，投身民族解放先锋队，积极参加抗日救亡运动，参加学生救国会。在中国共产党的领导下，他积极组织当地进步青年张贴抗日救国标语，进行抗日救国宣传。

中华民族解放先锋队

为了提高党员素质和对敌斗争经验，1938 年 11 月，吴健同志被晋豫地区组织派往延安抗大学习。他不顾生命安危，不畏艰险，英勇机智地穿越敌人的封锁线，带病坚持到达革命根据地——延安。吴健同志经抗大七大队二分队 6 个月的学习后，于 1939 年上半年返回晋豫地区，立即开展地下斗争，组织小分队深入敌占区。他把个人生死置之度外，积极发动群众开展游击战争，抗丁抗粮，打击土豪劣绅，反霸除奸，有力地打击了国民党统治区地主恶霸的反攻倒算。由于吴健同志组织了几次漂亮的游击战，有力地痛击了敌人，敌人还悬赏要捉拿“杀人不眨眼的吴健”。为了便于在敌后开展抗日游击工作，在极端复杂险恶的敌后战场立足，吴健同志因为隐秘身份的需要几易自己的名字，吴天行、吴田行都是他曾用过的名字。

1939 年 9 月起，吴健同志历任河南省孟县四区分委书记，县委常委、宣传部部长。在当时艰难困苦的环境下，吴健同志在工作中积累了丰富的斗争经验。这期间，他把孟县党小组和

秘密接头地点，设在岩山村自己的祖屋内。解放战争时期，祖屋还是孟县县委抗日民主政府的所在地。根据这一史实，如今政府已将岩山村吴健同志的祖屋打造成了焦作市革命传统教育基地。在传统革命精神发扬光大的同时，岩山精神也激活了“红色密码”，同时告诉人们要珍惜现在的美好生活，不忘初心，牢记使命。

1946 年 10 月，在国民党大举进攻孟县前夕，按照上级的指示精神，孟县县委积极组织全县人民实行坚壁清野，有组织地撤离上山，并选择身强力壮的富有斗争经验的干部，以区为建制建立连的组织，积极同敌人展开各种武装斗争。（吴健同志就是这一队伍的负责人），同时还要在驻地村庄，发动群众，积极投入地方政权建设和后勤保障工作。

建设八闽立新功

吴健同志于 1949 年 3 月任长江支队南下地委组织部干部科科长；1949 年 6 月任南下服务团第二大队第六中队指导员，随军南下福建，开始了新解放区的政权建设。

1950 年 6 月，吴健任周宁县第一届县委书记，领导全县人民艰苦创业、进行土地改革，引导人民走上社会主义道路。

吴健同志 1952 年 7 月，调任福安地委委员、福安县委书记；1956 年 1 月，任福安地委副书记、代理书记；1964 年 5 月，任福安地委、军分区党委代理书记、书记，主持全面工作。吴健同志在福安工作的二十几年间，在地（县）委的领导岗位上，能够团结一切可以团结的力量，维护福安地县委领导班子的团结，深入基层，调查研究，实事求是，根据当时当地的实际情况，认真贯彻执行党的方针政策和上级指示精神、决议。他与全福安人民同呼吸共命运，艰苦创业，得到了福安人民的赞誉。他为闽东经济建设和各项事业的发展，特别是为闽东电机厂的发展、福安"功大茶"的改良创新打下了坚实的基础，做出了积极的贡献。

闽东电机厂

闽东电机厂在20世纪50年代初，还是个小企业。1959年5月1日，该厂制造出第一台2.8千瓦JO电动机，电动机质量经省检测，名列第四类（最差）。在吴健同志的关心、支持下，该厂自行制造检测器具和专用设备，开展技术革新和岗位练兵，提高电机产品质量。1959 年在省第二次电机质量评比中，闽东电机名列前茅。1960 年 3 月参加华东 4 省 1 市电机质量评比，再次名列前茅，闽东电机厂被评为“华东地区电机标兵厂”。《人民日报》发表专文誉之为“山窝里飞出金凤凰”。闽东电机厂的产品供不应求。1963 年在厦门举行的华东地区电机质量评比中，7 台闽东电机均被评为一等品，闽东电机厂被评为全国中小型电机标兵厂。吴健同志在福安调研的时候，充分肯定闽东电机的发展。他说：“在我们闽东来讲，它是工业上一个龙头品牌，要想方设法不断提升这个品牌的效益和影响力，带动更多企业发展。”直到现在，闽东电机电气也是福建省的龙头产业。

吴健任福安地委书记时，坚持“绿色发展、质量兴茶”理念，集中优势资源，持续抓好福安“功夫茶”品牌建设。功夫不负有心人，如今“功夫茶”先后获得“国家地理标志保护产品”“驰名商标”。

吴健是厦门水产学院创建者之一。福建省地处东南沿海前线，各项事业的发展都受到一定的制约，基础非常薄弱。为加快福建水产事业的发展，1972 年，上海水产学院奉命迁到厦门，并改称厦门水产学院。学院坐落于风景秀丽的集美学村。集美学村是中国水产教育发祥地之一。爱国华侨领袖陈嘉庚先生于 1920 年在集美学村创办水产科，几经变迁，为以后厦门水产学院的发展提供了良好的条件。1972 年 5 月，吴健同志调任厦门水产学院核心组副组长、革委会副主任。1972 年，厦门水产学院只招收渔业机械、制冷工艺和淡水养殖 3 个专业，教学、科研都很难正常进行。期间，吴健同志积极与学院教职员工一起开展水产科研攻关，为福建水产科研工作做出了一定贡献。

厦门水产学院

1975 年 7 月，吴健任莆田地委常委、副书记。在“文化大革命”特殊时期，吴健始终保持坚定的立场，对“四人帮”兴风作浪深恶痛绝，旗帜鲜明地反对动乱，表现出一个共产党员对党的忠诚。

1980 年 1 月，吴健同志调任福建省计量局党组书记、局长。他努力开拓计量事业，刻苦钻研，并在加强福建省计量基础工作和队伍建设方面，做了卓有成效的工作。计量是国民经济和社会发展的重要基础，所以“十年动乱”结束后，国民经济秩序开始进行全面恢复和整顿的时候，计量管理工作就成为首先被关注的一个重点。当时，由于计量管理工作落后，造成商贸流通领域秩序混乱，能源、原材料等大宗货物运输和进出口贸易的亏损，工矿企业生产无序和产品质量失控，测量仪器仪表制造业整体落后等。吴健同志到任后，立即组织开展了一系列的整顿工作；向全省发布《关于配合轻工系统工厂企业计量工作“五查”整顿的通知》，要求各级计量部门积极配合轻工主管部门，搞好轻工企业“五查”整顿工作，并共同制定“五查”要求，使计量管理工作从整顿入手直至使各项工作全面走向科学合理的漫长过程；还要求在工作过程中总结经验，全面思考面临的工作任务，不断调整工作步骤和工作重点，全面规划今后的工作；并落实各项政策调动科研人员的积极性，提拔科研人员到领导岗位。

福建省计量局在吴健同志的领导下，相继出台政策，指导各级计量局根据国家计量法律、法规，把监督管理企业行为的重点放在企业外部计量违法行为和计量纠纷方面；制定有关涉及企业之间物料、能源等计量交接的市场监督管理办法和行为规则，以保障公平贸易和企业的合法权益；对于计量检测能力和计量管理工作相对较弱的中小企业，要求计量行政部门配合有关企业主管部门把管理的重点放在帮助、督促其加强计量基础工作方面。

为了维护公平交易，吴健加强计量行政部门对计量器具制造企业新产品定型、样机试验、制造许可证和产品质量的监督管理，严肃查处违法制造和销售计量器具的行为。

1985 年离休后，吴健同志仍然十分关心全省计量事业的发展，经常出谋献策。在他的指导下，福建省计量工作 6 年来每年都更上一层楼，为福建省的经济有序发展、人民生活的安定舒心做出了应有的贡献。

吴健同志一生任劳任怨，勤勤恳恳，待人诚恳，光明磊落，服从组织，顾全大局。无论是在福安地委、莆田地委、工厂、学院工作期间，还是在福建省计量局工作期间，他都干一行爱一行，以自己的模范行为影响和教育着身边的同志和亲人。他尊重领导，爱护同志，密切联系群众，处处表现出一个共产党员的高尚品质。吴健同志从事革命工作大半生，青春旺盛、精力充沛的年龄都处于党的领导位置。他廉洁从政，光明磊落，艰苦朴素，公私分明，从不搞特殊化。他育有 8 个子女，严格教育子女要刻苦学习，要依靠自己的奋斗成长成才，从不利用自己的权力安排照顾子女。他的 8 个子女，7 个被送去上山下乡、插队落户，最后一个还不忘送去当兵。对此，他始终心胸坦荡，问心无愧，引以为豪。

吴健同志在工作之余还爱好诗词创作，以诗言志。在他突然病逝后，他的子女将其生前所写的诗词汇集成册，诗集收集了 100 多首。他的诗词像他的为人一样，平淡中饱含着真诚，在复杂环境中明辨是非，在艰苦困苦前越挫越勇，在安定团结的氛围下欣喜若狂。他早年的诗词大多直抒胸怀，字里行间充满了革命战士的豪情壮志，如 1947 年底创作的《水调歌头·抗战胜利两周年》：“雪洗夷尘净，风扫战云收，谁来漫写悲壮，吹角太行头。一代江湖英气，廖廓关河千里，灯下砺吴钩，胜利逐倭去，东逸返瀛洲。”诗句气势雄浑，感染力强。

吴健同志年轻时便投身革命，亲历战争年代的艰苦，所以他的诗句充满了革命激情，显得神形兼备，情景交融，把抗战英雄的气概表现得淋漓尽致。

吴健同志在革命生涯中，始终坚持真理，立志坚定。“十年浩劫”期间，他宁愿停下手中的笔，也不愿褪去共产党员的正气与本色。1976年我们敬爱的周总理去世，吴健同志难抑心中的悲痛，写了一首《柳梢青》：“仰天悲泣，泪花迷眼，人流云集。总理飞升，一声霹雳，叱咤风急。太空灰撒无息，思总理双眼泪滴。沥血沥心，鞠躬尽瘁，垂青功绩。”诗句情真意切，惊天地而泣鬼神。诗词不仅反映了作者对敬爱的周总理逝世的深切悲恸的心情，同时，也是对“四人帮”反革命集团邪恶势力进行的无声的控诉。

吴健同志的革命生涯起于太岳大地，耕于东南沿海。他把一生的心血都奉献给了革命事业。吴健同志的革命情怀，并没有因为时间的流逝变淡；他对革命事业的坚定，并没有因为时代的变迁而过时。最后，用吴健同志的一首诗词作为结尾。“……枥中老骥犹思道，树杪飞鹰乐苦辛。愿送微晖为众映，古稀焉惜半残身。”他是一位有着坚强意志的战士，更是一位有着不屈灵魂的人。

出入在敌人的眼皮底下

张　翼 口述　刘云刚 整理

张　翼

(1921—2009)

浙江省杭州市人，少时在救济院办的小学就读，毕业后进私立中学半工半读。1937 年 11 月浙沪沦陷后即投身抗日宣传活动，在上饶参加抗敌后援会宣传慰问团。次年 7 月参加中华民族解放先锋队，1939 年 7 月加入中国共产党。1939 年冬国民党掀起反共高潮，上饶党组织遭破坏，于是被调到福建省委机关学习，后担任省委城市交通联络员。皖南事变后，被派往浦南特区（浦城县）工作，后因建松政特委遭顽军破坏，又被任命为建松政临时特委代理宣传部部长，从事党组织恢复工作和领导反顽斗争。1942 年 1 月调往邵武城关筹建省委联络站，负责传递情报，接应往来人员。1944 年 7 月任闽东特委书记。解放战争时期，在闽浙边区组织领导群众性游击战争，历任闽浙边地委副书记，松（溪）、浦（城）、龙（泉）、庆（元）工委书记。1949 年 5 月闽北解放后，初任浦城军管会副主任，后任建阳地区行署专员、副专员。1952 年之后，历任福建省农林厅林业局局长，福建省林业厅副厅长、厅长，省财办副主任，省供销社副主任，建阳地委第二书记、书记。1984 年 7 月调任省老干部工作委员会副主任，实际担负省委处理地下党历史遗留问题领导小组副组长工作。1985 年被选为省顾委委员、秘书长。1983 年为六届全国人大代表。1993 年 7 月离休。

编辑絮语

在开辟闽赣苏区的斗争中，毛泽东的策略是：“你打你的，我打我的。打得赢就打，打不赢就走。”其目的在于保存自己，消灭敌人。

革命斗争需要策略。策略对了，就赢得胜利。这是个智慧！

一个真正的聪明人，绝不会低估自己的敌人。低估了，难免招来致命的错误。

古人云：“知己知彼，百战不殆。”既知己，又知彼，才敢于出入在敌人的眼皮底下。

张翼的胆识证明了这一点。

小时候看电影，不知怎的，最佩服我党的交通员，看他们乔装打扮，或扮成货郎，或变作教书先生，在国民党顽固派的眼皮底下出入，巧妙应对敌人的盘查，顺利通过敌人的关卡，传送情报，接应往来的秘密党员。对他们的机智灵活、细心大胆，我一直印象深刻。可在现实生活中，一直无缘得见，直到为纪念中国人民抗战胜利 60 周年，我们去采访原省顾委秘书长张翼，才算圆了儿时之梦。

在当党的秘密交通员之前，张翼是个平平常常的苦孩子。他家在浙江杭州，在这素有“上有天堂，下有苏杭”之誉的地方，他家却过着困苦不堪的日子。

“我的父亲很早就去世了，母亲一个人带着五个小孩，日子过得窘迫艰难。我的小学是在贫儿院念的，在贫儿院遇到了一个很好的老师，他喜欢并赏识我，送我到初中念书。要是没有他的帮助，我根本就没有机会读初中啊！”张翼感慨地说。

1937 年 11 月，浙沪沦陷，张翼一家在杭州实在生活不下去了，全家人逃难到了江西上饶。没多久，他就投身到抗日救亡的洪流中，参加了上饶抗敌后援会宣传慰问团，在民众中演出抗战剧目，演唱抗战歌曲，宣传抗战救亡道理。

1939 年 7 月，张翼成了一名光荣的共产党员。他回忆说：“加入共产党是很秘密的事情，我家人都不知道。有一天，家里忽然来了一批荷枪实弹的国民党警察，我哪会坐在家里等他们抓去呢？那时，我早得到内线通知，拿了些零钱，奔赴省委机关的所在地闽北去了。到这时，我的老母亲及兄弟姐妹才知道跟他们朝夕相处的小伢子原来是干革命的！”

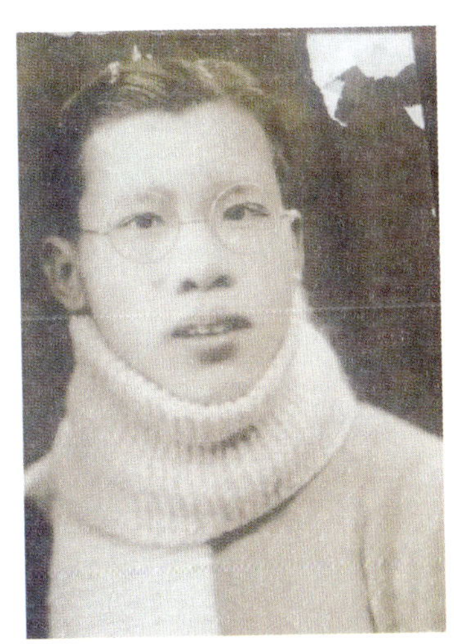
青年张翼

“国民党顽固派一次都没有抓到过我！”张翼的声音里充满

自豪。

1939年国民党掀起反共高潮后，上饶党组织遭到破坏，张翼被调到福建省委机关学习，后担任省委城市交通联络员。1942年又被调到邵武城关筹建联络站。

常年在敌人眼皮底下来来去去，却一次也没落入敌手，的确是一件让人骄傲的事。

在邵武干秘密联络工作时，以粮店老板的身份为掩护，新四军福州办事处主任王助的妻子扮成他的嫂子。本来大家隐蔽得很好，在这里多次出色地完成党交给的任务。变故源于邵武联络站的负责人结交了个女朋友，可这个女朋友竟然是国民党的特务，于是负责人在被出卖后遭逮捕叛变，带着一大批国民党特务来抓他们。

新四军驻福州办事处

张翼听到风声后，立即掩护王助的妻子转移。当时王助出去执行任务还没回来，王助的妻子有孕在身，行动已经很不方便，张翼凭着多年来干交通员工作培养的机警与干练，将她转移到了安全地带，自己则踏上征途，去省委驻地向省委书记曾镜冰汇报。

“没有吃没有穿，自有那敌人送上前；没有枪没有炮，敌人给我们造……”这是《游击队之歌》的几句歌词，体现了我们游击队员的革命乐观主义精神。

每一个参加过游击队的老同志，都有过从敌人手里缴获武器的经历，张翼也不例外。在现在古田的水口电站位置，60 多年前曾发生过一场激烈的战斗。那时，张翼所在的游击队，装备很差，有的队员手里还只有大刀梭镖，为了改善装备，提高战斗力，决定向驻扎在那里的国民党水警发起攻击。当时张翼他们只有十来个人，国民党水警的人数是他们的好几倍。张翼他们埋伏在水警驻地外，趁他们不备，就集体冲杀过去，那些水警平时好逸恶劳，疏于操练，见到我们那么多英勇的队员一块杀过来，一时间惊惶失措，乱了阵脚，被杀得溃不成军，最后只好缴械投降。张翼他们背着国民党的枪，满载而归。

国民党名义上抗日，其实抗日是假，防共是真，经常制造反共摩擦，试图封锁我们游击队的经济。在国民党军队的围堵之下，我们的游击队员们经常吃不饱肚子，有时甚至几天都吃不上什么东西。为了让饿了几天的队员们吃上一顿饱饭，也为了给伪军一点颜色瞧瞧，张翼他们决定去抢国民党的古田银行。

“古田银行防守很严，共有三道门，说实话，我们对能否活着回来没抱太多希望。”张翼回忆当时情景，仍有一丝悲壮之色。

民国古田地方银票

此次行动总共不过七八个人，

由黄宸禹领队。队员们靠着勇敢无畏、果断迅捷的动作，成功完成了任务。

“最可怜的是我们的炊事员，拿着这些钞票去买菜的时候，因为钞票是连号的，被国民党发现了。抓去的时候，他知道逃不了，就硬生生地把自己的舌头咬断了，因为他不想出卖自己的同志啊！”

张翼说起这事，有难以掩饰的悲伤。我们听到这故事，却被深深地震撼！对于我们这些成长在新中国的阳光下，未曾经历过硝烟岁月的人，很难体会战争带给人的这种残酷。

通过这一次次的采访，与抗战老同志面对面的交流，听他们讲述发生在自己身上的故事，我听到了很多，也感受很多，知道除了关注的自己之外，世界如此广阔，时光如此深邃。

张翼参与会议

从译电员到矿山党委副书记

孟明明

王景阁

(1922.2—　　)

出生于河南省舞阳县马村乡。1938年8月参加民族解放先锋队，10月加入中国共产党。1940年4月参加新四军，先后到抗大四分校、新四军第四师司令部机要训练班学习。1941年1月后在新四军四师、十兵团三十一军从事机要工作，担任译电员、组长、副股长、秘书、科长。1950年底后到福建省委机要处工作，任科长、副处长、处长。1958年2月任福建省潘洛铁矿、葫芦山铁矿党委副书记、书记。1960年12月任省档案局副局长。1970年4月下放光泽县花桥公社。1972年4月后任政和铝锌矿革委会副主任、主任、党委书记。1975年4月任省直属机关人防办公室副主任，省直机关事务管理局副局长。1980年8月后任省档案局局长、党组书记。1985年5月离休。

编辑絮语

怀着抗日救国梦想，放下书包，走向豫皖苏边区，在新四军当上一名译电员。18年的译电生涯，使他成为捕捉电波、传送密码、不畏牺牲、严守机密的“捕风者”。

随军入闽后，他听从召唤，华丽转身，带领近万名矿山建设者走进荒无人烟的大山深处，抡起大锤钢钎，用青春和汗水，打开潘洛大山腹地蕴存的宝藏，改写了福建“手无寸铁”的历史。

王景阁的名字书写在潘洛铁矿金色的史册上！

1937年“七七事变”，揭开了全面抗战的序幕。

此时，正在河南舞阳县立中学读书的王景阁，由于平时常看进步书报，对国民党黑暗统治腐败无能、消极抗战十分反感，积极投身各种抗日活动，引起学校中地下党的注意。经过党组织的多次考验，他于1938年10月被吸收为中国共产党党员。

彭雪枫创立的抗大四分校

1940年4月，他到豫皖苏边区参加了新四军第四师，师长是我军著名将领彭雪枫。由于王景阁文化水平较高，被分配到抗大四分校学习，接受军事、兵器常识和射击投弹等军事技术训练。抗大四分校主要培训部队干部，学制一般6个月至1年。当时第四师急需译电员，王景阁经过6个月的紧张学习毕业后，被挑选到师部机要训练班学习译电工作。从此，他开始了长达18年的译电生涯。

王景阁进入部队后，国民党顽军9个师10万余人进犯豫皖苏边区，新四军第四师被迫自卫。但由于兵力悬殊，我军遭受较大损失。1942年，第四师实行精兵简政，紧缩机关，充实连队，以主力一部加强地方武装。师部领导认为，越是战斗激烈，人员紧缺，译电组的力量越需加强。由于在译电工作的优秀表现，他被提升为译电组长。翻译电报要做到迅速、准确，还要求做好保密工作。在抗战初期，战场上条件艰苦，译电任务繁重，必须做到电报随到、随译、随送、随办。好多时候，他一边译着电文，一边啃着干粮，分秒必争，不得延误。

同年冬，第四师经33天的浴血奋战，挫败日伪军6000余人对淮北根据地中心区的大“扫荡”。1943年春，第四师主力在第二、第三师各一部配合下，在江苏省泗阳县西南山子头对国民党顽军开展自卫反击作战，俘其鲁苏战区副总司令兼江苏省政府主席韩德勤以下1000余人，挫败了顽军的进攻。

在抗日战争中，译电员虽然是紧随指挥部领导，但工作条件仍然是紧张的、危险的。一位新四军老战士回忆当年的情景：敌军飞机不断轰炸、扫射，整个防线几乎全部置于敌军的狂轰滥炸之下，已经没有所谓前后方的区别了。而且，我军指

挥官为了便于观察敌情，不畏牺牲，常常把指挥部设在前沿阵地。我们工作在简易防空洞里，把装密码的皮包往膝盖上一放就成了桌子。晚上，为了不让烛光引来敌机，就用雨衣盖住自己，一只手举着蜡烛，另一只手工作，稍不注意，头发和眉毛就会被烧着。收发报工作责任重大，稍有延误或失误，就将铸成大错。有时候刚翻译好的电文，就被子弹打了几个洞，又要赶紧重新翻译过。在这样危险的环境下，仍要坚决保证每份收发报校对两遍以上，一次错误和延误都没有。

在这场战役中，王景阁领导的译电组，在枪林弹雨中准确、及时、安全地完成了师部与旅部、与各兄弟部队、旅部与下属部队的密电码传送、翻译工作，表现出良好的心理素质和过硬熟练的技术。不久，王景阁便晋升为副股长。

新四军第四师纪念馆

1944 年 3 月第四师发动春季攻势，攻克据点 50 余处，歼灭日伪军 1800 余人。同年 8 月，第四师主力奉命向津浦路西豫皖苏边区进军，在第三师第七旅等部配合下，奋战 4 个多月，相继取得萧县小朱庄、夏邑县八里庄、永城县保安山等战斗的胜利，歼灭日伪军和国民党顽军 1.3 万余人，基本恢复了原豫皖苏边区抗日根据地。

由于译电工作事关军事机密，密码的每一个字、每一组码都必须绝对保密，不准对任何非机要干部透漏；同时片纸只字都不能带出办公室，作废的密码字、组，要登记，二人签名监督烧毁。密码是我党、我军的核心机密，也是最高机密。因为上下级之间的秘密通信全靠它，如果被敌人窃取和破译，会给革命事业造成重大损失。译电员的安全与战斗胜败关系密切。因此，王景阁及其译电战士始终跟随部队领导，随时准确传达首长的命令，并做好保密工作，不该说的一句不说。这一习惯他一直保持到晚年。笔者在采访他的妻子时，她说："王景阁回家后，从不对我和孩子谈起他工作上的事。"

1949 年，已是中国人民解放军第十兵团三十一军司令部机要科长的王景阁，参加了打过长江去、解放福建省的战斗。

第三十一军分两路入闽。7 月 21 日，第九十一、九十二师及军直属队，由浦城、建阳、建瓯、古田、闽清开进；第九十三师经福建寿宁、福安向杉洋地区开进，于 7 月 22 日到达指定位置。由于天气炎热，我军大部分是北方人，水土不服，非战斗减员严重，不少人生病住院治疗，有的还中暑身亡。

8 月 4 日，十兵团下达福州战役的命令。以第三十一军从左翼迂回，攻占丹阳、连江、闽安、马尾，控制闽江下游，断敌海上逃路。随后，集中第九十一、九十二师会同第二十八军歼灭福州守敌。第三十一军于 11 日占领三都澳，13 日攻占丹阳，14 日全歼丹阳逃敌；后兵分三路，1 个师向连江攻击，1

个师直插闽江北岸要点闽安镇，1 个师进逼大北岭，控制了 10 公里江面，并占领罗源城；16 日攻克连江县城和琯头镇，守军第七十四军残部经琅岐岛逃往平潭岛；同日，攻克马尾港，进占大北岭。福州战役，我第三十一军歼敌 12617 人。8 月 17 日，福州宣告解放。

在解放福建战役的全过程中，王景阁领导的机要科，确保第三十一军的电波遇到任何情况都永不消失，机密文件及时送达指定部队，领导的军令准确无误地传达到前线，为福建的解放做出了贡献。

人民日報
拔除殘匪東南大陸上最大據點
福州全部解放
贛南解放軍與華南游擊隊會師
打通粵贛走廊克大庾信豐南城
華北人民政府保護民族工業
發還石市大興紗廠
政府與資方代表正協商移交

《人民日报》关于福州解放的消息

1950 年 12 月，王景阁脱下军装告别军旅生涯调到地方工作。但他仍然管理与密电码相关的工作——福建省委机要处。在这特殊而又神秘的部门，王景阁的任务更重了，工作范围不仅包括军事，还包括经济、政治、人事任命等。

1958 年，王景阁接到省委组织部调令，立即前往龙岩漳平潘洛铁矿任党委副书记，负责筹建福建省最大的铁矿，为福建省正在筹备的全省最大型的现代化企业——三明钢铁厂供应优质的铁矿，解决福建省不能生产钢铁的落后局面。

潘洛铁矿位于大山深处，山高路险，荒无人烟。由于条件极其艰苦，组织部门要求所有人员不能携带子女进矿场。军人出身的王景阁，无条件服从命令，把3个幼小的小孩寄托在上海的外婆家，背上简单的生活必需品奔赴深山。他和来自13个省市的9675名矿山建设者汇集到了这块原始荒凉的矿区。这里生产生活条件极为艰苦，他们头顶青天，脚踏深山，住工棚，照松明，喝山泉，吃竹笋，生产工具也只有大锤钢钎和土箕扁担。然而，面对如此恶劣的条件并不能使王景阁和矿山建设者们退却，他们凭着创业的满腔热情，发扬艰苦奋斗、努力拼搏的精神，土法上马，披荆斩棘，移山填谷，当年就采出铁矿石36710吨。

1971年潘洛铁矿建设海报

三明钢铁厂就是用潘洛铁矿的矿石炼出了第一炉铁水，从此改变了福建省“手无寸铁”的历史。

1959年，潘洛铁矿建成了修配厂、金工车间、锻钎车间、医院等，改善了生产生活条件。王景阁和同事们弘扬“团结、奋斗、开拓、奉献”的企业精神，艰苦创业，努力拼搏，不断

漳平潘洛铁矿

推动企业发展壮大。不到2年的时间，潘洛铁矿发生了巨大变化，逐步从建矿初期时采剥靠大锤钢钎、运输靠肩担手推的原始作业方式，发展到采矿、选矿、运输和设备维修机械化，工艺设施成龙配套的现代化中型矿山，成为福建省冶金矿山的主战场。

王景阁晚年照

风雨九都山

林万春　严垂壁

林志群

（1923. 8—2013）

化名马刚毅，福建省大田县武陵乡百束村人。1938年在大田中学读书时加入中国共产党，后转集美职业学校高农续学，任该校党支部书记，后历任大田县第一区委书记，闽中工委青年部长，大田、漳平边委书记，闽西北特委青年部长，南沙尤工委副书记。在十分艰难困苦的环境中，同特委其他负责人一道，领导了闽西北地区的抗日救亡活动和反顽斗争。解放战争时期，始终坚持闽赣边区革命斗争，组织领导群众开展爱国游击战争，创建民主根据地，先后担任闽西北特委副书记，闽赣地委宣传部部长兼闽赣游击纵队政治部主任，闽西北工委（由闽西北地委改称）书记，闽西北游击纵队司令员兼政委。中华人民共和国成立后，任解放军南平军分区司令员，永安地区专员，后选送中共中央马列学校（中央高级党校前身）学习至毕业。1955年后担任省森林工业局副局长，第二师院副院长，福州大学副校长，省委党史工作委员会副主任，省政协文史研究委员会副主任，中共福建省委顾问委员会第一、二届委员。职称编审。

编辑絮语

这个故事与《水浒传》中的“智取生辰纲”很相似。

革命战争年代，为了生存，游击队战士不得不做些在敌方看来是“越轨”的事，如“设伏劫钞”“开仓分粮”“巧取银行”等等。

革命者为了革命理想抛头颅洒热血，这是常有的事。而革命的目的不是“牺牲”，用超出常规的手段保存自己，赢得革命的胜利，这同样是合理的！

青年林志群和他的战友们，奉命在九都山下设伏截获敌军运钞车，如同梁山好汉“智取生辰纲”一样，也是一段传奇，一段佳话，可歌可咏！

1947 年 3 月，中共闽浙赣区委决定挺进闽赣边界，恢复和建立以建宁县腰岭为中心的闽赣边原中央苏区老根据地，以配合解放战争作战。为此组建了闽赣边游击纵队，司令员沈宗文，政委王一平，政治部主任林志群，民运部部长夏润珍，下辖 4 个分队和 1 个直属支队，共有人员 150 多人，机枪 1 挺。

4 月初，闽赣边游击纵队从沙县福岭石出发向将乐龙栖山挺进，5 天后到达龙栖山里的白莲草市村。进村后，中共闽赣边地委住在草市村地下交通员谢光池家里，在村对面深山密林中搭建了草棚作为游击纵队的驻地，通过在草市村发动群众，

将乐龙栖山

成立农会组织，建立了部队出动后的第一个游击基点村。

4 月 24 日，中共闽赣边地委在草市村召开了地委常委会议，总结部队出动 20 多天来的经验教训，分析了形势，提出继续向闽赣边界挺进的作战计划。为解决部队继续向闽赣边界挺进的给养经费问题，会议还决定由纵队政治部主任林志群率领一支便衣小分队外出筹款。

林志群接受任务后，立即派出侦察员出去侦察和挑选筹款的目标。经侦察得到的情报获悉：每个月底国民党当局都派出载有现金的运钞车从南平开往永安，给沿途国民党军部队和军警送饷。除司机外，车上有押运兵 10 人，配有卡宾枪 2 支，长短枪 10 支。拦截敌运钞车，夺取敌军的军饷，既能打击敌军的嚣张气焰，扩大我游击队的影响，又能调动“围剿”我闽赣边游击纵队的敌军兵力回来保驾，减轻敌军对我龙栖山的军事压力。

此时距 4 月底没几天，拦截 4 月底敌运钞车的准备工作已

来不及做了，因此打算拦截敌人 5 月底的运钞车。同时林志群挑选了大队长唐仙友、支队长童启华、王德标、暨文海等 17 名能征惯战的游击队员组成便衣队，成立了便衣队临时党支部。对实施拦截的地点，便衣队分组前往南平到永安公路的各个路段，对可能实施拦截的地点的地形、周边环境、群众基础、便衣队进退路线等进行仔细的侦察，然后召开会议讨论，经分析比较、周密考虑后，决定在沙县县城附近的九都山下手。此地有我地下交通站掩护，并能探听敌运钞车出动的准确消息。再则此地离城近，刚出城的敌人押运兵容易麻痹大意，有利于我便衣队速战速决。

中共闽赣边地委和游击纵队专题听取了林志群的方案汇报，批准了作战计划。

坐落在沙县城关、镇头和洋溪之间的九都山，山高岭峻，草深林密，延永公路绕山下而过。5 月 27 日，林志群率领挑选出来的 17 名便衣队队员，从将乐龙栖山出发，昼伏夜行。两天后的子夜时分，天黑得像倒扣的大黑锅，便衣队冒着滂沱大雨从古县村偷渡沙溪。由于洪水暴涨，水流湍急，渡船失控，快到琅口船才靠上岸，便衣队立即向九都山进发。

为摸清敌运钞车经过的确切时间，林志群化装成学生，下山混进了沙县县城，从地下交通站那里了解到当天下午一辆从南平开往永安的运钞车会在沙县过夜，第二天上午去永安，车厢是蓝色的。摸清了情况，林志群又沿着公路察看地形，决定行动的地点，然后才迅速赶回九都山做了动员部署：要求队员严格遵守纪律，服从命令听指挥，到埋伏地点，不准说话、咳嗽，卧伏在草丛中不准站起来，并要密切注意城头碉堡里的敌警备部队的动向，不惊动他们，速战速决，打完就撤。

初夏，雨似乱箭，夜如黑漆，山道崎岖，一路泥泞，队员们在凌晨时分赶到离城不到三华里的城关小桥地段埋伏待机。林志群当即决定：由大队长唐仙友、中队长童启华带着机枪封锁公路，阻击沙县之援敌，其余队员由支队长暨文海带领，执行拦截运钞车的任务。几个队员抬来一段木头藏在路边土坡上。林志群埋伏在公路桥边的小山坡指挥行动。

5 月 30 日，晨曦初露，空荡荡的公路上断断续续开过几辆货车。战士们的心每每被汽车引擎声所振奋，但总不见蓝色运钞车出现。直到 9 点左右，从沙县县城方向传来低沉的马达声，终于，一辆像金龟子般的蓝色汽车驶进了人们的视野。出乎意外的是，运钞车后面尾随一辆货车，是意外的巧合呢，还是两辆车是一伙的？

林志群认为不管怎样，不能错过时机。他果断地一挥手，两名队员立即把那段大木头推下山坡，滚向公路中间。

蓝色运钞车被突然滚下来的横木挡住，“嘎——”的一声急刹车停了下来。林志群吹哨子发出信号，支队长暨文海带领队员如猛虎下山，冲向敌车。

支队长跳进驾驶室，黑洞洞的枪口对准驾驶员，负责缴钞票的队员蜂拥而上。

“不许动！举起手来！”

车上的敌人像被吓傻的呆鸟。他们万万没有想到会在出城的公路上遇到这样一股“出水蛟龙”，还没弄清怎么回事，就被威猛的战士像赶鸭子似的从车上赶下来。11 个押车的敌官兵和驾驶员，举起双手乖乖地当了俘虏，颤抖着排列在公路旁。

城头山上碉堡里的护路军警，见情况异常，便胡乱开枪。负责堵截的唐仙友马上调转机枪，对着敌人的碉堡猛扫一梭子。敌人惊呼：“有机枪压阵，肯定是游击队，不能动！”敌人便龟缩在碉堡里不敢出来。

运钞车后面那辆货车的驾驶员，看到前面的车出事，便刹住车，和车上的人员一起乘机溜走了。便衣队一看是民运车，也就不管了。而那些俘虏，经林志群训话后都释放了。

“马上撤退！”全体便衣队队员听到命令，背着缴获的 10 支长短枪、2 支卡宾枪、2 个麻布袋总值 3400 多万元的钞票，在林志群的带领下登上了九都山。

上山后，找到一个地形好、树林密集的大山头休息，战士们兴奋异常，一夜的疲惫忘得一干二净。林志群和暨文海、唐仙友、王德标召开临时党支部会议，商议与敌人周旋之计，估计便衣队在敌人重点设防的地段劫了运钞车，敌人一定非常震惊，会千方百计调兵遣将企图消灭我们。作为指挥员的林志群对此指挥若定，他说：“敌人有电话、汽车，用不了多久，周围各县的保安队就会赶来，估计今晚渡河撤回根据地是不可能的，要做好与敌周旋的一切准备。”

大家议论一阵后便抓紧休息，准备迎接更险恶的战斗。林志群看见一个战士在玩大把的纸牌，走近一看是崭新的美钞，他责问："怎么！缴获私藏不交公?"

"这又不是票子，交什么公?"那战士觉得冤枉。

当林志群告诉他们这是美钞后，大家都目瞪口呆了。那战士说："跟在后面的那辆货车上，有两箱这个东西，还有好多纸箱里面装着灯管子一样的货物。"林志群追问箱里的宝贝到哪里去了?

"都往河里抛，让大水流走了，只拿这叠玩玩。"

大家听了一个劲地叹息："可惜！可惜！太可惜了!"

果然敌人像一条疯狗似的乱窜起来，下午很快就封锁了各个渡口，切断便衣队返回的后路。下午3时许，站岗的小范跑来报告：三元、沙县方向的公路上发现许多穿黄制服的敌人向九都山包抄。林志群说："别慌！山高林密，找不着我们的行踪。大家好好休息，以利再战。"

"我们袋子里的米不多了，得抢先买一些。"事务长陈宗芽提醒道。

傍晚，便衣队到大坑附近的小自然村买米，同时探听消息。在一家农户买足米，又买了鸡鸭和猪肉，吃饱了饭，正准备离开时，岗哨发现敌人向村子奔来，立即开枪报警。唐仙友赶到哨口用机枪猛射一阵，敌人乱成一团，以为中了埋伏，慌忙卧倒在水田里，向村子及路边胡乱放枪。林志群说："别理睬他们，我们快走!"队伍迅速撤出村子，返回深山中。

由于敌人已紧紧地封锁了渡口，便衣队只好在大山中隐蔽转移。到了第三天，敌人增调了许多人马，南平、顺昌、将乐、沙县、尤溪、三元、永安等 7 个县的保安队及省保安第五纵队共 900 多人，团团包围了九都山。山下的村子、岔路口和渡口都派兵驻防，沙溪上的船只统一管制。一到夜晚，公路、村子一簇簇火把、一束束手电光闪闪烁烁到处搜查，妄图一举消灭游击队。便衣队决定以周旋战术拖疲敌人，然后见机突围。白天，敌人四处搜索，队伍就找个山头隐蔽起来；晚上，敌人打着手电、火把行动，便衣队机智地从他们的眼皮底下钻过去，换个安全的地方。绵绵不停的阴雨把战士们淋得湿漉漉，做饭时，大家就轮流将贴身的衣裳脱下来烤一烤，外套无法烤干也只好披在身上。有些战士埋怨老天无情。林志群笑说："你们不能埋怨老天爷，它在暗中保护我们呢。这阴雨天，敌人吃不了苦，不敢搜山找麻烦，我们不更自由自在、平安无事吗？"这么一说，大家都乐了。

为不使敌人发现煮饭时的炊烟，一天只吃两餐：一餐天黑后煮，另一餐天亮前烧。几天后，米少了，一天吃一餐。后来米吃完了，只好煮一些野菜草根充饥。

便衣队在九都山方圆 50 千米的地方与敌人捉了十多天迷藏，踪迹虽然未被敌人发现，但行动却一天比一天艰难。曾两次准备偷渡沙溪，均无法成功，敌人把船只全部扣留住了，而且又一直驻扎在大小村子里，企图切断小分队与群众的联系。而且，在这关键时刻，又发生了便衣队中一个本地籍的新战士开小差的突发事件，如被敌人抓去将危害无穷，应特别提高警惕迅速突围转移。

现在队伍断了粮，又无法探知敌人的动向，因此林志群决定和王德标一道冒险到墩头的小自然村去探听消息，并搞些粮食回来。

两人下山后，许久未按约定时间回来，大家都担心发生意外。暨文海正准备派人下山打听，哨兵发现山谷里爬上一个人来。

“那不是王德标吗？”他喊了起来。

几位战士立即跑去接应。上山后，王德标兴奋地喊道：“好消息，马上挑米来了！”

“你怎么弄到的？给我们送米是要杀头的。”

“我和林主任找了两个贫苦农民做工作并结拜为兄弟。米就是他们卖给我们的。”

一会儿林志群也回来了，他叫两个队员去山坳里把米接上山来。

吃了一餐香喷喷的白米饭，战士们恢复了元气，又生龙活虎地有说有笑。当晚，林志群决定：由王德标和一位本地战士装扮成樵夫，摸到琅口一带想方设法找渡船偷渡。

王德标等奉命下山后，便衣队准备在原地等候他们回来，两天后因敌人往队伍隐蔽的方向搜山，不得不转移到别处隐蔽。好在王德标机智灵活，经验丰富，他发现了便衣队留下的秘密路标，顺此找到山里一座单门独户的农家。这时又遇上了敌人的巡逻队，他两人便在附近东躲西藏，天赐良机正巧遇上了便衣队。一见面王德标即高兴地告诉大家：“在际口雇到船了，今晚在洋坊河边等我们。"

"洋坊有敌人吗?" 有人急着打断了话。

"有一队人马，我们在半夜找空隙溜过去。万一过不了，就回附近山里躲一天，明晚再行动，船会再一次在约定地点等我们。" 王德标解释。

晚上8时，在夜幕掩护下，便衣队通过了重重封锁，神不知鬼不觉地撤离了九都山。半夜时接近洋坊村，由高处眺望，村子里黑乎乎一片，寂无声息。侦察员发现，敌人在我们必经路口布了暗哨。等了很久也找不着突破机会，急得战士们直跺脚。过了约定渡河的时间，只好撤到附近的小树林中躲一天，准备夜里再次行动。

这小树林离村子很近，鸡啼犬叫都能清楚地听到，因此，战士们都不敢咳嗽，连小便也得趴着拉。好不容易熬过白天，盼来黑夜，林志群带着队员走远道迂回，绕过一道道封锁线，飞速赶赴约定地点以便偷渡沙溪河。

出发时，淫雨仍然下个不停，但此刻战士们却走得特别轻快。当队伍到达长降，涉过一条小溪后，在黑沉沉的雨夜里，前方的半山腰竟隐隐约约地闪着团团火花，走近后发现是从一座破纸坊里透出来的。唐仙友轻轻踮脚往竹篱笆墙内瞧，猛吃一惊：二三十个敌人围在火堆旁烤衣服暖身子，机枪架在一边，没料到敌人在此地也布了兵。好在老天帮忙，不然就麻烦了。

见敌人围着烤火毫无戒备，唐仙友真想甩几个手榴弹进去，出一口气，可一想又忍住了。便衣队带着缴获的巨款和十多支长短枪，行动已感困难，并且同船工约定的期限只剩今晚了。只好悻悻离开，跨过马路，向河岸前进。

“到了，到了！”听到河水声，大家激动起来。河面上空荡荡的，只有暴涨的河水在哗哗地翻腾。王德标拍了三下手掌，一只船便由暗处悄悄划到眼前。大家迅速跃上船，船工恍然大悟：“啊——原来是你们呀！”他半紧张半友好地说。

原来，王德标雇船时只说是贩烟叶走私，而跳上船的却是被敌人军队重重围追堵截的游击队。因此，船工自言自语地补了句：“你们好大胆，我真佩服。”说着将船撑离了河岸。

船到河中央，大家回头朝岸边望去，只见手电光在团团打转，敌人根本没有察觉便衣队已经从他们的眼皮底下溜走了。一会儿船靠北岸，王德标谢了船工，付了工钱，大家即朝际口方向急奔而去。

次日清晨，天晴了，大家兴高采烈，望着河南岸九都山方向，隐隐约约传来了阵阵枪声。

经过十五昼夜的艰难周旋，突破重重封锁，偷渡滚滚沙溪，林志群率领便衣队带着缴获的巨款安全地回到了将乐龙栖山草市村，又投入新的战斗。

泰宁南端的龙安乡，是与将乐、建宁、明溪三县交界的三角地，重峦叠嶂，古木参天。1947 年夏，闽赣边游击纵队 100 多人秘密来到龙安乡，以盖竹洋、杨梅坳为据点，在这一带村庄开展群众工作。

纵队政委王一平带领 12 名手枪队员，到王古坪站稳脚跟

后，立即派交通员老苏去盖竹洋，找纵队政治部主任林志群，要求增派一个小分队，加强力量。于是暨文海、童启华等10名战士组成了一个小分队，前往王古坪。小分队在路上突然遭到敌人的伏击，战士们借夜幕的掩护，撤到后山。第二天到达邓家坪树林里与王一平的小分队会合。小分队被发觉后，敌人在各条道路上设了岗哨，进行封锁。小分队被困在方圆40里的丛山中，与敌人周旋。战士们风餐露宿，野菜果腹，一天不幸食野菇中毒，几乎丧失战斗力。小分队经过20多天的折磨，突破封锁线，安全回到了盖竹洋。

泰宁盖竹洋

当晚，闽赣地委和纵队领导在盖竹洋召开了紧急会议，对近阶段的敌人动态做了分析，大家感到敌人布点设伏如此准确，显然是得到可靠的情报，可能有内奸。接头户饶东福，曾任过保长，是最值得怀疑的人，必须严加监视。会上大家还分析，最近遭敌人伏击，但对方的火力不强，很可能是泰宁自卫队的武装，虽然未进击我据点，但不能不防，国民党福建省保安大队将前来“进剿”。所以纵队必须迅速转移。而眼下刚归来的小分队因食菇中毒，身体虚脱，行动困难。怎么办？林志群提出了一个办法：迷惑敌人，静中观动，用“金蝉脱壳”之计，按计划转移。大家又商量了具体的做法。

真是无巧不成书。第三天，饶冬福背着买到的日用品，从城里回到盖竹洋。呈现在他的眼前是一派新气象，战士们正忙碌着搞卫生，贴标语，扩盖棚子，整理空坪，一片热腾。这时，林志群朝饶冬福走去，并开口说道：“你来得正好，还准备派人去找你来呢！”饶冬福先是一怔，但很快就稳住情绪：“啊哈，今天怎么啦，像过节似的，有什么任务尽管交代。”

林志群拉着饶冬福到一棵大树下，悄声说：“这是军事秘密，暂时还不能公开，只能对大家说兄弟部队要到这里训练。你是老联络员，当然例外。事情是这样，我们的曾司令要来这里召开军事会议，参加会议的有党和游击纵队的负责人。你说这事情大吗？”

“哟，这么大的事情，要我做些什么呢？”

“你别急，听我说，我们当然要做好各方面的准备工作，首先要安排好生活。为了保密，我们不能到市场大量采购食品。这个任务由你来承担最合适，这次会议参加人数多，采购量大，又要绝对保密，你去办我们最放心，怎么样？有困难吗？”

“没问题，保证完成任务！”饶冬福十分爽快地回答，接着又问：“曾司令员什么时候到这里？”“时间还有十多天，城里有我们秘密联络站，到时曾司令员将化装成生意人先到县城，然后我们派人去把他接进山来。”林志群亲切地拍拍他的肩膀，“老饶，你的担子很重呀！你为部队办了许多事，战士们都很感激。这次我一定在司令员面前推荐你，说不定他将会重用你呢！”“哎呀，我只不过干点鸡毛蒜皮的小事，你太夸奖了！”饶冬福受宠若惊，但又故作谦虚：“我当个事务长还差不多，哪能扯到当官的分上。”

“司令说话可是算数的，这次你把采购搞好，司令员满意了，就好办了！”

饶冬福飘飘然地走了。随后，林志群派一名队员潜伏在村里，日夜监视饶冬福的行踪。两天后，饶冬福送来了猪肉和两担鸡鸭，没过几天，又送来猪肉、粉干、鲜鱼、蛋等大量食品。战士们享受了这些丰富的营养品，迅速恢复健康。于是，十多天后，在一个月色朦胧的夜里，队伍神不知鬼不觉地全部撤走。第二天饶冬福上山窥探见已空无一人，顿时瞠目结舌，惊呼上当！

后来查清，饶冬福是叛徒。正是他去告密，才使游击队出据点就遭伏击。而这次饶冬福心怀鬼胎，想脚踏两只船，见机行事，没想到上了游击队的当，使队伍赢得休整、恢复战斗力的时间，终于在敌人的眼皮底下安全转移。

（节选自《传奇青年林志群》）

忆茅家岭暴动

祝增华

祝增华

(1915.2—2005.1)

原名祝金祥，浙江省兰溪市人。1938年8月参加新四军，同年10月加入中国共产党。先后在军教导总队第六队、总队部和章家渡兵站任学员、管理排长、会计、党小组长。1941年皖南事变中受伤被俘，先后被囚禁在上饶集中营周田村和茅家岭监狱，期间均为狱中秘密党支部成员。1942年5月25日暴动出狱，在闽赣边界打游击。后找到中共福建省委，曾任闽北游击队指导员、支部书记。1943年随省委机关南迁德化，历任省委机关总务科长、闽中武工队政委。1948年任闽中地委委员。1949年任闽中游击队司令部供给部长、支队政治部主任。中华人民共和国成立后，历任福建军区晋江分区警备五团副政委，陆军二十九军八十七师二六〇团副政委，陆军二十九军政治部敌工部副部长，福建军区政治部敌军工作站站长、敌工部第二副部长，福州军区治部联络部副部长兼支部书记。1955年被授予中校军衔，荣获三级独立自由勋章、三级解放勋章。1959年任福建龙岩三八六（军工）厂党委书记。1961年转业后，历任省机关事务管理局副局长兼厦门市委副秘书长和厦门市交际处处长，省华侨事务委员会副主任，福州市轻工业局核心组长，省机关事务管理局党组书记、副局长、局长等职。1984年11月离休。

编辑絮语

一个投奔新四军的抗日战士，在皖南事变中却成了顽军的阶下囚。

威逼和利诱都没能摧毁他坚定的信念。狱中难友的安危使他承担起组织秘密暴动的重任。

皖南是他政治生命的诞生地。茅家岭是他生命中燃烧的一簇火炬！

这一簇火炬，在暗夜中照亮了很多人，很多人……

去皖南参加革命

青年祝增华

我是浙江兰溪人，于1938年8月由中共金华特委（1942年知道是林一心同志）介绍到皖南新四军参加抗日。我从兰溪启程，经寿昌县、淳安县、歙县到达岩寺镇新四军兵站，又经太平县兵站、小河口兵站、章家渡兵站，到达新四军军部所在地泾县云岭，被分配到中村军教导总队第六队学习军政半年。同年10月，我加入中国共产党，结业后在教导总队部和章家渡总兵站当会计。皖南是我政治生命的诞生地。

囚禁上饶集中营

1941 年 1 月，国民党顽固派制造震惊中外的皖南事变。我军奋战八昼夜，弹尽粮绝。13 日夜，我们少数人从石井坑突围后，又被敌人冲散。

上饶集中营革命烈士纪念馆

14 日，我和教导总队汤定波、总务科曹伯建被国民党一〇八师抓捕，后从汀潭押解到深渡镇，乘船到金华，再乘火车到上饶八都。3 月初，我们从八都被押到上饶周田村集中营三中队。

5 月初，三中队成立了党支部，李胜为支部书记，我是支部成员。支委把原来知道的、现在表现好的党员吸收进支部。为了保密，支委单线领导，在支部领导下加强对敌特斗争。在斗争中有部分同志遭受毒打。集中营 6 个中队中被送进茅家岭的有 25 人，其中三中队有 10 人。国民党第三战区的特务头子张超说："这是个顽固队。"1942 年 5 月 25 日，茅家岭暴动成功。6 月，集中营从江西转移福建时，三中队改称为六中队，途经崇安赤石镇过河时，又暴动成功。两次暴动出来的人员，被福建省委沈崇文武工队接应到的有 46 人。大家认为，三中队能战胜困难，取得胜利，主要是有党支部正确、坚强的领导，每个党员有与群众团结一致对敌斗争的决心。

被关进茅家岭的人，在集中营都有过不同程度的斗争，受过不同程度的毒打，有的被打至伤残。如吴必成同志（吴华光，晋江人）从菲律宾华侨抗日支队回国参加抗日。有一天，特务队长集合队伍站队，吴不立正，特务队长打他一拳说："你为什么不听口令？""我是回祖国抗日的，不听你这一套。你们不让抗日，我要回去！"特务指导员叫吴到办公室说："同意你回去，你签个字。"吴一看是一张悔过自新书，便说："我抗日无罪，你们不抗日，要悔过自新的是你们！"吴必成因此被毒打，躺在地上不能起来。我们把他扶起来，他也站不住。吴必成后来被关进茅家岭。白宁同志有一朋友寄 20 元钱来，特务逼迫他交代："是共产党哪个组织寄来的。"白宁说："我不是共产党员，哪有什么共产党组织，钱是朋友寄来的。""你顽固！"结果钱被特务侵吞，白宁被毒打后关进茅家岭。

江泽民题写“上饶集中营”

叛徒章志祥，江西人，被捕后在途中就叛变，到上饶八都他当了班长。10 月的一天，他开全班会，特务区队长在场。章志祥从口袋里拿出一张纸条给我说：“你按上面写的领着大家喊。”我看纸条上写的是“我们要悔过自新，要信仰三民主义，蒋总裁万岁”，就把纸条撕碎。“你大胆，反对委员长！”这时特务区队长脑袋一晃，我即被叛徒毒打，后押解关进茅家岭。

茅家岭监狱

茅家岭监狱距离上饶县城南10来里路，在离茅家岭村2华里的一个独立的“葛仙庙”里。这庙有3个门，堵死2个，留个东侧门进出，门外有荷枪实弹的警卫监视。庙内大小八间屋：负责监管我们的管理员王锡恩（绰号“王八”）一间，他是第三战区军统特务总头子、集中营总刽子手张超的亲信；第三战区顾祝同的特务团一个排担任警戒的排长一间；卫兵二间；优待室一间（关押国民党内部嫌疑分子，他们在庙内可以自由活动，但不能出庙门）；我军2名女“犯”一间；还有两间，地方捕来的同志关一间，我军一间。这两间牢房门口有卫兵监视。庙内有一个铁丝笼，这是特务为了折磨我们专门制造的刑具笼，用有刺的铁丝编织成，笼内只能容一个人挺直站立。许多人被毒打后关进铁笼，支持不住，被刺得血迹斑斑。

我们在茅家岭，过着半饥饿生活，受尽多种折磨。每天吃两餐，每餐只能分到一小平碗饭，没有菜，只有漂浮着几片菜叶的无油菜汤。25人关在一个牢房里，晚上只能侧身睡。牢房

下半段是红条石，上半段是粗木栅。牢房东边紧靠天井，冬天寒风雪花向里吹飘，下雨时雨水向里打，太阳向里晒，又没有蚊帐，蚊子、跳蚤、臭虫、虱子都来吸我们的血。为了抗议“王八”克扣我们的粮食和伙食费，我们进行了绝食斗争，要求吃饱饭，不干涉我们唱歌。经过 2 天斗争，“王八”同意不干涉我们唱歌。但吃饱饭的斗争没有取得胜利，只是饭稍增加了一些，汤改为蔬菜。

国民党特务对我们这些所谓“顽固分子”采取高压手段，隔一段时间就把我们拉出去毒打，逼迫我们“悔过自新”。1941 年我关进茅家岭至 1942 年 5 月 25 日暴动，在这 7 个月中，被拉出去毒打的现能记得姓名的有李维贤、吴越、吴华光、汪镇华、陈子谷、杨才、宿文浩、孙锡禄、舒绍基、关太平等，其中有的被毒打两三次。

1942 年 3 月初的一天，“王八”叫四班带枪到后山集合，又叫卫兵开大牢房的门，喊：“宿文浩、汪镇华、孙锡禄、舒绍基出来!”在全牢房人的怒目注视下，4 位同志被带到后山毒打。他们被抬回牢房时，个个脸色枯黄，眼睛闭着，只能发出微弱的呻吟，不能动弹。大家服侍伤者躺下，小心地把他们外裤脱下，只见每个人的大腿上全是一片青紫。有的同志把口杯剩下的水送到伤者口边。不久，卫兵从牢门递进来一碗酒和一叠黄表纸，这是女牢房的同志送来给伤者治伤的。徐师良、李胜、杨才和我分头给伤者敷酒纸治伤。酒浸过的黄表纸贴在伤处，很快就被鲜血染成殷红，即取下换上新的，整个房间充满了酒气和血腥味。这时，有几个同志以低沉的声音唱起歌来："铁蹄踩不碎我们的心，海水洗不清我们的怨恨，按住遍体鳞伤，挺起铁的胸膛……"国民党特务用软的诱降和高压严刑毒打没有制服我们，这说明敌特对铁的新四军毫无办法。

茅家岭监狱旧址

这以后，我们多数人认为，与其白白等死，不如暴动而死。多数人同意暴动并推选在新四军职务高的、在牢房大家认为表现好的又有水平的王传馥、李胜、吴越、陈子谷、宿文浩作为领头人。他们研究决定成立暴动委员会，由王传馥负责选择时机，李胜负责总指挥。我们研究了各种情况，认为牢房东南角有个小便桶，在那里是与优待人员来往的好机会，他们不仅在庙内可以自由，还可以在庙内接见外来亲朋。我们主动与他们打招呼，不久他们也主动与我们打招呼，彼此建立了感情。这样，我们了解到外面情况，如三战区司、政、后、特务团、情报专员室（军统特务机关）在上饶县城，以及这些单位的驻地、路程，尤其是他们的方向都在茅家岭的北方，这对我们选择暴动出去后的方向有利。我军五团的排长吴某某，上饶本地人，在"皖变"中被捕，途中脱险回到家里，3 月初被抓，关进茅家岭。五团特派员李胜认识他，向他了解情况，吴某某说优待人员提供的情况是对的。我们还对新换来的这个排加强工作，联络感情，在闲聊中了解到他们多数是抓丁来的，不愿当兵，想回家，其中有 8 人家有妻子儿女，我们有时唱："丈夫去当兵，老婆叫一声，毛儿的爹你等等我……"时间一长有了感情，多数卫兵松懈警戒，如我们出庙门去天井洗衣服时牢门都没有锁上。

暴动成功

有一天，我们从优待人员和卫兵口中获知浙赣路事变，金华沦陷，第三战区及集中营要转移到福建。大家认为这对我们不利，特务们很可能在途中把我们"送走"。

5 月 25 日这天，牢房里跟往常一样，但牢房外出现了异常情况。我们观察员报告：排长带几个班长出去，据卫兵说是去连部开会。"王八"管理员带 10 个卫兵押送从玉山抓来的 8 人去周田集中营，并到集中营各个中队收"犯人"的伙食费未回，其余的卫兵按常规，晚饭后各人自由到村里去玩，我们只看到一个带班的副班长。王传馥向牢房门口卫兵提出有事要禀报管理员，卫兵就放他出去。他到"王八"室喊"报告"，没回声，再一看，"王八"不在。王传馥回来边走边观察，只见第二卫兵室有 2 个卫兵躺在床上，加上 2 个值勤的卫兵和带班副班长，只有 5 个敌兵。王传馥与李胜碰头，决定了马上行动。李胜按原计划叫杨才出去，杨才走到天井东头打水洗衣（协助李维贤夺枪）。李维贤到东门外大便，回来夺门口卫兵的枪，但卫兵走来走去，没有靠近门边，李维贤无从下手，回牢房向李胜汇报。李胜果断命令李维贤再次出去，执行第二个方案，关上大门。李维贤手压肚子，叫喊肚痛，说要拉肚子，卫兵同意他出去。他经过杨才身边，杨才注意李维贤的行动。李维贤快步走到门口，但仍无机会夺枪，他一个猛动作，砰的一声关上大门，插上横闩。这砰的一声是战斗信号。牢房门口卫兵只是叫："你们做什么?"他话音未落，我们已冲出去了，李胜抱住门口卫兵，陈子谷夺卫兵的枪，其他同志按原分配计划，分头冲进两个卫兵室、"王八"室、排长室夺枪，几个卫兵低头求饶命，我们把他们关进牢房锁上门。因东侧门有持枪的卫兵，我们砸开西侧门冲出去，李胜、王传馥跟在大家后面。东侧门卫兵用火力压我们，王传馥中弹负重伤，但他沉着利用地形向敌人投手榴弹，敌人被炸死。李胜扶着王传馥走了一段，由于王传馥伤势重不能走，王传馥便说："老李，你快走，不要管我。"李胜

《茅家岭下英雄血》封面

只好忍痛把王传馥背到隐蔽处藏身。后来听说王传馥被敌人搜查到，活埋在茅家岭。我们冲出来不久，天就黑了，什么也看不见，方向也不明，只在水田之间走，人边走边少，26 日连我只有 3 个在一起，28 日又碰到 4 人。中华人民共和国成立后，我才知道，参加暴动的 26 人中，有 2 人壮烈牺牲、24 人成功越狱。

我们一起暴动出来的几位同志历尽艰险，在闽赣边界找到了福建省委，继续坚持对敌斗争。在福建省委的领导下，后来我又从闽北转战闽中，并终于迎来了福建的解放。

1991 年，祝增华（右一）再上德化坂里，探望曾一起经历过斗争岁月的群众，重叙旧情

记忆中的父亲

李梅　李健　李越

李天瑞

（1924.10—1990.3）

山西省高平市人。1938年参加革命。1941年11月加入中国共产党。抗战期间，先后任山西长治“牺盟会”中心区武工队队员、壶关县“牺盟会”协助员。解放战争时期，历任中共山西省高平县区委委员、高平县委宣传部副部长。1949年3月随军南下，入闽后，1949年9月任宁德县委宣传部部长、县委书记。1955年5月调任福安地委海防部副部长、部长，地委委员。1957年5月调任福鼎县委书记。1964年9月任福安地委宣传部部长、地委常委。1966年7月任福建省委“学毛著”办公室副主任。1970年2月任闽东水电站工程总指挥。1971年7月后历任屏南县委副书记、县革委会副主任，屏南县委书记、县革委会主任，宁德地委常委、地委副书记兼任宁德县委书记，宁德地委副书记、地区革委会副主任，宁德地区行政公署副专员、专员，宁德地委书记等职。1983年5月任省人大常委会委员。

编辑絮语

父亲是儿女的榜样。

父亲的高贵品格：忠诚、担当、勤奋、清廉……是留给儿女最宝贵的财富！

李天瑞就是这样一位父亲。儿女对他的记忆是他始终如一践行“党指向那里就奔向那里”的信念。他留给我们宝贵的精神财富；就是他对党和人民的无限忠诚，他严于律己，廉洁为官、一心为民的公仆情怀，他坚韧朴素、吃苦耐劳的生活作风和他清白做人、干净做事的高尚品格！

我们的父亲李天瑞离世 30 多年了，而他出事时的情景依然历历在目。

1990 年 3 月 17 日，一个灰暗的凌晨，天似乎在瞬间坍塌下来。66 岁的父亲突然离我们而去了，他是以福建省七届人大代表的身份在外出视察期间，不幸在福鼎因过度劳累突发肺心病遽然去世（享受因公殉职）。

突如其来的打击，使我们的世界一瞬间变成了空白。父亲走得那么突然，走得那么急！走得太早了！一句话都没有留下，留给我们的只有绵绵不绝的哀思和永难忘怀的追忆。

父亲的一生是无私的一生、廉洁的一生，是一步一个脚印为闽东的建设默默奉献的一生。他始终如一践行“党指向那里，就奔向那里”“党叫干啥，就干啥”的信念。他留给我们宝贵的精神财富，就是他对党和人民的无限忠诚，他严于律己、廉洁为官、一心为民的公仆情怀，他坚韧朴素、吃苦耐劳的生活作风和他清白做人、干净做事的高尚品格！

父亲出生于山西高平市西关村一个普通农民家庭。在小学读书时，他就接受了革命思想的熏陶。在中华民族面临生死存亡的关键时刻，未满15周岁的他就毅然跟随山西长治牺盟会中心区武工队奔赴太行山，投身于抗日救亡斗争，为民族独立进行过艰苦卓绝的斗争。抗战胜利后，1946年春他调回高平县工作，历任高平县第四区公所区助理员、区委组织委员、县委组织部组织干事、县委宣传部副部长等职。1949年3月，他随军南下来到福建闽东，开始了新政权的创建和经济建设工作。

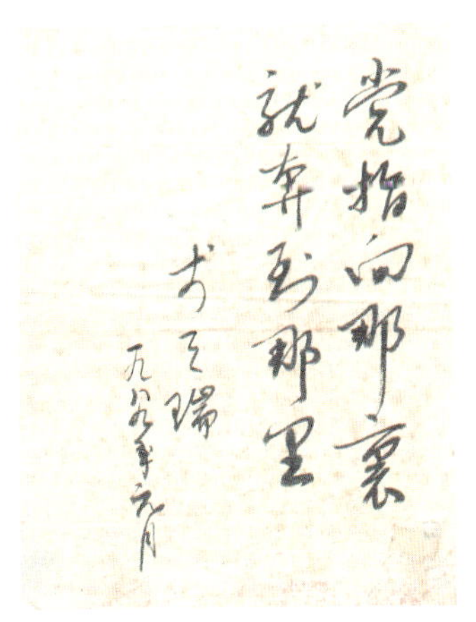

李天瑞手书“党指向那里，就奔向那里”

父亲大半生致力于闽东的建设事业。他历任宁德、福鼎、屏南县委书记，地委海防部部长、宣传部部长、行署专员，地委书记等职。他辛劳的足迹踏遍了闽东的山山水水。父亲经常说：“什么叫革命？为人民服务就是要全心全意、尽心竭力地为人民办实事，为群众排忧解难，要对人民负责，造福一方人民。”

从我们懂事起，父亲在我们眼里的印象总是忙的。节假日、晚上很少看到他，连一年一度的除夕夜，他也是和机关留驻的干部一起团聚过年。平时饭桌上见个面，父亲也是捧着碗，边吃饭边看文件，几天不与子女们交谈一两句话是司空见惯的事。听母亲说，每逢县里开扩干会，父亲为赶总结报告总是通宵熬夜。过去没有电灯，12 点后就点着蜡烛干。他的报告、讲话都是经过自己深思熟虑、下苦功准备的。正如他自己所说："做工作要吃透两头：一是上头精神，二是深入实际，不下去头脑就空荡荡的，讲话办事就讲不到点子上。"正因为如此，许多同志都很愿意听他的讲话和报告。由于父亲一贯刻苦学习，善于调查研究，闽东不少与他共事过的同志对父亲的为人处事、工作态度、工作能力和工作作风都十分钦佩，留有很深的印象，并给予很高的评价。即使在"打倒走资派"口号声震耳欲聋的年代，当同志们看到"走资派"李天瑞在烈日下汗流满面地被监督劳动时，也无不为之动容。有的甚至冒着被造反派指责为"界限不清"的风险，主动送开水给他喝。有的暗里送烟送饭。可见他与同志们感情之深厚！

父亲经常教育我们要有组织观念，他的信条是党员要服从组织，要有顾全大局的党性原则。1970 年 2 月，他和大批老干部一样在遭受磨难之后重新恢复工作。他本可以回到省委工作，我们也都希望他能好好休整一下，把身体养好，回到省城工作。然而父亲不计较个人名利地位，二话没说，接受福安地区革委会挽留，并立下誓言一定要为闽东人民办好这件事。在家只休整了几天，就风尘仆仆赶到闽东水电站任总指挥。

当时电站条件十分简陋、艰苦，工程正处于最紧张的施工阶段。父亲不畏困难，与5000名民工同甘共苦，经常顾不上吃饭，饿了啃块馒头，困了披着棉袄打个盹，日夜奋战，提前在春汛前拿下大坝合龙任务。那年春节，父亲已是第四个年头不在家里吃团圆饭了。

1972年7月电站建成后，父亲调到闽东海拔800多米高的贫困县屏南（俗称“又贫又难”）工作。母亲担心那里山高水冷，对老慢支病不利，父亲却说：“到沿海地区条件较好可以不去，到山区工作却应该服从。”就这样，我们举家迁往山区。

屏南县城今貌

在屏南工作的那几年，由于气候环境关系，父亲的老慢支病愈发严重，尤其每到秋冬季节，哮喘经常发作，夜间不能平卧，但是为了改变人们所讲的屏南“又贫又难”的落后局面，他不顾病魔缠身，喘了就靠喝几杯热开水、吃些止喘止咳药顶一下。后来口服药也不灵，就用肾上腺素喷雾剂，副作用大，他仍然不上医院，不请医生，顽强坚持带病工作，导致由慢支发展到哮喘肺气肿心脏病。

父亲不徇私情、廉洁奉公、不谋私利、两袖清风的品质也是有口皆碑的。在父亲任宁德地委书记时，我表姐因父母双亡从山西老家千里迢迢来到福建投靠她唯一的长辈——我的父亲。她总认为舅舅在闽东当“大官”，找一份工作应该不是难

事。再说父亲一生革命在外，奶奶是靠表姐的母亲养老送终的，父亲心中一直存有感激之情，按理给表姐找一份工作也是人之常情。可是父亲认为她非城镇户口不符合招工条件，尽管情况特殊，也不能搞特殊，最终还是硬着心肠动员她回老家。

屏南县是地区主要林区之一，我们在那里住的 5 年多，父亲从没有为自己、为母亲家的亲戚批过一分木材。沿海县一些单位生产急需的用材，只要不违背政策，父亲都积极热情帮助解决。如福鼎塑料厂生产出口压模箱，需要小条料，父亲了解到木材加工厂有大量边角料可以利用，就帮助解决了这个厂辅助原料问题。后该厂采购员带来一个箱子，表示感谢，父亲坚决不收，付款也不肯要。

父亲长期在地县领导岗位上工作，与闽东的干部、群众结下了深厚的情谊。他在位时常说："大家都是为革命工作才走在一起的，对谁都不得训斥。"他要求母亲和子女们要做到平等待人，不得盛气凌人。父亲对基层干部十分爱护，1978 年下乡到福鼎，知道华东劳模原流美大队生产队长唐弟古年老体弱、儿子又患精神病，生活困难，父亲就与当地政府商量，安排他到烈士陵园做看管工作。这次父亲到福鼎，再次看望了他老人家（已 80 岁）。1983 年父亲调省人大后，他多次与其他同志一起积极向省人代会提出议案和建议，要求落实 20 世纪 50 年代原半脱产基层村干部晚年生活补助问题，引起省有关部门重视，得到部分妥善解决。

父亲一生孜孜不倦，持之以恒坚持刻苦学习。在福鼎工作

8 年间，他抄录积累了 10 个本子的中央政策条文和个人报告。“文革”中，他还给我们抄写了 3 本毛主席诗词注释。即使离开了主要领导岗位，他也从未放松学习。1989 年纪念中华人民共和国成立 40 周年时，他把中央领导同志的重要讲话端端正正地摘录在笔记本上。他认真读完《只有社会主义才能救中国》这篇文章后，一再要求我们子女们都要好好地看一看。在生活上父亲始终保持艰苦朴素的作风，他吃的是粗饭淡菜，身上穿的常是 20 世纪 50 年代缝制的衣服。

父亲自始至终严格遵守党内生活准则，处处以自己的行动引导我们。记得 1972 年 7 月母亲患病到福州住院检查，初步断定是肿瘤时，父亲赶到福州探望。这趟用车，他坚持要付款，甚至要机关出纳拿出收据给他。1990 年 3 月，他受邀参加福安县改市庆典活动，由于他是老书记，地委几次打电话说要派部小车来接，可是父亲却说：“我现在已不在位，地委接待任务重，专门派一部车跟着我，影响不好。地委来车，我也不坐。”当时我们都不以为然地笑他说：“你没乌纱帽，怕什么影响?”父亲瞪了我们一眼。这一“眼”饱含着父亲的思想境界，也给我们留下终生难忘的记忆。

父亲留给我们的精神财富是十分富有的。每当追忆父亲生前的点点滴滴，我们就为再也不能聆听他的教诲而感到痛心不已。他在本子上写下了：“敌人面前不屈服，困难面前不低头，权利面前不伸手，学习面前不止步。”

闽东是父亲工作时间最长、竭力为之奋斗的土地，调任省里后，他仍然关心着那里的建设，希望闽东早日富强。我们理解父亲的心情，他与那里的土地和人民结下了深情厚谊。

李天瑞（右）、蔡良承在宁德市三都港检查工作

我们万万没想到闽东是父亲走完人生旅途的归宿。就在这次父亲受邀参加福安县改市庆典活动后到福鼎视察。在福鼎四天时间里，不顾自己病魔在身马不停蹄地走了六个乡镇，满怀喜悦地看了福鼎方方面面变化，终因劳累过度，不幸肺心病突发逝世，把自己最后的一腔热血洒在他深深挚爱的土地上。父亲在 50 多年革命生涯中，为党和人民的事业鞠躬尽瘁，奋斗到最后一息，贡献出自己的毕生精力，受到闽东人民肯定和爱戴。

父亲逝世后，3 月 20 日在福鼎县举行遗体告别，3 月 27 日在福州文林山举行隆重追悼大会。时任宁德地委书记习近平专门发来唁电并专程参加追悼大会（送花圈题为“鞠躬尽瘁”）。

父亲是党的好干部、好领导，一身正气，为党和人民奋斗一生。他也是一个可亲、可爱、可敬的好父亲，是我们的骄傲，我们永远怀念他。

黄河依然在他心中咆哮

常　远

常建业

（1924. 3—2019）

出生于山西省武乡县故城镇信义村。1936年秋参加抗日牺牲同盟会。1937年冬参加抗日决死队。曾任抗日儿童团团长。1938年10月参加八路军晋东南战地青年服务团，同年12月加入中国共产党。1939年后，历任武乡县青年救国会宣传部部长，武西县青救会主席，武东县区联救会主席，八路军一二九师三八六旅七七二团连指导员，河南省洛宁县区长，济源县区委书记、县委宣传部部长。1949年随军南下入闽，先后任霞浦县委宣传部部长，福安地委宣传部干部教育科科长、副部长。1955年后，历任福建农学院党总支副书记兼人事处处长，党委常委兼组织部部长。1960年任农学院党委副书记。1969年任莆田地区革委会党的核心组成员、革委会常委、副主任。1977年后，先后任福建农学院党委副书记、副院长、党委书记。1983年任省农科院书记。1985年5月离休。

编辑絮语

《黄河依然在他心中咆哮》这篇文章，是常建业同志的儿子常远，于2018年10月1日上午，在医院病房、父亲的身边写下的。

当时，他看到了父亲，一个抗战老兵刻骨铭心的家国情怀，听到了伏枥老骥内心的嘶鸣，他被强烈地感动了。

常建业同志少年时代投身抗日救亡距今已有80余年，并且为革命事业奋斗了一辈子。虽然他躺在病床生命仅存一息，但听到英雄的战歌，依然情绪激动。他热爱祖国，没有忘记祖国苦难的过去，他对祖国的未来寄予太多的期盼。这是多么坚定的信仰和理想，这又是何等的胸怀和情怀！

7个月后，常建业同志去世。

2019年6月8日，当常远再次听到《黄河大合唱》时，他不仅听到奔腾的黄河在父亲的心中咆哮，而且听到黄河在我们整个民族的心里咆哮，巨大的声浪响彻天宇。

这一天，10 月 1 日，国庆节。

上午，父亲输完液，静静地躺在病床上。

我走到床边，父亲看了看我，没有说话，似乎在想什么。

我弯下腰，贴着他的耳朵说："今天是国庆节，祝您节日快乐！"他轻轻地点了点头，很快又进入了沉思。

我坐下来，深情地端详着他。看他深沉的表情，看他微微起伏的胸膛，看着他脸上渐渐泛起的淡淡的红色……就这样，静静地，静静地过了一阵子，我听见了自己的呼吸声，听见了父亲的呼吸声。忽然我感到了他内心的激荡。

我拿出手机，点出吕其明的交响乐《红旗颂》，放在他枕边播放。随着音乐的旋律，他的眼角湿润了。音乐进入高潮时，他的双眼已经噙满了泪水。乐曲播放完了，他翕动着嘴唇吃力地说："好……好！"

等了一会儿，父亲的情绪稍微平复了，但他没有说话。

我又从网上搜出歌曲《我的祖国》，放给他听。

"一条大河波浪宽，风吹稻花香两岸……"歌声响起，父亲开口说："郭兰英唱的。"

听着，听着，父亲老泪纵横。我怕他过于激动，赶紧问他："爸爸，您怎么了？"

他断续地回答我说："我唱得很远。"

"什么'唱得很远'？"我很纳闷。

父亲说："唱到了，风在吼，马在叫，黄河在咆哮……唱到了，张老三，我问你，你的家乡在哪里……"

原来，父亲的内心回到了那个战火纷飞的年代。他在心里唱《黄河大合唱》。他说，他想到了国家危亡，想到了家乡，想到了太行山。听了他的话，我想起了小时候，父亲和我一起唱《在太行山上》那首歌。

太行山

我对他说，冼星海的歌《在太行山上》也很好。父亲说，在太行山打日本鬼子时，这首歌很鼓舞人。我又搜出了《在太行山上》，放给他听。

父亲哭了，激动地哭了。只有亲历者，才会有这种强烈的激动，强烈的激动让他哭出了声。

父亲的情绪震撼了我，让我心潮澎湃。父亲 12 岁参加抗日救亡运动，80 多年过去了，烽火年代的家国情怀，同仇敌忾，还有巍巍太行山，都深深地镌刻在了父亲的心里。

接着，我又给他放了《黄河大合唱》中的“风在吼，马在叫，黄河在咆哮……”父亲的手指，在雪白的被子上打着节拍，目光变得坚毅和深邃。

听完歌曲，父亲轻轻地念了杜甫的一句诗：“此曲只应天上有，人间能得几回闻。”此时此刻，在他的心里，最好听的歌曲是英雄的战歌。

我没有见过父亲哭，也没有见过他这样激动。

是因为他老了吗？不是的。是因为他没有忘记祖国的过去，是因为他对祖国的未来有太多的期盼。

一段时间，社会上崇拜大款，崇拜大官，冷落英雄。这不仅伤人心，而且严重地损伤了民族精神。

我的父亲不是英雄，是个普通人。但是，他从英雄辈出的时代走来，带了很多英雄的信息和情结。我从小就受到熏陶和感染，因此我知道，一个民族必须崇拜自己的英雄，才能自强自立。如果没有英雄情结，让英雄流血又流泪，表面看是站着的，但民族心理却是跪着的。跪着的民族是不可能振兴，不可能自立于世界民族之林。

昨天是国家烈士纪念日。我想起了人民英雄纪念碑上的几句碑文：

三年以来，在人民解放战争和人民革命中牺牲的人民英雄永垂不朽！

三十年以来，在人民解放战争和人民革命中牺牲的人民英雄们永垂不朽！

由此上溯到一千八百四十年，从那时起，为了反对内外敌人，争取民族独立和人民自由幸福，在历次斗争中牺牲的人民英雄们永垂不朽！

我崇拜我们民族的烈士！崇拜我们民族的英雄！

父亲静静地躺在病床上，没有说话。他是老了，他是病了。但我知道，虽然过去了几十年，奔腾的黄河依然在他的胸中咆哮。

多年后，央视一台播放经典咏流传——《回到延安，共唱经典》节目。听着《黄河大合唱》，我想起了父亲。我大哭，失声痛哭。我相信父亲在天之灵，能看到这台节目，能听到《黄河大合唱》，因为此时奔腾的黄河，在我们整个民族的心里咆哮，那巨大的声浪响彻天宇！

黄河壶口瀑布

人在天庭走　胸生万里云

史　丹

万里云

（1916.3—2011）

壮族，出生于广西壮族自治区融水县，早年受爱国进步思想的影响，抗日战争爆发后即加入共产党领导的抗日救亡群众团体，在徐州、武汉一带从事文化宣传活动。1939年3月参加新四军四支队。1939年5月进抗大总校学习。1940年6月加入中国共产党。1940年秋抗大毕业后，先后任一一五师教导五旅政治部宣传部宣传干事兼《前锋报》编辑、主编，山东军区政治部战士报社编辑，八路军滨海军区政治部民兵报社社长兼总编。1946年调任新四军军部、华东军区政治部军政报社社长兼教育科科长，苏北兵团政治部宣传部教育科科长。1949年随军入福建后，历任福建军区第十兵团政治部宣传部教育科科长、副部长，福建军区教导大队政委，福州军区政治部理论训练班主任，福州军区政治部宣传部副部长。1959年转业，历任福建省委《红与专》杂志编辑部副主编、《福建日报》副总编。1977年8月起任省文化局局长兼党组书记，省文联主席、党组书记。曾任中国文联第四、五届委员，中国作家协会会员。后任省政协常委。1985年离休。

编辑絮语

“刚直谦和最合群，吟诗处事我钦君。耄期将至鹤翔去，遥望南天万里云。”——这是福州“九九诗社”一位诗友对万里云的悼念。

万里云虽不是福建人，但留给福建民众的记忆是恒久的。正可谓“万里归蓬万里云，关山过处忆犹新”。

万里云的一生是流动的。诚如他自己说的那样，“从南到北，又从北到南，仿佛高天流云，漂游万里”。正因为“漂游万里”，所以他的人生才显得更加精彩。

一位哲人对这种“漂游”的生活很赞赏。他说：“生活流动时，思想也随之流动；生活静止时，思想仍在流动。”

人在天庭走，胸中万里云。万里云天，辽阔无垠，远望苍穹，看似一道肖然不动的静美风景，实则一幅永远行走的壮丽画卷！

万里云的人生，何曾不是这样?!

数十年前，从报刊上陆续读到署名“万里云”的文章。且不说文章内容的厚重，笔力的雄健，单这作者的名字，就给人许多意外的联想——“万里长空云一朵”“万里云山路渺茫”“人在天庭走，胸生万里云”……啊，万里云，何等的气魄！

那时年轻，几个文友常在一起聚谈，一说起省城的文坛，便有人怀着崇敬之情提到“万里云”，朋友赞美说：“拥有这个名字的人必定别有一派恣肆纵横的豪放之气！”

后来，到了省城工作，在开会中遇见了万里云真人，果然，气度不凡！那时，他已是福建省文化厅厅长兼省文联主席。同事告诉我，此人是新四军老干部，不仅资格老，且文笔了得，经常发表诗歌、散文、杂文作品，写得很有气派。他顺口咏颂一首《满庭芳》词：“旭日陡升，新宇而起，巨人昂首屹立。万众欢腾，百魔齐惊惧，神州春风万里，主席功高北斗低，贺声里，莽莽寰瀛，耸立擎天柱……”问我：“这是万里云厅长在中华人民共和国成立之初写的一首词，不错吧？”我回答：“其韵铿锵，其意激昂，当属豪放派无疑！”

之后，因工作关系，我与宋祝平先生一起去文化厅拜访万里云厅长，只见两位老友开怀畅谈，无拘无束，品茗论诗，十分开心。

谈话中，我了解到“万里云”这个笔名的来历。

他原名韦庆煌，广西融水壮族人。受书香门第的熏陶，自幼就喜好吟诗、填词、联对。青年时期就读于广西罗城师范学校。1934 年因发表揭露地方官吏腐败的言论，被国民党桂林当局下令追捕，不得不离开家乡，流亡到外地当小学教师。

1937 年抗日战争全面爆发后，他激愤于胸，参加了中国共产党领导的抗日救亡团体，在徐州、武汉一带从事抗日文化宣传活动。1939 年 3 月，毅然投笔从戎，参加新四军第四支队。5 月间，被选派到抗日军政大学总校学习。在校期间加入中国共产党。同年秋，从抗大毕业后，被分配到八路军一一五师，任一一五师教导五旅政治部宣传科宣传干事兼《前锋报》编辑、主编。

在抗战的硝烟中，他拿起手中的笔，用诗歌、散文、通讯、杂文等多种文学形式，记录下战地见闻、所思所感。他说：“我走上革命道路之后，随军从南到北，又从北到南，仿佛高天流云，漂游万里，所以就起了‘万里云’这个笔名。”

随着“万里云”饮誉军中文坛，“韦庆煌”的原名倒为人们渐渐淡忘了。

“解放前我在军报中当记者、编辑、社长、总编，解放后又办党刊、党报、算起来，前后办了七八种报刊呢！”万里云风趣地说，“他们都叫我‘老报棍子’！”

1958 年，万里云转业到地方工作，先后担任福建省委理论刊物《红与专》副主编、后又调任《福建日报》副总编。这期间，万里云的文学创作进入一个新高潮，《榕树杂谈》《难中有易，易中有难》《似是而非和似非而是》《也谈“冷饭重炒”》等杂文名篇频频见诸报端，累计达数十万字。

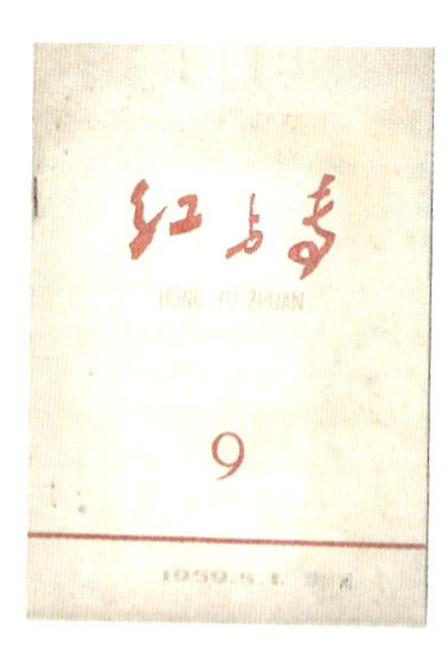

《红与专》杂志封面

1965 年，当姚文元的《评新编历史剧

〈海瑞罢官〉》发表时，他写了一篇题为《无理的批判——清官不能批》的文章送到《福建日报》编辑部。在当时，这是引火烧身之作！幸得一位不肯透露姓名的好心编辑扣下原稿，并悄悄打电话告诉他："批姚文章已销毁，请注意追查。"他这才销毁了底稿，后来果然有人来抄他的家。

"文革"中，他过去写的观点独到、笔锋犀利的杂文，均被当作"毒草"批判，报社的"造反派"给他扣上"三反分子""反动文人"的帽子，勒令他"停职反省"。

万里云回忆道："从'文革'开始到打倒'四人帮'，整整11年，我没有工作，不是被成天批斗，就是被关押审查。但我从未停笔，偷偷地写。'牛棚'里关的不是牛，而是鸡，鸡会下蛋，我有十来篇论文、杂文，就是在'牛棚'里写出来的，是我下的'金蛋蛋'啊!"说着，他便哈哈大笑。

"十年浩劫"中，万里云的家庭也与当年无数个家庭一样，颠沛流离于政治风雨中。一家四口，万里云被遣送到麻沙，爱人江华被关押在北峰，18岁的大女儿江林到泰宁农村劳动，连16岁不到的小女儿江虹也去了建阳"下乡锻炼"。四口人竟离散在四处！直至1972年初，万里云才得以返回福州。第二年春节来临时，一家四口劫后重圆，原本冷冷清清的小客厅里又飘出了久违的欢笑声。

粉碎"四人帮"后，万里云获得了新生，出任福建省文化局局长，并当选为省文联主席和全国文联第五届委员。福建文艺界在"文革"中被摧残得一片荒凉，冤案很多，省直文艺干部80%被下放。万里云上任后，遵循中共十一届三中全会的精神，坚决平反冤假错案，仅省直系统就纠正了360多件错案，被下放的文艺干部调回原单位，重建了创作队伍。同时，他还狠抓了剧本创作。其中，话剧《初春》《泪血樱花》，莆仙戏《状元与乞丐》《新亭泪》《凤冠梦》和闽剧《魂断燕山》等获得了文化部颁发的优秀剧目创作奖。福建的剧目创作喜获丰收。

1979年福建省话剧团《泪血樱花》节目单

1981年莆仙戏《状元与乞丐》剧照

1979年他加入中国作家协会。这个时期，他的创作出现了第二个“黄金期”，他陆续写出长篇纪实文学《滨海八年》、散文《河西走廊万里行》、政论名篇《古代廉政肃贪谭》等。作品曾获福建省首届诗歌奖、福建省首届杂文学会杂文奖。他为军报、党刊、党报的发展，为福建省的文化建设，倾注了毕生的心血。2005年他荣获中国作家协会颁发给参加抗日战争作家的“纪念抗日战争胜利60周年纪念牌”。

1984年，他因患癌症离开了领导岗位，在家休养。但他离职不离笔，依然笔耕不辍。他感觉可写的东西太多了，尤其是他还有一桩久久未了的心愿。他说，当年追随革命，转战南北，跑了大半个中国，但无暇亦无心观景揽胜。祖国处处有大好河山，还没有看够，还要好好再看看。于是，只要健康状况允许，他便出去走走，以旅游为保健，也为了却自己的一桩心愿。因此，十多年间，除内蒙古、西藏、台湾之外，他的足迹踏遍祖国各地。每到一处，他便收集史料，研究民风，探访古迹……古稀高龄的他又饱蘸激情地写下了数十篇长篇游记和《中华五十六个民族史话》等众多作品。

关于艺术规律的探讨

福建代表团　万里云

（一）

打倒"四人帮，"文艺得解放。近年来，文艺理论战线逐渐活跃起来，发表在全国各地报刊上涉及阐述艺术规律及如何按照艺术规律办事等问题的一些论文，颇引起读者的注意。这确是一个值得认真研究的重大问题。虽然对于这个问题全面的、系统的论述和展开都还没有形成，但提出了问题，重点阐述了某一方面的意见，这都是很有益的。

有的同志认为：艺术规律是形象思维，或说形象思维是艺术构思的特殊规律。

有的同志认为：艺术的特殊规律是必须保证作家的个体劳动和创造性。艺术的规律是通过特殊体现一般，通过个性体现共性。

也有的同志认为：艺术反映生活的真实，反映生活的本来状态，是艺术自身的规律。

又有的同志认为："双百"方针既符合艺术本身的规律，又符合艺术发展规律。

还有些同志说：认识和掌握艺术规律，需要一个过程。随着认识的深化，艺术规律不断被揭示出来。认识艺术规律没有止境。

—1—

万里云《关于艺术规律的探讨》

《天涯海角行：万里云游记》封面

《谈古论今话山川》封面

他一边旅游，一边整理自己的书稿。每天都花七八个小时在书桌前读书，看报，写文章，这成了他晚年最大的乐趣。出版社已为他出了两本书，是他将自己先后在报刊发表的文章与诗词汇集成书——《万里云游记》，另一本《谈今论古话山川》，收录他从抗战到“文革”前后的100首诗词和100多篇杂文。书中是他多年的心血，也体现着他刚正不阿、爱憎分明、清廉正直的风格。

万里云，是战士，是领导，更是一位行吟诗人！

万里云晚年照

深深的爱戴　无尽的思念

赵　明　赵　榕　赵　星　赵　辉

赵　毅

（1922.10—2007.8）

出生于山西省介休县板峪村。1938年8月进抗日政府创办的民族革命学校学习。1939年8月加入中国共产党。后历任介休县青救会组织部部长、主席，青委书记，县农会主席、党组书记。1940年进太岳区委党校学习，任小组长、支委。1944年进太岳区党委整风学校学习，任区委副主任，后历任灵石县工农青妇联合会主席、党组书记，县委常委、宣传部部长，岳北地委办公室组长，沁县县委副书记、书记。1949年随军南下，任长江支队二大队一中队指导员。入闽后，历任建阳县委书记兼县大队政委，建阳地委秘书长、宣传部部长、地委常委、地委副书记。1956年6月后，历任省委副秘书长兼省档案局局长，龙岩地委书记兼军分区政委。1972年2月，调省革委会农业局协助核心组工作，后历任省革委会卫生局核心组副组长、组长，省卫生局局长、党组书记，省农科院党委书记、院长。1982年6月任省科委主任、党组书记。1985年任省顾委委员。1992年12月离休。

编辑絮语

他从三晋大地来到东海之滨，工作的环境变了，初心却不变。

从县委书记到地委副书记，在闽北山区的7年，走遍了山山水水，沟沟坎坎，不知磨破了多少双布鞋，赢得了“老建阳”的荣誉称号。

困难时期，他参与制定“自由一季”的救命政策；“左倾”思潮复萌时，他力排众议，为一个“臭老九”创造科研条件，使他成为全国劳动模范；真理标准讨论时，他肩负重任重返建阳扭转混乱局面，让武夷山下那一片原野再现生机……

他的“一心为民、艰苦奋斗、廉洁奉公、无私奉献”的品格，让老百姓看到了民族复兴的希望。

1949年2月，太行太岳区党委根据党中央指示选调4000余名优秀干部南下。父亲奉命从灵石调到沁县任南下县委书记。出发前，父亲和沁县120余名干部被编入中国人民解放军长江支队二大队一中队，父亲任中队指导员。到达福建后，父亲任建阳县委书记。

当时闽北刚刚解放，仍有不少国民党败兵流落各地，他们与当地反动势力相互勾结，上山为匪，不断袭击县、区政府所在地。加之原国民党的乡、保、甲基层政权尚未改造，群众在敌人的欺骗宣传下对南下干部还不太了解，使新生政权遭受严峻考验。

青年赵毅

南下干部初到福建，水土不服，语言不通，许多同志打摆子，发高烧，疾病缠身。

面对重重困难，父亲和县委一班人带领干群团结奋战，爬山越岭，深入农村，向群众宣传党的方针政策，发动群众搞好粮食生产。在土匪横行的情况下，建阳县于1949年年底至1950年上半年，组织700余名民工、300余条船，在解放军的掩护下，将1200万斤粮食、200万斤柴草运抵福州，供应军需，为福州人民做出了无私的奉献。

1950年春，福建农村遭受严重灾荒。省委、省政府号召农民组织起来，开展生产自救。同年3月，建阳县徐市镇亭头村佃户出身的葛老五积极响应政府号召，率先组织了由19户农民组成的互助组，当年便获得丰收。时任建阳县委书记的父亲，及时把葛老五互助组作为农民解决生产困难、共度灾荒的示范典型，亲自培植并在全县大力宣传推广。

继葛老五互助组之后，全省多地又相继出现一批互助组，参加互助合作的农民普遍增加了收入，极大地激发了全省农民走互助合作道路的积极性。为此，葛老五被评为省劳动模范，他的互助组也成为全省农业生产和劳动互助的榜样。

建阳地区的邵（武）、光（泽）山区山高林多，群众居住分散。有一小股土匪在土匪头子王生子的带领下，利用地形优势，四处流窜，经常出来抢劫，活动十分猖獗。村民们一提到“王生子”就不寒而栗，许多干部也不敢到这一带开展工作。1954年初，时任地委宣传部部长的父亲奉命下来解决这一问题。在邵光区委书记刘怀型的陪同下，父亲挨村挨户地访问，寻找消灭土匪的突破口。其中有一户人家虽然对政府比较信任，但也不无顾虑，他们对父亲说：“土匪我能找到，就怕你们打不过他们，等你们一走，我们也别想再活了。”

父亲安慰他说：“只要你把土匪居住地点告诉我们，就奖励你500元（旧币）。如果土匪消灭了，你的安全就没问题了；万一没消灭，我们也一定负责把你们全家安排到城里工作。”

父亲的承诺使这位村民终于打消了顾虑，他带着父亲和一群解放军战士悄悄来到土匪驻地。在距离土匪住处50多米的地方，解放军战士用冲锋枪连续扫射，一举消灭了这股土匪。证实土匪确实死亡后，当地群众无不欢欣鼓舞，压在他们心上的一块巨石终于搬掉了。

在建阳工作期间，父亲和母亲虽然组建了家庭，有了儿子，但儿子生下后不久就由保姆带回老家喂养。父亲则经常下乡，短则数日，长则数月。母亲在团县委工作也很繁忙。一家三口常常分散在三个地方，难得团聚。以至于母亲回忆说，在建阳那几年基本上没有“家”的感觉。

父亲舍小家，为大家。从 1949 年到 1956 年，从县委书记到地委副书记，父亲在建阳工作了 8 个年头，为解放初期闽北的革命斗争和经济建设倾注了大量的心血。父亲对建阳充满了感情，和父亲共事过的“老建阳”对父亲也充满了敬意。

2015 年 3 月 16 日，在得知我们准备写一篇回忆父亲的文章后，当年建阳县委办公室干事、如今已 87 岁高龄的马腾同志，立即为我们写下他对父亲的总体印象：

“他工作能力强，认真负责，能经常深入农村调查研究，团结县委一班人努力工作。在他的直接领导下，建阳的剿匪反霸、减租减息、农业生产、组织互助组等都完成较好，各项工作在全区都处于先进状态。他善于培养典型，如徐市的葛老五互助组，在全区起示范作用。在建阳率先完成第一批土地改革后，为第二批开展‘土改’的县培训了大批土改工作队，加速了土改的进度。”

“他工作勤奋，以身作则。不论起草大会文件、报告，还是讲话稿，都能亲自动手，不依靠秘书，独立完成。讲话、部署工作都较明确和具体。”

“他平易近人，与人为善，对下属亲切、关怀，善于和周围同志相处，团结共事。”

“他善于学习，调查研究，熟悉业务，从县委书记到地委书记、部门领导，无论什么岗位都干得有声有色。1954 年他在地委工作时，建阳县白洋乡发生大刀会暴动，他在省地委的领导下，深入白洋，不畏艰难险阻，取缔了白洋大刀会反动组织，惩办首恶分子，平息了暴乱，教育了广大群众，使农村秩序得到恢复和稳定。”

1961 年夏秋之交，福建遭受严重的自然灾害，受灾面积达 940 万亩，粮食减产 13.66 亿斤。为了帮助省委研究制定救灾措施，时任省委副秘书长的父亲和许亚、王禹、赵登英等领导和同事一道，深入农村开展调查研究。为鼓励农民抗灾自救，他们大胆提出了自留地和冬种粮食作物一律不计征购的思路，还编成了熟悉好记的顺口溜“一人一分自留地，一家一户一亩地，冬季自由种一季”。这一政策的出台，挽救了全省 500 多万灾民，被群众称颂为“救命政策”。

1978 年初，父亲到福建省农科院主持党政工作，适逢全国科学大会在北京召开，举国上下迎来了科学的春天。父亲抓住机遇，带领全院领导班子雷厉风行地贯彻全国科学大会精神，认真落实知识分子政策，大胆启用“臭老九”，为改善科研人员待遇，创建良好的科研环境和条件不遗余力办实事。

改革开放初期，出国需要政审，使用外汇要经过批准，科研人员走出国门相当不易。父亲思想解放，坚持开放办院，全力支持本院专家拓展国际合作渠道。在父亲的积极推动下，省委先后批准了土肥所专家刘中柱（后任省农科院院长）于 1978 年 10 月赴菲律宾参加国际水稻研究所（IRRI）的学术讨论会以及省农科院与 IRRI 开展科研协作的申请，从此为省农科院打开了国际交流合作的大门。IRRI 和美国国际肥料发展中心以及美国佛蒙特大学等先后派专家来访，省农科院也多次派专家出国考察、参加国际学术会议或出国进修深造。

1980年，根据农业部安排，杨聚宝等4人有机会赴国外进修。但杨聚宝因档案中记载的某些信息，使其政审遇到困难。父亲爱才惜才心切，顶着当时“左倾”思潮压力，派出2位同志专程到厦门等地查阅早年档案，证明不存在这段历史后，父亲主持党委会，集体讨论否定了杨聚宝档案中的不实记录，并上报省委组织部审批。父亲对人、对事高度负责的态度，使杨聚宝得以顺利出国，获得博士学位，回国后参加了国家“863计划”。后来杨聚宝在水稻育种方面取得重大成果，获得全国科学奖励大会奖项，先后被评为福建省和全国劳模。

享年108岁的张天福老先生是我国十大茶叶专家之一，被茶业界普遍称为“茶学界泰斗”。身怀制茶与评茶绝艺的张天福1957年被错划为“右派”，1980年才被落实政策。提起父亲，张天福老先生有两件事没齿难忘。

茶界泰斗张天福先生

第一件是1980年3月1日，张天福到省农业厅办理退休手续时偶遇父亲。父亲听说他已退休，热情邀请他到省农科院担任茶叶所技术顾问。张天福深感父亲的知遇之恩，因为他知道早在一年前省农科院就决定聘任他，只是当时他尚未被落实政策。父亲说到做到，几天后张天福即接到了聘书。至此，结束了张老 23 年的冤案，使他能够在新的环境中延续其为之献身的制茶事业。

第二件是在 1983 年，为了落实“乌龙茶做青工艺与设备的研究”课题组的经费，张天福找到时任省科委主任的父亲。父亲听完张天福的简要介绍后，立马表示支持，后按计划批下一笔经费，使此项研究得以顺利开展。1990 年该课题成果获得了福建省科技进步二等奖。

1978 年，一场关于真理标准问题的大讨论在全国展开，对“两个凡是”的禁区形成了强大的冲击。但是，当时的建阳地委领导对解放思想和改革开放仍然抱着观望徘徊的态度，对党内出现的“左”的错误思潮没有及时进行抵制。1981 年 1 月，项南书记到福建上任后，立即把清理“左”的思想影响作为首要任务来抓。3 月份，父亲奉命到建阳地委主持工作。

年近花甲的父亲，肩负新的使命，再次来到离别 25 年的建阳，心中自有一番感慨。他决心不辜负省委重托，以只争朝夕的精神，为闽北人民再做贡献。

在短短三四个月的时间内，经过一系列有力措施，闽北纠正了真理标准问题讨论期间走的弯路，从“左”的错误思想束缚中逐渐解放出来，工作重点向经济发展转移。闽北人民生产积极性得到保护和提高，政治、经济、文化和科技等方面工作呈现出生机勃勃的态势，为其后数十年取得巨大成就的改革开放奠定了基础。

1981 年 10 月，建阳地委书记赵毅（左三）陪同省委书记项南（左二）在闽北考察

父亲具有很强的事业心和责任感。他办事认真严谨，考虑问题细致全面。他善于听取各方意见，重视群众来信来访，凡是涉及重要的问题，他都亲自督办，直到落实为止。他批阅文件快速及时，布置工作明确具体。他开会准备报告或讲话稿，要么自己动手，要么框架明确、条理清楚，多位跟过他的秘书都有一个共同感觉：轻松。

“你父亲官不算小，但没有一点架子。”这是我们经常听到的一句话。是的，父亲平易近人，平等待人，不论走到那里，都能关心群众疾苦，和群众打成一片，深受干部和群众的爱戴。

他刚到龙岩地委工作时，我们全家尚未搬去，他就在食堂和大家一起排队打饭，许多人都没想到他就是新来的地委书记。龙岩地委有个干部，因家属是农村户口，爱人和小孩都没有定量口粮。父亲知道后，就让母亲把家中节余的粮票都送给他们。

“文革”后期父亲被下放到三明化工厂蹲点劳动，他每天都提早来到车间，打扫卫生，擦拭机床，和工人师傅们同吃，同住，同劳动。在福州亭江公社蹲点时，他和当地群众结下了深厚的友谊。听说父亲要调回省里了，临行前的那天晚上，父亲住的小屋子挤满了来告别的村民，大家都对他赞不绝口，有的甚至说：“共产党的干部如果都像老赵这样，共产主义就能提早实现了。”

父亲是个喜欢整洁的人。他在家里总是闲不住，这里摸摸，那里整整，经过他的收拾，房间的摆放马上变得井井有条，让人看了心里舒服。

赵毅生活照

父亲是个热爱劳动的人。在龙岩地委我们住的是两层楼四户人家的楼房，楼上没有自来水，只在二楼楼梯口摆了个大水缸。父亲下班后就经常从楼下提水上来倒到水缸里，供大家使用。平时在家，他还经常自己动手扎拖把，修这补那，翻新利旧。离休后，他喜欢在阳台摆弄花草，浇水、松土、剪枝，享受劳动的快乐。

父亲是个生活简朴的人。吃饭穿衣从不讲究，棉毛衫裤都经过多次缝补。勤俭节约是他自觉的习惯，吃过的饭碗，总是粒米不剩。一个公文包跟了他多年，换了几个工作单位也不舍得扔。家中的家具用了多年也未更新，直到逝世前，他睡的都还是未经油漆过的简易木板床。

父亲还经常带病坚持工作。“文革”期间他被残酷殴打，造成多根肋骨骨裂。医院当时不敢为他治疗，时间久了转成旧伤，气候一变就全身酸痛。恢复工作后，他以“小车不倒只管推”的精神，废寝忘食地工作，病了也不吭声。有一次在省农科院开了一整天的会，晚上到家后只见他浑身发抖，盖了多床被子也无济于事。第二天上午，他又接着去开会，直到下午才去医院检查，是急性阑尾炎，白细胞超高，当即被送进手术室。医生说，再晚一点就穿孔了！

1984 年的一天，父亲在省科委开会时因腹部剧烈疼痛整个人突然倒在地上，送到医院检查后发现是胆结石惹的祸。吃了止痛药稍微缓和后，他就执意出院。下半年起，胆结石引起的疼痛经常发作，父亲还是坚持工作不休息。

同年 11 月，山西省委退居二线的副省级领导到福建考察、征集史料。带队的是父亲的堂兄赵力之等 10 余人。省委把接待的任务交给父亲，父亲隐瞒了病情，愉快地接受了任务。从邵武火车站开始，父亲陪着来自家乡的客人考察了建阳、南平、厦门、晋江、泉州，最后回到福州，和省里相关领导见面，开座谈会等，前后历时半个多月。这期间，父亲胆结石疼痛阵阵发作，一路上靠止痛药支撑，饭桌上的饭菜难以下咽，只好让招待所另外煮点稀饭。就这样，父亲忍着疼痛，坚持从头到尾陪同客人，直到送上飞机。

2007 年 8 月 18 日，我们深深爱戴的父亲因病永远地离开了我们。父亲的一生，没有惊天动地的伟业，也没有耀眼辉煌的功勋，但是，他的优良作风和高尚品德给我们留下了一笔宝贵的精神财富。我们为有这样的父亲感到骄傲和自豪。同时我们也深感自责和懊悔，我们恨自己没能在父亲健在的时候，请他老人家多谈谈自己，谈谈他的人生，谈谈他的追求，谈谈他们那一代的故事……今天，父亲离开我们已经 13 年了，熟悉和了解父亲的领导、同事和战友多数也都离开了人世，少数还健在的也都进入耄耋之年，使我们不忍心过多地去打搅他们。在资源有限的情况下，我们整理了这篇回忆文章，希望这些零碎的片段能够部分地再现父亲的风貌，再现长江支队的前辈们当年解放福建、建设福建的光荣历史，再现他们“听党召唤、一心为民、艰苦奋斗、廉洁奉公、无私奉献”的革命精神。

（本文原载于《史海钩沉》）

情系老区　志行磊落

谢先文

许集美

（1924.8—2016）

福建省晋江县安海镇桥头村人，1939年10月加入中国共产党。抗战时期，历任南安养正中学党支部书记，官桥区青委书记，晋江安海区特派员，晋（江）、南（安）、惠（安）边区负责人，安溪县工委书记。1945年春，为迎接计划南下粤东的八路军、新四军部队，奉福建省委之命任挺进工作队队长，打通与闽粤赣边区的路线。抗战胜利前夕，率先进入厦门市区建立党组织，1946年2月任中共厦门市工委书记。解放战争时期，担任闽中地委委员、泉州中心县委书记。1947年5月，组织群众武装，指挥攻打安海镇，建立了泉州游击队，活跃于安（溪）、南（安）、永（春）地区，开展游击战争。1948年6月，在闽南国民党统治中心泉州成功地领导了劫狱斗争。1949年2月，任闽浙赣泉州团队指挥员兼政委。该团队在斗争中不断壮大，常备兵力发展到2647人。同时，亲自部署策动国民党三二五师陈言廉部900余名官兵起义，带动了晋江、南安、同安等县地方武装的起义。8月31日，在大军压境之际，率部解放泉州城。中华人民共和国成立后，历任晋江县委第一书记兼县长、泉州市市长，晋江地委统战部部长、秘书长、宣传部部长。1957 年因所谓“地方主义”案被错误处理，平反后任团省委副书记，三明地委副书记，莆田地委副书记。曾当选为省委候补委员。“文化大革命”期间受到迫害，党的十一届三中全会后得到平反昭雪。1985 年 10 月至 1993 年 1 月，任省第五、六届政协副主席。

编辑絮语

从战争年代走过来的人，必将加倍珍惜“老区”这一片染过鲜血的红土地和这片土地上为革命毁家纾难的人们。

我们党的力量源泉来自人民。没有老区人民的奉献，中国革命的胜利或许将是一条更加漫长的路。

中华人民共和国成立 70 多年了，许多老区人民生活水平还不高。他们付出很多却享受很少，是很特殊的“弱势群体”。改变他们的生活环境和生活条件，成为这个年代受哺人不能推卸的责任。

许集美的“老区情怀”，是唱响“不忘初心，牢记使命”这一时代主题的嘹亮赞歌！愿这赞歌经久不息，永远唱下去！

2016年4月28日上午，许集美同志遗体告别仪式现场，哀乐低回，花无悦色。注视着覆盖党旗安息在花丛中的许老遗容，我双眼开始变得模糊，脑际浮现出一位满头银发、精神矍铄的长者形象，他是那样的神光内蕴、气宇轩昂。就在春节前夕，我们还在他的病房里相谈甚欢。听着我对去年老促会工作的汇报、“十三五”时期福建省老区规划目标的介绍，许老兴致勃勃。可眼前，逝者西归，留下我们无尽的哀思。

许集美同志1939年10月在抗日烽火中投身革命，有着77年党龄，是福建省解放前地下党及其领导的武装组织的一位老领导，离休前任福建省政协副主席。

他一生经历不凡，亲历了抗日烽火、解放战争、中华人民共和国成立、恢复国民经济、“十年浩劫”、改革开放、民族复兴等重大历史时期，在不同的领导岗位上，殚精竭虑，做出了突出的贡献。他的人生道路伴随着不同时期的兴颓而跌宕起伏，其中遭遇过的种种磨难令人唏嘘。然而，他却总是怀着那样一种“不改其乐”（许老为自己著述的冠名，出自《论语》，是孔子称赞弟子颜回于逆境坚守理想、修养道德品格的一句话）的心境，始终坚守着共产党人对理想信念的忠贞不渝，对国家、人民的赤诚热爱，对革命征途的执着奉献，对生命之旅的奋发进取，堪称风范楷模，令人感慨系之、肃然起敬。

我是到省老促会工作后才与许老直接接触共事的。2007年，我在省人大退出工作岗位后，由许老、吕居永等老促会领

许集美故居

1949年泉州解放时，许集美（左二）与泉州中心县委成员朱义斌、施能鹤、郑种植合影

导推荐，经组织安排到老促会担任常务副会长，其时许老担任会长。到岗后许老指定我参加驻会工作；之后不久又一再坚持提名我担任执行会长；到第三届理事会换届时，许老又不顾我再三婉拒而坚持推荐我为会长人选。我深知自己才疏资浅，能力有限，难于胜任。故在换届当选后，诚惶诚恐。或许为给我“壮胆”、授予“底气”，在会议闭幕时许老竟语重心长地讲了这样一大段话：“在我退出原有岗位之后，仍将尽心尽力继续贡献余热。同时，希望各位理事全力支持谢先文会长的工作。我与谢先文同志相处多年，他是一位从红土地成长出来的老革命后代，有丰富的工作经验，对老区有深厚感情，从省人大常委会副主任岗位上退下来后到省老促会工作，尽心尽责，对老促会工作起了很大的推动作用，是一位很合适人选。我相信在他的领导下，今后老促会工作必将承前启后，再上一个新台阶。”对我的过誉之言，虽令我不安、受之有愧，但这种提携之用心良苦，真让我陡增了信心、平添了底气。与许老在省老促会处事，我深深感觉到是一种福分、缘分、情分，所受教益今生难忘。

许老的人生道路是与福建老区紧紧相连的，这就铸就了老人家进入晚年仍然对老区“情难忘、愿未了”。这种“老区情怀”伴随他离休 20 多年来的年年岁岁、日日夜夜，渗透到他关注的老区事业的方方面面、点点滴滴，真是道不尽、说不完。

革命老区是党、人民军队和共和国的根脉、摇篮。20世纪初，由老一辈革命家倡导，中国大地上诞生了一个专事“老区促进”工作的特殊社团组织，全称为“老区建设促进会”，简称为“老促会”。1993年初，刚离休的许老受省委委托，与伍洪祥同志一道筹建省老促会；1994年1月，省老促会正式成立，伍老被推选为会长，许老为常务副会长。凭着与老区的深厚历史渊源和对老区人民的特殊感情，许老把老促会当作自己“老区情结”尽情释放与宣泄的平台、舞台，将情系老区的意志发挥到了极致。在许老的领导下，全省老促会这一特殊社团组织成为在党和政府领导下的一支专事为老区事业发展服务的辅助力量，成为省内影响力较大、受众面较广的社团组织，受到社会广泛赞誉和老区人民的充分肯定。省老促会被评为全国先进老促会，许老本人也获得了中国老促会颁发的“荣誉纪念章”。

福建是老区大省，老区是省情之一，客观上曾一度存在着革命“五老”人员（即革命战争时期的老地下党员、老游击队员、老交通员、老接头户和老苏维埃区乡干部）生活待遇方面的突出问题。早在1995年12月，许老通过调研了解、掌握实际情况后，就与伍老联名向省委、省政府及主要领导同志，提出了《解决部分群众生活困难、不要忽视革命“五老”的建议》。由此福建省先后10余次提高革命“五老”人员待遇，在全国率先妥善解决了这一问题。凡涉老区之大计、大事、大局及诸如大项目、大工程等，均在许老特别关注之列，他尽力呼、鼓，并建言献策。针对一度出现有些地方忽视老区的倾向，许老利用省里各级班子开展“三讲”整改的契机，于1999年5月12日以个人名义向中央巡视组组长和省主要领导同志提出了《在“三讲”教育中加强老区工作的几点建议》，随后福建省级班子有22人次带领41个部门领导，从查摆老区存在的突出问题入手，掀起“毋忘老区”大规模调研与整改活动，形成了省委、省政府“关于让老区人民更快更好脱贫致富奔小康”的七条决议，并在全省打响“五通”工程战役。当调研中发现一批老区县财政赤字严重时，许老又以个人名义于2000年10月27日向省主要领导提交了《对“十三五”期间进一步加强老区贫困县财政转移支付力度的建议信》，省里果断采取相关举措，解决了一批老区县的此类难题。为了老区的脱贫致富和发展，许老甚至直接向中央领导发出呼吁。2001年6月18日，许老会同省老促会的9位老将军、老同志给时任国务院副总理温家宝同志写信，深情陈述：“我们几位都是老红军、老将军、老同志，都已是年过耄耋的、80岁以上的老人了，岁月不多，迫切希望在有生之年，能看到先烈们曾经流血牺牲过的革命老区尽快脱贫致富。”他们并在信中提出希望中央给福建原中央苏区和闽东北、闽西南连片老区县具体扶持的建议内容。这引起党中央、国务院高度重视。国务院扶贫领导小组副组长刘成果受温家宝同志委托，专程来闽转达中央领导指示精神、召开座谈会听取意见，随后中央切实加大了对福建省老区的帮扶力度。2003 年 8 月，10 位老同志再次向中央联名提出《关于将福建原中央苏区及闽北、闽东苏区列入享受国家中部地区待遇的建议》。如今他们的愿望全部得到兑现，福建省原中央苏区县和闽东苏区各县全部享受国家西部政策待遇，而其他老区县则享受中部地区国家政策扶持。

许老对老区的情怀，还充分体现他不顾自己年事已高而尽力亲历亲为的践行。他坚持每年都要深入老区乡村走访，每有重大课题总要亲自参加调研。2000 年 10 月，许老亲自部署 3 个调研小组，深入到原中央苏区和闽东老区 10 个区乡进行为期 9 天的专题调研，形成《福建也有一个“西部问题”的调研情况》，反映给省主要领导及相关部门。

2010 年南平、三明老区连续遭受特大冰雹和特大暴雨洪灾，时隔一年，这些受灾老区灾后恢复境况如何，成为许老和老促会老同志们牵挂的一件事。经分管省领导批示，由省民政厅邀请部分省老促会老同志走访灾后集中重建点。已届 88 岁的许老，冒着当时的炎热天气，决意和大家一起深入到 6 个受灾县的 9 个灾后重建点，走村入户，一路看、一路听、一路问、一路想，与大家一起直接领略福建这次灾后重建所创造的奇迹，共同总结出“五大亮点”，并对有关后续工作提出 5 项建议，受到省分管领导和相关部门高度重视。

情至所及，事无巨细，重在实效。福建老区在伟大革命实践中，留有众多的革命过程史迹、革命内容史料、革命活动遗址、殊死战场陈迹，以及烈士们的安息地，虽然有的残残缺缺、林林总总，但却都是最真实、最生动的老区厚重历史的见证，是红色文化的宝贵资源、红色基因的无价财富。为此，省老促会和省老区办于2009年开始，对全省“革命老区历史纪念物”进行全面普查，在摸清“家底”基础上梳理汇编。许老对此高度重视，全程指导，亲自核实一批老区遗址文物，并为一大批纪念场所或标志性文物亲笔题词题字，使这些老区标志物更具权威性，使这项工作的意义更加彰显。

著名爱国华人黄仲咸先生

都说“情深似海，情义无价”，情义是人生中最重要的财富之一。许老情系老区的情，饱含着这样的一份情义，这也是许老人格魅力之所在。“人虽不至，心向往之”，皆由许老的这种“情义”而来。有两件事可以资证。许老与著名爱国华人黄仲咸先生原本并不相识。他们于1995年在泉州的一次会上一见如故，从此结为“君子之交”“莫逆之交”。黄老先生把一生积累的几亿家财捐出成立“黄仲咸教育基金会”。出于对许老的信赖与赞许，黄老先生一开始就坚持要许老出任基金会理事长，而自己则当

福建黄仲咸教育基金会获“2015 中国消除贫困捐赠奖”

顾问或名誉理事长。推让再三，经折中由许老出任常务副理事长，担当实务。黄老先生辞世时，遗言由许老接任基金会全责。基金会成立后，两老共同决定划拨一块资金专门用于老区、山区革命“五老”，烈士后代和老区贫穷高中生的助学、奖学；黄老先生也执意全权委托由许老为会长的省老促会全盘操办。从 2002 年起，形成常例，每年 500 万元，累计发放助学、奖学金高达几千万元之巨，成就黄仲咸教育基金会与省老促会联手助学老区的“品牌”。基金会被评为国务院表彰的“2015 年中国消除贫困捐赠”单位。另一件是许老受托筹建项南诗碑的事。项南同志逝世后，全国政协副主席、中国佛教协会会长、著名书法大家赵朴初先生书写了长达 210 字的哀辞。

项南诗碑

项南夫人对如何保护这件瑰宝做了认真思考，希望能把它制作成诗碑永存，由此唯一想到的受托之人便是许老。许老不负重托，千方百计筹措，邀得新加坡侨领、慈善家李陆大先生解决建碑资金，又请到香港享誉海内外的国学大师饶宗颐先生书写了“清气亭”三字；选用的“天地有正气、江山不夕阳”对联，则出自中国书法“兰亭奖”终身成就奖得主，福建省已故书法、金石大家潘主兰先生手笔。选定把诗碑建于项南家乡连城冠豸山景区内，成了国家 AAAA 级风景区冠豸山又一亮丽人文景观，为这座中国名山增添了一笔精神财富。

这两件盛举，我有幸参与其中做了些具体事务，从中感受到了许老那份情义之神功魅力！

与许老在省老促会的多年相处共事，我深深体验到许老情系老区的这个“情”字，不仅仅是人们平常所认为的道德描述、思想定义，它所包涵的情怀、情结、情义，还饱含着共产党人信仰与宗旨的精义。《尚书》有段话云：“若金，用汝作砺！若济巨川，用汝做舟楫！若岁大旱，用汝作霖雨！”许老情系老区，甘为老区改革做磨刀石，争为老区发展作舟船，乐为老区民众成及时雨。忠心赤诚，所以始终兢业奋进；情感深沉，则甘愿鞠躬尽瘁。

许老为人、为官、为文，皆为后辈风范；其胸襟、气度、境界诚为后人敬慕。司马迁曾感慨：“古者富贵而名摩灭，不可胜记，唯倜傥非常之人称焉。”许集美同志堪称“倜傥非常之人”！

《根植老区写人生
——纪念许集美同志》封面

《泉州闽浙赣革命史研究》
（深情缅怀许集美同志纪念特刊）封面

抓建设惠民生　为人民谋福祉

姜建书

姜瑞峰

（1925—2010）

河北省赞皇县人。冀南抗日干部学校毕业。1940年3月入伍，1945年2月入党。1948年任赞皇县政府教育科副科长。1949年1月随军南下编入中国人民解放军长江支队第一大队五中队，任民教科长。9月任福建省莆田县人民政府民政科科长，1952年任中共莆田县委常委、组织部部长。1954年任中共泉州市委副书记，1956年任中共泉州市委书记、市政协主席、市武装部第一政委。1966年“文革”期间，到“五七”干校劳动。1972年恢复工作，任三明钢铁厂机修厂厂长。1975年代理三明钢铁厂党委书记。1975年任福建省冶金局副局长、三明钢铁厂党委书记。1979年任中共福建省第三届委员会候补委员、中共三明地委副书记、三明地区武装委员会主任，三明地委党校校长。1983年三明撤地设市，任中共三明市委副书记、三明市政协主席、党组书记。1988年任福建省政协第六届委员会常务委员。1993年12月离休。

编辑絮语

带着太行精神南下入闽，把福建当作自己的第二故乡！

谷文昌和长江支队的战友们，把青春、汗水、才智和热血，默默地奉献给八闽大地，践行了共产党员的初心和使命。姜瑞峰便是其中的一个。

诚然，“一个英雄楷模，必然有一个英雄群体伴随。一个英雄群体，必然产生于一个壮丽时代。一个壮丽时代，必然涌现出灿若星汉的英雄人物。”

谷文昌和他的战友，虽然离开我们远去了，但其精神永驻，正哺育着一代新人！

先辈的功绩，不朽的丰碑，历史不会忘记！

1948 年，长江支队指战员们从河北武安出发，满怀壮志豪情，随军南下，进军福建。当时，我父亲姜瑞峰年仅 24 岁。入闽后他先在莆田县工作，任中共莆田县常委、组织部部长。1954 年奉调前往泉州工作，有近 13 年在泉州市委（县级市）主要领导岗位上与泉州人民同呼吸共命运，共同拼搏，为泉州经济建设跨越式发展贡献自己的智慧、才华和青春韶华。

由左到右：1946 年在赞皇县院头区（21 岁），1950 年在莆田（25 岁），1954 年将调离莆田时（29 岁）

急民所盼　恢复生产摆脱贫困

1949 年 8 月 31 日泉州解放，9 月 10 日泉州军管会正式成立。当时泉州尚是晋江县的城关，城区面积只有 6 平方千米，人口不过 5 万。1951 年 1 月，经政务院批准，从晋江县析出城关和近郊 8 个乡设置泉州市。当年，泉州市容市貌仅如一个县城的“城关”，南北一街，东西两塔，加上三个岗亭，便是这个“城关”的写照。

当时泉州是一个畸形的消费城市，全市几乎没有什么工业，更谈不上现代工业，仅有一家设备陈旧的私营电灯公司和一家仅能搞些配件的机械厂。1954 年 10 月，父亲 28 岁那一年任中共泉州市委副书记（县级市），1956 年 6 月提任市委书记，兼市政协主席、市武装部第一政委。

1965 年姜瑞峰在泉州工作做报告

解放之初的泉州已失去宋元时的辉煌，经济十分贫穷落后，百业凋零，民不聊生，广大民众热烈欢迎解放军，渴望共产党新政权能领导人民尽快摆脱贫困，改变一穷二白的面貌。民之所盼，心之所系，父亲与市委、市政府领导撸起袖子真抓实干，立志摆脱贫困，共同绘制经济发展蓝图。在城市中进行经济建设，对于父辈而言虽是一项崭新工作，但父亲常讲“我们能扛枪也能搞建设”。当时，摆在新政权的面前的重要任务是，如何解决城市失业民众和贫困市民的生活出路问题。前任泉州市领导一方面推进一百多家私营小企业、千余户个体手工业的改造和发展，同时开始组建国营工厂，如泉州印刷厂、碾米厂、榨油厂、砖瓦厂、汽车保养场等，但年产值仅 126 万元。父亲调至泉州后，正值我国“一五”（1953—1957）规划开始实施，泉州工农业发展开始迈开新的步伐。尽管当时福建作为海防前线，特别是泉州面对金门与台湾，一水相隔，国家经济建设的投入较少，但父亲与市委市政府领导一起，努力争取省、地领导和有关部门的支持，建成了全省第一个较现代化的机制糖厂，调动各方力量自力更生建成全省最大、设备比较先进的面粉厂，创办了机床、电机、车辆、喷雾器、拖拉机配件等机械工业，还建设了酒厂、药厂等。到 1957 年，全市工业总产值已达到 3282 万元，比 1949 年增长 2.65 倍，比 1952 年增长 1.41 倍，社会商品零售总值达到 3090 万元。

1952 年第一辆公交车在泉州街头

1954 年起，父亲参与并领导泉州私营工业和个体手工业的社会主义改造，对源和堂、新中制药厂、制冰厂、酱油厂、神曲厂等 60 多家私营企业进行公私合营，同时对 2000 多户手工业者也分别以铁、木、竹、食品、纺织、工艺、小百货以及服务等行业，组成 69 个合作社。泉州农械厂对私改造后，改为国营泉州机器修配厂，后与泉州农具厂合并，成立地方国营泉州农械厂。该厂国家投资仅 14 万元，但几年时间内所拥有的机床设备由 7 台增加到 58 台，工厂设有机钳、锻工、铸工、修配四个车间，工人达 600 多人，能生产日榨 200 吨的制糖机，日产 200 吨的造纸机，还能生产 200 瓦水轮机和许多型号的柴油机、金属切削机床。年产值增长了 68 倍，其中泉式深耕犁还被选送出国参展。

泉州开元寺

经过第一个5年计划的奋斗，泉州的工农业及文教卫生迅速发展，市容市貌也发生根本性变化。全市粮食总产从1950年的6200多万斤增加到1957年的17200多万斤，增长了1.77倍，平均每年增长15.7%。1957年全市中学生比解放前增加了2.5倍，小学生增加了4倍，卫生技术人员增加了1倍，病床位增加了1.6倍。与此同时，人民政府已有能力多次拨款修葺开元寺、崇福寺、承天寺、清真寺等名胜古迹，修建了青年乐园、工人文化宫、体育场，扩建了浮桥、顺济桥，泉州的市政建设如雨后春笋般地改变着市容市貌。

老范志神曲

自此，泉州的基本建设速度和规模更快速地发展。仅1958年上半年，就有24个市管基建项目开工，包括味精、制漆、乳品、农药、糖果、饼干、造纸、针织、合成氨、水泥等十几个工业企业。与此同时，各街道、乡镇还筹建了数百个小型工业企业。在那个火热的年代，虽然没有建设经验，在投资较大项目的把关上难免有偏差，但总体而言，泉州经济蓬勃发展，至1958年全市工业总产值比1949年增长了5倍多，工业产品已超过2000种，源和堂的蜜饯、老范志的神曲畅销国内外，轻革驰名全国，皮鞋远销苏联，工艺木偶头、纸花名闻西欧国家，红旗面粉、机制白糖深受群众喜爱。1959年庆祝中华人民共和国成立十周年时，市委专门组织编写了《光辉灿烂的泉州十年》一书，记录了泉州十年发展的缩影，父亲以市委书记的名义写了“前言”，称赞“20万人民在党的英明领导下，用自己的劳动和智慧，经过十年努力，新建扩建工厂90个，变消费城市为生产城市。工业、农业、商业、文教卫生等各项社会主义建设事业，取得了伟大成就，人民群众文化物质生活日益提高，社会面貌已经根本改观，失业现象已经消失。在总路线照耀下，初步形成一个拥有钢铁、机械、纺织、化学、食品工业的社会主义城市”。他还指出：解放后的泉州，

泉州源和1916创意产业园（原源和堂蜜饯厂）

古城巨变，英姿焕发，泉州已经从一个经济不发达的消费城市逐渐转变为初步拥有工业基础、为城乡生产服务的生产城市！

解民之困　兴修水利消除水患

泉州桃源水库

解放之初，泉州作为一个农村占有较大比例的县级市，农业发展与民众生活息息相关，而在当时农业发展很大程度是“靠天吃饭”。为改变这种局面，市委领导人民大力修建水利工程。据统计，至1957年全市新建蓄水灌溉工程643处，增加灌溉农田面积59500亩。为实现农业发展目标，泉州又大搞水利基本建设，上马修建草邦水库，筹建了桃源水库。更值得一提的是晋江下流防洪堤的修建。晋江下游泥沙沉积，宣泄不畅，形成了历史上困扰泉州城区及沿岸的水患、危害百姓的灾害。

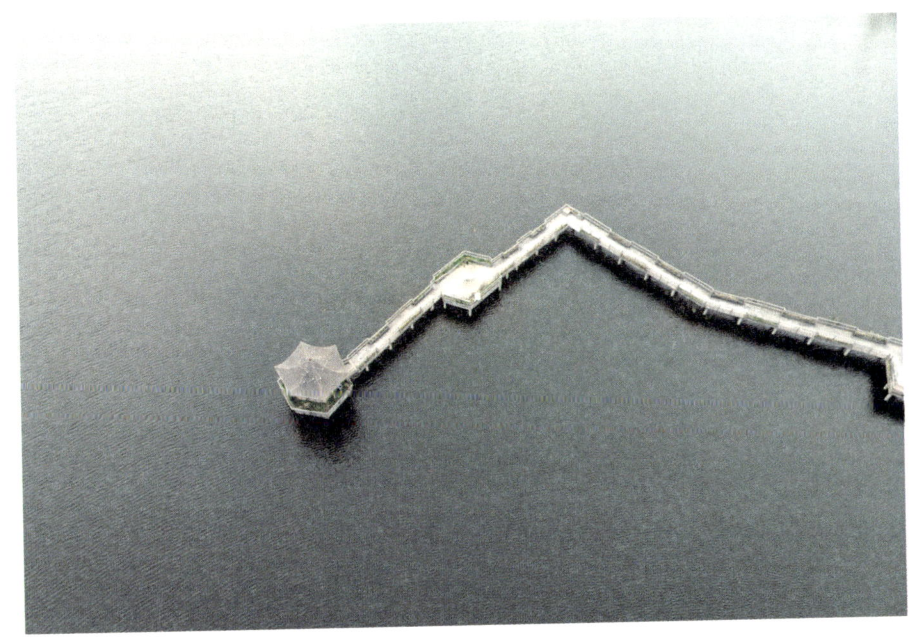

泉州草邦水库

1956 年、1958 年两年大雨，又遇 8 月大潮顶托，洪水进入市区，逼近当年泉州农校（现在的温陵路泉州释雅山公园），造成人民生命财产的重大损失。1959 年泉州市副市长蔡载经在省人代会议上提出关于修建晋江下游防洪堤的提案，后经省政府批准实施。泉州市委市政府成立了修建晋江下游防洪堤指挥部，父亲担任修建防洪堤指挥部总指挥，市长和多位副书记、副市长任副总指挥，举全市之力推进此工程。当年，组织了 6129 名民工日夜赶建，仅用一年多时间就基本完成这一浩大工程，并经受住了历史上罕见洪水的考验。

1960 年，又组织了 14000 人的二期工程大会战，整个防洪堤用土 70 万立方米，耗资 270 万元，全长达 20.2 千米，保护了堤内4万亩耕地和市区三分之二的工厂、商店，使城乡15万人民生命财产不受洪水威胁。这项工程被称为“最具功德的事业”。

同甘共苦　团结民众共渡难关

1959至1961年是我国历史上遭受三年自然灾害的困难时期，粮食及农副品等供应十分困难。

面临民生问题的巨大压力，市委市府领导根据本地实际情况，采取多项措施，重点抓了“肉、鱼、菜”生产。1960年6月，市委决定，由一位副书记兼任市委财贸部部长；1961年12月，市委进一步调整组织分工，专门派一位副书记分管农业，兼任市委农村工作部部长，主管生猪和渔业生产。同时把临海、金琦大队从东海公社划出成立渔业公社，发展机帆船，向大海要鱼；还派分管财贸的市委副书记兼任满堂红公社党委第一书记，全力抓蔬菜生产，扩大种植面积，确保城市蔬菜供应。这些有力的措施逐渐缓解了泉州当年面临的大困难。经过全市人民的共同努力，全市国民经济形势在1962年开始有了明显好转：全市粮食总产量达3763千克，基本恢复到1957年的水平；花生总产量达141.56千克，增长18.32%；生猪存栏数15137头，增长22.42%。市场物资开始逐渐丰富，人民生活水平出现回升的好势头。

在突然降临的大困难时期，父亲与泉州人民同甘苦，共度时艰，不搞特殊化。由于忘我工作，又缺乏营养，父亲积劳成疾，患了肺结核病。这是那个年代可怕甚至可致命的疾病。母亲赵凤珍心急和无奈之时，去找泉州市委分管财贸的副书记，告知父亲得重病的情况，并说医生建议给他增加营养。但是当时物资紧缺，所有副食品都是凭票供应，母亲感到很无奈。这位副书记听了，立即与一位财贸部领导商量，弄到了一张猪肝票交给我母亲。凭着这张票可以在国营的肉摊上买到一斤猪肝。当天母亲先买二两猪肝给父亲煮了汤，送到父亲病榻前。父亲问："这猪肝是怎么来的？"母亲说出实情。父亲知道此事后很生气，明确表示：作为市委书记应与人民共渡难关，更不能搞特殊化。他不仅严厉批评了这位副书记，并要我母亲将剩下的八两猪肝票退回去，还要我妈妈将已用平价购买的二两猪肝和高价猪肝的差价补给国营的肉店。

这事后来被徐梦秋同志写成一篇文章，题为《从一斤猪肝票看一个市委书记的操守》，公开在刊物上发表，一时成为泉州人民的佳话。

同心奋斗　实现跨越式发展

父亲在泉州工作的 13 年间，我国正经历"以阶级斗争为纲"的年代，当然免不了要受历次政治运动的影响。但作为地方官员更要考虑解决民众吃饭、穿衣、用品、出行、治病等民生大事，真可谓日理万机，异常繁忙。

当时市委办公地点位于现在的鲤城区后城街，我们十余年住在市委边上老百姓的旧宅子里。父亲日夜要处理大量政务，除了吃饭回旧宅子，睡觉也在办公室后的寝室。我们小时候不懂事，有时会在父亲吃饭或饭后休息时问他："怎么这么忙？你们大干部主要忙什么？"他耐心回答我们这些幼稚问题。记得，他怕我们听不懂，曾比喻一个家庭每天要吃饭、穿衣并用很多东西，所以管一个城市要管全市上千上万个家庭的生活大事，当然要操心，要忙很多很多事情。为了鼓励我们好好学习，父亲还告诉孩子们他当年没有条件多学习，现在感到知识不够用，每天还要挤出时间补学许多新知识、看很多文件。父亲还要我们爱惜现在好时光认真学习。

父亲在工作中不仅苦干，更注意学习、注意巧干，不仅注意从报刊、书本等资料中学习，也注意向先进地区学习发展经济的好经验好办法。如 1960 年 2 月间，他亲自带领一批干部、技术人员、老工人赴上海、杭州、南京等城市参观考察工业技术革命和高速发展工业生产的先进经验。这一年的 1 月，省委任命父亲为中共泉州市委第一书记，上任后他首先考虑怎样使泉州经济发展上一级新台阶。

也正在这个时候爸妈接到河北老家叔叔电报，得到了我爷爷重病不起的坏消息。父亲安排完市里各项主要工作，农历大年三十下午赶到离别多年的河北赞皇县乡下家里，看望身患重病的祖父，到家后才知道我祖父患的是癌症且已是晚期，这在当时情况下是无法治愈的。父亲多么想在家多住些日子照顾老人家，以尽孝道，但他更清楚泉州更多父老乡亲的事要他操心，便在农历正月初五日离开家，转几次汽车才乘火车赴上海，与泉州市到上海参观学习的干部们会合。当年祖父仙逝时，父亲也无法回去，只能由在老家的叔叔等代为尽孝。

这次参观考察，在上海参观了电机厂、纺织厂、印染厂及工业展览馆、闵行一条街等，到南京参观了街道办工业，在杭州参观了都锦堂杭州织锦厂、丝绸印染厂、工艺美术厂等。赴沪杭参观学习，拓宽了大家的思路，对因地制宜发展地方工业有一定收获。

参观学习回泉州后，全市便掀起了大办工业的运动。这年的 3 月 10 日，市委召开了有 2000 多人参加的扩大会议，进行“加快跃进步伐”的紧急动员，全市开展了大办工业全民运动。在推广上海等地工厂“母鸡下蛋”“原子爆炸”的经验中，泉州许多任务厂也办起了卫星厂，如源和堂食品厂办起味精、香料、酿酒等 6 个卫星厂，综合食品厂办起饲料、肥料等多个卫星厂。在国民经济开始走向好转之际，1963 年 1 月上旬，中共泉州市第二次代表大会召开，父亲连任市委书记，直至“文化大革命”被打成“泉州市头号走资派”。

经过十余年发展，泉州由一个原来的县城城关发展成晋江地区乃至福建省重要的城市，市区、郊区不断扩大。1956 年 5 月，市区成立临江、海滨、鲤中、开元街道办事处，1960 年下半年在 4 个街道办基础上成立 4 个人民公社。在郊区，1958 年 9 月从晋江县、南安县划来 20 个大队 7 万多人，与原郊区组成东海乡、江南乡、北峰乡。10 月成立东海、北峰、江南 3 个人民公社，之后又有城东公社、满堂红公社，还有清源、双阳等农场。

十几年来，父亲与泉州广大干部群众休戚与共，奋发努力，征途中有困难曲折，更取得了显著成绩。到 1965 年底，全市工农业生产接近和达到历史最高水平。其中全年工业总产值 7359.11 万元，比增 38.5%，为 1957 年的 2.4 倍多；全年粮食总产量 5579 千克，比增 12.3%。国民经济主要比例关系基本恢复正常，人民生活水平有了显著提高，全年财政收入 1451 万元，财政支出 421 万元，结余 1030 万元。粮、棉、油等主要消费品供应基本恢复或接近 1957 年水平，科技、文教、卫生事业也得到了迅速发展。

父亲在离休后曾深情地回忆在泉州的经历，并自豪地表示："在我任职期间，泉州市的工业从小到大的迅速发展，新建糖厂、电厂、机械厂、面粉厂、织布厂、食品厂等，1965 年的工业总产值比 1952 年增长近 5 倍，农业，交通、邮电、商业、外贸都得到较快发展，科教文卫体也蓬勃发展。社会安定，市场繁荣，物价平衡，人民生活水平得到提高。领导率先垂范，机关干部廉洁奉公，社会风尚好，呈现一派前所未有的大好形势。"

父亲在泉州工作 13 年，以博大胸怀，把福建作为第二故乡，将青春岁月和聪明才智奉献给八闽大地，为福建的大发展奠定了坚实的基础。作为长江支队的一员，他的奉献精神永远值得我们学习！

福建改革开放的先行者

李洪林

张　遗

（1919.1—1991.11）

江苏南通人。1940年9月参加革命，同年10月加入中国共产党。历任苏北行政委员会干事、苏中如西县城区区长、苏中靖江县县长兼县独立团长、苏中兴东县工委书记兼县长、宝应县县长、宝应县团委书记、北区第四医院政委、苏北五分区二团政委、二十九军二六一团政委、中国人民解放军十兵团司令部办公室主任等职，参加了苏中溱潼两次讨顽战役、解放高邮战役、同宝反“清剿”战役、渡江战役、上海战役、解放福州战役、解放漳州战役等战斗。中华人民共和国成立后，历任福建省人民政府办公厅主任、党组副书记，省建筑工程局局长、党组书记，省人民委员会秘书长、办公室党组书记，省计委副主任、主任，省建委主任兼省物资厅党组书记，省商业局局长、党组书记，省财贸室主任、党组书记，省人民政府副省长等职，兼任省华福公司总经理、董事长，厦门感光公司董事长，厦门航空公司董事长等职。中共福建省第三届委员会委员、省第五届人大代表。

编辑絮语

中华民族的复兴之路，每一步都是艰辛的。

社会主义道路为什么能在中国走得通，并形成中国特色，成就辉煌？这只能从70多年的实践中寻找答案。

福建省原副省长张遗在改革开放初期所经历的困境，诚然不是个案。他走过的路，与千千万万中国共产党人一样，肩负着伟大的历史使命，在曲折中探索，在挫折中前进，永不停歇！

请相信自然界的一个真理：流水在碰到抵触的地方，才把它的活力解放。

纵横江北扫狼烟，尽瘁八闽四十年。
武夷山高多风雨，沙溪水急藏险滩。
宦海浮沉只一笑，国事兴衰岂等闲。
宏篇未就成遗恨，碧海丹心夜夜悬。

给特区插上翅膀

2009年11月，厦门国际机场花枝招展，喜气洋洋，因为这个月里，机场迎来了它建场以来第一千万名旅客。

当巨大的波音客机平稳地降落在跑道上，徐徐滑向停机坪的时候，外地来的旅客大概不会知道这个机场的建设经历过多少艰辛。他们更不会知道，在厦门北面的天马山上，长眠着一位新四军的老战士。他后半生踏遍了福建的山山水水，晚年更把全部精力献给了改革开放事业，这个机场和厦门航空公司，就是他一手创建的。这位老战士最后长眠在这座山上。

1980 年，中共中央和国务院决定创办厦门经济特区。但是当时厦门连一个民航机场都没有，这个特区怎么能“特”得起来？那时“计划经济”体制还控制着一切。要成立国际机场，首先就要“立项”（纳入国家计划），这一关就通不过。国家计委的理由是：厦门客流很少，能有多少人坐飞机？国家不给钱，省里又拿不出钱，机场却还是高速度高质量地建成了。主持这项工作的，就是长眠在天马山上的新四军老战士、福建省原第一副省长张遗。他不光把机场建成了，接着又买飞机，请飞行员，组建了厦门航空公司，还建成了厦门港的深水码头，这就使特区有了符合现代化标准的空中和海上通道，因而为厦门的大发展创造了重要的物质前提。在那个“计划统治一切”的时代，一个穷省，居然能跨越雷池，靠自己的力量办成这些大事，真可说是奇迹。除此以外，那时福建还有些重要项目，都是打开大门，引进先进技术和外来资金办成的，张遗借用民间俗话把它们叫作“借鸡生蛋”。

厦门航空

厦门国际机场

厦门港

艰难的脚步

这些奇迹没有一个是顺顺当当诞生的。虽然中共十一届三中全会制定了改革开放的方针，并决定在福建实行“特殊政策，灵活措施”，还给福建派来一个思想解放的新省委书

1984年秋，张遗（左一）陪同国务委员谷牧（右二）、广东省委书记任仲夷（右一）视察厦门

记——项南，但是财政上并没有给福建吃什么偏饭。福建因顾虑台海对峙打起仗来而“破罐破摔”，所以从来没有投资进行大的项目建设，以致工业基础极其单薄。农业方面，又吃了“以粮为纲，一切砍光”的亏，弄得百业凋零。在这样一种物质基础上进行改革，难处自不待说。在福建省的领导班子中，张遗是主管对外经济工作的。上面提到的那些奇迹，只是他一小部分业绩。今日福建省的面貌已经远非昔比。“喝水不忘挖井人”，福建老百姓不会忘记老书记项南，也不会忘记老省长张遗怎样为改革开放辛勤奔走，日夜操劳。要问他的工作难到什么程度，只要看看他为建设机场筹借资金而奔波的一个细节，就可略知一二了。

1985 年，张遗（前中）率团出访，在约旦与彼得拉银行签订合作协议

因为在国内找不到钱，他就专程跑到科威特去借。可是到北京去办出国手续的时候，却遭到“有关方面”的阻挠，阻挠的理由是：有损国家面子。就为了化解这个矛盾，他整整用了五天时间，跑遍“有关机关”，直弄得舌敝唇焦，才把出国手续办好。当初以为办这么一个手续，也就是一两天的事，所以从温暖的福建来到寒冷的北京，没带多少衣服。为了省钱，到北京后他

又和秘书挤在旅馆的一个单间里。本来就年老体弱，天气又冷，白天奔波，到处生气，晚上又休息不好，就病倒了。不过像这种摩擦，和在他的工作中所承受的巨大压力相比，只是小菜一碟而已。

另一个典型例子是围绕福日公司展开的持续了几年的争取工作。

这个企业的前身是设备陈旧、技术落后的小厂，每年生产2万多台黑白电视机，建厂八年，年年亏损。张遗经手把它改造成中日合资福日电视机有限公司。双方股份各占50%，中方以原有的厂房设备作价入股，日方以三条先进的生产线作价入股。结果这个陈旧的小厂，只增加了100多名工人，仅仅经过半年的技术改造，一下子就变成能够年产20万台彩色电视机和18万台黑白电视机的现代化的大厂，产品质量达到世界先进水平。以前所生产的黑白电视机，无故障工作时间只有1000小时，合营后达1万小时以上，而彩色机则超过2万小时。

福日电视机厂

然而这样一个改革开放的新生事物，却遭到有关部门、领导的强烈反对，说它是“殖民地性质的厂子”，是“日本工厂

的装配线”，是日本人打入中国的“桥头堡”。张遗没有那么多时间和精力去和这些人辩论。有大量的工作在等待他。反正事实总会给他们回答的。这个厂改造前，连续八年，年年亏损；改造后，从 1981 年投产到 1984 年，仅仅三年时间，累计纯利润已经远远超过原来的投资。如果加上那些配套工厂，我们赚的就更多了。当然，福日公司的利润，日本人要分去一半，这是市场经济的常规。如果害怕日本人赚钱，那就不要去引进。也就是说，一切照旧，不但自己赚不到钱，而且继续年年亏损。这就是那些反对改革开放者的逻辑。其实当时他们就是这样说的：“他们（日方）再赔也是赚，我们再赚也是赔。”碰上这种逻辑，还有什么道理可讲呢？

1982 年胡耀邦到福建视察时表示：福日公司是中日经济合作的一个风球，即使吃亏，也要坚持办好。事实上，我们不但没有吃亏，而且大赚特赚。获益的不止这一个厂，还带动了一大批和它配套的企业。

福建的发展得益于改革开放，是改革开放解放了生产力，使人的观念大大转变。起步总是艰难的，由于长期“左”的错误思想影响，福建的思想解放经历了一个曲折的过程，改革开放事业，就是这样在重重阻力中，步履艰难地行进着。负重前行走在前面的人，总是把使命放在心上，把责任扛在肩上，逢山开路，遇水搭桥，勇敢前行，让子孙后代享受前人披荆斩棘换来的幸福生活！

历经磨难志弥坚

彭　超

刘德元

（1927. 3—2012）

出生于山东省乐陵县王寨子乡。1940年7月参加革命工作，先后在乐陵县及渤海一分区等地任宣传队员、文化教员、指导员等职。1942年4月加入中国共产党。1945年11月参加渤海军区司令部机要训练队学习，后在渤海军区司令部、华东野战军十纵司令部、第三野战军十兵团司令部、三十一军、福建军区机要部门任职。1952年8月后任福建省委机要处秘书、科长。1956年8月后任省委办公厅机要处副处长、处长。1969年8月任省革委会办公室档案馆负责人。1975年11月后任省档案局负责人、副局长、局长、党组成员、党组书记。1987年12月离休。

编辑絮语

“机要工作”，名不见经传，却在运筹帷幄中发挥不可估量的作用。从事这个职业的人，一生的业绩只有四个字：默默奉献。

法国罗丹说过一句话：“现代人最大的缺点是对自己的职业缺乏爱心。”显然，敬业是职场中起码的要求，也是一个从业者的品格。

敬业者，因对职业的热爱而愉悦自己的人生。

敬业者，因对职业的热爱而尊重服务对象，也将赢得他人的尊重和称赞。

1927年3月的一个清晨，山东省乐陵市黄河北岸的刘家人人喜气洋洋。原来刘家的媳妇刚生了一个男孩，给这个男孩取名刘德元。

刘家数代人一直恪守“忠厚传家远，诗书继世长”的祖训，家道中兴。但是，晚清王朝政治腐败，民间凄风苦雨，刘德元的祖父因生性耿直打抱不平而惹下了官司，家道从此衰落。到了刘德元父亲这一代，已是经济拮据，食不果腹。为了谋生，父亲刘振猷只身闯荡关东，养活一家老小。在这样艰苦的岁月里，刘德元也一天天长大了。

由于家庭贫困，孩提时代的刘德元上不起学，只是在农闲时，跟着长辈断断续续读过几年私塾。刘德元自幼聪明好学，几年下来，小德元在当地算得上是个有文化的人了。

1939 年春，刘德元的姑母被日本兵开枪打成重伤，住进了朱家寨村八路军临时医院里。刚满 12 岁的刘德元去医院帮助照顾姑母，认识了不少从前线送来治疗的八路军伤员。每天，他一忙完手里的活，就缠着八路军战士要听讲打日本鬼子的故事。那些八路军战士十分喜欢聪明懂事的刘德元，就把自己亲身经历的战斗故事讲给他听。日寇烧杀抢掠的暴行激发了小德元的保家卫国的爱国之情，八路军战士杀敌立功的生动事迹深深感染了他。

同年年底，发生了一件让刘德元刻骨铭心的事。他亲眼见到，年仅 15 岁的表姐喉咙被日本鬼子的子弹打穿，颈上边汩汩冒着血泡，情景惨不忍睹。刘德元跪在地上，抱着表姐，边哭边喊。表姐虽未断气，但已说不出话来，她那仇恨的目光像犀利的刀剑，似乎在对他说："表弟，你一定要替我报仇!"当天，鬼子还抓走十几个乡亲，押到据点里活埋了。

豆蔻年华的表姐无缘无故惨死在日本鬼子的屠刀下，复仇的种子深深埋在刘德元的心里。看到表姐和乡亲们的惨死，刘德元立志参加八路军，消灭日本侵略者，为被杀害的乡亲们报仇。

1940 年夏，抗日革命队伍的花名册上，多了一个刘德元的名字。年仅 13 岁的他参加了八路军，成为一名革命战士。从此，他走上抗日救亡的道路，踏上追求民族独立和人民解放事业的伟大征程。在革命大熔炉里，他茁壮成长，后来担任了县青年救国会宣传队的副队长。1942 年，15 岁的刘德元加入了中国共产党。

战争十分残酷，条件非常艰苦。战斗中，刘德元多次亲眼见到自己的领导、战友牺牲，但他没有感到一丝害怕，早日赶走日寇的信念从未动摇。在血与火的磨炼中，他变得更加坚强。1943年的一天，刘德元所在的部队被敌人合围，许多战友都牺牲了，他突围后与部队失去了联系，花了半年时间才找到了组织。

1944 年，17 岁的刘德元担任连代理指导员，配合连长指挥作战，消灭了大批敌人。在攻打万家据点时，他被炸弹的弹片击中，负了伤。养好伤后，刘德元又奔赴前线。

1945 年 8 月 15 日，日本宣布无条件投降。不久，由于工作需要，刘德元被选派到渤海军区司令部学习机要译电。刘德元的工作发生了新的转变，从此，在机要岗位上干了一辈子。

1946 年，刘德元从渤海军区七师调往十一师机要科。6 月份，师长肖锋亲自带领一个团，攻打寿光，刘德元带电台随部队执行任务，这是他从事机要工作以来第一次单独出台。战斗中，他翻译电报，通报军情，机智灵活地处理各种问题，配合部队首长指挥作战，成为首长的“千里眼”和“顺风耳”，为战斗胜利做出了贡献。莱芜战役中，他又携电台随部队奔赴前线，掌握敌情，为配合主力部队活捉李仙洲、歼灭敌军五万多人的重大胜利立下了功劳。

1947 年 4 月，华野十纵成立，刘德元被调往纵队司令部机要科。他与其他同志并肩作战，配合作战指挥，在打败蒋军整编七十二师、解放泰安、随刘邓大军参加外线出击的皖东豫东战役中，均发挥了重要作用。由于工作成绩突出，1947 年 8 月，刘德元被推选为全军英模代表，并荣获华东三级人民英雄的荣誉奖章。1948 年在济南战役、淮海战役中也发挥了重要作用。

1949 年 3 月，中国人民解放军整编，刘德元所在的十纵改为二十八军，划归三野第十兵团指挥。他被调到十兵团司令部机要科工作，渡江南下参加解放上海、福建等战役。

豫东战役

1952年8月，军区机要处集体转业到福建省委机要处，刘德元担任三科科长。他脱下了军装，开始了新的工作和生活。

青年刘德元

1954年7月3日，刘德元与上海姑娘史琪喜结良缘。在结婚的大喜日子里，刘德元回忆起那些为民族独立和人民解放而英勇牺牲的战友，想到了自己的惨死在日本鬼子屠刀下的表姐和乡亲们，他十分庆幸自己能过上幸福安宁的生活。他更加坚定了要为新中国多做贡献、让更多的人过上好日子的信念。

中华人民共和国诞生不久，百废待兴，各行各业开始了热火朝天的文化和业务学习活动。刘德元生怕落伍，每天除上班外，利用业余时间参加各类学习，自修了中学语文、数学、物理等课程，为译电工作机械化、自动化做准备。1958年秋，中央机要局举办机器使用与维护培训班，已担任福建省委秘书处副处长的刘德元被派去参加。培训结束后，留在北京参加全国机要工作会议的刘德元有幸受到了毛主席、周总理等党和国家领导人的亲切接见。

当年 11 月，刘德元从北京领回一台电传加密机。这是中央与地方各省第一台实验试用加密机，北京还专门派出专家指导使用。那段日子里，为保证设备的正常运转，刘德元加班加点，没日没夜地工作，并以此为契机狠抓机要人员科学文化知识和业务技术的学习，为福建省译电作业方法从手工向机械化、半自动化转变迈出了重要一步，大大提高了电报的速度和质量。

1958 年的冬天来得特别早，也特别寒冷。年底，刘德元奉命到“整顿公社工作团”担任副团长，到当时龙溪地区的诏安县太平公社调查。通过几个月的实地访查，刘德元深深地震惊了，他没想到中华人民共和国成立近 10 年了，农民群众的生活仍相当贫困，基层干部反映的问题是如此严重。

1959 年夏，在省里召开的专门会议上，本着对党忠诚、对事业负责的态度，刘德元仗义执言，如实汇报了太平公社的所见所闻，并向党组织写了一份书面材料，大胆地提出了自己的看法。让刘德元没有想到的是，这些言论给他带来了一次灾难。不久，他受到批判，被停职检查，交代问题。当时，他实在不明白，自己为了老百姓的利益，说的是实话，绝对没有错，怎么会被处理。于是，他积极向上申诉。但是，他的申诉没有奏效，蒙冤达四年之久。直到 1962 年春天，有关部门才为刘德元平反，向他赔礼道歉，给他恢复名誉。

1962 年 8 月，蒋介石企图反攻大陆，福建山区常有特务空降，海防形势十分紧张。为加强全省通讯工作的业务指导，福建省委决定恢复机要处，并调刘德元担任机要处长。刘德元欣然上任，全身心地扑在工作上，出色地完成了任务，成为全国机要工作的先进典型。

谁知历史再一次捉弄了他。1966 年，“文化大革命”爆发了，一张《揭开刘德元的盖子》的大字报，把矛头直指刘德元，造反派要打倒他，他又被停职检查，交代问题。

那个年代的“革命造反派”非常疯狂，刘德元只有“低头认罪”的份，完全没有申辩的机会。党政机关几乎瘫痪，省委机要处的“造反派”也同社会上的各大派别串联，严重地干扰了机要处正常工作。电报业务全部由军区机要局代办，电报文件、档案和密件全都转移到防空坑道中由部队保管。面对闹哄哄的局面，刘德元忧心忡忡，却又万般无奈。他感到茫然、迷惑、怀疑、痛苦，但他坚信这种极不正常的状况迟早会结束。4 个年头过去，刘德元在魁岐毛泽东思想学习班检查“过关”了。他奉命回省革委会办公室档案馆任负责人，任务是接收撤销机关档案，转移到山区后库，防空备战，保护档案安全。

刘德元十分珍惜这来之不易的工作机会，全力以赴投入工作。首先，他依靠老档案业务骨干带领所有人员边整理立卷，边开展业务学习，着手制定档案工作制度，对各类档案分门立卷，尽快消除“文革”对档案工作的影响，同时，改选党团支部，并当选支部书记。此后的五六年里，无论在福州还是在建阳后库，刘德元始终站在档案工作的第一线。在领导的关心和同志们的努力下，福建档案工作逐步进入正常化、规范化的轨道，并培养了一支有觉悟、有理想、求进步的年轻队伍。让刘德元没有想到的是，他和同志们埋头整理的档案，在粉碎“四人帮”后发挥了重要作用，为党和人民立下了重大功劳。1978

年，党的十一届三中全会召开，全国开始拨乱反正。刘德元和同志们花心血整理的档案，为正本清源、平反冤假错案提供了大量的史料依据。

1980年，福建省委、省人大决定将档案局恢复为一级局。1982年，刘德元先后被组织上任命为省档案局副局长、局长，福建省档案工作开始走向快速发展的阶段。新老干部的交接，实现了队伍的革命化、年轻化、知识化和专业化，为福建省档案事业进一步发展打下了坚实的基础。

刘德元晚年照

1987年，刘德元离休，他付出无数心血的新建馆也在同一时间在屏西落成。刘德元写了一篇《一个老兵的心愿》，勉励在职的同志珍惜大好时光，献身档案管理工作，为社会主义建设做贡献。

回首人生，从参加革命到离职休养，刘德元没有向组织提出过任何非分要求，几个孩子也没有利用他的关系谋取私利。他把自己的一生毫无保留地献给了党。

2007年春节，年届80高龄的刘德元赋诗自励自勉：“从头再起步，余热谱新篇；学习牛玉儒，努力效先贤；铭记党宗旨，终身不歇鞭……”这正是一名共产党员、一位老战士的心声。

（本文选自《八闽夕阳红·省直卷》）

有口皆碑的好书记

林水梅

沈茂槐

（1922—1996）

山东省沂南县人，1942年7月加入中国共产党，投身于抗日游击战争和“青救会”工作。历任山东省沂南县东平区委宣传干事、委员和副书记；山东省沂南县垛庄区委副书记、书记，沂南县委组织部副部长；福建省连城县委组织部副部长、县合作总社主任、县委委员；连城县委副书记兼组织部部长、县长；连城县委书记、上杭县委书记、龙岩地委委员；龙岩地委常委、秘书长，龙岩地委副书记、行署专员；福建省顾问委员会委员。

编辑絮语

毛泽东主席曾说："一个人做一点好事并不难，难的是一辈子做好事。"

沈茂槐在连城工作十几年，兢兢业业，勤勤恳恳，一心奉公，清明廉洁。在老百姓的心中，他是共产党员的楷模、人民信赖的好书记。

人之可贵在精神。精神是支柱！人若没有精神，何能立于社会？

一位无产阶级革命家说过一句话："一个精神生活很充实的人，一定是一个很有理想的人，一定是一个很高尚的人，一定是一个只做物质的主人而不做物质的奴隶的人。"如今，在物欲横流的世界里，成为"物质奴隶"者何其少数?!

想成为群众"有口皆碑"的领导者，从沈茂槐的言行和品格中当有所悟！

造福一方　功不可没

沈茂槐在连城县委主政期间十分重视经济建设和社会事业发展。在发展农业方面，当年县委认真贯彻毛泽东主席提出的农业“八字宪法”——水、肥、土、种、密、保、管、工。尤其是水利方面，1954 年 8 月至 1955 年 5 月建起了北团石固城陂，1956 年 9 月至 1957 年底建成了北团上江双官陂，1958 年底至 1965 年新建了水库——五磜水库。此外，还组织机关干部支持城郊公社兴建了湖塘水库、赖桥水库等等，使许多“望天田”变成了旱涝保收的水稻田。特别是北团公社，石固城陂和双官陂的先后建成，彻底改善了该社万亩良田的灌溉条件。在引进良种方面，沈茂槐书记也十分重视，先后组织农业部门为连城引进了 10 多个水稻良种，多个蔬菜品种，小麦、油菜、甘薯、果茶等许多品种。从 1955 年至 1958 年，连城县粮食亩产年递增二成多。淡水养鱼、种果种茶等多种经济也发展很快，其中果树已发展至 448 亩，比 1951 年增长 107.4%，茶叶 281 亩，比 1951 年增长 155.4%。

在发展工业方面，当年县委注重遵循客观规律，坚持自力更生办工业。1956 年首次兴办姑田公私合营水站，装机 16 千瓦。此后又在北团、新泉、朋口、宣和、庙前等公社相继兴办 20 千瓦以下的小型水电站。1955 年创连城食品厂。1956 年创办全地区第一个国营煤矿——西煤矿，1956 年底组建县手工业生产合作社。1957 年创办化工颜料厂、县松香厂。1958 年创办连城酒厂、碾米厂，同年 10 月创办李屋陶瓷厂和庙前国营煤矿、庙前煤铁。1960 年将烟纸厂、文具厂合并组建县地方国营印刷厂。1961 年又购买 750 马力锅炉蒸汽机和 600 千瓦发电机各 2 台，在城关兴办县第二火电厂。那几年，我县工业总产值直居全区上游。

在发展交通事业方面，当年县委坚持民办公助“两条走路”的方针，先后开通了5条公路：一是1958年春动工、当年通车的文坊至宣和全长7.3千米的公路，二是1959年10月动工、1960年12月通车的朋口至莒溪全长10千米的公路，三是1959年动工、1963年通车的城关至塘前全16千米的公路，四是1959年动工、1960年通车的北团祀台至罗坊岗头全长11千米的公路，五是1961年动工、1965年4月通车的姑田新亭口至赖源黄地全长31.28千米的林区公路。

在发展教育事业方面，当年县委除了狠抓全民扫盲工作，先后组织全县务农群众3.8万多人参加扫盲学习，使大部分成年文盲、半文盲脱掉“文盲帽”，此外还注重遵循教育发展规律，抓好幼儿和中小学教育。

幼儿教育方面，从1956年创办县实验幼儿园开始，至1960年全县已办幼儿园173个班，入园儿童达4998人。

小学教育方面，初级小学由1952年的72所，到1958年发展至235所；完全小学由1952年的36所，到1958年发展至86所。

中学教育方面，1957年在朋口增办连城三中；1959年在北团增办连城四中，在姑田增办连城五中；1960年又在文亨增办连城六中。

此外，当年县委还十分重视宣传文化工作。1956年创办《连城农村》，1958年5月改名《连城人民》，1959年元旦改名《连城日报》，至1960年11月因经济十分拮据才宣告停办。沈茂槐书记不仅重视办报，而且曾亲自兼任县委报道组组长。为满足连城人民的文化生活需求，县委还四方招贤，于1960年组建了连城歌剧团。1964 年 6 月又千方百计向上争取资金，在北门动工兴建一座能容 1100 多人的影剧院。

上述这些发展实例，也许以现代人的眼光看规模不大，甚至有人说“微不足道”，但在当年是了不起的功绩。这些发展成就虽然是全县人民共同努力的结果，但每一项工程，每一个企业，每一项事业，沈书记都付出了心血，流下了汗水。

连城农村

发刊词

连城人民

LIANCHENG RENMIN

《连城农村》《连城人民》首刊

沈茂槐书记非常关心每项建设工程，经常下去检查指导，每到一地都带头参加劳动。他到北团，参加过水利工地劳动；他到庙前，参加过多次炼铁实践；他到莒溪，参加过朋莒公路的实地测量。他知道城郊公社动工建设湖塘、赖桥水库，亲自率领县直机关干部到工地劳动；北门影剧院动工挖墙基那天，他也跟机关干部、中小学生一起挥锄破土……

沈茂槐书记办事是实事求是的。1957 年华丕石奉命到赖源乡黄宗村整顿纸业合作社，发现该社 7 名社务委员有 5 名是解放前用十纸买来的国民党员，如果把这些人一律清除，该纸业合作社可能难以巩固和发展。他请示沈书记，沈书记立即电告：“要按实际情况办！”

沈书记办事有一抓到底的作风。1960 年刚创建县歌剧团时因连城缺乏编导和骨干演员，他多方打听消息，不遗余力，先

后从福建省艺术学校、上海剧团等团队招聘贤才。三年困难时期，歌剧团曾一度经费紧张，沈书记亲自向北团公社借款 2 万元扶持剧团，后来这笔借款由县委卖了一部汽车还给北团公社。1963 年，空政文工团首次演出大型歌剧《江姐》后，沈书记主动与空军司令刘亚楼联系，为县歌剧团讨来了《江姐》全套剧本（包括曲谱），并要求歌剧团认真排练好此剧。从此，连城县歌剧团才在龙岩、南平、三明地区以及广东、江西的一些县市打出品牌，名扬三省。以上事实，足以证明：沈茂槐书记在连城主政，造福一方，功不可没。

人品高尚　堪称楷模

沈茂槐书记一向讲操守，重品行。他的高尚人格和为官品德，广大老干部至今难忘。

一是原则性强。沈书记办事、为人都注意坚持原则。尤其在用人方面，他始终坚持用人唯贤，从来没有以感情亲疏提拔重用某个干部。他要求组织部门做干部工作要做到知人、知面、知心。他对自己的同事、下属能真正做到知人善用。每提拔和调动一名科局级以上的干部，沈书记都亲自找他谈话，并向他介绍新单位领导或几位助手的优点和不足，希望到新单位后要用人之长，加强团结。对犯有错误的干部，沈书记坚持“惩前毖后，治病救人”的方针，政治上批评从严，思想上帮教从细，组织上处理从轻，使犯有错误的干部口服心服，痛改前非，并很快以新的精神面貌投入工作。在生活上，沈书记也很讲原则，从不违反有关规定。那些年县委也曾制订过用车和接待等方面的规定，沈书记都以身作则，带头执行。他下乡时凡是遇到超规定的接待，都严厉拒绝。

二是平易近人。沈书记从来没有什么官架子，穿着朴素，平易近人。他对部下关心爱护，干部向他反映家庭生活或自己有实际困难时，他总是尽力帮助解决。他得知曲溪公社社长华丕石患十二指肠溃疡，立即交代公社书记不让丕石一人下乡。他对平民百姓也非常热情，小学教师到他家进行家访，他也亲自泡茶相待，并腾出时间聆听老师的介绍和建议。他乘专车下乡时，遇上同路人，不管是干部还是群众，只要车上有空位他都主动停车，招呼同路人一起前往。至今，连城朋口、新泉仍有一些老人思念沈书记，说他曾经搭过沈书记的吉普车。

三是有福同享。沈书记常在会上说，工作要靠大家共同努力，有享受也要大家共同分享。他是这样说的也是这样做的。1958 年夏，空军司令员刘亚楼到连城机场航站检查工作。他接见县委书记沈茂槐时顺便问了一句：“你有没有坐过飞机？”沈书记说没有。刘司令员当即表态让沈书记坐一次飞机，在连城上空转一下，感受感受“腾云驾雾”的滋味。沈书记婉言谢绝道：“让我一人享受这可不行，要么，让县委、县政府机关科局级以上的干部都享受一次。”后来，刘司令员也满足沈书记的要求，组织县直机关领导一同享受了坐飞机的滋味。1960 年至 1962 年三年困难时期，按上级规定县委主要领导可适当多发些糖票、肉票、烟票之类的优待，沈书记每次都主动提醒县委办：“我沈茂槐有什么待遇，其他领导也应该有什么样的待遇，只照顾我一个人，我绝不敢要。希望你们切勿忘记这条规矩。”能展示沈书记高尚人品的生动实例不胜枚举，然而，以上实例已足以令人钦佩。

为民服务　鞠躬尽瘁

沈茂槐书记是心中只有人民，一心为着人民的好公仆。老婆生孩子，他没有请假一天关照妻子；孩子生病了，他顶多在医生面前多嘱咐几句，在孩子面前多安慰几句。但是，他下乡无论到哪里，都一定要去看望五保户和孤寡老人。发现干部生病了，他总要抽空前往看望。由于他一心只想着工作，想着连城 20 多万父老乡亲，常常疲劳过度，甚至有病也不及时治疗，年仅三四十岁身体就逐渐消瘦。尤其是在“三年困难时期”，他简直成了皮包骨头的瘦老头。然而，尽管他病魔缠身、身体虚弱，却始终把工作放在第一位，始终把全县人民放在心里。

老干部们记得，在困难时期，是沈书记撑着拐杖带领机关干部深入赖源、曲溪、莒溪公社的边远山村了解民情，想办法组织调运包菜、白糖和回销粮，帮助当地群众渡过饥荒。

老干部们记得，在发现连城县有群众患水肿病，县里又缺少必要的药材时，是沈书记亲自给卫生部部长江一真打电话汇报实情，请求帮助解决，并立即派县医药公司业务员吴增才带上他的亲笔信赴京求援。幸得江一真部长支持后，从北京、山西、甘肃、陕西、四川、江苏、云南、广西等地采购回大批的当归、田七、党参、天麻等急需中药，满足了病者的需求。

老干部们还记得，1961 年春，是沈书记主持县委、县政府及有关部门领导会议，支持各公社立即将患严重水肿病的乡亲集中起来给予适当照顾和调养。当时叫作办“营养食堂”，每人每天供应一个蛋、一两黄豆，一两白糖，口粮由公社统一解决。此举，挽救了全县不少百姓的生命。

所以，经历过那场灾难的老干部都说，连城县在三年困难时期饿死、病死的人数为全地区最少，这与沈茂槐书记有直接的关系。

清正廉洁　有口皆碑

沈茂槐书记十分注意清正廉洁。参加座谈会的每个人都夸他是“一身正气、两袖清风”的好书记。

曾经担任过沈书记警卫员的陈寿年说，沈书记不仅每年开三级干部大会或公社书记会议都不到县招待所用餐，就连接待上级领导来连城检查工作也很少陪同吃饭，一般都安排副书记陪同。

曾经当过沈书记司机的陈锡桃说，沈书记每次下乡都坚持到公社食堂排队买饭菜，而且要主动交缴基本伙食费。有一次到北团下乡，他发现公社书记借开干部大会的名义特意杀一头猪接待，他立即叫我开车返回县城。

曾经任过县委办秘书的池海说，当年跟沈书记下乡是最不能沾上油水的，纵然有时基层也有单独接待，那也只是极普通的“三菜一汤”。如果发现有人杀鸡宰鸭招待他的话，他不仅要严厉批评，而且会弃而拒之。

曾任县委组织部副部长的沈锟英说，1961 年底，县良种场杀了两头猪，场长官胜清因想到县领导曾多次率机关干部到该场参加劳动，当年市场上猪肉供应紧张，想送县委领导每人 2 斤猪肉。沈书记执意要按市价付款。官场长不好意思收，结果没有一位领导敢接受良种场的猪肉。事后，沈书记还责成官胜清就此行为在县良种场党支部会议上做检讨，并要组织部督查落实。

沈茂槐书记不仅自己口不馋、手不伸、心不贪，而且对贤内助也要求非常严格。当年担任副县长的李翠娥回忆：沈茂槐书记的妻子李富玉生孩子时，城郊公社有位干部替她买了十几个鸡蛋，后被沈书记发现，挨了严厉的批评。沈书记在连城工作 10 多年也没添置一件家具。

由于沈茂槐书记在连城工作期间政声可颂，人品高尚，清正廉洁，深得民心，所以在“文革”中得到连城人民的保护。虽然他也被造反派“请”回连城参加“批斗”学习改造，但两派群众组织都没有揪斗他，有时只让他参与陪斗。这在当年也是十分罕见的。

沈茂槐书记虽已仙逝多年，但连城人民特别是连城乡亲至今仍在深切怀念他。沈书记是连城人民有口皆碑的好书记呀！

盐阜保卫战

王亚都

王亚都

(1925. 11—2008. 2)

出生于今江苏省如东市。1942年9月到新四军创办的如东中学学习。1943年6月加入中国共产党。1943年6月就读于苏中二分区联合中学。1944年11月参加新四军，历任文工团团员、干事、党支部书记、政治指导员、政治教员，并参加了兴化、高邮战役。1948年后参加了淮海战役、渡江战役、上海战役。1949年进军福建。1953年9月到省人事厅工作。1954年3月后任省卫生厅科长、处长。1971年4月后任福州市第三医院、省妇幼保健院革委会主任。1978年11月任福建中医学院党委委员、副书记、副院长。1983年10月任中医学院党委委员、书记。1987年2月离休。

编辑絮语

王亚都是一位新四军老战士。入伍之前，他也有过美好的梦想：当一名作家，用自己手中的笔，记录时代的变迁，写出人间的痛苦与欢乐。如同那个年代的鲁迅、郭沫若、茅盾、巴金……然而，侵略者的铁蹄把他的梦想击碎了！

全民抗战的时代大潮，让他走进了一支英雄的队伍，一支为了民族解放而不惜奉献自己生命的战斗队伍——新四军。

时代的大潮改变了一个人的命运，改变了他的人生走向，唯一不能改变的是：初心与使命！

王亚都的人生乐章，回荡的正是这一时代最响亮的音符！

1946年春夏之间，国民党发动了全面内战，苏中军区首当其冲遇上了国民党精锐部队渡江北进。但是，他们的如意算盘打错了，华东野战军也集中优势兵力，乘敌军立足未稳就发动了苏吕战役。

这时，我由海纵机关下到一营一连任指导员，并随一营奉调苏中军区特务团编为二营。粟裕将军亲临指挥，取得了战争史上有名的“七战七捷”，歼敌3万人，缴获了全部美式武器。

苏中七战七捷纪念馆

为了争取战争的最后胜利，党中央指示：战争不在于一城一地的得失，要保存有生力量。七战七捷后，华东野战军大部分向山东境内做战略转移。我所在的华野十一纵由七纵改称，留下担负狙击敌军北上的任务，打得最激烈的就是盐阜保卫战。

回忆起 1946 年苏中盐阜，那真是惊心动魄！

在盐阜保卫战中，我所在的华东野战军十一纵队九十六团从东台县白驹镇构筑工事开始，顽强地狙击进攻之敌，已达 2 个月之久。当时，我在二营四连担任指导员，整个纵队在通榆公路两翼部署了重兵防守，但敌军的正面是包括蒋介石的嫡系主力七十四师在内的4个整编师，加上三四个榴弹炮团及各式重型火炮，还有多架轰炸机、歼击机轮番轰炸和扫射，形势非常严峻。

当敌军发动攻击时，各种型号的火炮一齐开火，炮弹如同机枪子弹那样密集，几十吨的钢铁倾泻在我们的阵地上，我们的阵地到处爆炸，变成一片火海！仅仅一天，第一线的防守工事几乎全被摧毁。

我连处在敌军进攻的正面突出部位。当夜幕降临时，敌军发起总攻，我们仅剩的几个碉堡射击孔全被敌军炮火封锁，机枪手勇敢地将机枪架在碉堡顶上射击，刚打出一梭子弹，军帽就被打飞了，幸好人没有牺牲。排长请示我："指导员！怎么办？"

我脑子里急速地思考着作战命令："没有指挥部的命令。后退一步，党纪军纪制裁！"可是，如果还待在原地，那就只能束手待毙。若后撤一点继续狙击敌军，可以保存有生力量。这不会犯罪吧?！我立即下令："紧急转移到第二防线继续死守！"

到天黑的时候，进攻之敌已经迂回到我们的侧后方，并步步逼近我们的阵地。朦胧的夜色中隐隐约约看见敌人像蜂群一样急步上来了。我们连队所有的枪炮、手榴弹都向敌人招呼。我喊一声："准备拼刺刀！"

就在这时，团指挥部下达命令："迅速撤离！"

就在我们撤离的途中，敌人用大炮超远追击，企图把我们消灭在撤离的路上。炮弹在我们周围不断地爆炸，行进中的战友在这狂轰滥炸中倒下，他们的血肉飞溅到身边同伴的军装

盐阜保卫战

上、枪支上，那血肉横飞的情景惨不忍睹！战友们不忍心将他们丢下，尽一切办法抬着尸体一起撤离。

难以置信的是，密集的炮雨将野地里的野鸡、野兔都打死了，凄凉的月光下隐约还能看见池塘里的鱼也成群地漂浮在水面上……

战斗后我才知道，我们的团参谋长张兆同志为了掩护第一线的同志脱离险境，亲自率警卫连死命顶住包围我们的敌军，使我们的大部分战士撤离出战场。

在战斗总结时，我亲耳听他讲："战争的任务是要歼灭敌人，尽可能保存自己的有生力量。一个指挥员，指挥得当，可称得上是指挥员，指挥不好，就是指死员！"这出于肺腑的语

言，既充满对敌人的仇恨，又洋溢着爱兵如子的深厚感情。多么好的参谋长啊！可是此时他已是一位为革命献出了一条胳膊的残疾人了！更不幸的是，张兆同志在战役中英勇地牺牲了。

当时他才30岁上下，刚与一位战地记者结婚不久。几十年以后，想起他来我仍心酸不已。我们华野十一纵九十团的同志们永远不会忘记这位为中国革命流尽最后一滴血的好领导！

盐阜保卫战中的22个日日夜夜，我军从东台白驹备战开始，在通榆公路线上步步为营，死守每一个大小城镇，在公路两侧用少数部队，采取打“麻雀战”的办法，牵制敌军前进。约打了半个多月，我们到达盐城北面的重镇上岗，由于昼夜不停地连续作战，部队已是疲惫不堪了。纵队部又给团部下了一个命令：“没有指挥部的命令，后退一步党纪制裁，军纪制裁！”

这半个月，我们在通榆线上的六仓、伍佑、盐城等城镇顽强地抗击敌人的疯狂进攻，消灭了敌人的有生力量，自己连队也伤亡过半，指战员的军装被炮火的碎片烧焦，挖战壕时手也磨破了。军鞋也磨得露出了脚趾，只好用破布包着。苏北的初冬，河面上已经结了薄冰，但有时不得不下水泅渡，棉衣常常是湿淋淋的，只能用手使劲挤一挤水，再靠自身的体温焐干。当时我的两个膝盖已冻得不能蹲下了，身体的状态极差。

夜晚，我们进入上岗的前沿阵地，由于防御工事过分简陋，必须在拂晓前尽可能加固，但战士们实在困苦难忍，不断提出：“指导员，你让我们稍微睡一下，明天即使打死了也心

上岗保卫战

甘!”我听了，禁不住泪水突眶而出，但还是勉励大家再顽强些，尽量争取少牺牲些同志。我带头使劲加固战壕，战士们看了也跟着干起来。

拂晓时分，敌军与我军接上火。炮火越来越猛烈。这时突然接到团指挥所的电话，说要给我们派一个副指导员来。我和连长谭兆良都很高兴，因为我们的副连长在开战不久就光荣牺牲了，副指导员也因负了重伤下火线了，正感到连队的领导力量不足。谁知事有凑巧，见面时来人却是我联中的同学吉景仁。我们离校好多年了，在战火纷飞的战场上相遇，心情的激动难以言表。简短交谈之后，我把苏中七战七捷的战利品——一把美式转轮手枪赠送给他。我们分别进入各自的指挥岗位，他很快去了三排协助排长指挥。

盐阜保卫战的22个昼夜，是我战斗经历中最艰苦、最激烈、也是牺牲最多的一次战役，而上岗保卫战又是我们前沿部队死打死拼、伤亡最重的一次战斗，为了争夺一个高地、一个碉堡，我们采取坚守和短距离出击的战术，与敌人反复争夺三四次。

上岗保卫战的胜利，凝聚了战友们多少勇敢和智慧，付出了多少热血和生命！每当回忆起这一次战斗，我便会告诉年轻的朋友们："今天的好日子来之不易啊！珍惜吧！"

盐阜保卫战纪念塔

党指向哪里，他就奔向哪里

高　琴

秦　光

（1925. 9—2019）

出生于山西省屯留县宜林乡卜庄村。1942年10月参加革命工作，曾任屯留县教员、联合校校长。1946年11月加入中国共产党。1948年8月后，历任山西太岳区地委办公室干事、地委党校支部书记。1949年南下，任长江支队二大队二中队教育股长。入闽后，历任建瓯县文教科科长、南雅区委书记、县委办公室主任。1953年5月后，历任建阳县委宣传部部长，建阳地委宣传部科长，建阳县委副书记、书记，南平地委宣传部副部长，松溪县委第一书记，福安地委宣传部副部长，霞浦县委第一书记，福安地委秘书长。1969年11月参加省革委会学习班学习。1970年2月任霞浦县小马大队工作组组员。1970年7月任福安地区7062工程指挥部副指挥。1971年3月任寿宁县委副书记。1975年3月任《福建日报》社党组成员、副书记。1980年2月任省体委主任、党组书记。1985年12月离休。

编辑絮语

“党指向哪里，就奔向哪里”，这是20世纪五六十年代常听到的一句话。

在凯歌行进的年代，尽管面对封锁，困难重重，建设成就却仍令世界震惊！为什么？答案是：全国各族人民团结一心，意气风发，听党召唤，为社会主义革命和建设事业奉献自己的聪明才智。那一段的艰难和荣光，永远写在新中国创业史册上！

秦光，是一个典型。他原是太行山下小村庄的一个放哨查岗的“小八路”，一路跟随长江支队走来福建，在八闽大地上建功立业，写出自己非凡的人生。

他的人生信条就是一句话：党指向哪里，就奔向哪里！

1980年1月，组织上把福建日报社党组副书记、副总编秦光调去省体委工作，给他的任务是：整顿省体委领导班子，让体育事业摆脱派性干扰，恢复常态，走向繁荣。

秦光是随长江支队南下入闽的。曾先后担任过建瓯县南雅区委书记，建阳县委宣传部部长，松溪县委书记，福安地委宣传部副部长，福安地委秘书长，福建日报社党组副书记、副总编。

“党指向哪里，就奔向哪里”，无条件服从已成为他的信念。

当时，省体委已是一盘散沙，“文化大革命”中两派斗争激烈，歪风邪气严重，干部无心干业务，运动员也不积极训练，“帮派”的余毒还未肃清。摆在秦光面前的一大堆问题亟待解决。

秦光走马上任后，做的第一件事是调查研究，倾听群众的声音。

他深入到各个办公室、运动队找人个别谈话，倾听“怨气”、意见，化解大家的内心纠结。之后，他采取三大措施“恢复元气”：

一是搞好人事调整和制度的建设。经上级批准，他提拔了两个副主任当副手，各个处室正副处长也做了安排，把长期在基层熟悉业务的人提拔上来或安排到重要岗位上。各运动队订立训练的规章制度，层层抓落实，奖惩有度，让人心渐渐地安定，积极性跟着调动起来。

二是开展爱国主义教育。体育事业是爱国事业，要摘掉“东亚病夫”的帽子，让世人刮目相看，体现中国人民的信心和强大，这应该是每个体育工作者的责任和义务。响应毛主席提出的“发展体育运动，增加人民体质”号召，运动员要在人民群众中起英雄模范带头作用，培养起光荣感和使命感。

三是树立正面典型，激发运动员不怕吃苦不怕牺牲勇于奋斗的拼搏精神。他以身作则、兢兢业业干好工作。首先不摆官架子，深入到基层，走业务科室和运动队，到运动员中去蹲点，与干群打成一片，将大家反映的问题收集回来开会讨论解决，小事情当场拍板，让运动员们放心搞好自己的竞技项目。

比如，食堂伙食办得不好，秦光到处打听哪里搞得好，派人去学习。哪个市场的肉蛋、蔬菜供应好，就去哪里采购。为了办好伙食，他派炊事员专程去上海等地培训学习。在业务上他不耻下问，善于向内行学习，请教老教练员，并与年轻运动员一块探讨福建发展什么项目为好。听取各方面意见后，他根据福建地域人文特点，发展小巧灵活的项目，例如排球、羽毛球、乒乓球、射箭、田径等。国家队中这方面的福建籍人才也比较多，可以请来指导。发挥本地优势，重点培养人才，制定近期目标和远期计划。

在秦光的领导下，省体委的工作紧张有序地进行着。

1983 年 9 月 18 日，中华人民共和国第五届全国运动会开幕，这届体育盛会声势浩大，时任国际奥委会主席的萨马兰奇前来参加。我国将为参加第二年在洛杉矶举办的奥运会助威和选拔人才，这也是我国从政治色彩浓厚的全运会向全面展现“更高、更快、更强”的竞技体育过渡的转折。各省相当重视，把此重要机会作为展示各地力量的体现。

当时全国共有 31 个代表队 8943 名运动员参赛，可谓盛况空前。福建省体委主任秦光老当益壮，58 岁的他亲自率领队伍前往举办地上海。原福建省委书记、时任海军司令的叶飞到驻地看望他们。叶飞看好男排，说：“你们好好比赛，我会来看的。我是福建人，很想让你们夺冠，我又是解放军，又希望解放军队夺冠。敢拼会赢，福建人民盼望你们打胜仗啊！”从福建男排进入国家队的著名运动员汪嘉伟前来指导，运动员们倍受鼓舞，信心十足，摩拳擦掌。秦光鞍前马后提供优质服务和有效管理，每一场比赛他都与教练员、运动员们精心策划，并亲临现场，开导、安慰、勉励、鼓动大家。

功夫不负有心人，这届全国运动会，福建代表队获得 11 枚金牌、5 枚银牌、10 枚铜牌，在全国 31 个代表队中排名第十，创造了非常好的成绩。

福建男排首次夺冠，在福建男排史上达到了“前无古人后无来者”之佳绩。毫无疑问，秦光作为体委主任，在培养人才，在给运动员注入振兴中华、奋勇争先的精神力量方面，做了很多工作，功劳不可磨灭。

选送优秀运动员给国家队是各省的责任和义务，也是扩大本省知名度和提高赛事水平的捷径。如福建籍乒乓球运动员郭跃华、陈新华等，如果没有进入国家队就不可能有世界赛大舞台，就不可能夺得冠军，让世人喝彩叫好。

秦光很重视推荐运动员一事。有位叫徐振才的运动员被推荐到国家队，他个人技术好，就是个性强常跟周边人闹矛盾，不久被退回了省队。秦光觉得这人有潜力可以有更大作为，于是一边做国家体委有关人员和教练的工作，一边对徐振才进行思想教育，该运动员终于认识到互相配合的重要性，克服了个人英雄主义的情绪，回到了国家队并且在第九届亚运会、第五届全运会上都有出色的表现。

1984 年第二十三届奥运会如期开幕，由国家体委主管业务的副主任李梦华带队，全国 30 多个省体委主任仅选出 8 位工作出色的出征，秦光就是其中一位。

来到洛杉矶，秦光被华侨们浓烈的爱国情怀和高涨的比赛热情所打动。比赛更是紧张激烈，特别是女排的决赛，在我国体育史上写下辉煌的一笔！

福建省向国家女排奉献了“两珠”——侯玉珠、郑美珠。特别是侯玉珠，在和美国女排争夺冠军的决赛的关键时刻被派上场，在比赛打到 23 平，剩下两个球决定胜负时，侯玉珠发出勾手抛球和近距离短线球，帮助中国队得分，赢下关键一局，最终中国队以 3：0 全胜夺冠。为此，福建队受到了国家的表彰，秦光被誉为“护珠的使者”。

秦光（中）和奥运女排冠军队员合影

秦光在福建省体委当一把手的 7 年，是力挽狂澜、频出成果的 7 年，福建省体委先后 3 次获得重要的国家级荣誉：

第一次是 1982 年第九届亚运会，在印度首都新德里举行，有 32 个国家的运动员参加，中国代表队获奖牌总数首次位居亚洲第一位，福建队输送的人才均有突出的表现。

第二次是 1984 年奥运会，福建队输送的“双珠”表现优异，举世瞩目。

第三次是经过评比，福建省体委向国家输送优秀人才相对数量多质量好，国家特予以奖励。甘当人梯、努力为国家队培养和输送人才，作为领导的秦光总是谦虚地说：“这是整个省体委的功绩。再说体育工作是接力赛，一代前人打下了良好的基础，我们不过是站在历史前进的一级台阶上而已。”

随着老龄化社会的到来，为构建和谐的社会主义新时代，实现老有所养和老有所为，福建省成立老年人体育协会成为当务之急。秦光熟悉体育这块业务，又有很强的群众工作能力，1984 年初上级决定调他去开拓这块领域。秦光接受了新的任务，他想到老体协工作涉及面广，必须要有省一级领导来协调，就亲自登门请曾任福建省委书记处书记、时任政协主席的伍洪祥出任福建省老体协主席，他任常务副主席。重大会议、重大事情请省领导出面协助解决，日常工作由自己亲自来抓。

秦光做了 5 年的省老体协副主席，本想到了离休年龄就可以休息了，省领导却要他继续干下去。新一任老体协主席、省人大常委会主任袁启彤出面挽留他，说：“此项工作离不开你呀，你德高望重，要做好承上启下的润滑剂。”秦光本也是一个闲不住的人，身体健康状况良好，能够为社会多做贡献又何乐而不为！他同意只当顾问。但这个顾问要全天上班，大小事情要一同出谋献策安排落实。没想到这一干又是 20 多年。他在省老体协工作期间，同样取得卓越的业绩和令人瞩目的成果。全省各地相继成立了老体协，截至 2013 年底，9 个设区市及平潭综合实验区，省直机关、高校、电力、邮电、省地矿局、火车头、中水十六局等都有了老体协；全省 100% 的县（市）区、95 个乡镇（街道）、78 个行政村（社区）相应建立了组织。据不完全统计，已建立基层老体协组织 2230 个，老体协会员达 238 万多人，占退休人员 60%以上，而且十分活跃，经常开展各种活动。从 1987 年起，每 4 年举办一届全省老年人运动会。2009 年福建省代表团参加第一届全国老年人体育健身大会获得全面丰收，大会授予福建省老体协贡献奖、最佳组织奖。2013 年，福建代表团参加第二届全国老年人体育健身大会也取得了优异成绩，获得集体或个人优胜奖 50 个、优秀奖 20 个及 12 个项目的体育道德风尚奖。

2012 年及 2013 年上半年，福建省老体协还在全省范围内开展太极拳（剑）、健身街舞、健身秧歌、健身腰鼓、柔力球、门球、健身球操、气排球、乒乓球和广场操等项目展示交流活动，在社会上造成很大的影响，进一步促进了老年人身心健康。

这些年在省老体协的正确领导下，全省各级老体协活动丰富多彩，充分展示了新时代老年人的精神风貌和幸福生活。为此福建省老体协多次获得全国老龄委授予的“全国老龄工作先进单位”和国家体育总局授予的“全民健身活动先进单位”的荣誉称号。

王屋骄子闽海倾热血

冯小玲

晋静波

（1927.1—2014.5）

河南省济源县人。1943年1月参加革命工作。历任抗大中条中队学员、王屋三区区干队政工员，王屋一区助理员、县政府抗勤科科员、地委孟县土改翻身队组长。1949年2月加入中国共产党。同年南下，途中任长江支队六大队五中队供卫股长。入闽后，历任福鼎县贸易公司经理，福安地区贸易公司科长、分公司经理，地区供销社副主任，地区商业局局长。1958年9月后，历任福安地委财贸部副部长，行署财办副主任，地委工交财贸部第一副部长，宁德地区商业局局长，财办主任，行署副专员，地委常委。1980年6月后，历任省财政厅厅长、党组书记，省乡镇企业局局长、党组书记。曾当选为省委四届代表大会代表，省七届人大代表、省人大常委。1994年1月离休。

编辑絮语

传说中的愚公移山，移走的是河南济源境内的王屋山。

王屋山下的人大都有愚公移山的精神，做什么事都执着、锲而不舍。晋静波亦然。

随长江支队入闽后，晋静波分配在福鼎县，从县贸易公司经理做起，一直做到福建省乡镇企业局局长。可以说，一辈子都跟“买卖”打交通。

“买卖者，盈利也。”有的人，为了私利投机倒把，巧取豪夺，发国难财，不惜以身试法。而晋静波做买卖，为的是“保障供给、稳定物价、普惠民生、发展经济”。两者的区别在于为私还是为公。

作家沈从文在《尽责》中写过这样一段话：“聪明治国者若具有一分聪明九分勇敢的精神，凭这一分聪明应知道历史是怎么回事，那九分勇敢必可造成一页新的历史。”

诚然，晋静波一代人是中华人民共和国历史的创造者。他们如何从艰难困苦中走过来，我们记忆犹新。正是因为他们的聪明和勇敢，才创造出社会主义建设的“中国特色”，才有了今日中国的辉煌！

挡在福建经济建设面前的“王屋山”已被移走了。进入中国经济发展第一方阵中的福建“诸人”，应该感谢这位“王屋骄子”和他的战友们！

1949年3月，在党中央和毛泽东主席“打过长江去，解放全中国”的战斗号召下，122位优秀儿女从河南济源启程，踏上南下征程。在河北武安，他们被编入中国人民解放军长江支队第六大队第三中队（另有24位济源籍干部编入长江支队其他大队）。历时207天，行程6000余华里，途经山西、河北、河南、安徽、江苏、浙江、江西、福建8省65县、市，于1949年9月到达福建霞浦、柘荣等地。他们带着党和人民的嘱托，带着父老乡亲的期盼，带着艰苦奋斗、坚强不屈、勇于开拓、无私奉献的愚公移山精神，从济水之源到东海之滨，扎根福建，建设福建，把一生献给了千万里之遥的闽疆。

“家乡人来了，请坐，请坐！”2013年10月12日晚上8点多，86岁的晋静波老同志穿着老布鞋站在客厅，亲切地用乡音招呼着采访团成员。见到家乡的人，他的脸上流露出少有的惊喜。他坐在沙发上，热情地让大家坐在他的身边，不时怜爱地看着我们，并不住地感叹：“我们离开家乡已经60多年了……”

晋老说，他的身体还算硬朗，但3年前他得了一场急病，现在记忆力大不如以前。他告诉我们说：“长江支队河南济源籍入闽南下干部100余人，80%以上的人已经去世了，如今只剩下20多人了。住在福州的济源籍南下干部有四五个人，我们经常联系。不巧的是，赵家斌到广东去了，常建业到云南去了。这次你们能见到的恐怕只有我和成仁。这几年，陆陆续续地人都走了……我自己，身体状况也每况愈下。”

当天晚上，我们在晋老家中座谈到10点半，他慢慢地打开了话匣子，回忆起在福建的点点滴滴。

南下时，晋静波任中国人民解放军长江支队第六大队第五中队行军参谋、供卫股股长。1949 年 9 月入闽后，福鼎县委任命他为县贸易公司经理，负责平抑物价，保障供给，完成地区分配的党政干部越冬服装供给的任务。自此，晋静波开始学习经商贸易这一行。

福鼎是闽浙交通要道，他从温州和上海购进大批布匹、棉花和百货日用品，除供应本县外，还运到福安、福州等地销售。不但平抑了物价，稳定市场，还保障了全区党政干部适时穿上了冬衣。

1951 年 2 月，晋静波被调到福安地区贸易公司任业务科长（县级），1951 年、1952 年，他作为闽东工商界代表出席华东第一次、第二次物资交流大会。为了认真贯彻中央关于“扩大物资交流，活跃城乡市场，稳定社会物价，促进经济发展”的方针，先后组织召开闽东地区和各县物资交流会，极大地促进了城乡物资交流。当时市场的商品购销两旺，不但促进了当地工农业生产的恢复和发展，而且直接推动了流通渠道机构的改革和扩大。

1952 年 12 月，地区贸易公司改为纱布百货、粮油食品、土特产等专业公司，并成立地区、县供销合作社。1953 年 1 月，晋静波调任地区供销社第一副主任，1954 年 7 月当选为中华全国供销社代表大会代表。1957 年精简机构，地区商业局、服务局、供销社、粮食局、外贸局合并为商业办公室，后改为商业局，晋静波被任命为商业办公室主任、商业局局长。

1958年9月至1967年4月，晋静波先后调任福安地委财贸部第一副部长、地区行署财办副主任兼商业局长、地委工交财贸部第一副部长等职。

在1960年、1961年两年严重困难时期，财贸工作压力很大，在地委、行署的直接指导下，率先开放粮食、副食品流通市场，允许外省、外地区的粮食、副食品、工业品等流入闽东市场，并在福鼎县进行边贸工作试点，然后全区推开。

这些措施明显地促进了生产，活跃了市场，调剂了有无。仅浙赣两地粮食流入福鼎就有500多万斤，不仅减轻了国家供应的压力，而且帮助群众渡过了灾荒。这些做法受到省里分管财贸工作领导的赞扬，并在全省推广福鼎县开放市场的经验。特别是茶叶的产、购、销、调由财贸部门统管，中华人民共和国成立初期年产5000多担，1958年发展到5.4万担，并办起福鼎、福安、赛岐等三个茶叶机械精制加工厂，生产出了享誉国际的白琳、坦洋工夫红茶，茶叶产量和出口量都居全省第一。桐油产量也由700担发展到1万多担，成为上海市场的货源基地。

1967年5月至1969年9月"文化大革命"期间，晋静波成了福安地区财贸战线的"头号走资派"，住进学习班接受批判斗争。1969年10月至1971年11月两年下放农村。

1971年底，粉碎林彪反党集团后，晋静波恢复了工作，任宁德地区商业局局长，1975年任地区财办主任。他认真贯彻邓小平同志提出的"各方面都要整顿"的指示，狠抓财贸系统的整顿，重新建立被撤销的商业网络，恢复经济运转渠道，提高服务生产质量，增进经济效益。1975 年 9 月，晋静波出席了全国第一次“农业学大寨”会议，聆听邓小平同志的指示，但不久全国又掀起“反击右倾翻案风”，晋静波又成为打倒对象，靠边站挨批斗。直至 1976 年 9 月“四人帮”粉碎后，才真正恢复了工作。

1978 年 4 月，晋静波提任宁德地区行署副专员，地委常委，分管财贸工作。“1978 年 7 月，出席全国财贸双学（“学大庆”“学大寨”）大会，我们全体代表还与党和国家领导人华国锋、邓小平、叶剑英、李先念等合影。”说起当年和国家领导人的合影，晋静波显得很兴奋。从 1949 年 9 月至 1980 年 6 月，晋静波同志在闽东地区财贸战线上，整整工作了 32 个年头，做出了自己应做的贡献。

1980 年 6 月，晋静波调福建省财政厅任厅长、党组书记；1984 年 1 月，调福建省乡镇企业局任局长、党组书记，任省乡镇企业总公司总经理；1985 年 6 月当选中共福建省第四次代表大会代表；1988 年 3 月当选为福建省人大常委，直至 1993 年 12 月离休。

在这 10 多年中，晋静波认真贯彻党的十一届三中全会以来的一系列方针政策，遵照党的解放思想、实事求是的路线，在本职岗位工作中大胆探索，努力实施改革、开放、搞活的战略方针：对财政体制、税收体制改革进行了初试，对省、地两级财政收支实行定基数，增收分成；税收方面，对农村土地特产税、社队企业所得税实行统一，对省直各厅属企业实行保基数加增长率包干等。从而初步调动了各方面的积极性。

同时，晋静波参与讨论中央对广东、福建两省实行特殊政策、灵活措施两个文件的起草、制定和认真贯彻实施。全省的乡镇企业从1984年开始大发展，通过贯彻中央1984年1号文件，首先起草制定了全省乡镇企业发展的规划，接着建立健全全省各地、县乡镇企业管理机构和经营供销机构。同时，他按照中央给福建的特殊政策、灵活措施的有利条件，在晋江县陈埭镇召开全省乡镇企业工作会议，省委书记项南同志宣布“乡镇企业姓社不姓资”，大大地解放了思想，消除了顾虑。同时实行乡镇企业按销售收入征收8至10元的统一税（包括营业税、地方附加所得税）的优惠政策，进一步把群众积极性调动起来。

1984年8月，晋静波在长乐县金峰镇召开福建省乡企现场会。这次会议上，福建省委做出“农村经济要发展，乡镇企业打头阵”的部署。1984年9月由福建省委组织各地市委书记和省直有关厅局领导，到江苏、浙江参观取经，接着又邀请江苏省“明星”乡镇企业厂长、书记组团来福建省巡回传经送宝，从而使各级党委更加重视乡镇企业工作。

1985年5月，晋静波在莆田市江口镇召开引进外资、技术、设备的现场会，有力推动福建省中外合资、中中合资的外引内联工作，这些举措都走在全国前列。

1986年8月，晋静波以福建省政府名义组织全省乡镇企业产品，在北京国际展览中心厅举办福建省乡镇企业产品展销会，物美价廉、花色品种多样的“小洋货”轰动了北京城。展销8

天，销售近1亿元，创全国乡镇企业产品展销的最高水平。

福建省乡镇企业总产值从1983年全国第22位，至1988年跃至全国第11位。他为全省乡镇企业高速发展奠定了基础，为党和人民办了实实在在的有益之事。

1988年，晋静波当选为福建省第七届人大常委，在分管农村经济委员会工作期间，他协助制定了《福建省森林法实施办法》《福建省长乐海蚌资源、繁殖保护区管理规定》《福建省实施〈中华人民共和国村民委员会组织法（试行）〉办法》《福建省村民委员会选举办法》等一系列配套法规，为依法保护人民群众的合法利益起到应有的作用。

晋静波（左）在1993年省扶贫项目——平和县琯溪柚子园留影

1993年底，晋静波离休后，并没有让自己闲下来，而是积极参加社会公益事业活动。福建省委鉴于全省扶贫工作任务的艰巨，尚有14个县80万人口还在温饱线以下，除国家大力扶持外，需要组织社会力量参与扶贫工作，动员几位从工作岗位退下来的熟悉财贸、农村工作的老同志，组成省科技扶贫协会、扶贫基金会、扶贫开发总公司三合一的民间社团组织，晋静波被任命为副会长兼秘书长。

几年来，晋静波深入12个贫困县调查研究，选择了25个点，提供领导研究确定投资扶植开发项目，以及支持学校教育建设。至1997年底，仅用300万元基金和500万元周转金滚动，增值到2000余万元，其中用于山区村庄搬迁工程、开发竹果林基地、小学建设、培训农技员、修桥铺路、引水架电等共1200余万元。特别是在诏安、平和建立了两个500亩优质果园基地，创造高经济效益，为持续扶贫提供资金来源。同时，他还担任福建省老年体育运动委员会副主席，积极为老年健康事业尽一份应有的力量。

作为南下干部，虽然晋老已在福建生活了60多年，但是在他身上，仍留着许多河南济源的烙印。他一直都在说济源话，喜欢穿老布鞋，喜欢吃面食。多年来，不管他身在他乡何处，都时时留心济源的发展，关心济源的建设。他的家，曾被一位老乡亲切地称作“济源驻福建大使馆”。许多时候，凡是到福建的济源人，一到福州，先到他家；而在福建工作的济源籍干部，也经常到他这里聚集，谈论家乡的发展，变化……

晋老曾经13次回到济源，看望父老乡亲。他为家乡的发展做了许多贡献。他多次捐款资助老家邵原的发展，邵原建小学，他曾一次慷慨解囊捐助10万元……凡是家里有了什么事情，只要他知道，他了解了，就会力所能及地去做自己应该做的事。这次，当我们从晋老家告别时，他又交给济源长江支队研究会秘书长申勇1万元，说是为邵原文化研究出点力……

我们离开晋老家时，晋老站在门口，一直向我们挥手："替我向家乡的父老乡亲问好。有机会，一定再来福建，再来我家……"

（本文原载河南省济源市委党史研究室编纂《南征》，中共党史出版社出版）

1985年10月，晋静波回老家与抗日时期王屋妇干乔秀兰合影

一个共产党人的高尚情怀

吕居永　口述　冯肖龙　整理

吕居永

（1926.8—　　）

山西省晋城市泽州县人。1943年10月参加革命，历任晋城县独立营战士、通讯员，晋城县第七区武委会干事。1946年9月加入中国共产党。1949年随军南下福建后，任福安县第六区武委会主任，福安县第十区委书记，福安县委常委、组织部部长、副书记，福安团地委书记。1956年7月到省委党校学习。1957年4月历任寿宁县委副书记兼组织部部长，寿宁县委书记，1966年12月任福安地委常委。1969年9月任闽东水电站总指挥。1970年2月任福安县革命委员会副主任。1972年7月到圭亚那国任水稻专家组组长。1977年2月后历任古田县代理县委书记，连江县委书记。1980年1月任宁德地委副书记、副专员，期间曾到中央党校学习。1983年4月任宁德地委书记。1988年2月任省人大常委会委员、农村经济委员会主任。1993年1月离休。

编辑絮语

一个从太行山上走出来的老八路，把太行山精神播撒在八闽大地，也播撒到南美洲的圭亚那。

他走过的地方，不仅留下了深深的脚印，也留下了神奇的故事。

作为一名老共产党员，他用自己的言行向人们诠释一个真理：不谋私利，全心全意为人民服务！

对于这样的共产党员，老百姓看在眼里，记在心里，诚服于心，有口皆碑！

吕居永，为我们树立了典范！

吕居永，人们都尊敬地称呼他“吕老”。

这位95岁高龄、有着75年党龄的老党员，一辈子不忘初心、信念坚定，一生忠于党、忠于人民，用自己一生的言行，诠释了“共产党员”这一称号的内涵，谱写了一曲共产党员为人民谋幸福的赞歌。

随军南下　建设福建

吕居永小时候讨过饭、当过长工、下过煤窑，什么苦活、脏活、累活都干过，小小年纪就尝遍了人世间的艰辛和苦难。

从1940年起，家乡连续3年遭遇旱灾，庄稼颗粒无收，多数百姓只能带着家人去外地逃荒，靠乞讨为生。这时，村里来了一支八路军队伍，刚满17岁的他，知道这是一支专门打日本鬼子、保护劳苦大众的队伍，跟着八路军就会有活路，于是他毅然报名参加了八路军。

他先在晋城县独立营，后编入三八六旅二十团三营一连当通讯员，在太行和太岳山区征战。当时，我军与日军作战，主要利用人地两熟的优势，采取灵活机动的战术进行游击战、麻雀战。他机智勇敢，善于学习，在首长身边成长很快。抗日战争的最后两年，也是最为艰苦卓绝的时期，他与千千万万抗战志士一道，克服重重困难，赢得了抗日战争的最后胜利。

1945年8月，日本宣布投降后，以蒋介石为首的国民党政

上党战役

府一面邀请毛泽东主席赴重庆进行和平谈判，一面调集大批军队向解放区发动进攻。为保卫抗战胜利果实，中共中央军委于8月下旬指示晋冀鲁豫军区进行自卫反击。时年19岁的吕居永参加了空前激烈的上党战役。在战斗中，他英勇杀敌，光荣负伤。

上党战役之后，他因伤病不得已离开部队，奉命退伍回村担任民兵队长，后任村武委会主任、区武委会干事，1946年加入中国共产党。艰苦的战争岁月锤炼了他坚毅的品格和“一不怕苦、二不怕死”的革命精神。

1949年2月，他响应党中央、毛主席“打过长江去，解放全中国”的号令，报名参加中国人民解放军长江支队，被编入第六大队第一中队。他随大军南下解放福建、剿匪建政、减租反霸、成立农会、土地改革、建设福建。从此，开启了他更加精彩、传奇的人生。

根植山区　造福百姓

1957年4月因工作需要，吕居永从福安团地委书记调任寿宁县委副书记，1960年任书记。在寿宁山区，他一干就是13年。

寿宁县地处福建北部的闽浙边界，境内地势险峻、山高林密、山势陡峭、沟壑纵横，被人们称为闽东的“西伯利亚”。海拔高达1649米的山羊尖为闽东全区的最高峰。民谣“车岭车到天，九岭爬九年”，真实反映了寿宁的地形地貌，与落后面貌。

接到任命通知，吕居永二话没说马上带着一家四口（小女儿未满周岁）奔赴新岗位。闽东山区山高路险，寿宁更是没有一寸可通汽车的公路。他从福安县城出发，每天步行几十里山路，走了3天才到寿宁县城。到县委报到后，吕居永马上下乡开展调查研究。为了掌握第一手资料，尽快了解县情、民情，解决老百姓最关心的问题，他徒步踏遍乡间小路，走进农家村落，在田头和农民聊天，进茅舍实地了解百姓生活状况和需求。

在调查的过程中，他切身感受到由于没有公路，人们走不出大山，几乎与外界信息隔绝，严重制约了寿宁经济发展。于是，吕居永在县委会上提出："路，是寿宁经济发展的命脉，要在全县打一场大修公路的人民战争。"在当时的历史条件下，一切靠土法上马，自力更生，修每公里路政府只给很少的补助。吕居永身先士卒，带领干部与群众发扬"愚公移山"的精神劈山筑路，苦干了5年，终于实现了寿宁山区乡乡通公路，实现了寿宁人走出大山的夙愿。这在20世纪50年代末60年代初的福建山区是少有的。

1960年，吕居永提任寿宁县委书记。他几乎徒步走遍全县所有的乡（镇）和行政村（有的村要步行2天才能到达），对寿宁"天无三日晴，地无三里平"的现状有了更真切的了解。他思索如何让广大人民过上温饱的日子，与县委一班人商量后做出决定：根据寿宁山区水资源丰富、海拔高的实际情

寿宁县竹管垅乡茶园

况，带领群众办小水电站，发展茶叶、毛竹种植。

他在位于千米高山上的竹管垅乡，引进科技种植理念，与农民一道创建了规范的茶叶高产园。至 1966 年“文化大革命”前，寿宁县年出口茶叶 2 万多担，在全省发展上是比较快的。

他在全县 70%左右的行政村办起了小水电，让家家户户用上了电，告别了用煤油点灯照明的日子，有了电，昔日落后封闭的小县城展现出新的活力。

在水稻种植上，他主张采取“高秆改矮秆、串灌改轮灌”、稀植改适当密植等有效措施，粮食产量也有明显增长。在“三年困难”时期，全县人民多数也能吃饱饭，这对寿宁百姓来说也是历史性的改变。

吕居永在寿宁担任主要领导的13年间，为老百姓谋幸福，给寿宁带来了实实在在的变化，老百姓亲切地称他为“戴草帽”的实干书记。即使他在“文革”中被打倒，老百姓仍然称呼他“吕书记”。他回答说，我现在已经不是书记了。老百姓说，没关系，我们贫下中农拥护您。

哪里需要　到哪里去

闽东水电站

1969年8月，刚恢复工作的吕居永，接到母亲病危电报，急匆匆赶回山西老家见了母亲最后一面，又接到组织上通知他

9 月到闽东水电站担任建设总指挥的任务，他简单交代了母亲的后事立即赶回。闽东水电站是当时闽东的大型水电站之一，建站位置地势险要、地质结构复杂，清基工程要挖基清石 40 多米深。在没有更多机械的年代，大批的砂砾、乱石要靠人背肩扛从河槽中搬出去，工地上实行 24 小时三班倒，劳动强度很大。吕居永担任闽东水电站总指挥期间，和民工打成一片，与他们同吃、同住、同劳动，充分体现了党的优良传统和作风。半年后，他克服异常艰难的环境，赶在汛期到来之前，完成了清基任务，为闽东水电站后期建设奠定了坚实基础。

1971 年 10 月，中国恢复了在联合国的合法席位，同更多的发展中国家建立了经济和技术合作关系。

1972 年 7 月，吕居永被国家选派到圭亚那任水稻专家组组长。全组共 14 人，其中翻译 2 人、棉花专家 3 人、水稻专家 9 人。吕居永既是组长又是水稻专家。圭亚那地处南美洲北部，属热带雨林气候，国土总面积 21 万平方千米，而人口不过 70 多万人。当时该国刚刚摆脱英国殖民地的地位取得了独立，百废待兴。圭亚那政府提出“三自”的方针，即自己解决吃饭问题、穿衣问题和住房问题。吕居永正是在此时肩负祖国的重托，踏上万里之外的异国他乡。

圭亚那全国平均气温在 32℃，境内河流广布，十分适宜种植水稻。在双方密切协作和共同努力下，在商定的 3 年时间中，圭亚那水稻亩产便从 100 斤提高到 300 多斤，农民也学会了种植水稻的技术。当时圭亚那总统的华裔夫人，十分重视农业。她觉得中国的专家没有架子，又有技术，真心实意地为圭亚那人民谋幸福，便向中国政府请求让水稻专家组多留 1 年。这样，吕居永在圭亚那工作了 4 年。后来他风趣地说："出了 4 年国，干的是田间活。洋扶贫与土扶贫同样艰苦，不一样的就是语言不通，但大家的心还是相通的。"

在圭亚那的 4 年，吕居永圆满地完成了党交给的任务，播散了友谊的种子，架起了友谊的桥梁，提升了我国在世界的地位和声誉。他本人荣获国家农牧渔业国际合作公司颁发的"为我国农业对外援助工作做出显著成绩"荣誉证书。

1972 年 7 月，吕居永（右一）被国家派往圭亚那帮助当地种植水稻

脱贫致富　重任在肩

1977年下半年，吕居永从古田县调任连江县委书记。一到任，他就扎进基层搞起调查研究。连江是个沿海县，人多地少，粮食长期不能自给。吕居永了解到原来几任班子都设想计划在大官坂围海造田，但由于当时县财政财力不足，无法支付所需的工程资金，加之围垦技术难度大，上级有些部门对大官坂围海造田前景也不乐观，不相信围垦工程能搞起来，因此，大官坂围海方案被长期封锁在机关资料库里。吕居永认真调研后，同县委一班人一致认为，大官坂围垦工程，是连江县一举改变过去吃粮靠回销的关键性工程，就是举债，也要把这个围垦工程拿下来。随即，县委指派1名副书记、抽调145名副科级以上党员干部和技术人员组建大官坂围垦指挥部，并从9个公社抽出壮劳力近万人、船只近千艘，汇集大官坂围垦战场，召开誓师大会，吹响了大官坂围垦的进军号角。1979年初，大官坂围垦已初见成效。时任福建省委书记廖志高亲临大官坂围垦现场，在听取汇报视察现场后说："你们要有信心，有决心，用成功的事实来回应那些不相信大官坂围垦能搞成的人。"廖书记回去后，当即召开会议表示，要把大官坂围垦工程作为全省重点工程项目加以支持建设。在省委支持下，连江县委提出，一切想着大官坂、一切为着大官坂、一切支持大官坂、一切服从大官坂的"四个一切"口号。

经过近2年不懈努力，1979年11月在万众欢呼声中，大官坂两闸截流堵口一举成功。大官坂围垦是当年八闽第一大围垦工程，围垦面积4.13万亩，连接13个海岛，堤段5676米长；大官坂围垦工程是当年技术难度最复杂的工程，打沙桩、截流堵口、潮汐施工等工程问题，被干部群众和技术人员逐一攻下；大官坂围垦工程也是一个意志信念工程，体现了县党委的决心信念，也体现了广大连江县群众的意志和信心，是广大群众和干部用坚强的意志拼命精神干出来的伟大工程。吕居永同志感动地说："所有参加大官坂围垦的人，都是这个围垦的功臣。"

1983年，吕居永被任命为宁德地委书记。中华人民共和国成立后，由于历史条件限制，闽东开发较慢，宁德成为全国有名的"老、少、边、岛、穷"贫困地区，已在闽东工作了39年的吕居永深感自己责任重大。面对改革开放的新形势，吕居永在充分调查和深刻思考的基础上仔细分析了宁德的状况，总结出宁德的3个"三"，就是三大特点、三大弱点、三大优势。三大特点包括：一是革命老区，9个县都是重点的革命老区；二是少数民族畲族的聚集区，全国的畲族大多集中在福建，福建的畲族大多集中在闽东；三是贫困，宁德是全省最贫困的地区，也是全国18个集中连片贫困区之一。三大弱点包括：一是交通闭塞，那时候福州到宁德之间只有一条福温公路，从福州到宁德的车程要走4个小时，境内的飞鸾岭、眉洋岭、油岭、愁岭、车岭等更是险崖难行；二是无煤少电，当时宁德只有一个小型水电站，没有水库，只能靠河流发电，丰水期有电，枯水期就没电，发电基本靠天；三是群众思想观念陈旧，大多数人认为种田是为了吃饱肚子，养猪是为了过年，养鸡是为了买油盐，小农经济思想严重。三大优势包括：一是政治优势，就是有老区这个光荣传统；二是山海资源优势；三是老百姓民风淳朴，有艰苦奋斗的精神。

吕居永（右三）在宁德地区下乡检查工作

吕居永紧紧抓住了闽东的三大特点，着眼于克服三大弱点，努力去发挥三大优势，因势利导，破解困局。但是历史的惰性也是巨大的，不仅当地不少干部群众仍存在严重的“等、靠、要”思想，而且上级一些部门也不了解闽东。当吕居永带人向省里反映要求安排投资项目时，有人说："闽东的路和电的基础条件不具备，投资怎么会有效益？"当闽东要求安排资金支持修路办电时，有些人又说："闽东没有工业项目，修路、办电又有什么用？"这个思想"怪圈"成为闽东发展的严重障碍。只有突破"怪圈"，改变上级一些部门的看法，闽东经济发展才有希望。

怎么办？有什么办法能够破解"怪圈"？要么沉默走老路，甘当全省"老九"，继续贫困下去；要么大胆直言，改变上级对闽东发展的陈旧观念，上下同心，摆脱贫困。一向温和谦让、讲究团结、顾全大局的吕居永经过反复的考虑和酝酿，终于下定决心，采取了一项不凡的举动：1985 年省人代会召开时，作为宁德地区人大代表团团长的吕居永，向省政府提出"质询"，要求省里的一些部门对上述问题给个说法。

人大代表"质询"政府，在福建历史上从无先例。胸中装着百姓利益和闽东发展大局的吕居永硬是把头上的乌纱帽放在一边，完全不顾有可能产生的政治后果，正是"顺境逆境看胸襟，大事难事看担当"！吕居永"质询"省政府，成为那届省人代会的热议新闻。

对此，新当选福建省省长的胡平十分重视，马上带领一批有关厅局领导到宁德代表团驻地听取意见。人大会后，胡平省长又带领一批厅局领导到宁德地区进行了为期 1 周的实地考察，并明确表态："闽东过去发展慢，省里也有责任。现在应当发动大家都来了解闽东、支持闽东、宣传闽东，用各种方法扶持闽东老区发展。宁德地区也要弘扬老区人民敢于开拓和拼搏的闽东精神，在红色土地上开展创业活动。”

自此以后，省里对闽东的投入、支持显著增长：周宁芹山电站、飞鸾岭隧道、宁德三都澳港口的开发、福温铁路建设开始在省委、省政府的支持下先后进入了调研、论证阶段，为以后的正式开发，创造了必要的条件。

吕居永又同地委一班人共同研究，提出要弘扬艰苦创业、自强不息的闽东老区精神。他先后深入基层，发现、树立和宣传了柘荣农民郑邦德、福安社口坦洋村等体现闽东精神的先进典型。这种“艰苦创业，自强不息”的闽东精神，为以后历任地委书记所继承和发扬，并进一步完善和具体化。“滴水穿石，人一我十”的闽东精神鼓舞着闽东老区人民在创业的道路上，不断勇往直前。

老骥伏枥　志在千里

1993 年 1 月，吕居永按规定办理了离休手续。1993 年组建福建省老区建设促进会后，他任副会长兼秘书长，一干就是 17 年。他曾说：“我要把最后一口气都献给老区人民。”来自红色太行的优秀儿子，又在闽东这块红色土地上耕耘了 40 年，他是多么热爱这片热土！他为离休后能继续为老区人民服务感到无比欣慰，为能继续向老区百姓传递党的温暖感到无比自豪。

省老促会秘书长的工作很具体，大事小事都得亲自去做。

吕居永既是秘书长，又是值班员，也是公勤员。省老促会有7位老同志驻会，规定半天上班，秘书长是全天值班。因此10年来除了下乡、生病以外，他每天都在办公室处理日常工作。其他人在这个年龄都在家里儿孙绕膝、颐养天年，他却难得享这个清福。因此有一年过生日时，小外孙女给他写了张贺卡说："蜗牛的壳每天背在身上，是他的家。我的姥爷喜欢工作，每天把办公室背在身上，当成自己的家。"

十几年来，吕居永不顾年岁已高，坚持深入贫困老区调研，共走了67个老区县（市、区）、120多个老区乡、237个老区自然村，足迹几乎遍及所有老区，有时甚至吃住在不通路、不通电的偏僻山村里。十几年间，他与省老促会其他同志共同写出有针对性的建议和专题报告49篇，其中被采用的有30多篇。他和常务副会长许集美一道为老区的经济建设与发展四处奔波，牵线搭桥，多方筹集资金2亿多元，为老区修建希望中学、小学130多所。在省委、省政府支持下，老促会还帮助解决、提高了34000多位革命"五老"的生活待遇，让那些在战争年代帮助过我党的老百姓能安度幸福的晚年；促进解决了8000多个老区行政村的"五通"问题，使老区人民的生产生活条件得到改善；资助700多名贫困学生上大学，资助6900名贫困家庭学子上高中、中专，资助200名贫困家庭的孩子上小学。2001年，省老促会被福建省委、省政府授予"扶贫开发工作先进集体"荣誉称号。

十几年来，吕居永情系老区人民，时刻关注、研究老区的发展，特别关心困难群众，他个人捐献给老区人民修路、通水、修革命纪念碑、救灾、抚养孤儿、助学等善款达 18 万元。了解他的人，都会发出由衷的赞许：“吕老来自老区，不忘老区，他的心永远系在老区人民身上。”

2010 年，84 岁的吕居永被推举为福建省中国人民解放军长江支队历史研究会首任会长。他把主要精力都放在了长江支队研究会的工作上。担任会长的 5 年时间，他以只争朝夕的革命精神，带领大家办成了 6 件大事：一是组织编辑了《长江支队人物志》；二是录制了 12 集专题电视片《永远的长江支队》，并在福建电视台和山西电视台播出；三是在福州森林公园建起了长江支队纪念园；四是组织召开了 3 次全国长江支队理论研讨会，收集研究论文 100 多篇；五是创办了刊物《长江支队研究》；六是组建了长江支队艺术团。通过多方位、多角度、多层面对长江支队宣传，长江支队精神在八闽大地深入人心，取得了良好的社会效益。

《长江支队研究》创刊号

吕居永离休后不求名利，无私奉献，获得党和人民的嘉奖：2004 年被评为“全国老干部先进个人”、2006 年被评为“福建省十大公益老人”、2009 年被评为“福建省离退休干部先进个人”、

《长江支队人物志》

专题电视片《永远的长江支队》

2010年被评为“全国优秀老区工作者”、2013年荣获“全国‘支持和促进革命老区建设发展’先进个人”和“第八届全国健康老人”、2012年被评为“福建省优秀共产党员”，连续多年被省直机关工委、省人大常委会机关评为“优秀共产党员”。

吕居永是中国共产党第十三届全国党代会代表，从1956年第一次参加福建省党代会，先后参加过7届省党代会、2届省人代会，离休后还被推荐为第七、八、九、十届省党代会代表，耄耋之年仍活跃在党代会的会场里，为福建的发展建言献策。入党75年，他始终做到心中有党、

长江支队纪念园

心中有民、心中有责、心中有戒，始终不忘为人民谋幸福的初心，始终牢记为民族谋复兴的使命，在平凡中孕育着伟大，在奉献中酝酿着崇高。

吕居永，充分展现了一位共产党人的高尚情怀！

精彩人生九十载

秦友莲

蔡载经

(1920. 8—2017)

福建省晋江县人。1947年4月参加革命。中国民主建国会会员。中华人民共和国成立后至1966年，历任福建省、泉州市各届人民代表大会代表。1952年10月至1968年9月任泉州市副市长、政协泉州市委员会副主席、泉州电厂厂长、泉州市工商业联合会主任委员、中国民主建国会泉州市委员会主任委员，还先后担任过晋江下游防洪堤、福建省701工程、金鸡拦河闸工程等指挥部副指挥。1959年至1983年任中华全国工商业联合会执行委员。1956年至1988年任福建省工商业联合会副主任委员。1983年至1988年任中国民主建国会福建省委员会常务副主任委员，1988年至1997年担任主任委员，1997年至2002年任名誉主任委员。1983年至1997年任中国民主建国会中央委员会常务委员、政协全国委员会委员。1996年至1998年任政协福建省第七届委员会副主席。曾兼任泉州历史文化中心副董事长、泉州侨乡开发协会副会长。

编辑絮语

人是生活在时间之中。时间即是生命。

九十七年不算长，但也不短。能把九十七个春秋的生命铺陈得如此精彩，没有目标、没有勤奋、没有毅力、没有执着，是很难做到的。

哲人说，生命中最要紧的是坚定，不要让痛苦使你背离你已经开始的、值得赞美的事业。谁能坚持到底，谁就能获得快乐。蔡载经在他的生命进程中，始终坚定而执着地执行一项使命：养民气，唤国魂，参政议政，履职尽责，为民服务！

所以，他的九十七载人生焕发出异样的光彩！

真的让人惊讶！无论是思维、言谈还是举止，蔡老都显得很年轻。

民建福建省委刚刚为他举行了九十岁寿辰暨《蔡载经文稿选集》出版的首发式。采访时，如孩子般高兴的蔡载经，向记者娓娓道出了自己的世纪人生。

《蔡载经文稿选集》封面

奋起抗争

蔡载经生于1920年，灾难深重的中国使他从小就立下了读书报国之志。然而他的学历只有初中毕业，外加三个月的高中。抗日战争爆发后，他辍学了，在晋江安海养正小学任教。怀着满腔的义愤，他积极参加抗日救国的文艺宣传活动，成为“养小剧团”的一名业余“明星”演员。

那时蔡载经才 18 岁，第一场演出是在学校操场上，周围已听到隆隆的炮声，厦门沦陷在即。但是从这天开始，养小剧团抗日宣传演出坚持了 8 年。剧团不仅在学校演，还深入到渔村、小集镇、前线，还出版壁报等。“养民气、唤国魂”是剧团的宗旨。他们白天在树下上课，晚上排练、演出。

1945 年 8 月，剧团赴石码、漳州演出，行至同安灌口，突然闻讯“日寇无条件投降”，全团高兴得一口气跑至石码，在那里连续演出了三天，又转程到漳州再演三天，场场爆满，而每场的主演则是高秀鸾、蔡载经。

蔡载经不仅参加了抗战戏剧演出，同时还积极与中共地下党联系，于 1942 年参加了党的外围组织“友丝读书会”。读书会从研究教学法入手，逐步过渡到对人生观、时局的讨论。通过学习，他们接受了党的抗日民族统一战线思想、党的知识分子政策宣传，明白了皖南事变等的真相。在地下党的安排下，“友丝”的骨干成员分别打入福建各主要报刊任记者、通讯员，蔡载经成为泉州《时代晚报》记者。“友丝”对媒体的渗入，为揭露当局黑暗面、开展抗日救亡工作取得了一定话语权。

1948 年，安海地方人士倡议筹办一个地方小报《安海新报》，以沟通南洋乡侨消息，争取侨汇。因为报纸是向海外发行的，中共地下党认为是个机会，可以通过它向海外做宣传，

1949年的《安海新报》

对抗地方反动势力对群众的欺骗和对共产党的谩骂。为了生存，党指示报刊要办成灰色的，总编人选由蔡载经考虑。蔡载经即联系他的老师——厦门市立中学教师、原“养小剧团”导演廖文友，请他出来组建编辑部。后来蔡载经又介绍了三名共产党员加入，所以编辑部五个人中竟有三人是中共地下党员。

创刊初期，蔡载经积极帮助、扶持报纸走上轨道。他以“罪人”“安民”等笔名在刊物上连续发表文章，呼吁热血青年不但要学书本上的知识，还需注入预防时疫，救治病态社会，与黑暗搏斗的勇气。《安海新报》一时成为南洋乡侨喜爱的小报。后来，报纸终因揭露时弊，伸张正义，开办不到一年就被反动势力扼杀了。

1949年7月，就在《安海新报》被扼杀的时候，解放的曙光已出现在福建的天空。此时蔡载经已是泉州电灯电力有限公司的会计主任。1916年当地华侨人士集资创建了泉州电灯公司，1932年，蔡载经的父亲蔡子钦从南洋回来接办旧电灯公司工作。他招募大批侨资，承办了泉州电灯电力股份有限公司，并任公司经理。临近解放的时候，福建三大电厂中，福州电厂因长期亏损已无力继续发电，厦门电厂则被国民党炸毁。为防止泉州电厂重遭厄运，中共城区泉州工委部署了电厂保卫工作。受许集美、郑种植的指示，蔡载经和电厂王大毅、陈继业两位同志联系，对泉州的政治、社会形势和公司内部情况进行了客观分析。他们一面组织工人护厂，一面对隐藏在厂里的反动分子施压，进行分化瓦解，最终拔掉了国民党安在公司里的钉子。8 月 31 日晚，泉州城通宵达旦灯火通明，迎接解放军进城。谈到这段历史，蔡老有些激动，他对电厂及其职工有着深厚的感情。

1952 年蔡载经任泉州市副市长兼电厂厂长。在进行工商业社会主义改造时，他们家族投资的企业全部参加了公私合营。公私合营后，电厂得到迅速发展，年发电量增加了三倍多。

为民尽职

在任泉州副市长期间（1952—1966），蔡载经最高兴的就是受党委委托，为人民修了一条至今保存完好的防洪堤。

由于一年四季雨量不均，加之地面高程差异，千百年来泉州水旱灾害不断，百姓深受其苦。1953 年省人大代表大会做出治理晋江的决定，并派出工程技术人员到泉州进行规划设计。第一期工程于 1955 年 9 月破土动工，使用经费 100 多万元，预计可保护良田 3 万多亩。但第一期工程完成不久，晋江即发生特大洪水，洪水越过堤坝汹涌而来，37 个居委会、52 个自然村被淹，直接财产损失达 230 万元。

为根治水患，省政府决定提前兴建晋江下游第二期防洪堤工程，任命蔡载经为工程指挥部副指挥。听到消息后，立刻有两位好友找到蔡载经。一位是蔡家世交说，历史上凡修水利者，成了是功臣，不成则要坐牢、杀头的。另一位是归侨，说："我们家在晋江菜州买了100多亩地种龙眼，特意用石头修坝、修护坡都没能挡住洪水，每年都有土地被冲走，你们用土筑坝怎么能行？"但是想到党的信任，想到泉州的灾情，载老还是接受了任命，并着手进行调研。他来到福州观摩。福州的防洪堤比泉州早修，也崩过堤。他找到当年参加修堤的王元兴技术员，请他带自己到崩堤处察看。王技术员抓起一把崩堤上的土，对蔡载经说："修堤不能用江边的土，含泥沙，夯不实，硬度不够，很容易垮堤。"这一次福州之行，让蔡载经认识到修堤的关键是选好土壤，夯压达到规定的密实度，才能保证大堤的质量。

1959年12月10日，修堤誓师大会在泉州市人民体育场召开。为了保证土质，根据蔡载经的意见，选择了离江边较远的东岳山的赤红土做堤心墙，但这一来要动用大量的人力挖土运土。那时正好是反右倾运动，有人抨击指挥部在春耕时节将大量劳动力、耕牛都拉去修堤，影响春耕，是右倾表现，要求指挥部将到场的民工、耕牛迅速退回。指挥部睢争存、孙同心两位副指挥是老共产党员，提出宁可戴右倾帽子，也不能马马虎虎修堤。他们顶住各种压力，让蔡载经安心抓修堤具体工作。

1960年6月一、二期防洪堤竣工，合龙成为一长堤，成功地拦住了一次又一次超警戒的滔滔洪水，确保了泉州古城免受洪涝之灾。当时与泉州防洪堤同时修建的还有漳州防洪堤。由于修建时间较迟，未及完工时，洪水已到来，无法抵御。所以当时全省修的三条堤，唯泉州防洪堤建成当年即受益。

此后，蔡载经又受命担任了福建省 701 工程、金鸡拦河闸工程指挥部副指挥，在截流引水、防旱、发电等方面为泉州的水利、电力事业做出贡献。

金鸡拦河闸

不负使命

改革开放后，蔡载经已到了花甲之年。从政府一线退下来，他的工作重心转向了文史、多党合作和参政议政上来。

1981 年 2 月 11 日，蔡载经当选为第四届泉州市政协副主席，分管文史等工作。那时“文化大革命”刚刚结束没几年，“文革”期间因写了“三亲”的史料刊登在文史资料上而被挂牌游斗的阴影还在，所以很多人不敢写。然而文史的征集工作又很重要，如果不抓紧，很多东西就会淹没在历史的长河中。针对当时的具体情况，蔡老向泉州市政协主席会议提出了四点建议：1.选好文史办公室主任；2.以出版促征集；3.坚决删除“左”的内容；4.以纪念辛亥革命七十周年为契机先出一辑专刊。主席会议同意了蔡老的意见，成立了办公室，并通过会议宣传和个别动员的方式，使纪念专辑如期出版。

《泉州文史资料》(第一辑)封面

据统计，在第四届委员会期间，共征集稿件近 200 篇，约 100 万字，编辑出版《泉州文史资料》8 辑。而这 8 辑文史资料又与蔡老的笔记有着很大关系。

原来，蔡载经在当副市长期间，无论大会、小会还是各种活动，都亲自做笔记。他当过老师和记者，懂得速写，所以记录比较完整。在没有录音机、复印机、电视、电脑的时代，蔡老的笔记成了一笔重要的财富。在 20 世纪五六十年代，因台海关系紧张，政府机关的重要资料曾两次进行转移，许多个人资料要销毁。而蔡老的笔记本是新中国成立后，泉州历史的一段完整记录。经市委同意，蔡老的笔记本被装箱随政府档案一起转移到永春。三年后，政府档案移回泉州时，笔记本才又交还蔡老。只可惜“文化大革命”期间，蔡老到“毛泽东思想学习班”学习三年，笔记本被白蚂蚁蛀蚀了不少。

1983 年 3 月，调到民建福建省委和省工商联工作后，蔡载经立刻着手福建省工商史料的抢救工作，制定了一系列计划和规章制度，摸清“知情人”“撰稿人”“掌握资料人”的思想状况，并有针对性地开展释疑解惑工作。经过一年努力，《福建工商史料》第一辑顺利出版，省政协原主席陈希仲为它写了

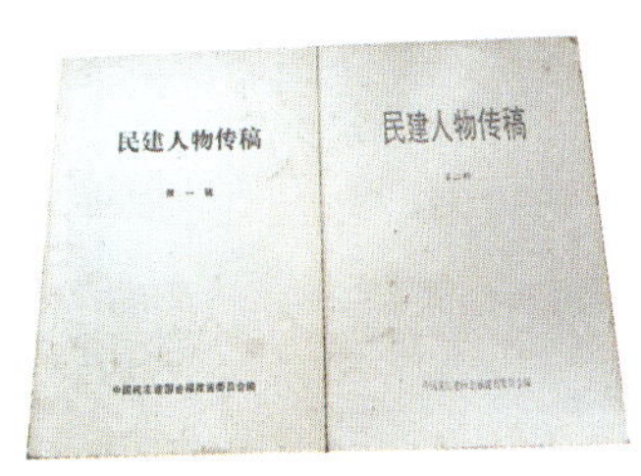

《民建人物传稿》封面

发刊词，希望该刊物能为福建省经济建设工作起到参考、借鉴作用。此后在民建福建省委，蔡老又抓了《民建人物传稿》《民建福建省地方组织志》等选集出版工作。

改革开放后，为了利用好中央给福建的特殊政策，时任省长的胡平召集金融界人士开座谈会，提出三个问题请与会人员讨论：1.福建是否可以建立本省银行；2.是否可以引进交通银行；3.厦门的中外合资银行能否在省里设分支机构。

《中国民主建国会福建省地方组织志》封面

蔡载经立刻组织民建金融界会员开展调研，聘请金融界有名望的专家对调研报告进行论证。报告中所写的建议后来均被胡平省长采纳，促成了福建兴业银行的成立，交通银行的引进和厦门合资银行分支机构在福建省沿海发达地区设立。

1993年底，临近春节前夕，贾庆林书记邀请民主党派领导召开意见交换会，蔡载经做了关于“发挥福建省优势，利用好两个市场、两种资源、两注资金，以加快瓶颈产业发展”的简要发言。贾书记说，蔡老提出的问题都是福建省战略性问题，希望民主党派从这方面进行调查研究，提出意见、建议。后来蔡老又进一步组织了这方面的调研，并代表民建福建省委员会于政协七届二次会议上做了发言，其中有关意见、建议均被吸收和采纳。

1990 年 12 月 24 日，蔡载经（中）在民建福建省会史研究委员会成立会上讲话

1989 年 12 月 30 日《中共中央关于坚持和完善中国共产党领导的多党合作和政治协商制度的意见》（14 号文件）发表了，蔡老非常激动。他撰文发表在《福建统战理论学刊》上。文中写道：“外界往往热衷于探询民主党派人士是否有职有权，而我注意的则是如何能和中共的同志合作共事得更好些。在我参政议政期间，中共给予充分信任，否则我就不能履行我的职责，完成我所承担的任务。”蔡老后来先后担任了省工商联副主委、民建福建省委员会主委和省政协副主席。他注重于民主党派的自身建设，认真履行参政党职能，撰写了大量参政议政的文稿，提出了许多卓有见识的意见与建议，受到党委、政府的肯定与重视。

难忘1949年

石 益

石 益

(1923.11—)

出生于福建省仙游县。1947年10月加入中国共产党，并从事党的地下工作，历任厦门大学党总支副书记，闽西南人民游击队营教导员。中华人民共和国成立初期任德化县人民政府副县长。1951年后主要从事教育工作，先后任省委机关干部业余文化补习学校、福州师范学校教务主任，福州医士学校副校长、校长，福州第二中学副校长、校长，福州市教育局副局长。“文化大革命”时期下放，任南靖县委党校副校长。1978年5月任福州师范高等专科学校校长、党委书记。1982年9月任厦门水产学院党委书记。1985年任省政协第五届常委。1986年3月离休。

编辑絮语

真正的革命者追求的是永恒的真理。他们心中有理想，有信念，有国家，有人民。“不管风吹浪打，胜似闲庭信步！”

作为一名加入“城工部”的大学生，石益坚守初心，接受考验，在艰苦的安溪、永春、德化、大田游击区，与敌周旋，与狼共舞，与民同甘，迎接解放，用忠诚和热血，谱写自己的青春之歌。

石益的回忆，把我们带进了一个难以忘却的烽火岁月——1949！

到安（溪）、永（春）、德（化）游击区去

1947年10月，我在厦门大学由王毅林、林光异同志介绍，参加了厦门城工部地下党，先后担任过城工部厦大新生院支部副书记、厦大总支副书记。由于时任闽浙赣省委个别领导人对城工部问题做了错误处理，厦门城工部从1948年下半年起和上级失去联系。当时正处在决定中国命运的决战阶段，人民解放军从战略防御转入战略反攻和战略进攻，全国大中城市不断掀起蓬勃的爱国民主运动，人民迅速觉醒，蒋政权摇摇欲坠。面对迅猛发展的革命形势，城工部厦门市委坚持党性原则，独

立自主地开展工作。

在厦大，我们同闽西南、闽中地下党组织并肩作战，放手发动并领导学生运动，在斗争中不断壮大党的队伍。截至 1948 年底，厦大城工部党员已发展到 100 人左右，约占当时学生总数的十分之一。

1949 年元旦前夕，我们收听到新华社社论《将革命进行到底》。1 月上旬，淮海战役胜利结束，蒋军主力被歼。1 月 20 日，蒋介石被迫下野。这时，我和陈道圣、郑鸿池、林光异等 4 名总支委员正在鼓浪屿一个据点里集中进行整风学习，我们都迫切希望早日到农村去参加武装斗争。

城工部厦门市委机关旧址

不久，组织决定我和郑鸿池、力伯昌 3 人作为首批人员前往安永德游击区。出发前，市委书记王毅林代表组织找我们谈话，希望我们进入游击区后无条件接受闽西南党组织的领导，英勇斗争，接受考验，为其他城工部同志进入游击区打好基础。他还交代，闽西南党组织如能承认我们的党籍最好，否则就争取重新入党。待全国解放后，厦门市委负责为我们证明前一段的党籍和党龄。

2 月初，我们在郑鸿池带领下，取道同安、安溪，向永春县城进发。路上，郑鸿池建议，为安全起见每人都取个化名。他化名郑坚，力伯昌化名为李健远，我在厦门城工部的代号是11，按谐音化名为石益。

到永春后，我们先住在崇贤中学刘春生同志家里。他是闽西南党组织的联络员，我们凭着厦门临时工委交代的接头暗号和他接上头。几天以后，玉坑乡据点派马来西亚党员、归侨康良石出来带路。我们跟着他向永春西部山区前进，经过常安、蓬壶、锦斗等乡，在崎岖的山间小路上步行了六七个小时，于午夜时分到达目的地——玉坑乡坑仔口。从此，我们就在一个完全陌生环境里开始了新的斗争生活。

担任玉坑乡党总支书记

在坑仔口接待我们的是朱文鉴，她和张强住在康明深家里。据她介绍，他们夫妇从中原解放区来，受华中局派遣，到敌占区做策反工作。他们在安永德一带开展工作时，同闽西南负责人之一的王新整取得了联系，双方同意密切合作，共同行动。康明深是玉坑乡一霸，土匪出生，曾在民军旅长涂友情部下当营长。因为他和张强是旧相识，经张强动员争取，同意弃暗投明，参加革命。张强、朱文鉴进入玉坑乡后，又通过康明深的关系，争取了邻近各乡的上层人士，为进一步开展工作创造了有利条件。张、朱系外来干部，他们要求闽西南组织派一批党员来永春、德化一带开展工作，我们就是按他们要求派来的首批人员。

我们到达后的第三天，厦门侨师闽西南地下党的张永年、李勇、黄杰也来到坑仔口。

2 月中旬，王新整从安溪来到坑仔口，同张强、朱文鉴共同研究工作，并分别同我们几个人以及已在这里活动的马来西亚共产党员、归侨徐志荣、康良石等接触交谈。两三天后，在村南一个小庙里召开工作会议，除王、张，朱 3 人外，就是我们从厦门来的 6 名党员。他们3 人分别谈了当前的形势和任务，提出开展工作的方针和方法。根据当时的实际情况，确定我们几个人暂时以小学教师的身份出现，通过办夜校宣传革命，发动群众，提出反对国民党征兵、征粮、征税的“抗三征”口号，秘密组织“抗征会”；同时用“解放委员会”的组织形式，争取地方实力派，做好统一战线的工作；在此基础上，积极创造条件，建立游击队，开展武装斗争。

会上，王新整宣布成立玉坑乡党总支，指定我为总支书记，郑坚、张永年为总支委员。他还明确交代，今后永春、德化方面的工作由张强、朱文鉴负责。

会后，王新整立即返回安溪，张强、朱文鉴经商量得到当地人士同意，安排我在坑仔口中心小学任校长，力伯昌为教员；郑坚去锦斗乡小学任教，做乡长王俊杰的工作；张永年、李勇、黄杰分别到景山、西坪、杏村的国民学校任教。

开辟德化、湖洋新区

王新整走后，张强继续四处活动，做策反工作。由于我们几个人的到来，邻近各地很快知道坑仔口来了共产党。二三月间，永春、德化等地不断有一些上层人士来同我们挂钩，同时，一些归国的原“马共”人员通过徐志荣、康良石也来同我们取得联系。

3月初，张强建议我以党代表的身份去德化开辟工作。我通过陈鹏程（军统出身，张强旧友，已同我们建立联系）介绍，在德化城关一带先后秘密接触了国民党县参议长陈其英、秘书陈子仙以及当地一些上层人士和知识分子，做争取工作。不久，建立了德化县解放委员会，由我任主任，陈子仙为副主任。与此同时，经徐志荣的介绍，我又到德化三高乡联系“马共”人员郑积山、郑秋水等同志，在此建立据点，在群众中做宣传发动工作。

开辟德化的工作告一段落后，我只身转到永春东部的湖洋乡，通过刘文华找到了地方实力派刘炯光。刘炯光以行医为业，属永春白派，前不久曾到坑仔口与康明深联系，手下有一批武装。在这里，我除了做刘炯光本人的工作，还做他部下、亲属的工作，并书写张贴标语传单，号召群众起来同国民党反动派进行斗争。我还同当地“马共”人员郑士照、郑山斗、郑暨明、郑亚天等建立联系，部署他们发动群众，组织民兵，待机开展武装斗争。

潜返厦门

3 月底，我回到坑仔口。这时永春西区解放委员会已经建立，由康明深、徐志荣分任正、副主任；群众抗征会也已打下初步基础，贫雇农中的一些积极分子同我们建立了密切联系。随着活动范围的扩大，党员干部不足的问题越来越突出。郑坚建议我同康明深一道潜返厦门，找城工部市委再要一批党员到永春来，张强、朱文鉴表示同意。4 月初，我化装成商人，和康明深一道动身，一路上顺利通过各个关卡。

到了厦门，我住在鼓浪屿张某家里。张某系国民党的显要人物，与张强已建立秘密联系，住在他家，国民党警、宪、特人员不易发觉。第二天，我通过联络点找到了王毅林。他心情沉重地告诉我说："闽中司令部几天前在厦门贴出布告，通缉张强，并宣布解散厦门城工部组织，命令我们立即停止活动，听候处理。因此，目前暂时不能带其他同志去游击区。"听到这个消息，我震惊失望，又愤慨不可理解。王毅林要我速回永春，希望我们勇敢接受考验，并说市委几个人即将去香港，然后北上找党中央，要我们不要再同他们联系了。

从厦门回来后，我们对张强、朱文鉴开始产生不信任感。为此，郑坚决定去安溪找闽西南中心县委，但他一去十几天，一点消息也没有。我们几个人更加焦急和不安。这时我们收听到人民解放军胜利渡江的喜讯，大家心情十分激动，希望早日开展武装斗争，迎接全国解放。没几天，又听说安溪游击队已经开始行动，大家更加按捺不住了。为此，我决定到安溪跑一趟，请中心县委早日派人来领导永春方面的斗争。

4 月底，我到长坑，当时安溪游击队正在围攻进驻长坑的国民党县自卫大队，并同伪大队长李敬慎谈判起义投诚的条件。我找到中心县委几位负责人，向他们汇报永春方面的工作和张强、朱文鉴二人的情况，要求他们尽快派人加强领导。他们表示近期内即将派人，要我回去等候。

安溪长坑旧址

我回到坑仔口不几天，郑坚从安溪返回，传达中心县委书记陈华的指示，确定成立永春西区区委，指定张永年为区委书记，郑坚、李勇为委员。

我原系厦大城工部负责人，在组织受审查期间不参加区委。区委成立后，我到德化工作。

第一次参加战斗

5 月中旬安溪县城解放后，闽西南安溪中心县委副书记张连从安溪带领一批党员来到坑仔口，加强对永、德、大（田）方面的领导。张连同志来后，宣布成立永春县委，郑坚为书记，王浩、张永年、李勇等为委员，同时决定立即在抗征会的基础上组建永春人民游击队，积极准备开展武装斗争。我和胡华、赵凌等被派到德化继续发动群众。

5 月下旬，永春游击队决定趁有利时机开展武装行动，第一仗就是攻打达埔镇，然后解放县城。

为增强游击队的火力，张连通过康明深向苏玉英（原匪首涂友情的老婆）、苏辅德借来一挺旧式重机枪和二三十名武装人员，组成“独立排”。为防止意外，张连临时指定我和胡华去当政治指导员。

5 月 25 日午夜，队伍轻装出发。按原定部署，游击队应在黎明前完成对达埔乡的包围，拂晓发动攻击。由于缺乏实战经验，初次夜行军速度较慢，天亮队伍才到达村口。敌人哨兵发觉后，立即鸣枪报警。虽然大家事先都做了充分思想准备，但第一次听到枪声，仍然禁不住心跳加剧、神情紧张。这时我们独立排首先占了村后一个制高点，立即用重机枪扫射敌人炮楼，封锁路口。游击队先头部队在政工人员带领下，勇敢地冲进街道，占领镇公所，包围了顽固分子据守的布店。由于事先做了统战工作，敌警备联队分队长潘孝东和开明人士郑绍基以及县自卫中队长林世桑各带数十人枪起义，达埔宣布解放。

接着张连、康明深等立即部署攻打县城。为防备敌人向南安方向逃窜，张连要我马上到湖洋带领民兵在半路设伏。第二天傍晚我们按预定计划赶到永、南（安）边界集结待命。

5 月 28 日凌晨，永春游击队从西南、西北分两路进攻县

城。伪县长李逸云、西安镇长李仁实均如约起义，守城敌军、敌警全部投降，游击队缴获轻机枪七八挺、长枪短枪数百支及大量弹药装备。

我们的胜利极大地震动了敌人。县长陈伟彬在德化闻讯，立即率部撤到西部赤水镇，县城空虚。5 月 29 日，郭永昭从德化赶来，要求张连派干部到德化去建立游击队，尽快开展武装斗争。张连当即决定我和原南安师范地下党员林明生、徐南以及原福州城工部党员赖清晨等十几位同志去德化。当晚，我们就赶回丁墘村，立即召开会议，确定党员干部和“解放委员会”成员分头到各据点调集“抗征会”会员和已经发展的武装人员，成立德化县人民游击队。6 月 17 日，张连派潘孝东率永春游击队中队攻进德化县城。德化县自卫总团副团长陈继起义，警察局局长缴械投降，游击队占领了县城。随后，潘孝东回永春，陈继率领起义部队到雷峰。我闻讯即同苏永显、温德标等到雷峰与陈继会合。根据张连的指示，正式建立德化人民游击大队，陈继任大队长，苏永显任副大队长兼第一中队长，我任政委秘书，代表张连领导这支初建的游击队。

蓬壶会议

德化游击大队成立后几天，张连派人通知我回永春蓬壶参加扩干会议。我把大队的事交代给林明生等人，然后带警卫员郑扳赶回蓬壶。

扩干会议是根据中心县委的指示召开的，永德大地区的游击队和地方的干部基本上都参加了。会议目的是培训干部，整顿队伍，做好思想准备，迎接最后阶段的艰苦斗争。我到达时，会议已接近尾声。会议根据形势发展的需要，做出几项重要决定。其中，任命李勇为永春县工委书记，张永年为大田县工委书记，徐志荣为德化县工委书记，我和王浩、方庆实等同志负责抓游击队工作。并进一步广泛吸收进步青年参加游击区工作。

随着斗争的发展和队伍的扩大，闽南地委决定将安溪、永春、德化、大田、漳平、长泰等地的游击队正式改编为中国人民解放军闽粤赣边纵队第八支队第四团，下辖 3 个营，永德大游击队编为第三营，康明深兼营长，我为教导员，王浩为副教导员。8 月 1 日，在坑仔口召开三营成立大会。

从此，我们的斗争进入了一个新的阶段，即粉碎敌人垂死挣扎夺取最后胜利的阶段。

达埔阻击战

渡江战役以后，我一、二、三野三路大军以摧枯拉朽之势向西北、西南和华南地区快速推进。七八月间，驻福建蒋军不断向我闽中、闽南游击区进犯，企图扫清福厦路两侧，为从厦门下海撤退金门、台湾排除障碍。7 月中下旬以后，我地下情报人员颜瑞坑等就不断从敌占区送来敌军将进犯游击区的情报，我们立即备战。

8 月 10 日，敌三二五师陈维金部以一个加强团的兵力，趁黑夜偷袭我营部驻地达埔。他们在涉水过河时被我哨兵发现。敌人偷袭不成，慌忙抢占达埔镇正前方一个高地，以强大火力掩护突击队向镇上冲锋。我们按原来的作战方案，由潘孝东连在达埔南面左右 2 个小山头上构筑工事，用轻机枪火力交叉封锁进镇路口；我率营部警卫排和民兵在街道北面山头上指挥，彼此策应，互成犄角。战斗从凌晨 3 点开始。敌人先用重机枪轮番扫射我前沿山头阵地，组织敢死队冲锋，但连续数次都被我击退，伤亡多人。后来敌人发现北面山头是我方指挥阵地，立即集中火方对我部疯狂扫射，但我指战员沉着应战，敌人无法前进半步。

上午 9 时，敌人开始用迫击炮轰击我右前方山头阵地，我方弹药有限，同时阻击任务也已完成，所以开始撤离。前沿阵地一撤，敌人立刻向镇内冲锋。当我最后撤离北面山头时，敌人距我只有 100 多米，好在我熟悉地形，一转进林间小路，敌人就不敢再追了。

达埔阻击战我方无一伤亡，敌人却付出了惨痛代价。

奉命接管永春县城

敌人占领达埔后，企图劝降康明深、苏辅德，还想和游击队领导举行“和平谈判”，遭到我方严正拒绝。

8 月 17 日，我十兵团大军解放福州，残敌仓皇向同安、厦门撤退，敌三二五师也星夜撤离永春县城。22 日晚，张连从　都打电话，叫我立即带部队进城。第二天一早，我就带领 2 个连的队伍，会同县政工作团的同志进城接管县政府等机构，张贴安民告示。当天，张连也带领一批干部赶到县城，全盘主持接管工作。

解放前永春县桃溪河畔

永春解放不久，晋江地委、专署正式成立。9 月中旬，地委派出一批南下干部来永春，组成县委和县人民政府，任命刘岗为县委副书记，张连为县长，时进路为副县长。我们这些坚持地下斗争的同志像迎接久别的亲人一样热烈欢迎从解放区来的老大哥。时间虽然已经过去了几十年，但当年胜利会师时的热烈动人情景至今依然历历在目、令人怀念！

会师后，游击队改编为县大队，我离开部队到县政府工作。不久，二十九军派民运科科长严干城来永春任支前委员会主任，由我兼副主任，共同负责筹粮，支持解放厦门的战斗。由于群众的觉悟高，干部工作深入，大部分地区的借粮支前工作进展顺利。但在靠近德化边境地带，群众受到盘踞德化的土匪威胁，思想顾虑大，我们的工作受阻。在征得三十一军来运粮的侦察排排长的同意后，我率领一个侦察班和二十六连一个加强排共40余人，携带迫击炮、掷弹筒和轻重机枪，挺进到德化三高乡，给敌人造成大部队即将压境的错觉，使守敌溃逃。这样永春边境的威胁解除了，借粮工作迅速打开局面。

永春县人民会场

11月底，二十九军二六〇团奉命进德化剿匪，县城解放，当时德化本划归永安专区管辖，但永安未解放，根据工作需要，晋江地委任命闽中的毛票为德化代理县长，新任永春县县长的张连兼德化县委书记。我代理副县长职务，主要任务是抓恢复生产，动员群众支援解放军剿匪。

1950年2月，永安解放，地委、专署相继成立。不久，即派南下干部路湘云等来德化组成新县委。5月，又派仲兆成任德化县县长，毛票改任副县长，我调任专署民政科副科长。

6月初，我怀着恋恋不舍的心情，告别那里的人民和战友，走向新的斗争生活。

唯真唯实才能开拓创新之路

杨　滢

杨　滢

（1928.1—　　）

女，祖籍广东省大埔县，出生于上海市南市区。1947年10月加入中国共产党，任上海剧专党支部委员。1948年9月到苏北解放区进华中党校学习。1949年5月随军渡江，上海解放后，先后在军管会、沪西区共青团委工作。1950年春进中央团校学习。同年12月调中央东北局组织部干部处任干事、副科长。1954年12月任辽宁省委宣传部文艺处科长、副处长。1969年11月下放昌图县公社劳动，后任公社副主任。1971年冬任铁岭地区文化局副局长。1973年调任辽宁人民艺术剧院领导小组成员，辽宁省文化局创作评论室成员。1978年主持筹备恢复辽宁省文联工作，后任辽宁省文联党组副书记。1980年3月辽宁省第二次文代会上选为省文联副主席。1980年9月调福建省文联，任党组副书记、书记、省文联副主席。1988年3月离休。

编辑絮语

为了进一步坚定中国特色社会主义文化自信，捍卫中国传统文化和创新中国现代新文化，无疑都是题中应有之义。

福建地方文化有其特色。“海上丝绸之路”（以下简称“海丝”）是其深厚的历史渊源。如何发掘福建的文化资源，使其形成中国南方文化的一朵奇葩，这是福建人的历史使命！

杨滢同志在出任福建文联主席期间，为文联机构的重建和发展倾注了心血，奠定了良好基础。后继者绝不能止步于此！

在21世纪“一带一路”背景下，如何通过“海丝”文化遗产的开发，进一步彰显古商贸文化的地方形象，使“地方性”与“国际性”融为一体，使福建文化品牌走向世界，是一个新的课题，期待文化界开拓创新。

我是1980年9月离开工作了30年的辽宁来到福州的。比起福建省文联的许多同志，我是一名新兵，这里是我工作的最后一站。尽我所能地站好这最后一班岗，其中既有欢乐，也有困惑。

当时的福建对我来说是个完全陌生的环境，人生地不熟，我仿佛是个盲人走在崎岖的山路上，深一脚浅一脚、跌跌撞撞往前赶。

当时省文联不是一个真正独立的单位，历史上大部分时间是和省文化局合署办公，虽也成立了党组，但一把手仍由文化局局长兼任；经费在省财政厅没有独立户头，而由省文化局每年拨款，1980 年拨款仅 30 万元，除了支付人头费、出版费、办公费，几乎没有可供各协会开展业务活动的经费。

鼓楼区杨桥东路 183 号福建省文联与省文化局合署办公楼

省文联当时定编为 60 人（实有 65 人），其中《福建文学》及专业作家就占了 45 名。60 多人挤在 10 间共 260 平方米的房间里。《福建文学》编辑部因人多，占了唯一一间大屋，中间还放了一张乒乓球桌。9 个协会挤在一间半房间里，半间是行政组（每间仅 20 平方米大小）。1980 年省政府曾拨款 20 万元给省文联盖办公楼，由于省文联领导层意见分歧，地点迟迟不能确定，至我来省文联上班时，20 万元仍一分钱没花。时近年末，按省里规定，这笔钱于 11 月如数上缴，建楼化为泡影。面对这种处境，

20 世纪 80 年代《福建文学》杂志封面

省文联难以完成党对文联工作的要求，也难以充分发挥文联群团组织的应有作用。

如此众多的难题，确实出乎我的意料。我到福建时年龄已 50 出头，在下放农村插队时，已被当地群众称为奶奶辈的人。在我参加工作的几十年经历中，仅有在主持恢复辽宁省文联的一两年里做过行政工作。除了自身的弱点，更重要的是我在福建没有人脉，而文联又是个无权、无钱、无物的穷单位，如何解决这种种难题，对我真是莫大的挑战，我只能一切从零开始。

福建省文联西洪路宿舍

面对诸多的困难，我首先考虑要尽全力争取上级领导及有关单位的理解和支持，尽快改善省文联的基本工作条件。一是重新向上级部门申请建办公楼和一幢职工宿舍。至 1984 年建成了办公楼和两幢宿舍，省文联不再依附在其他单位，终于有了自己的家。二是争取省财政厅给文联单立户头。要求增加事业经费，得到省财政厅支持，1981 年即拨款 60 万元，比以前增加了一倍多。三是争取省编委增加编制，解决文联所属各协会及行政部门编制问题。

时任中共福建省委第一书记项南同志十分重视文联工作，1981 年省委专门召开了群团工作会议，将省文联也归入与工、青、妇同等地位的群团组织，提出省文联要“出人才，放异彩”。此后，省文联围绕这一中心工作做了一些事，创办新刊物，举办全国性文艺活动，促进了创作，扩大了社会影响，提高了省文联的知名度。

20 世纪 80 年代，正值海峡两岸关系迎来新的发展时期，项南同志多次强调“闽台一家亲”。为适应改革开放的新形势，1984 年 6 月，我们向省委申请创办《台港文学选刊》，很快得到批准，没多久，刊物正式问世。1984 年 7 月 6 日，项南同志亲自撰写代发刊词《窗口和纽带》，言简意赅地阐明了刊物的性质、意义和作用。“瞭望台港社会的文学窗口，联系海峡两岸的文化纽带”成为办刊宗旨。

《台港文学选刊》创刊号封面

《台港文学选刊》于 1984 年 9

月正式出版。刊物头两期，自办发行，刊物印制后，杂志社全体总动员，火速前往火车站搬运、发送，一时间，办得红红火火。

《台港文学选刊》是全国第一家专门介绍台港澳及海外华文文学的期刊，现已成为福建文坛的一张靓丽名片，被评为全国中文核心期刊、华东地区优秀期刊、福建省一级期刊。杂志创刊30年多来，始终坚持办刊宗旨，先后介绍了3000多名台港澳及海外华文作家的4000余万字作品，其中台湾作家作品约占60%，并与台、港、澳地区和欧美、东南亚等地的华文作家和文学团体建立了广泛联系，最高发行量曾达每期40余万册，所选作品屡屡被国内刊物转载。创刊10周年之际，项南同志以及冰心、萧乾等文坛方家及台港海外作家纷纷发来贺词。

20世纪80年代是中国当代文学史中非常重要的一个阶段，而作为和文学创作相辅相成的另一方面——文学批评在80年代也迎来了它的黄金时代。

1984年，在项南同志的支持下，福建省文联筹办大型文艺理论杂志《当代文艺探索》，由项南题写刊名，魏世英出任主编。不到一年时光，此刊名声大震，与甘肃此前创办的《当代文艺思潮》同为新时期文艺潮流的引领者。一时间，北“思潮”，南“探索”，成为当年文艺界热议的话题。直到1987年，《当代文艺探索》因故悄然停刊。

90个月的时光不知不觉逝去，我从岗位上退下来不觉也

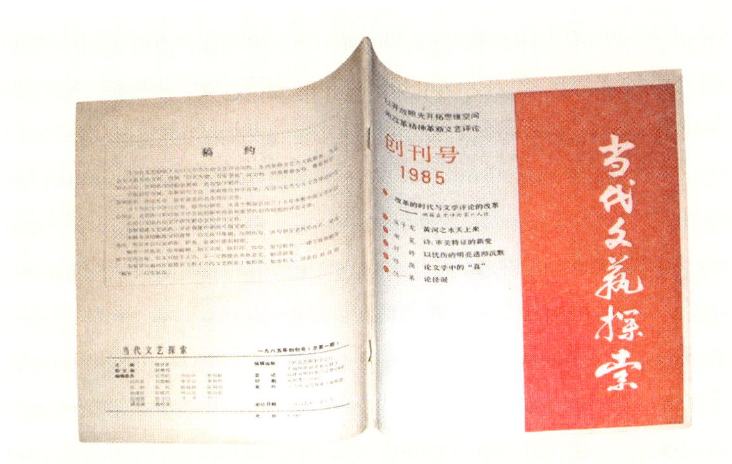

《当代文艺探索》创刊号

20多年了，大大超过了在省文联工作的时间。回想起来，在我到省文联任职初期，恢复、开展文联工作所面临的困境，当时省文联全体同志都深有感受。能取得以上一些开创性成果，绝非我个人所能、所为，也非文联领导班子少数人所能办到，正是依靠了大家同甘共苦、齐心协力、无私奉献的精神，才克服种种困难，使省文联顺利完成各项任务。那些年，我也经历了一些风风雨雨，虽然主观上不敢有所懈怠，竭尽所能，努力应对，但思想上也有过动摇和退却，留下了不少遗憾难以弥补。党的十一届三中全会以后，全国的大环境发生了根本的变化，改革开放的浪潮势不可挡，“从而促使我敢于坚持实事求是，不唯上，不唯书，敢于讲真话，能大胆地公开表达个人观点而无所顾忌”。

当下，面对文艺创作生产新格局、人民群众审美要求新变化、文艺产品传播方式新改变，文联工作者应心怀“国之大者”，充分发挥文艺工作在服务党和国家大局中不可替代的重要作用，把广大文艺工作者，特别是新文艺组织、新文艺群体团结起来、凝聚起来，推出更多思想精深、艺术精湛、制作精良的优秀文艺作品，增强人民群众精神力量，增强国家文化软实力，做到既为一域争光，更为全局添彩。

杨滢晚年照

附录一　其他住所老干部简介

周占魁

（1914—1992）

河南省新县人。1928年8月加入中国共产主义青年团。1929年加入中国共产党。土地革命战争时期，先后任红二十九军、红二十五军、红四方面军十师二十九团等部队战士、班长、排长。抗日战争时期，先后任新四军四支队九团副连长，新四军二师四旅十团特派员、保卫股长，政治部锄奸科副科长、科长，淮南军分区政治部保卫科科长，新四军二师独立旅政治部保卫科科长，六合县县大队副政委。解放战争时期，先后任新四军六纵队政治部保卫部副部长，华东六纵队政治部保卫部部长，二十四军政治部保卫部部长。1949年4月渡江南下，先后任浙江军区政治部保卫部副部长、部长，福建军区政治部保卫部副部长，福建军区、福州军区军事法院院长，福州军区边防部部长兼军事法院院长，二十八军政治部副主任。1964年6月转业到地方工作，先后任福建省委工交政治部主任，省革委会工交组副组长。1972年10月任省高级人民法院党组副书记、副院长。1982年11月离休。

李道明

（1917—2015）

广东省梅县人。1936年12月加入中国共产党。历任潮梅特委秘密交通员、区委书记。1938年2月调闽粤赣省委任报务员，后随新四军二支队北上抗日，历任战士，通讯员，政治部印刷员、事务长。1939年调四团任调查统计股干事、五支队锄奸科科员。1940年5月后历任盱眙县委委员、公安局局长，高宝县委委员、保安分处主任，淮宝县委委员、保安分处主任，泗宿县委委员、公安局局长，宿迁县城防司令，苏皖边区公安总局二部副部长，华东局社会部科长。1949年随军进入福建，历任省公安厅二处副处长、处长。1953年7月后历任省检察署党组书记、检察长，省检察院检察长、党组书记，省委委员，省法院院长、党组书记并兼莆田地委书记。后任省司法局副局长，省人大法制委员会副主任。1983年7月离休。

高盘九

（1911—1991）

出生于山东省郯城县马头镇。1937年参加革命工作。1938年8月加入中国共产党。1939年1月调抗日军政大学第一分校，任财政股会计、股长。1943年4月起转入地方，历任山东北海银行北海支行行长、烟台支行行长、潍坊支行副行长、济南分行行长。1949年随军南下，入闽后，历任中国人民银行福建省分行行长，省财政经济委员会和省粮贸办公室副主任、主任，省委财贸部副部长、部长。先后当选为第一、二、三届省人民代表大会代表。1956年3月起，任副省长，并先后兼任过省物价委员会副主任、省商业厅厅长、省计划委员会副主任、省政府财贸办公室顾问等职。1983年离休。

蔡良承

（1917—1998）

曾用名蔡温、蔡良臣。出生于山西省昔阳县。1933年于简易师范毕业后任小学教员。1938年3月在瓦窑堡参加抗日救亡工作，任编村抗日动员委员会主任，同年4月加入中国共产党。后历任昔阳县西寨村村长，中心支部书记，昔阳县政府教育科科长，太行二地委支部考察组组长，太行二地委办公室主任，地委秘书长，昔阳县委宣传部部长，林县县委组织部部长。1949年随军南下到福建省龙溪地区。历任海澄县委书记，龙溪地委组织部副部长、部长，南平地委副书记、书记。1966年进省委学习班学习，结束后到建阳中心站蹲点。1969年后，历任建阳地委生产指挥处副处长，地区革委会副主任，地委副书记、书记。1977年后任福州市委第一书记，市人大常委会主任，市长。当选为省第五、六届人大常委会副主任，全国第四、五届政协委员。1989年初离休。

裴玉文

（1921—2010）

山西省沁县人。1938年5月加入中国共产党，同年8月参加革命工作，历任沁县县委秘书，县公安局检查组组长，太岳区公安分局科员，太岳区公安局秘书，沁水县公安局局长，县委委员。1949年南下，任长江支队中队指导员。入闽后，历任闽侯专署公安处副处长、处长，地委委员兼公安大队政委。1954年后，历任省公安厅办公室主任、副厅长兼政治部主任、党组成员。1958年后，历任省化工局副局长，省轻工厅副厅长、党组成员，省化工局代局长、党组书记。1970年下放龙岩县农村，参加整顿财贸宣传队，后任漳平县硫酸厂筹建处党支部书记。1972年进省委党校学习。1975年任龙溪地委常委、地区革委会副主任。1978年任省物资厅副厅长、党组成员。1981年任省司法厅厅长、党组书记。1983年任省政协常委兼法制委员会副主任。曾当选为省法学会第一、二届会长，第三、四届名誉会长。1990年离休。

郭亮如

（1920. 10—2008）

山西省沁源县人。1938年参加革命。1938年7月加入中国共产党，历任沁源县一区自卫队大队长，三区副区长、区长，县工商税务联合局局长，县政府秘书，县长。1949年随军南下。历任福建省邵武县、崇安县县长，建阳专署、南平专署副专员、第一副专员、地委常委，省商业厅副厅长、党组成员。1959年10月后，历任省财政厅副厅长、党组成员、副书记、厅长、党组书记。1972年后，历任省财政局核心组副组长、组长，省财政局局长，省财贸办公室副主任、党组成员、主任、书记，兼省进出口办公室副主任、党组成员。此间曾当选为省第三届党代会代表、省委委员。1983年7月后任省体改委副主任，省政府党组成员。又先后当选为第四、五届省顾委委员，第五、六、七届省人大代表。1993年12月离休。

李应槐

（1920—2000）

山西省武乡县人。1938年参加革命，同年10月加入中国共产党。历任小学教员、校长、县独立营指导员、镇长、副区长，1945年调任河南省武陟县第二区区长、太行行署财政处科员。1949年随军南下，先后担任福建省财政厅副科长，龙岩专署工商科科长，永定县副县长、县长，龙岩专区供销社主任，龙岩专署副专员、专员，龙岩地委常委、副书记、书记处书记，长汀县委第一书记，省供销社副主任。“文化大革命”结束后任宁德地区行署副专员。1985年离休。

肖　苏

（1921—2013）

原名梁文英。出生于河南省修武县小梁庄。1938年6月参加革命。1939年1月加入中国共产党。抗日战争期间，历任县委秘书，县青委书记，太行第八地委党校总支书记。1949年2月加入长江支队，任县委宣传部部长、中队指导员。1949年入闽后，任省革命大学二部宣教科长。1950年后历任县委宣传部部长，县委书记。1955年任省委宣传部办公室主任。1960年1月任龙溪地委常委、宣传部部长。1964年任龙岩地委副书记。1966年任中国科学院哲学研究所副所长。1972年9月任厦门大学党委常委、政治部主任。1974年任厦门水产学院副书记。1977年任省水电厅党组书记、厅长，被选为省委候补委员。1982年7月任省人民政府副秘书长。曾任省顾问委员会顾问、省计生协顾问。1985年离休。

张景彬

（1922.9—2015）

出生于河北省邢台县横岭村。1938年7月参加八路军抗日游击队。1939年2月加入中国共产党。1940年1月到华北财经学校学习。1940年9月后任河南省涉县财政科科员，河南省安阳县财政科副科长、科长，河南省卫辉县财政科科长。1949年随军南下。入闽后历任龙溪专署财政科科长，省财政厅粮食局副局长，省粮食厅办公室主任、副厅长。1957年12月调三明化工厂工作，任党委书记兼厂长。1965年3月任省化工局副局长、党组副书记。1977年8月任省化工厅厅长、党组书记。1985年6月任省顾问委员会委员。1993年7月离休。

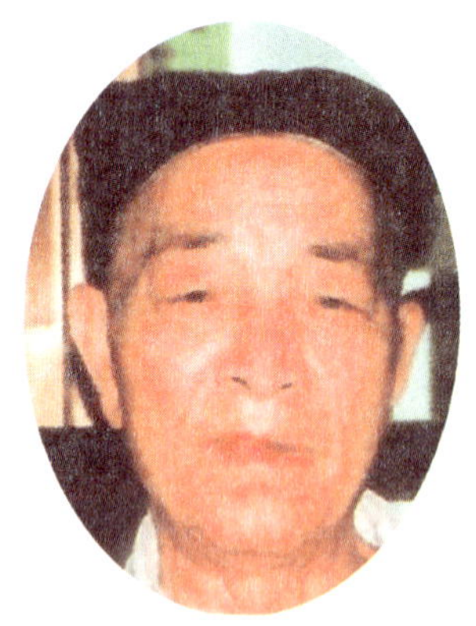

罗少锋

(1920.5—2007.5)

出生于湖北省英山县孔坊乡。1938年参加革命。1939年加入中国共产党，同年11月参加新四军，历任新四军四支队教导大队部文书，江北指挥部盐城军部收发，苏北财经部审计员，涟灌阜边区税务局主任，阜东县税务局副局长，阜宁县益林镇税务局主任。1945年1月在盐阜党校参加整风运动。1946年1月后，历任苏北财委调研室副主任，五分区财政处税务科科长，华中银行五分行合德支行秘书、行长，涟东财经局局长，华中行政办事处巡视员，西淮市工商局局长，苏南行署税务局副局长。1950年10月参加华东局党校学习，后调任福建省财委秘书室主任，省统计局主任、处长、局长，汀江水力发电工程局局长。1959年5月任南平专员公署副专员。1963年1月任闽江水力发电工程局副局长。1973年9月进省委党校学习。1975年12月后任省委派驻闽侯观察员，省测绘局工作组组长。1979年12月任福建林学院党委书记兼院长。1985年12月离休。

王德潜

(1921—2003)

河南省内乡县人。1939年4月赴延安抗日大学学习。12月加入中国共产党。1940年8月参军，历任指导员、营教导员、师组织科科长、军分区政委、军政治部副主任。1965年4月转业到地方，历任福建省财贸政治部副主任，省林业厅核心组组长。1975年10月任省农业委员会副主任。1984年4月离休。

范公荣

（1921—1994）

江苏省扬中县人，1941年3月加入中国共产党。参加过抗日战争和解放战争。中华人民共和国成立后，历任中国人民大学财政系学员、教研室主任、系副主任，中共中央驻道南政治顾问团助理顾问，厦门大学、福州大学党委常委、校长办公室主任兼统战部部长，福建省教育局副局长、党组成员，福建师范大学党委副书记、校长、党委书记。1986年10月离休。

胡洛余

（1925—2007）

山西省晋城县人。1942年参加革命，1943年加入中国共产党。先后任沁水第五区公所助理员、太岳第四专署科员、太岳四分区班办研究员、太岳第三专署科员、太岳第三专署干部学校组织科长。1949年随军南下，先后担任福建省实业厅秘书、副科长，省农林厅人事室副主任，省农林厅办公室主任，省农业厅办公室主任，龙溪地区农科所所长兼龙溪地区农校书记，省农业厅宣传教育处处长，省农垦厅办公室主任、计划财务处处长。1965年9月任省农垦厅副厅长。1975年10月任福建省劳动局副局长。1979年11月任福建省劳动局局长兼省知青办主任。1988年1月后任省人大第七届常委会常委、省老龄委常务副主任。2000年5月离休。

孔凡侯

（1921—2018）

江苏省阜宁县羊寨镇人。1942年8月加入中国共产党，同时参加革命工作。历任南羊乡基干民兵中队长，南羊乡乡长，马集区农委会委员，世明区委副书记兼组织科科长。1945年8月到苏北五地委党校学习。1946年4月起历任阜宁县农会委员，马集区农会主任，马集区委委员、区长、区委书记兼教导员。淮海战役结束后参加解放军，任南京支队营长兼教导员，后编入三十一军九十二师任筹粮队队长。入闽后，转业地方工作。1950年先后任德化县委、安溪县委组织部部长。1952年8月起历任省工业厅人事科副科长兼机关党总支副书记、福州造纸厂党委书记、福州市委委员。1956年7月后任省委工业交通工作部工业处处长，工业交通办公室政治处处长。1965年2月任省轻工业厅副厅长、党组成员。1967年任省轻工业局党的核心小组组长。1981年6月任省标准局局长、党组书记。1983年12月离休。曾任福建省标准化协会第一届理事长，第二届顾问，第三届名誉顾问。

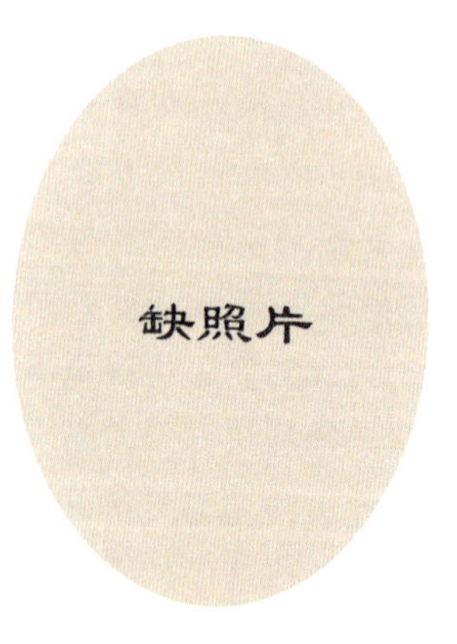

张景文

（1927—2001）

山东省龙口县人，1943年10月参加革命，1946年2月加入中国共产党。原福建省政府驻北京办事处党组书记、主任。

柯 冲

（1924— ）

福建省晋江县人。在大学期间，曾参加争取全国解放的民主运动。1948 年 2 月加入中国共产党。1949 年毕业于协和大学，1953 年于华南农业大学毕业。历任岭南大学植病研究所助理研究员，华南农业大学植保系助教、讲师、系主任助理、系党总支书记。其间曾赴古巴任中国援助古巴柑橘专家组组长。1977 年后，历任福建省农科院果树研究所副所长，省农科院院长、院学术委员会主任、研究员，联合国亚太地区柑橘黄龙病防治研究项目中国国家协调员、国际协调员，福建自然科学基金评审委员会第一、二届主任委员，省政协第五、六届常委。1982 年获福建省人民政府授予的劳动模范称号，并获得省、国家部级科技进步奖（1991 年一等奖、1992 年二等奖、1997 年二等奖）等奖项。1994 年 12 月离休。

孟 津

（1927—2012）

山东省济南市人。抗日战争胜利后，参加学生运动，曾参加民主青联。1948 年 8 月进入华东大学学习，后南下福建。1949 年 9 月后，历任莆田县副县长、区长、财粮科长，莆田二中（原哲理中学）校长、党支部书记。1956 年 9 月进北京教育行政学院学习。回福建后，到省教育厅历任视导员、计财处副处长、办公室副主任、中教处副处长。1977 年 7 月任省教育厅厅长、党组书记，1983 年 4 月调省教育学院任党委书记。1990 年 3 月离休。

黄行之

（1926—1997）

出生于福建省莆田县。1949年6月毕业于上海同济大学，同年参加南下服务团，入闽后，先后任惠安一中学生指导委员会主任，晋江专署文教科股长。1951年2月参加抗美援朝，历任志愿军二十军、九兵团联络部英文翻译，敌工助理员，二十三军敌工处、朝鲜前线民政警察队敌工助理员。1954年8月加入中国共产党。1956年11月荣获志愿军二十三军军部特别嘉奖。1958年2月回国后，历任福建师范学院（大学）外语系党总支副书记、书记。1983年12月任福建林学院党委书记。1987年12月离休。

附录二 《古田村之歌》

1=F $\frac{4}{4}$
中速 稍慢，亲切、赞美的

石 益 词
何群茂 曲

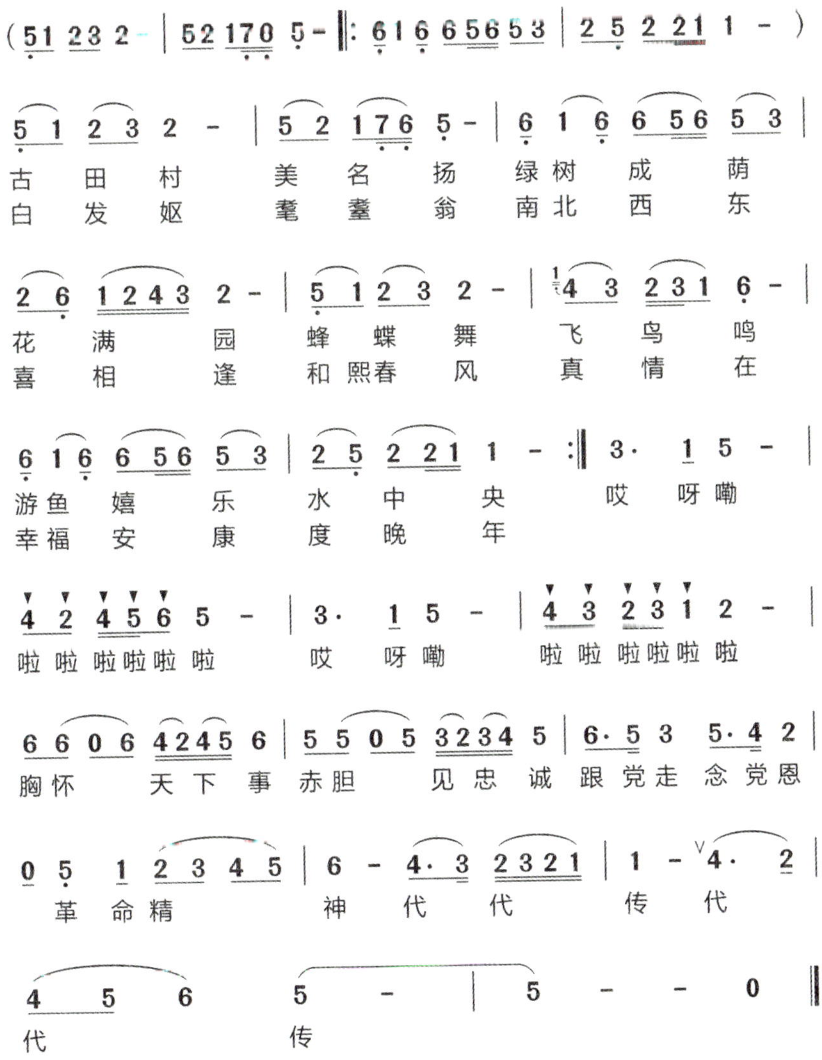

（51 23 2 - | 52 170 5 - ‖: 616 65653 | 2 5 2 21 1 - ）

5 1 2 3 2 - | 5 2 176 5 - | 6 1 6 6 56 5 3 |
古 田 村 美 名 扬 绿 树 成 荫
白 发 妪 耄 耋 翁 南 北 西 东

2 6 1243 2 - | 5 1 2 3 2 - | 4 3 231 6 - |
花 满 园 蜂 蝶 舞 飞 鸟 鸣
喜 相 逢 和 熙春 风 真 情 在

6 1 6 6 56 5 3 | 2 5 2 21 1 - :‖ 3· 1 5 - |
游 鱼 嬉 乐 水 中 央 哎 呀 嘞
幸 福 安 康 度 晚 年

4 2 456 5 - | 3· 1 5 - | 4 3 231 2 - |
啦 啦 啦 啦 啦 啦 哎 呀 嘞 啦 啦 啦 啦 啦 啦

6 6 0 6 4245 6 | 5 5 0 5 3234 5 | 6·5 3 5·4 2 |
胸 怀 天 下 事 赤 胆 见 忠 诚 跟 党 走 念 党 恩

0 5 1 2 3 4 5 | 6 - 4·3 2321 | 1 - 4· 2 |
革 命 精 神 代 代 传 代

4 5 6 5 - | 5 - - 0 ‖
代 传

后 记

为庆祝中国共产党百年华诞，传承红色基因，弘扬光荣传统，福建省离休干部休养所于今年初启动编撰出版《流淌的红色基因》一书。本书历时10个月，现终于编成，与读者见面了。

本书以居住（包括曾居住）在福建省离休干部休养所的老干部为对象，以“回忆录、大事件、小故事”的叙事形式，收录整理了52篇文章，真实反映了各个历史时期老一代共产党人的精神风貌、高尚情操和杰出贡献。希望通过此书，让年轻一代进一步了解福建革命、建设和改革开放的历史进程，从革命前辈的身上汲取前行的力量，走好新时代长征路！

本书的编撰和出版，得到了各级领导、老同志和有关单位、团体、个人的鼎力支持和热忱帮助。福建省政协原主席游德馨为本书亲笔题写书名，时任中共福建省委组织部副部长、老干部局局长、离退休干部工委书记兼省政协文化文史和学习委主任何国辉欣然为本书作序，中共福建省委老干部局副局长陈爱平作了具体指导。中共福建省委党史研究和地方志编纂办公室对本书文稿作出了认真审读并提了修订意见。在收集资料和编撰过程中，福建省离休干部休养所住所老干部及其配偶、子女们提供了许多珍贵的文章、史料和历史照片；福建省中国人民解放军长江支队历史研究会李榕会长和李阳城副会长、福建省新四军研究会刘云刚会长、福建省闽浙赣边区革命史研究会程丹女士等，提供了有关史料或咨询；福建省居敬孝道文化交流中心游源飞先生协助了照片选编。老干部简历主要参考《中共福建党史人物》(第一、二卷)。

本书聘请原中共福建省委党史研究室宣传编辑处处长邱文生担任主编，福建省消费者权益保护委员会办公室原主任孟明明等参与编辑。福建省中国人民解放军长江支队历史研究会、福建开放大学金三红女士为图书的出版提供了大力支持。

在此，谨向以上单位、团体和个人一并表示最衷心的感谢并致以崇高的敬意！

由于种种原因，尚有部分住所老干部的文章未能收集到，便只作简历介绍，深感遗憾，敬请见谅。书中若有错漏之处，恳请读者批评指正。

编　者

2021 年 10 月

图书在版编目(CIP)数据

流淌的红色基因/福建省离休干部休养所编. —福州:海峡文艺出版社,2021.11
ISBN 978-7-5550-2758-4

Ⅰ.①流… Ⅱ.①福… Ⅲ.①报告文学—作品集—中国—当代 Ⅳ.①I25

中国版本图书馆 CIP 数据核字(2021)第 213250 号

流淌的红色基因

福建省离休干部休养所 编
责任编辑 朱墨山 林颖 陈婧
出版发行 海峡文艺出版社
经　　销 福建新华发行(集团)有限责任公司
社　　址 福州市东水路 76 号 14 层
发 行 部 0591—87536797
印　　刷 福建东南彩色印刷有限公司
厂　　址 福州市金山浦上工业区冠浦路 144 号
开　　本 787 毫米×1092 毫米 1/16
字　　数 326 千字
印　　张 32.75 **插页** 2
版　　次 2021 年 11 月第 1 版
印　　次 2021 年 11 月第 1 次印刷
书　　号 ISBN 978-7-5550-2758-4
定　　价 128.00 元

如发现印装质量问题,请寄承印厂调换